沒有你，我無法成為小說家

白石一文 著

邱香凝 譯

君がいないと小説は書けない

去年也有兩個認識的人死了。

一個是我還在當上班族時的上司，另一個是和前妻協議離婚時幫了不少忙的律師。

前上司七十五歲，律師比我大三歲，才六十二歲。我不確定在「六十二歲」之前用「才」字對不對，只是對明年還曆的我來說，六十二歲不過是三年後的事，確實有一種「這年紀死去還太早」的感覺。

七十五歲的前上司是我進Ａ公司（出版社）時最早隸屬的部門主管，也就是週刊雜誌的總編輯。週刊雜誌的編輯部有五十多名員工，在出版社裡是大部門，對菜鳥來說，總編不是隨時都能看到的人。話雖如此，在這個有三百多名員工的出版社，隸屬週刊編輯部的記者只有二十五人左右（剩下的是稱為「特派」的約聘記者），就算是菜鳥，還是有一定的機會直接和總編說上話。

那年公司錄用的應屆畢業生有四個男生（另有四個短大畢業的女生），我和Ｔ被分發到週刊雜誌，另外兩個男生分別去了財務部和資訊系統室。Ｔ後來換工作，去了電視台，我也在四十二歲那年成為專職作家，現在還在Ａ出版社的同屆男同事只剩兩人了（女生也剩兩個）。

週刊雜誌的編輯部分成三組，一是每週輪流做新聞的專題組，一是負責攝影頁的攝影組，另外就是負責連載文章的連載組。我隸屬專題組，Ｔ則是連載組。

前上司在我們進公司那年四月才剛從首席主編升任總編，以總編來說也還是個菜鳥。確定分發單位那天，我和Ｔ很快就被帶到位於公司地下室的員工餐廳，參加在那裡舉行的新總編就職典禮（其實就是自助餐形式的慶祝派對），縮在餐廳一角聽他發表就任致詞。

那是一段非常沒幹勁的致詞。

「沒想到自己必須擔起總編的重責大任，像我這種不學無術的人，怎麼想也扛不起這個擔子。但是，既然接下來，那也只能去做了，現在我終於能下定決心這麼說……」

他用含混不清的語氣和一看就沒自信的態度說出這番話，連聽的人都為他擔憂起來。

說到《A週刊》，近年來揭露了不少震撼世人的八卦醜聞，儼然男性週刊雜誌代表，當年也已以強勢聞名，在寫真雜誌掀起風潮前的週刊雜誌林立期，帶動了一定程度的週刊銷售量。然而，這位總編給人的印象，一點也不像這類雜誌的領導人物，他究竟怎麼爬上總編的位置，實在令當時的我（我想T也是）詫異不已。

不料，這位S總編不僅就任第一年便創下佳績（揭露發生在洛杉磯那起家喻戶曉「日本人妻槍擊事件」的駭人真相），不久更當上月刊雜誌的總編，挖出二戰結束時昭和天皇留下的珍貴發言紀錄，達成前所未有的雜誌銷量後，又在陸續掌握其他種種八卦醜聞之間，轉眼坐上社長大位。

俗話常說「人不可貌相」，年輕的我從S總編身上學到的則是「人不只不可貌相，就算仔細觀察了一個人待人接物的態度與遣詞用字，還是無法輕易理解對方」。

電腦就不用說了，在那個連文字處理機也不普及的年代，公司配給菜鳥記者的電子產品頂多只有隨身呼叫器。而且還是連顯示對方電話號碼或傳送簡訊等機能都沒有的型號，呼叫器一響，我們只能急忙衝向距離最近的電話亭，回撥給留守編輯部的責任主編。

記者用鉛筆或原子筆，在週刊雜誌專用的一行十四字稿紙上寫下報導內容，再由責任主編以手寫方式拿紅筆在原稿上訂正，為段落下標，排版後交給印刷廠。到了印刷廠，由排版師傅一一揀出鉛字排版，這時印出的還只是打樣。上述一連串過程中，沒有一處用到電腦。

正常來說，週刊每週四發行，記者們從星期一深夜開始熬夜寫稿，星期二一大早將稿子送到印刷廠。這些專題報導於星期二中午過後印成初校打樣，S總編和U首席主編會帶著一名菜鳥（換句話說，不是我就是T）前往板橋區的印刷廠內附設辦公室，在那裡做打樣的最後確認，再將校對過的打樣還給印刷廠。這一趟工作我們稱為「出差校對」。

大致上，我和T隔週輪流出差校對，不過遇到我熬夜寫稿的那星期，T就會幫忙連續出差兩次。說是校對打樣，身為菜鳥的我們也不可能亂改前輩記者寫的原稿，在那棟建築老舊但格局分外寬敞的出差校對室裡，頂多只能為總編和主編泡泡茶、削削鉛筆、訂訂外賣或跑跑腿，剩下的，就是偷聽S總編和U主編閒聊或討論版面配置，不然只能默默盯著打樣上的報導內容閱讀了。

在公司裡向來給人溫厚印象的總編與主編，一到了出差校對室，竟展現出判若兩人的另一面。

「U啊，話說回來，那個〇〇寫的報導到底是什麼跟什麼，蒐集的材料根本不夠，內容一點都不犀利也不聳動嘛。以後再也不要把這種重要報導交給〇〇了，我看他就是個扶不起的阿斗。」

一邊用紅筆在當週頭條的內容上飛快訂正，S總編一邊講著撰寫那篇報導的前輩記者壞話。平時常帶這位〇〇前輩去新宿喝兩杯的U主編也一點沒有要幫忙緩頰的意思：

「好吧，暫時只能讓他寫寫無關緊要的小事了。」

立刻就和總編一個鼻孔出氣。

他們當著我這個菜鳥的面滿不在乎地說這些話固然令人錯愕，更驚人的是兩天後，在集合起來開企劃會議的編輯部成員中看到○○前輩時，S總編立刻露出一如往常的笑容：

「哎呀！這不是○○嗎，這期的報導寫得很好，你真有兩把刷子。」

竟然不當一回事的把他捧上天了。

這時我深深領悟，在這間公司就算做了加分的事也拿不到太大好評，但是只要一不小心犯錯，立刻會遭重貶。

「扣分主義」雖是有礙企業成長的弊端，後來我以記者身分採訪過諸多企業，又親身體驗了公司內部的人事鬥爭後，也就漸漸理解企業面對人事時為何難免陷入「扣分主義」的窠臼。

就像我待過的那間出版社，這些只錄取高學歷員工的企業裡，整體來說每個人都很「優秀」。說來也是理所當然，以A出版社為例，男性員工（當時只錄用四年制大學畢業生）幾乎由東大、慶應、早稻田畢業生三分天下，剩下幾個則是京大、一橋或上智的畢業生。

在這種只有學霸進得了的公司裡，更別說經過一番激烈競爭（我當初進A出版社時的錄取率是四百分之一）才擠進來的人材，要在十年內分出高下，無論如何都會走上「扣分主義」這條路（一個員工能否出人頭地必須在三十五歲前決定，這是多數企業內部不成文的規定，判斷基準的細節暫且省略，只能說也算符合邏輯）。

判斷立功與否的標準往往淪為上司的自由心證。然而，改由是否搞砸上頭交辦的任務、是否只能獲得平均數字以下的收益，或是否造成公司損失等觀點來評價員工的能力時，反而確保了一定程度的公平性。這麼一來，能生存到最後的，通常是「連一次也沒犯過錯」的人。

這種考核方式的規則，與社會上視為最公平的升學或證照考試規則十分相似。參加考試，比的是誰最接近滿分。換句話說，「如何讓自己扣最少分」就成了決定排名的關鍵。企業的「扣分主義」人事政策，和這可說如出一轍。

追根究柢，從錄用新員工時「重視學歷勝過一切」的方針，就能看出日本企業有多信賴這套名為「升學考試」的能力評鑑，又是如何受到這套便宜行事的評鑑法毒害。

說得更簡單一點，在用人偏重學歷的企業，人事考核走向「扣分主義」不過是理所當然的結果。想提高公司的創造性，撐過一般企業約莫三十年的「壽命」，實現永續繁榮的經營，首先或許必須一掃錄用人材時學歷至上的思維。日本人應該盡快拋棄「東大學生頭腦最好」的想法，別再迷信那種除了考試成績之外，別無其他根據的草率偏見。真要說的話，社會上種種問題根本就不像升學考那般，存在著早已準備好的「標準答案」。

我當編輯時認識了許多東大人（主要是學者與政府官員），卻從未在他們之中發現有誰具備令人驚嘆的好腦袋。唯一的例外是某部會一位年輕官員，但他也很快辭官，幾年後主掌了一個牽引證券市場的操盤手集團。A出版社內部狀況也差不多，儘管東大人擅長分析、評論與整合，在這方面能夠發揮平均值以上的能力，當遇到需要創意、嶄新思考與冒險心時，東大人明顯比不上其他大學的畢業生。

近年，日本內閣總理大臣極少出自政府官員，正好證明由東大人佔據大半名額的中央政府人材急需汰舊換新。舉例來說，宮澤喜一（東大畢業後進入大藏省任官）推翻自民黨與社民黨長期維持的五五年體制之後，接下來的十四任總理大臣中，東大畢業者除了宮澤之外，只有一個鳩山由紀夫。鳩山成為政治家前也不是官員，他的本職是學者。戰後經濟成長路線轉彎，日本在國際社會扮演的角色開始產生大幅變化，擅長維持與管理既有體制的東大出身官員也就迅速派不上用場。

在中央政府幾乎已成東大校友會的狀態下，要是不趕緊立法將東大畢業生錄用人數限制在所有官員人數四分之一之下，今後日本政府就不可能改頭換面，也永遠無法成為具備創造力的組織。

雖然和S總編只在週刊編輯部一起工作過，後來他仍對我多所關照。

從編輯局長一路當上人事行政董事、業務董事，平步青雲一帆風順的S先生，和我一直保持隨時都能見面深談的關係。數年後S先生當上社長，之後又由他的心腹U先生（那位首席主編）接任社長職位，而我依然一有事就直接去找已當上董事長的S先生商量。

還年輕的時候，有一年正好遇上東京證券交易所上市公司經營者紛紛交棒給接班人的情況，我連續採訪了將近十位新上任的企業經營者。採訪的重點是「你如何當上社長？」坐上擁有超過萬名員工的大企業唯一一把社長交椅，訣竅是什麼？如果有這種東西的話，肯定人人都想知道。

聽了眾多經營者說的話，我有些失望，心想「什麼嘛，原來如此」。然而另一方面，又覺得很有道理。

這條社長之路自然各自走得迂迴曲折，但是，幾乎所有人都有個共通點。那就是「和自己交情好的上司先當上社長」。

從這一點得出「當上社長的訣竅」結論如下：

——想讓自己成為社長，該做的就是先協助和自己交情好的上司當上社長。

我待過的出版社大概也不例外，繼S先生之後，當上社長的正是與他交情最好的部下U先生。

還記得那年年底，最後一天上班的日子。A出版社和往年一樣，每到這天正午過後，各部門就結束工作，開始喝酒熱鬧一番。

當時我因為兒子生病的關係，離開編輯部門，外調去了管理A出版社旗下各種文學獎項的財團法人。話雖如此，上班地點還是在公司裡。

沒記錯的話，時任月刊總編的S先生晃來找我時差不多快傍晚，熱鬧的酒宴也邁入尾聲，各樓層裡的同事正漸漸散去時。我那個部門也是，上司們早就跟其他部門的好麻吉一起上夜店去了。只剩我一個人在用公司的彩色印表機列印賀年明信片，這時，提著一瓶葡萄酒的S先生來了。

接下來幾個小時，S先生對我暢所欲言。或者應該說，他對我吐了好一番苦水。

我似乎從年輕時就有個天賦才能，經常有人樂意對我說出自己的事。就連不甚相熟的對象（偶爾甚至只是初次見面），只要和我聊上一小時左右，不知為何，往往就會把自己內心的想法或私人祕密告訴我。

——為什麼這個人會對既不是親人、配偶，也不是戀人的我說到這個地步？

每每看著對方真摯的表情，我都會如此感到不可思議。

我和S先生已經是談過各種話題的老交情，一看到他拎著葡萄酒來，我就知道他一定想說什麼。

S先生那天最想說的事，與大約一個月前發行的自家雜誌有關。那一期雜誌刊載了廣受世人矚目的獨家頭條，當時已經過了一個月還正值年尾，媒體依然不斷報導這樁事件的後續。

「野野村老弟，你還不知道我是怎麼拿下那條獨家的吧？」

以此為開場白，S先生對我說明這條獨家經歷了如何漫長的過程，才終於能在雜誌頁面上開花結果（那真是一段有趣的故事）。接著他說：

「事實就是我剛才跟你說的這樣，沒想到雜誌一出，竟然跑出四個人宣稱那條獨家是他們挖來編輯部的。」

S先生一一點名那四個人，露出一肚子氣沒處發散的表情，一再重複「人類真是卑劣的生物」。當然，那四個人都是公司裡的人。

至今公司裡一直有一群人想盡辦法扯他後腿，這次S先生說他不忍了。其中最無法原諒的，似乎是他多年來的競爭對手〇〇。我默默聽他發牢騷，這同時也是摸清公司高層人際關係（簡單來說就是派系動向）的大好機會。

離職時，我去向U社長和S董事長打了招呼。U社長的回應比較冷淡，只說「聽說你已經接到不少案子了嘛，看來不需要太擔心」。接著來到董事長辦公室，S董事長倒是勉勵了我一番：

「讓你離開實在是公司的損失，但對你的人生來說，卻是沒有比這更好的選擇，至少我是這麼想的。」

當時我已耳聞他的身體狀況不好，於是就問：

「S先生，您身體還好嗎？」

他點頭「嗯、嗯」了幾聲，故意哭喪著臉說：

「醫生不准我喝酒了啦。」

「這樣啊……」

「還說連一滴也不能喝。」

之後將近一小時，S先生滔滔不絕地叨絮了關於自己身體狀況和被強制禁酒的事。

「野野村老弟啊，你也知道喝酒是我唯一的樂趣，現在連這唯一的享受都要被剝奪，我簡直失去活下去的希望了嘛。」

S先生當上董事後，仍屢屢光顧他在新宿常去的小酒館，當時的董事長還特地提醒他「你已經是我們A出版社的董事，別再老混新宿一帶，得去銀座露個臉才行」。由此可知，被醫生禁酒這件事，讓S先生這個「新宿通」的怨念有多深。

最後，我把自己在溜池山王看了十多年的中醫聯絡方式告訴他。

「拜託這位醫生的話，或許多少可以喝一點。只要說是野野村介紹的，他一定會好好幫您斟酌。」

這麼附加說明後，我才離開董事長辦公室。

那之後，我沒再和S先生見過面。

去年四月，A出版社的朋友打電話來，通知我S先生過世的消息。葬禮只限親人參加，也已結束守靈，不過五月會再舉辦一次告別式。朋友說「等日期決定再告訴你」，就掛上了電話。

告別式在連續假期後的星期五舉行，地點是離A出版社不遠的大飯店。平常不太參加這種儀式的我，怎麼說也不可能不去。

弔唁人士在獻花台前大排長龍，台上掛著S先生的大幅遺照。

聽說死因是肝癌，但遺照裡的S先生尚未遭受病魔侵襲，依然是我記憶中的模樣。

S先生是個怎樣的人呢？

我毫無評論他的資格。儘管在同一間公司共事了二十多年，我在S先生手底下做事的時間也只有短短三年多，酒量差的我更幾乎不曾和嗜酒的他一起去喝上幾杯。

即使如此，我仍感覺得到自己和他之間，有某種一脈相通的什麼。

S先生是個非常不靈巧的人。但是，他同時也有著冒險心與毅力過人的另一面。看似粗魯笨拙，內心卻深藏耀眼光輝。

我並不討厭S先生這曖曖內含光的性格。總覺得能在那裡找到與自己重疊的部分。

望著遺照看時，忽然發現S先生的死令我深受打擊，伴隨而來的是一股意外深切的哀傷情緒。

過去我們的關係只是上司與下屬，甚至在我離職後連一次也沒再見過面。為什麼S先生的死會令我如此哀傷，簡直就像跑錯了地方或弄錯了什麼。

我在遺照下獻花後，走到隔壁的宴會廳，加入成群拿著威士忌或啤酒，正聊天聊得起勁的弔唁者。看到認識的人便點個頭，遇到以前同事就一起聊聊關於S先生的回憶。在這之中，我一直思考那原因到底是什麼。

各種思緒在胸中交錯，始終找不到明確的答案。

唯一想到的只有一件事，「大概是這樣吧……？」

那就是，我一直把S先生這個人看得很清楚。即使年齡有段差距，在公司裡地位也完全不同，甚至不是深入交往的對象，但是，在公司那幾年，我相信自己把他看得比誰都清楚。或許S先生也同樣一直把我看得很清楚？

真要比喻的話，我總覺得S先生和我看著彼此時，手上都拿著焦距對得剛剛好的望遠鏡。

我們生來就在脖子上掛著一副望遠鏡，用這個窺看周遭人們的內心。但是，這副望遠鏡很難用，看到的多半是對不準焦距的模糊畫面。只有遇到特定對象時，不知為何焦距瞬間準確，連對方內心深處都能看得一清二楚。

S先生對我而言，我對S先生而言，或許正是這種特定的對象？

就算是一起生活幾十年的人，用手上的望遠鏡看時始終對不上焦距，直到最後都難以理解對方。然而，即使是交情不深的人，也可能在拿起望遠鏡的瞬間正確對焦，相互理解……

我認為這個解釋雖不中亦不遠。

在我自己的經驗中，確實可分成看得很清楚的和怎麼也看不清楚的對象。接獲S先生訃聞時我還沒發現，他在「看得很清楚」的對象中，說不定是看得特別清楚的人。或許正因失去了這樣的對象，我才會感受到那麼深切的遺憾。

回頭想想，我們往往沒有與「看得清楚的對象」好好相處，因此疏遠的情形（就像我和S先生）反而更多。

人生中的煩惱大半來自人際關係，大概因為我們總是拿著那對不到焦距的望遠鏡，一心以為「不要放棄繼續調整焦距的話，總有一天會看清楚」而太過努力了吧。

為了這種無謂的努力，錯過與瞬間就能對準焦距的人深入交流的機會，這或許才是現實。

到了這把年紀，我深深體會到一件事。

——沒必要在人際關係上修練什麼。

就是這麼回事。

說什麼不要光憑好惡篩選周遭的人，必須秉持更多愛、慈悲、憐憫與寬容（人與人之間相處時最該優先學習的德目就是這個）面對他人。我們從小就受這樣的教誨長大，聽到耳朵都長繭了。

的確，光憑自己的好惡選擇對象有其風險（我們容易對能為自己帶來短期利益的人產生好感）。

但也不必因為這樣，就去勉強自己與無論如何都無法喜歡的配偶、子女、父母、兄弟姊妹、同學、教師、同事或上司等人積極交流。我認為那一點都沒必要。

在人際關係上忍耐，只會獲得比預期更小的果實，與合得來的對象歡笑度過的時光，反而能結出大得令人驚喜的果實。

我們應該從幼年時期就開始學習更多享受人際關係的方法才對。

想要建立豐美的人際關係，比什麼都重要的，是用自己手中的望遠鏡迅速找出對焦正確的人。

我們只要盡情與「看對眼的人」相親相愛就好。

不限學校或職場等集團，就算只是搭個電車，也曾瞬間對碰巧站在自己面前或坐在附近座位的人心動過。或者在酒吧櫃台邊，不經意對身旁陌生人產生親近感（即使女友就在自己身邊，卻莫名受隔壁情侶的其中一方吸引）。那種時候，我們往往只會視為錯覺，壓抑內心突如其來的心慌意亂。其實，說不定應該不顧一切接近對方比較好。

社會組織發展得愈是精密，跟著直覺走的邂逅就會愈來愈少。在街頭被人搭訕，我們只會先感到恐懼，連想都沒想過伸手去拿掛在脖子上的望遠鏡。面對自己隸屬群體（學校或公司等所處階級等集團）以外的對象，我們早已養成超乎必要的警戒習慣。

正是這種對內封閉的態度，剝奪了我們體驗「命中注定相遇」的自由。

話題扯遠了，說回S先生，他這一生究竟過得如何呢？

看著遺照前排隊的人群，我稍微想了一下這件事。

看在世人眼中，S先生的人生應該頗受上天眷顧吧。老家在埼玉是大地主，從小就過著豐衣足食的生活。早稻田大學文學系畢業後，進了日本數一數二的大出版社。他進公司時，還是出版業一片光明的時代，景氣好得現在難以想像，月薪至少是其他行業的兩倍。就連晚他十幾年進公司的我，都還聽說當時A出版社薪水算高的。實際上，公司每年發給員工相當於十四個月薪水的紅利獎金，一年還不只發兩次，而是發四次，待遇就是這麼優渥。

S先生在這樣的公司裡平步青雲，接連擔任日本具有代表性的週刊雜誌及月刊雜誌總編輯，最後還坐上社長及總裁的大位，拿下業界組織領導人的頭銜。雖說婉拒了獲頒勳章的榮譽，以一個上班族而言，仍稱得上是罕見的幸運人生。

別的不說，能在一流大飯店舉辦「告別式」，出席者還擠滿了廣大的宴會廳，光是這點就足以證明他擁有過「幸福人生」。

然而，看著成為一張照片的S先生（雖說那是好大的一幅遺照），我只覺得那些豐功偉業說起來也不算什麼。或許和大多數人（例如他的親戚、同學、同事等等）比起來，他走過的是比較幸運的一生，但對化為一張照片的S先生來說，無論是生前的成就或失敗，肯定都已不具任何意義。

現在的他，**不過是一介死者**。

只能說是過去曾經存在，**現在不存在於任何地方的人**。

這麼一想就發現，這個世界上的人其實只分成兩種。一種是分分秒秒都在朝「一介死者」走去的人，另一種是像S先生一樣乖乖成為一張遺照的「一介死者」，除此之外別無其他。

沒錯，S先生這輩子沒餓過、沒受凍過也沒被嚴刑拷打過，就這點來說，確實可列入幸運的一方。但是，除此之外的一般苦痛（面對親人好友的死，被信任的人背叛、劇烈的肉體疲勞和精神混亂不振……）可說比普通人經歷過更多。最重要的是，他死於肝癌這種難熬的疾病，想必充分承受了邁向死亡時的痛苦。

這麼說來，輕易斷定S先生擁有幸福的人生，未免錯得太離譜。我認為那才是真正的大錯特錯。結束七十五年的人生，最終落得不過是「一介死者」的下場，這樣的人生怎麼看也算不上成功，更別說是幸運了。

* * *

「世上從來沒有什麼幸福人生」，對總有一天會死的我們來說，這是具有壓倒性說服力的想法。只要思考過一次自己死去時的事，無論多鮮明雀躍的喜悅，都會在那光彩上蒙一層陰霾。想像近在身邊的對象（配偶、戀人、子女或愛犬、愛貓）比自己先走一步時，也會陷入相同狀態。更別說無論是自己也好，自己的最愛也好，死前如果必須在病榻上承受難耐的苦楚，那必定會教人想詛咒這輩子所活過的一切現實。

我認為人類所有願望中，最迫切也最重要的，或說當聽到神明「可以為你實現唯一一個願望」時，務必想懇求神明實現的願望，莫過於「在安樂中死去」。

在痛苦中死去這件事，和死亡本身同樣，有時甚至超越死亡本身帶來的恐懼。

死亡帶來的痛苦非常具體寫實，我們從小就被迫牢牢記住那種殘忍的痛苦。

一言以蔽之，那就是「恐懼與痛楚」。

恐懼自我意識即將消滅，人生一切終將歸於虛無。恐懼自己忽然就要與心愛的人們、熟悉的世界和充滿夢想的未來道別。同時，令人無助的不適、身體上的劇烈疼痛與絕無可能改善的呼吸困難也會在死亡前襲擊我們。

老實說，死這件事真是糟透了。

可是，這生命中最糟糕的一天會突然造訪我們，沒人知道如何逃開。

這麼一想，人生豈不也成了最糟糕的東西嗎。畢竟過程再好，只要結局不好，一切也都沒用了。

為了忽略這「最糟的結局」，在這個身邊充斥死亡，如家常便飯般經歷著無論好壞終將一死的時代，我們做出的第一件事就是「否定死亡」。

就算眼前躺著正在逐漸腐爛的屍體，我們也會告訴自己，這個屍體絕對不是「那個人」，真正的「那個人」（的靈魂）只是離開肉體，搬到永恆之都安住罷了——人類透過創造出肯定「活著這件事」的絕對存在（神）來翻轉生與死的順位，說服自己相信生才是死的支配者。如今世界各地擁有莫大力量的巨大宗教系統於焉誕生。

然而，以神的存在和靈魂不滅為前提的宗教系統，也因著科學文明的進步而逐漸失去往日的威勢。

不管怎麼說，發生「奇蹟」的頻率實在太低了，足以奪走人們對宗教系統的信任。再怎麼宣稱靈魂不滅不死，幾乎沒有人能死後復活的事實，在傳播媒體的發展下已足夠讓我們對宗教抱持懷疑。

當「對死亡的否定」像這樣變得愈來愈困難，我們只能嘗試其他方法。

那就是刻意「忘記死亡」。

在日常生活中竭力不去思考死亡可能會在某日突然來臨——只要忽略死神隨時近在身邊的事實，「忘記死亡」這個方法就能起到一定程度的安慰效果。簡單來說，這套自我安慰法經常以下兩個常見說詞的形式出現：

・（反正）死了就結束了。

・死了之後就什麼都沒了。

即使是具備相當程度知識的人（尤其是信奉科學的人），在被問到關於死亡的感想時，也總是把這兩句話掛在嘴上，擺出一副不在意的樣子，好像只要這麼評論死亡就夠了似的。

然而，不管是「死了就結束了」或「死了之後就什麼都沒了」，都只是換個說詞來形容死亡而已，意思跟「死了就死了」沒兩樣。

換句話說，關於「死」，等於什麼都沒說。結果，這兩句話依然只是為了讓自己不用思考死亡（刻意忘記死亡）的某種咒語。

・死了以後會怎樣，要等死了才知道。

這句話也是那種咒語之一。

宴會廳裡人聲鼎沸，甚是熱鬧。

將近一半都是A出版社的人，也有不少已離職的員工，眾多老朋友相見，氣氛簡直就像在開同學會。原因之一或許是守靈和葬禮已在一個月前結束，這天的告別式沒有太濃厚的弔唁性質。搭設祭壇、擺放棺木的葬禮只開放近親參加，隔一段時間再另外舉辦告別式，我認為這種做法很合理。

無論如何都要一睹躺在棺木中那個曾經親近過的人，親眼確認對方已死。無論弔唁的是誰，想這麼做的人應該不多才是。

在宴會廳裡歡聚暢談時，司儀不時點名朋友、熟人上台，站在麥克風前說說自己對故人的回憶。正式的弔詞已在眾人獻花之前，由一位知名作家與S先生目前擔任私立大學校長的國中同學完成，這時的致詞不那麼正式，多半都是些軼事雜談。

前任總裁U先生（他和S先生一樣，從社長位子退下後轉任總裁）也上台致詞了。話中提到S先生卸下總裁職務後的有趣日常生活，其中最吸引我注意的，是S先生晚年迷上俳句創作的事。

「大家都知道，別看S先生那樣，他的文章可是寫得非常出色。可是得知罹患肝癌後不久，他忽然開始鑽研俳句，這倒是出乎我意料。S先生退休後，各家出版社都想請他執筆撰寫回憶錄，他卻從來不肯點頭。我也試圖說服過他幾次，每次S先生都對我說，U老弟啊，我希望自己這輩子就當個編輯，所以即使留下再多自己編輯過的書，也不願意留下一行自己寫的字，這是我身為編輯的信念。沒想到，罹患癌症後的S先生踏上俳句之路，到了說他沉迷此道也不為過的地步，去年底甚至出了自己創作的俳句集。今天S先生的家人也準備了幾十本來，有興趣的人回去時務必帶本回家做紀念。每一句都非常出色，得以從中窺見過去沒見過的S先生另一面，我想各位讀了一定會感到驚喜。」

確實如他所說，S先生的文筆是不折不扣的好，在公司裡為記者或下屬修改原稿時的功力素來廣受好評。因此，對於他晚年開始創作一事，我並不怎麼驚訝，教我意外的是，他竟然選擇了俳句。

上了年紀與罹患癌症的事，或許讓他心境產生了相當大的變化？否則，我怎麼想也不認為S先生會沉迷於俳句這種枯燥的興趣。

約莫兩小時的告別式結束後，參加者陸續散去。以前同事約我去續攤，我婉拒了，直接走向會場出口。

這時，瞥見大廳裡的接待櫃台還未撤走，前面排了不少人，看來是在排隊等待領取U先生說的俳句集。櫃台上確實堆著兩排薄薄的單行本。我決定排進隊伍，心想讀了這本俳句集，一定能揣摩S先生人生最後的心境。

話說回來，不是發給所有參加告別式的人一人一本，只交給有索取意願的人，這似乎也很符合S先生的性情。

眼見排在前面的人龍愈來愈短，排在後面的人則是愈來愈多，接待櫃台上的俳句集轉眼減少，立刻又有人拿了一疊出來補充。

還差幾個人就輪到我時，我聽見了那個聲音。

「不用讀這種東西也沒關係啦，野野村老弟。」

那是仍在我記憶中，但許久未聞的S先生的聲音。

我瞬間環顧四周，視線朝挑高的天花板望去。當然不可能看見S先生，在那聲音後沒再聽見其他話語，排在我前後的人們臉上也沒出現疑惑表情。

我確實聽見了聲音，毫無疑問是S先生的聲音。但那恐怕只是我的意識擅自在腦中創造的聲音。

然而，即使如此，我仍舊走出還差三人就輪到我的隊伍。

剛才的聲音肯定是幻聽，但是就算是幻聽，我依然認為自己確實聽見了S先生的聲音。

我略帶興奮地，在腦中試著重現剛才的聲音。

「不用讀這種東西也沒關係啦，野野村老弟。」

這麼再聽一次，怎麼聽都很像S先生難為情時的聲音。

——S先生，我竟然說您只是「一介死者」，實在太失禮了。對不起……

我為先前失禮的想法致歉。S先生決計不是一介死者，他還像這樣確確實實活在我心中。

走到會場大廳，避開擠在電梯前的一大群人，走到通往廁所的走道前方長椅旁坐下。這裡沒什麼人，很安靜。

閉上眼睛好一會兒，梳理腦中的一片混沌。長年書寫文章使我養成了幾項特殊技能，其中最擅長的就是分類、分析自己的情感與思緒，快速組織成言語。

簡單來說。一如往常地，我如此喃喃低語。

S先生並非從這世上消失，而是離開到更遠的地方去了。儘管對我而言他早已是遙遠的存在，但真想見面的話，彼此之間的距離並非遠到無法相見。只是這次他終於離開，去到一個遠得無法相見的地方了。

話雖如此，這並不代表他就此消失，所以我才能像剛才那樣接收到他的聲音。其他人雖然聽不到，與生前的他擁有彼此順利對焦望遠鏡的我和他之間，就算偶爾發生這種事也不奇怪。

簡單來說，就是這麼回事。

這個解釋，也和我這幾年來一直思考的事相符。

我長年來堅持書寫與「時間」及「記憶」有關的小說，年過五十之後，總覺得看見兩者之間強大的關聯性了。

最近，我認為所謂的「時間」，其實只不過是「距離」。

至於「現在」，則是我們當下站立的一小塊地點。換句話說，「我」就是那個「地點」。「過去」在這個地點的後面，「未來」在這個地點的前面。

簡單來說……

過去和現在（這個地點）及未來同時存在世界上。就這層意義而言，「時間」並不存在，存在的只是與這個地點之間的距離。

地點（我）在做的只有一件事。那就是「看」。我們不間斷地看著前方與後方，往後方看的行為稱為「回憶」，往前方看的行為則可以各種詞彙表現（例如預計、預測、預感、預知、計畫、期盼……）。

「時間」不存在，存在的只有「地點」，這麼一想，就能將過去與未來理解為從現在算起的「距離」。正好與「時間對我們而言，只不過是被創造出的方便度量衡（時間=時鐘）」之事實吻合。

S先生現在雖然去了我伸手不可及的遙遠地點，只要使用我手中的望遠鏡，（有時）隱約還是可以看見他。

排隊時聽見的S先生的聲音，使我再次體認到，對我而言，他就是那樣特別的對象。

接到律師M先生的訃聞，則是去年夏天的事。

聽說他在慢跑時忽然昏倒，就這樣撒手人寰。正好在那一個月前，M先生才邀請我去人形町的天婦羅店吃飯，我們彼此都帶了老婆。因此，得知他離世的消息，我無法不感到驚訝。

M先生除了律師外，還擁有註冊會計師執照及專利律師執照，在八重洲開了一間很大的事務所（法律、會計與專利的綜合事務所），能力很強。

年輕時透過採訪認識他，工作上遇到各種法律相關問題，我都會去找他請教。還在出版社工作時，經常因為報導的內容被告誹謗名譽，好幾次以被告身份站上法庭，每次我都拜託M先生擔任被告辯護律師，寫陳述意見書時，也間接獲得他不少建議。

不過，那些充其量都只是工作上的往來。

和M先生私下走得近是近幾年來的事。數年前，有天我和妻子去日本橋的三越百貨購物，正好遇到M先生一家人。

我和妻子年紀相差十五歲左右，當時M先生為我們介紹他的太太，看上去只有二十幾歲，懷中還抱著一個小嬰兒。理所當然地，起初我和妻子都誤以為那是他的女兒。

知道是夫人與千金時，內心真是驚訝不已。

當下雖然只寒暄幾句就道別，幾天後，M先生傳訊約我吃晚餐。就連我還在公司上班時都鮮少和他單獨吃飯喝酒，成為作家後，彼此更是斷了音訊，會忽然約我吃飯，肯定是前些日子在百貨公司巧遇的緣故。我高興地答應了。

我帶著一條領帶當禮物，前往銀座那間M先生常去的壽司店。到了二樓包廂，M先生已經等在那裡了。搶先坐了下座的他身旁放著一個大紙袋，我們用日本酒互敬後，他立刻將袋中物品搬上桌。

那是將近二十本的我的著作。

「老實說，我老婆從學生時代就是野野村先生您的死忠書迷，我們會在一起，可說都是託您的福喔。所以，我一直想找機會向您道謝，剛和她結婚那陣子，聽人說野野村先生搬到關西去了，特地聯絡您也不好意思，於是就這麼打消了念頭。沒想到上次會在三越巧遇，我們是既驚又喜。這下，我老婆總算相信我真的認識野野村先生，她可激動了呢。」

三年前，我確實曾搬去神戶住了兩年，一年前剛搬回東京。

桌上堆著整套我的作品。一問之下才知道，M先生和太太各自拿出手邊有的書，就這麼湊齊了整套。

「我老婆說想要您的簽名，兩個人煩惱著要挑哪本，但又遲遲無法決定。後來她說，既然如此不如全部帶去吧，讓野野村老師選一本，這麼做最好。」

說著，M先生露出抱歉的笑容。

「這意思就是她希望您每一本都簽啦。說來厚臉皮，還望您成全。」

說完，他對我低下頭。

簽名小意思，我們一邊對飲，我一邊快速簽完了整疊書。簽名對象寫的當然是太太的名字。

「夫人名叫彩花啊，M先生年輕時肯定聽都沒聽過這個名字。」

我一邊簽名，一邊開他玩笑。

「不、您說得沒錯。」

M先生難為情地喝乾杯中的酒。他說，自己和太太差了將近三十歲。

接下來，我連問都沒問，他就自己說了與太太認識的經過。

彩花夫人原本是M先生執教的法科大學研究所學生。

話雖如此，他們並非在大學裡相識。有天晚上，M先生搭末班電車回到離家最近的目白車站，看見月台上有個年輕女生，蜷著身體坐在長椅上。原以為是附近學習院大學的學生喝醉走不動了，轉念一想，在這一站很少看見這種情形，於是姑且上前詢問。畢竟末班車已經開走，她也不能繼續在月台上待著了。

「妳沒事吧？」

那個女生頭也不抬，只發出微弱的聲音：「不好意思……」

「喝太多了嗎？」

「是偏頭痛。」

那時差不多二月中旬，無人的月台冷進了骨子裡，寒風吹得人忍不住縮起身體。

「已經沒有電車了，還是出車站叫計程車比較好。妳走得動嗎？」

「勉強可以。」

說著，她才終於抬起頭。

儘管M先生沒認出來，身為學生的她卻是一眼就認出了M先生。

「M老師……」

劈頭被人喊出名字，M先生大吃一驚。

攙扶女學生走出車站，才剛到計程車招呼站，她就忽然甩開M先生的手臂，衝向目白通旁的植栽。M先生急忙追上前，看到她蹲在行道樹下劇烈嘔吐。雖然知道嚴重的偏頭痛會引起嘔吐，這還是第一次親眼看到有人這樣。

「那狀態看起來完全無法搭計程車回家，問了之後，她說自己一個人住在高圓寺的公寓，那天是參加所屬樂團在池袋的練習，結束得太晚，原本要搭電車到新宿換車，半途頭痛得受不了，只好提早下車。我問能不能請父母或男朋友來接，她說沒有人能來。說真的，我也不知道該如何是好。」

結果，她竟然拜託M先生「能不能去老師家休息一下」。

「我是單身漢，家裡沒有其他人，所以也很猶豫。但是眼看就要下起小雨，總不能繼續待在原地。」

最後，M先生把她帶回離車站走路幾分鐘的自家公寓。

「國中畢業後就沒有發作過這麼嚴重的偏頭痛了，在月台上目送了好幾班車，我自己都不知道該怎麼辦。這時，第一個來關心我的人就是他，當我抬頭看到他的臉時，心想這一定是命中注定了。」

後來，M夫人這麼描述當天晚上的事。

當然，夫人感到「命中注定」的原因，並不只因M先生是平常她課堂上的那個老師……進M先生家後，她的偏頭痛急速緩解，躺在沙發上休息了一會兒便沉沉睡去。

這天之後，兩人開始偶爾相約吃飯。

「話是這麼說，也不是就開始談戀愛了。畢竟我的歲數都能當她爸，她又是我任教大學的學生啊。我原本就不太有成家的欲望，實際上也單身到五十多歲，都已經覺得單身到死也無所謂了。」

照M先生的說法，當初是太太比較積極，聯絡也幾乎都是由她主動。

這樣偶爾相約吃飯了三個月左右，M先生的心情起了很大變化。據說，引起這個變化的導火線正是我的書。

「吃了幾次飯，也天南地北什麼都聊，卻幾乎不提彼此的私事。我只有說自己單身，原因就沒說了。她也只告訴我自己是和歌山人，從大阪的大學畢業後，考進我任教的大學讀研究所，除此之外什麼都沒說。」

不料某天，比約定時間遲到很多的M先生抵達餐廳時，先來的她正在看我的書。

「我一提到自己和那位作家很熟，她就顯得非常驚訝，之後，我們開始聊起野野村先生的小說。她是您多年來的死忠書迷，我則是只要您一出新書就會買來拜讀，那天聊得非常熱絡，這是之前從來不曾有過的事。」

很自然地，話題聊到最喜歡的作品是哪一本，M先生一說出書名，彩花小姐立刻說她也一樣。

「瞬間，也不知道為什麼，她的臉看在我眼中和過去截然不同。原因至今不明，只是回過神時，我已經開始對她說起從未對別人說過的私事。」

這也是我第一次得知M先生的過去。

遭逢那件可怕的意外，是M先生小學三年級時的事。

當時，M先生一家因為父親工作的關係搬到青森縣弘前市。M先生的父親是全國性報紙的記者，前一年的春天，M先生和父母及小三歲的妹妹才剛一起搬到弘前市。

二月中旬的某個夜晚，M少年被敲打窗戶的聲音吵醒。一家人住的是報社租來當宿舍的單層小平房，只有廚房、兩個三坪大的房間和一個兩坪多的房間。三坪大的兩個房間相連，與M少年平常睡的兩坪多房間中間隔著廚房。這時，有人正叩叩敲響這間兩坪多房間的窗戶。

睜著惺忪睡眼鑽出被窩，M少年拉開窗簾往窗外看。當時的弘前是入夜後氣溫可能低至零下二十度的極寒地帶，窗戶一般都是雙層窗。

走到窗邊，他立刻認出敲窗的人是誰。一看到M少年，窗外的人敲得更用力了。打開窗戶，父親就站在那裡。

「按了好幾次門鈴，你媽都沒起來。抱歉啊，去玄關幫我開門好嗎？」

喝得醉醺醺的父親一臉無計可施的樣子，朝M少年雙手合十拜託。

傍晚還在下的雪已經停了，積雪反射著月光，清楚看見父親喝得滿臉通紅。

拉開自己房間的紙門，一腳踏進廚房時，M少年已察覺異狀。

屋內瀰漫一股奇怪的氣味，就連小學三年級的M少年也馬上知道事情不對勁。伸手摀住嘴巴，朝廚房另一頭的玄關飛奔，匆匆打開家門。父親已經站在門口等了。然而，門打開的瞬間，父親臉色立刻大變。

「糟了！」

父親拉著探頭出來的M少年衣袖，將他拉出門外。

「站在這裡等，絕對不能跟著我進去！」

以近乎斥責的聲音如此下令，父親從西裝外套掏出手帕，先抓了一把雪再蒙住口鼻，衝進家門。聽見猛力打開廚房窗戶的聲音，還聽見父親穿著鞋子跑進屋內呼喚母親及妹妹名字的聲音。

M先生的母親和妹妹在這場意外中喪生。

死因是煤氣暖爐燃燒不全導致的一氧化碳中毒。當時，這是雪國經常發生的悲劇。

「此後，原本愛喝酒的父親到死都沒再喝過一滴酒。靜岡的外公外婆收養了我，後來我這輩子都不曾再與父親同住。父親在報社裡出人頭地，一路拚到了中部總社代表，再以空降部隊方式當上名古屋地方電視台的台長，於幾年前過世。我在靜岡讀中學時父親再婚，和新太太生了兩個小孩。只不過，直到他晚年，我們都不太主動去見對方。看到我就想起死去的妻女，這大概令他難以承受吧。我也一樣，比起父親更信賴外公，連職業都選擇跟外公一樣當律師。」

M先生說，正因為這段過去，他才會決定一輩子單身。

「看著父親這輩子是怎麼過下來的，讓我產生了這樣的想法。此外，我一直覺得自己生來就和血親緣分淡薄。我想，自己一定是個孤獨專家，從小就莫名自信一個人也能活下去。」

他這個「孤獨專家」的說法，讓我忍不住笑出來，但是……

聽完M先生這番剖白，彩花小姐表情也變了。

M先生說完後，她說出的第一句話，是對M先生而言難以置信的一句話。

「我也跟老師您一樣，小學時，因為一起意外，同時失去了父母和弟弟。」

說這句話時，她眼中盈滿淚水。

彩花小姐五年級時家中失火，所有家人都死了。

父母原本在大阪經營一間小規模的鐵工廠，一家人就住在工廠二樓。失火原因是漏電，就寢中的家人察覺時，樓梯下方已是一片火海，陷入無法逃生的狀態。彩花小姐之所以能保住性命，是因為那天晚上只有她去朋友家過夜。消防隊趕到時，只能一邊用水澆灌四周房屋，一邊默默看著大火吞噬那棟工廠兼住家的兩層樓老舊建築。

母親在和歌山的娘家收留了活下來的她，和母親單身的姊姊一起生活，直到她高中畢業。不過，這位阿姨也在彩花小姐到大阪讀大學的第二年車禍過世了。

火災奪走家人後，彩花小姐就開始出現偏頭痛的症狀。國中時最嚴重，上了高中後漸漸改善，上大學後幾乎不再發作。然而，阿姨的遽逝再次引發了她的偏頭痛。

在我的作品中，M先生和彩花夫人最喜歡的，是一個描述和他們一樣兒時遭逢意外，失去所有家人的女性，在克服重重考驗後，與比自己小的男性跨越艱難阻礙，戀情修成正果的故事。這部長篇小說與我其他作品風格有些不同，拜此之賜，也獲得了許多讀者的支持。

彩花夫人說，在目白車站的月台上，當M先生上前關切時，她彷彿看見死去的父親。

「那一瞬間，我好像看見父親站在面前，凝神細看，才發現是平常課堂上的老師。在那之前，我連一次也沒這麼想過，那時卻真的覺得看起來好像。」

日後，夫人這麼對我說。

把深埋心中幾十年的過往祕密說出口，卻得知對方竟然跟自己有相同遭遇，別說M先生，任誰都不會只將彼此的相遇視為偶然。

對彩花夫人而言，M先生的剖白成為決定性的關鍵。

在那樣的劇烈頭痛中，將M先生看成過世的父親，使她確信這一定是命中注定的相逢。

就這樣，他們很快地深入交往，於目白車站第一次相遇的半年後正式結為夫妻。彩花夫人放棄成為律師，選擇走入家庭。

結婚三年後生下獨生女夏目。過了半年，我和M先生在三越重逢。

不只彩花夫人，連M先生也違背過往的人生信念，迫切期盼擁有自己的孩子。

「一直懷不上孩子，最後只好仰賴不孕治療。在遇到她之前，我老是不懂為何非得為了懷孕做到那地步不可，可是實際上自己結了婚，開始希望和妻子擁有自己的孩子之後，反而對過去的自己感到傻眼，竟然連這種事都不懂。」

M先生這麼說著，與我詳細分享了關於不孕治療的經驗，內容實在非常有意思。

「目前的主流是分別取出卵子和精子，使其在顯微鏡下受精，再將受精卵放回母體的方式。因此，為了取卵、取精，我們也去了醫院好多次。不過，採取精子的方式是這樣的，只有丈夫單獨進入名為『取精室』的小房間，對著一個小容器射精。換句話說，就是得在那裡自慰才行。原本我還以為妻子可以來幫忙，沒想到是這樣。為了讓男人有那個意思，取精室裡準備了那類雜誌和DVD，但我總覺得再怎麼說也不應該用那些東西。所以，我一邊拚命想著妻子的臉和身體一邊弄，但卻怎麼也不順利。這也難怪吧，在那樣枯燥無聊的小房間裡，一想到牆外滿是來找醫生諮詢不孕的夫妻，護理師和醫生們不斷行經走廊，身體怎麼可能興奮得起來。只是啊，正當我在那裡拚著九牛二虎之力時，忽然不經意地察覺了一件事，就像猛地睜開過去一直閉著的眼睛似的，真的是一次很難得的經驗。」

接下來這段話，是最令我印象深刻的部分。

「我們男人啊，在女人體內射精時，總會有種惶恐的感覺不是嗎？即使在成為夫妻之後，明知做愛是為了生孩子，還是會莫名地逃避這個事實。

以我們的狀況來說，從決定要結婚時，內人就強烈希望懷孕。畢竟我年紀不小了，她也把話說得很清楚，想要愈早生小孩愈好。可是啊，她的這股熱切，對我來說，還是有無法完全理解的地方。當然，我也想要小孩。只是看到她那副宛如殺紅了眼的氣勢，我很難不感到恐懼。不過啊，野野村先生，當我關在那間取精室裡奮鬥時……要知道那是一點也激不起情慾，甚至可以說是完全相反的行為，可是，我卻瞬間理解妻子拚命想要小孩的心情了喔。心想，原來她每天都懷著這種心情期待自己懷孕哪。

該怎麼說才好呢，那像是某種關於傳宗接代的本質，原本應該只有女人才能理解，身為男人的我，卻在那一瞬間窺見了真貌。我有這種感覺。」

M先生死後，我偶爾會想起他的這番傾吐。

對我來說，那或許是與M先生之間「最難忘的回憶」。

不管男人女人終究都是人。總覺得年輕時的我一邊這麼說服自己一邊寫小說。尤其是在以女性為主角時（例如M氏夫妻最喜歡的那部長篇小說），下筆更是特地留心這一點。

然而，到了年近六十的現在，我漸漸領悟到，男人與女人是全然不同的生物。

我認為男女之所以強烈受到彼此吸引，正因彼此乍看之下非常相似，實則迴然相異，被那宛如詐欺的落差不由自主地奪去了目光。

十幾歲的時候，看某個電視節目做街頭採訪，到處去問路過的年輕女人「生為女人最好的一件事是什麼？」。

調查結果，以壓倒性數字拿下第一名的答案是「可以生小孩」。

我還記得自己看到這個節目時是如何打從心底感到意外。

可以盡情打扮、不用工作也活得下去、不用上戰場打仗……當時我腦中立刻浮現的是這類答案，作夢也想不到只有女人單方面被迫承受痛苦的「生產」，會是她們心目中「身為女人最好的一件事」。就身為男人的我看來，生產以及伴隨而來的種種生理現象除了麻煩與危險之外什麼都不是。

更何況，她們的答案並非「成為母親」，反而直接回答「生小孩」。從這個答案可知，即使同是為人父母，女人對成為母親這件事擁有特別的自覺，甚至透露出一股凌駕男性父親角色的優越感。

從此之後，我也拿這個問題問過無數女性，得到最多的答案果然還是「可以生小孩」。

當然也有舉出其他答案的女性，或是宣稱「不想生小孩」的人（只是，這些說不要小孩的女性一旦結婚之後，多半還是生了小孩）。

反過來看我們男人又是如何？

——身為男人最好的一件事是什麼？

對於這個問題，男人們大概拿得出千百種不同答案。

或許無法像女性那樣找到壓倒性的第一名。

以我自己為例，第一個浮現腦海的答案是「可以喜歡女人」。然而說到底，這答案根本文不對題，立刻遭到淘汰。這下我可就窮於應答了。

接下來，我試著不像女性那樣以直覺作答，改變答題方式，以「重視邏輯」的方式思考「只有男人回答得出的答案是什麼」。

唯有男人才辦得到的事是什麼？

認真一想，才發現這是很難回答的問題。

男人做得到而女人做不到的事，一朝這方向思考就會發現，顯然沒有一件事能與「生小孩」匹敵。

職業或學問也好，各種競技或賽事也好，男女紀錄上的不同或對男女能力做出區分是很正常的事（以拳擊競技來說，若是不區分男女界線，女性拳擊手便會自然消失了吧），儘管如此，仍沒有什麼是男性做得到而女性絕對做不到的事。

當然，如同只有女性才能「生產」，或許也有人會說「射精」是只有男性才做得到的行為。然而，生產帶有傳宗接代的重大意義，相較之下，射精這行為本身則毫無任何意義可言。能不能成為父母端看女性，只有女性有權決定，男性就算「射精」幾千次，沒有女性做出決定，男性絕對無法當上父親。要不要讓「他」成為父親，決定權完全掌握在「她」手中。

這麼一來，我們男人若想找出「專屬男人」的事，只能從「雖然男女都能辦到，但女人從沒想過要去做的事」中找尋答案了。

通常只有男人想去做，做了之後還會認為「身為男人真好」的究竟是什麼？

我認為，想找出這個答案，最快的方法就是從「男人爭相投入，女人卻決不參與」的明顯事例下手。

綜觀古今東西，只有男人願意長年耗費心力投入且持續進行的是什麼？

答案只有一個。

那就是「戰爭」。

「戰爭」這種事，有史以來都是專屬男人的事業。軍隊由男性士兵組成，在戰場上以性命相拚的也都是男人，甚至可說沒有女人介入的餘地。

縱使現代國家已為女兵確保一定程度的活躍場域（連日本自衛隊都進入可由女性擔任護衛艦長的時代），戰爭仍稱得上是男性的專利。

若想明確回答「身為男人最好的一件事是什麼」，答案或許就是「能上戰場打仗」了吧。聽到「能上戰場打仗」這種話，大多數男性想必會表現出抗拒的態度。但是，只要將這句話換成「有好戰的一面」或「能透過各種形式與敵人盡情對戰」，大多數男性大概就會承認「確實慶幸自己生為男人」了吧。

如果說母性是女人的天賦，好戰的性格就是男人的天賦，我是這麼想的。女性聽了或許難以置信，對男人而言，「我們能認真戰鬥」，與女人的「能夠生小孩」意義相同（當然，真正的戰爭也包含在這裡說的戰鬥中）。

小時候看到戰鬥機、軍艦、戰車、火箭或槍砲刀劍等武器，眼神閃閃發光的都是男孩子，這不只是因為「那很帥」，而是小小年紀的我們也已懂得，這些武器是能用來殺死敵（人）的東西。

與難以原諒的人對峙時，誰都會有「你怎麼不去死」的念頭，但這個「念頭」在男女身上展現出的形式完全不同。男人多半是氣血攻心的「想親手勒死對方」、「想開槍打死對方」或「想把對方大卸八塊」，女人則往往想著「能不能來個人替自己殺死對方」。

所謂戰爭，或許是上述男人與女人從不同角度展現的殺意正好重合時發生的事，但直接上陣殺敵的，終究還是男人。

最後只要靠暴力解決問題就好——我認為男人恐怕永遠無法脫離這個想法的束縛。

因為，暴力對男人而言，是唯一能與女人「生孩子」的權利抗衡的行為。

不過，若說男人與女人誰才是真正的殺人者，答案應該是女人。

就算男人能在戰爭中若無其事殺死許多無辜的人，也比不上女人執行殺戮之徹底。男人在戰場上殺死的充其量只限「敵人」，女人卻不斷殺死人類全體。

即使沒有死於戰禍，我們所有人也終將一死。那麼仔細一想，讓我們所有人被迫走向非死不可命運的，豈不正是將我們生到這個世界來的母親。

在我年輕時寫的小說中，也曾深入探討這個問題。生下小孩這件事，等於是讓生下的小孩去送死。只要女人不生小孩，百年過後，這世上將沒有任何一個「即將死去的人」。

我不禁要說，母親（女性）真是一種不負責任的生物。

儘管母親將孩子生下來受到眾人疼愛，這個孩子死前痛苦掙扎時，卻幾乎沒有一個母親能給予任何幫助或慰藉。她們只管生，只管疼，在最重要的時刻又不負起任何責任，不知身在何方。

這就是母親這種生物的真面目。

話題又扯遠了。總之那天晚上（在壽司店見面那天），我聽完M先生長長的故事，心想不如請他為我協調與分居中的妻子離婚一事吧。

既然M先生都將他這麼私人的事告訴我了，我自然也有分享自己隱私的義務（人際關係基本上就是互相拿取與給予）。就這點來說，向身為律師的M先生商量離婚的事，可說是一舉兩得。

我向來相信人與人之間什麼都別隱瞞，什麼都說出來最好。交易更不需要考慮隱私。若說我們之間有什麼唯一必須隱瞞對方的事，那應該只有「殺人」吧。

或許有人對此感到意外，但我因為工作性質的緣故，至今認識了不少名人，要我舉出這些人的共通點，答案肯定是「大家都是耿直的老實人」。

一般人總把老實人當傻瓜，其實這是大錯特錯。

M先生似乎以為我再婚了，聽到我還有個已分居將近二十年的正宮，露出驚訝的表情。

「過陣子，我想正式委託您處理這件事，可以嗎？」

我這麼問。

「當然可以。雖然不能說出對方的名字，我們事務所處理過很多知名人士的離婚問題，一定能幫上您的忙。」

M先生拍著胸脯保證。

然而，即使M先生使出高明手腕協助我與妻子協議離婚，結果還是跟過去幾次一樣不順利。他也曾試圖接觸我那已成年的兒子，但兒子對父母離婚一事始終不改「絕不介入」的態度。

自從我拋棄家庭至今，和兒子只見過一次面。那是我離家一年後，回九州老家養病時的事。當時他還是個國中生。

另一方面，對於離婚的事，妻子一如既往不做任何回應，完全沒有上桌談判的意思。最後，一封診斷書送到我的代理人M先生手邊，上面寫著根據醫師診斷，妻子精神失調，無法回應離婚協議。收到M先生聯絡時，我也以為這次事情不會再有進展，決定放棄。

「野野村先生，您不是無論如何都想離婚嗎？」

M先生不解地問，提出以打離婚官司為最後手段的建議。

「我不想打官司。」

我這麼說。

「為什麼呢？」

「我不喜歡把夫妻之間的爭執帶上法庭。如果對方還不想離婚，那也只能耐心等她改變主意了。畢竟是一起生活過十幾年，共同擁有一個兒子的對象，還得在法院裡讓人說東道西才能做出最後決斷，未免說不過去。」

「可是這麼一來，對您現在的夫人也說不過去吧。恕我直言，萬一野野村先生有個什麼萬一，長年陪在您身邊支持您的夫人將無法受到任何法律上的保障喔。」

我和前妻理玖（聽說是她曾為僧侶的祖父取的名字）①分居兩年多時，認識了現任妻子琴里（內人的父親似乎很喜歡小鳥，才給她取了這個名字）②，此後，我就一直和她一起生活。算起來已將近二十年，比和前妻在一起的時間還要久了。

「雖然分居，但我另有元配的事。現任妻子也知情，即使如此她仍選擇與我交往。所以，就算我死後無法受到任何法律保障，那也是無可奈何的事，只能請她放棄了。真要說起來，我死了也沒什麼能留下來的東西，除了東京近郊那棟前妻應該還住在裡面的小房子外，別無其他財產，存款又不多。既然如此，就算現任妻子真能獲得法律保障，她也拿不到什麼東西。」

「可是，還有野野村先生您那些作品的著作權啊。這才是最重要的東西。野野村先生是和現任夫人在一起之後，才出道文壇成為作家的吧，就這層意義來說，琴里女士才是應該繼承您著作權的人。問題是，繼續這樣下去，這最重要的著作權就必須交給與您分居的理玖女士和令郎新平了（我名叫野野村保古，這是父親為我取的名字，兒子新平則由我命名）。」

「就算得到我的著作權，也不會增加多少財產啊。又不是特別暢銷的小說，再者，作家這種人只要一死，作品通常就會被世人遺忘。家父的作品不就是這樣嗎，到最後，誰還讀他的小說呢。除非拍成電影或電視劇，但無論家父或我都寫不出那種小說。換句話說，遺作的資產價值近乎於無啦。我想琴里她也不稀罕那種著作權。」

我與父親，接連兩代都是小說家。

家父野野村宗一郎專寫海洋時代小說③。他在十幾年前死於癌症，享壽七十二歲，絕對稱不上英年早逝。只是以歷史作家來說，原本應該還能寫上幾年才對。父親生前小說還算賣得不錯，現在卻沒什麼人記得他了。

就連比較禁得起時間考驗的歷史小說狀況都是如此，更別說我寫的現代小說。不用十幾年，只消幾年過後，肯定誰都不會回頭再看。

我出道於四十歲那年，如今匆匆已過二十載。第一部作品的內容拿到現在來看已經過時，連自己回頭去讀也不免處處感到陳腐，陷入自我嫌惡。

「在作者面前說這種話或許反倒失禮，但我認為野野村保古的作品今後也會長久流傳。內容確實有些不符時代的地方，但這個國家或這整個世界不可能永遠這麼封閉。就像野野村先生筆下描述的，人類雖是無可救藥的殘虐愚蠢生物，但又不僅是如此而已。我和彩花之所以深受野野村作品吸引，正因您作品根柢脈動著肯定人類的思想，而這份思想總有一天會為更多人提點出一條新的生存之道。」

「M先生，這就是您過譽了喔。」

我搖手否認。

不適用於眼前世道的作品，又怎麼可能套用於後世。尤其是小說這種東西，早有多得數不清的前例可茲證明。

①理玖的日文發音與「離苦」相同。
②琴里的日文發音與「小鳥」相同。
③以海洋為背景的虛構歷史小說。

家父野野村宗一郎寫的歷史小說絕不會以信長、秀吉或家康為主角。

只要是具備足夠歷史知識與構思能力的歷史作家，以這三人中任一人為主角撰寫的作品，往往能夠贏得眾多讀者支持，這是這一行的業界常識。正因如此，各出版社的責任編輯都曾這麼建議家父，但他直到最後也沒有點頭。

信長姑且不論，父親其實並不討厭秀吉與家康。尤其對秀吉，甚至懷有一定程度的興趣和親近感。他生前曾說：「雖然不想直接描繪秀吉本人，但想試著透過以描繪其身旁人物的方式來突顯嶄新的秀吉形象。」

然而，儘管連暫定書名都取好了，父親最後還是沒有執筆創作這部長篇小說。

身為歷史作家，父親向來的論點是「和天空或大海相比，陸地根本微不足道。把陸地上的一切視為全世界的人，目光未免太狹隘」。按照他這番想法，無論信長、秀吉或家康，或許也算不上什麼大人物了。

「比起那些戰國武將，山田長政[4]要有趣多了」。

我還是個大學生時，父親經常這麼說，後來也真的寫了以長政為主角的長篇小說。父親偏好描寫的還有威廉亞當斯[5]、鄭成功或湯瑪士歌拉巴[6]等橫渡大海，前往異國的男人。

要在海洋時代小說中找出一條活路，這麼做也是理所當然的事。

罹患癌症，長年對抗病魔的他，經常望著醫院病房的窗外沉思。

「您在想什麼？」
我這麼問。
「關於天空的事。」
他如此低聲回答。
不擅長描寫戰國武將爭奪霸權的時代小說家，若想寫出一本暢銷作品，剩下的題材也只有劍俠小說或捕快小說了。這也是這行的常識。但是，父親最討厭打打殺殺的場景，甚至有人說「野野村老師小說裡出場的武士從不拔刀」，也因此，他幾乎沒寫過以戰鬥情節為看頭的劍俠小說及捕快小說。
某種意義來說，父親是個非常彆扭的作家，但我似乎繼承了他的這一面，大概是一脈相承吧。
關於這點，讀過我幾本小說的讀者應該能理解。

結果，在Ｍ先生的強烈建議下，我決定寫遺囑。

④江戶時代跨海前往暹羅等地經商、從軍的日本人。
⑤又名三浦按針，西元一六〇〇年來到日本的航海家，也是第一個英國出身的日本武士。
⑥幕末時期活躍於日本的蘇格蘭商人。

一跟妻子琴里商量寫遺囑的事，她立刻說「請你務必要寫」，這可讓我頗感意外。因為，我一直擅自認為，她只要能和我一起生活就心滿意足了。

「就算寫了遺囑，能留給妳的頂多只有著作權。只要我一死，那種東西可說毫無價值喔。」

我這麼告訴她。

「那樣也沒關係。」

她很少把話說得如此斬釘截鐵。

我把琴里的意願告訴M先生後，遺囑一轉眼就擬好，三人一同前往八重洲的公證公所，完成正式的遺囑文件。遺囑執行人當然委由M先生擔任。

當時怎麼也沒想到，本該擔任我遺囑執行人的M先生竟先一步離世。

M先生過世後的現在，那份遺囑正本依然由八重洲的公證公所保管，之後必須更改執行人的名字，但我還無法去處理。

M先生的告別式只能以盛大來形容。

彩花夫人拜託我誦讀祭文。

一動筆撰寫祭文，才發現關於M先生我所知太少，想寫出打從心底感到遺憾的祭文也寫不出來。

明明有遠比我適任的人選，按照社會觀念，一般人這種時候還是傾向推舉作家擔任此事，我也不好半途推辭。

即使如此，朗讀那篇樣板祭文時，我的情緒還是漸漸激昂起來。

M先生在慢跑時忽然胸悶，離開公園裡他平常的跑步路線，踩著踉蹌的腳步，朝草皮邊的長椅走去。然而，就差那麼十幾公尺距離，M先生沒能抵達長椅，直接趴倒在草皮上。直到他身後的幾位跑者察覺不對，這才趕緊朝倒地不起的M先生奔去。

M先生四肢蠕動掙扎，發出微弱的呻吟。

圍住他的其中一個人用手機叫了救護車，其他人不斷為痛苦的M先生打氣，「振作一點」、「救護車馬上就到了」。

遺憾的是，幾分鐘後，M先生勉力抬起趴在草皮上的臉大聲呻吟，之後就再也不動了。

當胸口的劇痛忽然來襲時，M先生的心境究竟如何。

儘管已過還曆之年，他可是擁有幾乎不曾生過大病的強健體魄。說到慢跑，甚至是一年挑戰一兩次全程馬拉松的專業跑者。

劇烈發作的心肌梗塞使他連近在眼前的長椅都走不過去，當時胸口的疼痛恐怕非比尋常。他當下或許也察覺到那可能致命。

沒想到自己的人生會以這種方式結束嗎……

無論如何，那種感覺肯定伴隨著深刻的絕望。

他的腦海中，可曾浮現彩花夫人與夏目小妹的身影？

誦讀祭文的當下，除了M先生之外，我腦中同時浮現了在春天過世的那位S先生。

和S先生時的情形一樣，我把M先生想成是去了一個再也無法見面的遙遠地方。

同樣的，我也認為M先生還持續存在於某處……

這次並未出現類似幻聽的狀況。

和S先生那次偏向感覺的經驗不同，這次我反而從「事物的道理」上難以接受M先生的消逝。

一言以蔽之，M先生的人生「太戲劇化了」。

他並非名人，多數人無從得知他的人生，但只要是像我這種聽他親口述說過身世的人，任誰都會被那內容深深震懾。

年少時因一場不幸的意外失去母親與妹妹，原本打定單身一輩子，也如此活到五十多歲的男人，某天竟與一位身世幾乎與自己相同的年輕女性偶然相遇，進而走入婚姻——光是聽到這裡，已可說是罕見的戲劇化情節。

更別說這個男人在喜獲獨生女，好不容易擁有家庭幸福，來到人生巔峰時，卻留下年幼的女兒與妻子先行辭世。

身為作家的我或許不該說這種話，但是，他的人生簡直就像按照誰寫的劇本發展。

同樣的話也能原封不動套用在年紀輕輕就成為未亡人的彩花夫人身上。

我之所以難以接受M先生的消逝，是因為我質疑如此戲劇化的人生，難道真能不在世上留下任何痕跡就消失嗎。

當然，只要另一位當事人彩花夫人還在世，他們兩人那罕見的邂逅將持續保存在她記憶中。可是，連彩花夫人都過世後又會如何？獨生女夏目小妹，或許能從母親追憶過往的話語中得知父母的相遇故事，留下深刻印象。即使如此，她肯定無法體會父親與母親忽然失去親人之際的悲傷，當然也無法理解這樣的兩人偶然相遇時的感動。

一方面，是失去親人的M先生長年懷抱的哀戚寂寞，與遇見彩花夫人時默默翻騰的激動喜悅。另一方面，對彩花夫人而言，M先生既是課堂上執教鞭的律師，也是自己尊敬的對象，宛如父親的存在。當她得知這樣的M先生過去有著與自己相仿的體驗，甚至經歷過比自己更漫長的痛苦光陰時，彩花夫人內心的驚訝，以及那份驚訝轉變為愛意的過程——這些尊貴的情感，到了夏目小妹這一代等於完全散佚。更別說下一代、下下一代的子孫，就算是這些擁有血緣關係的後代，可能將不再有人記得祖父母或曾祖父母是如何相遇的了。

百年過後，無論是M先生的身世、彩花夫人的身世或兩人那罕見的相遇，將從這世界上完全消失，彷彿兩人打從一開始便不存在一般。假使夏目小妹沒有留下後代，就連他們的基因也消失殆盡了。

可是，世上真可能有這麼不合理的消失嗎？

要是一開始就注定一切終將化為烏有，M先生與彩花小姐為何誕生，又為何必須經歷幼年喪親的慘絕人寰打擊。這一切為何非發生不可？

比那更教人感到不可思議幾十倍的，是他們的相遇與分離，究竟為何發生？

這世界遂行兩大定律，一是因果定律，另一是能量守恆定律。任何結果必有其原因，將所有發生的事件與現象加起來，其能量總和會永遠保持定量。

我認為人與人的相遇除了與因果有關。也與能量大小有關。血緣、戀愛、婚姻、友誼、復仇……引導這一切發生的「相遇」消耗了龐大能量，人們在這一切之中產生的能量也非常龐大。

在學校裡碰巧同班的三十個同學裡，與另外二十九人相遇消耗的能量相加起來，一定遠不及與後來成為摯友的那個人相遇時消耗的能量多。

這消耗了龐大能量產生的摯友關係，又再隨著時間的經過產生龐大的能量總和。

我曾在某部作品中採用如下比喻。

米開朗基羅雕刻的大衛像，與同樣六噸重的大理石有著相同的物理能量，但兩者擁有的能量總和顯然大不相同。

> 大衛像的能量總和減掉六噸大理石的能量等於雕刻家米開朗基羅注入雕像的能量。

這就是我對事物的看法。

我認為不只是我，任何人都能接受上述對事物的看法。

接觸各種藝術作品時，我們心中總會被喚起某種情感。

站在六噸大理石前與站在米開朗基羅的大衛像前，一切完全不同，這應該是不需要我說明的事實吧。

既然如此，米開朗基羅注入雕像的某種未知能量必定存在，只要雕像一天不受破壞，那能量就將持續對我們產生影響。

同樣的概念不只限於大衛像，應該也適用於所有藝術作品（繪畫、音樂、詩與小說）。

運用這個概念，M先生與彩花夫人從相遇、結婚到生下女兒的行為，正如天才米開朗基羅創作大衛像時注入了未知的能量，如今應該仍在這個世界上留下無可抹滅的痕跡（與大衛像同等，甚至可能更多）才對吧？

我一邊誦讀M先生的祭文，一邊追憶S先生，腦中同時湧現這些紛亂的思緒。

S先生與M先生的死，並不是引發我離開東京的導火線。

只是，若說毫無關係，倒也不盡然。認識的人死了，就算不是太親近的對象，對我的心理依然造成意料之外的影響。

比方說，我會在無意間想起人生中的某一幕。

那應該是二十幾年前的事了吧，連季節也回想不起來。即使如此，那一幕偶爾還是會浮現腦海。

當時下著細語，所以應該是寒冷時節。到底是幾月就不確定了。可能是下著冷雨的冬日早晨，也可能是某個梅雨季的下午。隱約記得地點是池袋附近作為葬儀會場的寺廟。不過，說不定根本是十條或赤羽一帶。

總之那天下著雨。冗長的誦經結束後，弔喪的人群走出大殿，各自打著雨傘，在雨中目送棺木離去。也因為故人年紀尚輕，來送行的人不少（就我的經驗來說，年輕人死去時，參加守靈與出席葬禮的人數似乎都比較多）。或許因為如此，狹小的寺區內幾乎呈現沙丁魚罐頭狀態。

死去的W，是我還在週刊雜誌編輯部時的同事，年紀大我四、五歲。話是這麼說，當時的他離四十也還有段距離。W是「特派」，也就是約聘記者，和身為正職員工的我立場不同。不過，這仍不改他在公司裡是我前輩的事實。

先前就聽說W因病請假了一段時間，畢竟我們不是太熟，我調離週刊也有好一段時間，詳情並不清楚。就這樣過了一陣子，有天和我同屆進公司的A忽然打電話來，說「W死了」。

死因是胃癌。話說回來，這訃聞來得仍是太過突然。

「聽說相當嚴重的惡性腫瘤。正好三個月前發現，馬上就動了手術，之後一度出院，上個月又住進醫院。上星期我去探病，看到他瘦得像變了個人似的，我連話都說不出來。說真的，實在走得太快了。」

A剛進公司時隸屬會計部，幾年後才調到週刊雜誌編輯部。我和W一起工作的次數寥寥可數，A當上記者的那幾年卻是經常和W一起跑新聞，所以交情很深厚。

躺在棺木裡的W看起來並不怎麼憔悴，或許因為他皮膚原本就白，脖子以上的部分宛如白蠟。我撐著傘，一邊回憶那張慘白的遺容，一邊等待棺木離開。

我不時想起的，是接下來的兩幅光景。

一是捧著W遺照，走在棺木前方的小女孩身影。

葬禮那天，我才知道W有妻兒的事。捧著遺照的女孩是長女，小的則是剛出生不久的男孩。那天沒見著男孩，大概是托給誰照顧了吧。那天雨下不停，風寒刺骨，實在不適合帶嬰兒來。

女孩將有自己半個身體大的父親遺照牢牢捧在胸前，沒人給她撐傘，雨水打溼一頭長髮與黑色洋裝，她仍走在隊伍最前方。頂多四歲或五歲吧，一雙圓圓的大眼，長得很可愛。

我就見過她這一次面，從此再也沒看過她。然而從此之後，我時常想起她。

那天距今將近三十年，如今她早已成年，肯定也很少想起W了（才四、五歲父親就走了，恐怕連長相都不太記得吧）。

她應該萬萬想像不到，一個在下雨的送葬日只遠遠見過一面的男人，居然到現在還會想起當時的她。

但是，我到現在都還忘不了女孩年幼時的容顏。

另一件難忘的事，是和我一起目送棺木離開時的A。

長鳴喇叭的靈柩車載著W出發，所有人獻上默禱後，我不經意地瞥了身旁的A。只見他挺直背脊，嘴唇抿成一直線，睜大的雙眼不斷溢出淚水。

A是個身高將近一百九的大個子，我總是得抬頭看他。這樣的男人無言流淚的模樣，使我湧現難以言喻的心情。

該怎麼說才好呢，那是非常莊嚴的一幕。

A的父親在他小時候就過世了，一直由母親獨力扶養他。自己也從國中開始送報幫助家計，後來拿到報社的獎學金上大學，可以說是苦過來的人。

進公司第一年冬天，包括女孩子在內，他送了同屆進公司的七個同事每人一條手織圍巾。他說編織是外婆的興趣，所以就拜託老人家給我們一人織了一條。

那之後的好多年，每逢冬天我都會圍上A送的圍巾。其他同屆同事也都愛惜地使用著。

這麼一說我才想到，那條圍巾現在到哪去了呢？

我不記得丟掉過它。那麼，離家出走後，圍巾大概被收進了那棟近郊平房的儲藏室吧。話是這麼說，我離家出走是二十年前的事了，或許妻子理玖已經丟了那條圍巾也說不定。

說到這個，我最放不下的還是學生時代寫下的大量習作小說與故事綱要。它們分裝在好幾個紙箱裡，被我留在那個家的閣樓中。

我開始寫小說，是大一那年冬天的事。

窩在僅有兩坪多的公寓房間（沒有浴室，廚房共用，平常只能用小電爐燒熱水），幾乎一整個星期徹夜不眠，寫出了第一部小說。

那是個沒有文字處理機也沒有家用電腦的時代，原稿當然是手寫。

上東京讀早稻田大學時，父親送了一支西華鋼筆給我做紀念。我就用這支愛筆填滿一張張國譽牌四百字原稿紙。在那之前，我連一次也沒寫過小說。之所以忽然對寫小說感興趣，是正月放假回家時，一如往常批評了父親的最新著作。沒想到，父親竟與我激烈爭辯了一番，這是前所未見的事。

雙方脾氣都上來了（平常我和父親都算是不常發怒的人），我一口氣舉出一直以來父親小說中我所以為的缺點。

「既然你這麼說，那就自己來寫寫看啊！」

父親忽然這麼怒吼了一句。

當場雖然在母親的調停下化解了糾紛，聽完父親這句話，我也覺得很有道理。

他說得完全沒錯。在批評人家的小說這裡不好、那裡不對之前，總該自己先試著寫寫看，才知道寫小說有多難……

讓沒有打過幾年球的人來當教練，糾正職棒選手揮棒或投球的姿勢，被對方趕跑或怒斥「開什麼玩笑！」也是理所當然的事。

那時，我一回到東京的住處，立刻跑去文具店買了一堆原稿紙，很快地寫起小說。

有生以來第一次寫的小說名為《殘像》。雖然是只用了兩百五十張左右稿紙的中篇小說，坐在暖爐桌前振筆疾書時，我感受到前所未有的興奮與快感。

世上居然有這麼愉悅的事……

當時發自心底的感受，至今仍記憶鮮明。

從此之後，我不顧學生本分，一頭栽進小說的世界。原本我唯一的嗜好就是閱讀，五年的大學生活中，更是把時間都花在閱讀與書寫。

那段時期寫下的好幾本習作小說和故事綱要（其中包括一次用掉好幾本草稿紙的長篇故事綱要），以及處女作《殘像》，應該都還在那些紙箱裡。

我暗自希望，至少那些紙箱沒有被丟掉。

A是個心地善良的人。

我三十八歲那年離家出走，跑到池袋附近租了一間小套房（租到房子前，先在公司的假寐室及短租公寓住了半個月）。乍然過起窮學生般的生活，最傷腦筋的是無法動用自己的薪水半毛錢。因為我的薪水全部匯進妻子理玖名義的帳戶。

要是當時我先變更匯款帳戶，再由我每個月寄生活費給妻子的話，之後的人生鐵定截然不同。

不過，我沒有這麼做。

一下就把薪水全額拿走，等於向妻子宣告我不打算再回那個家。這麼一來，不知道理玖會做出什麼事。光是想到這點，我就害怕得不得了。

我寫了一封短信給妻子，盡量以不刺激她的語氣，拜託她每個月匯一點錢到我新開的戶頭。

我提出的要求是每月匯給我十五萬日圓。當時我抱著只要重回學生時代，從零來過就好的決心，還真以為有這筆錢就夠了。

然而，實際展開一個人的生活，七萬多的房租加水電費與每天的吃飯錢，十五萬一眨眼就花光了。少許積蓄也在幾個月後見底，我變得一無所有。

當時我在文藝雜誌當主編，一方面活在對妻子的恐懼裡，一方面掛心留在家中的兒子，加上重回窮學生時代的生活疲憊與經濟上的困乏，使我根本無心於工作。

看到我這樣的狀況，A不忍心地伸出援手。

他去聯絡幾個與我們同屆進公司的同事，每逢發獎金的月份就為我募款，累積一定金額後一次交給我。

在以作家身分出道文壇前的那兩年，我不知道有多感激A與同屆同事們的厚愛……

正因A這樣的為人，我才永遠忘不了W葬禮那天，他毫不忌諱周遭目光哀戚大哭的身影。

差不多五十歲過後，我慢慢發現自己不再望向眼前通往未來的道路，反而花更多時間沉浸在過去的時光。

時間就是距離。所謂的「現在」，是我們腳下踩的一小塊地方，如果這個地方的後面是過去，前面是未來，那麼至今一心往前看的我，這十年來就開始學會了往後看。

最近的我更是經常回頭，凝視位在遙遠某處的人事物。

這麼一來，望著前面時看不到（這是廢話）的各種東西，再次進入視野。

其中最常看到的，是死去人們的身影。

這裡說的身影不只限於外表，也包括聲音、話語、不經意的動作或表情的變化等多種要素。其中，我發現聲音是最容易看見的要素。

人一死，曾經看得見的東西就像搭上光速飛機般倏忽遠離，曾經聽得見的事物則大概是搭上音速飛機，以比較慢的速度離開。

因此，比起人的外貌形影，在我們朝後方回頭時，聲音留在視野裡的期間或許比較持久。

明年將屆還曆之齡的我，如今回首過去，發現自己親眼見證了許多人的離世。

年輕時，我不由分說地確信自己會是「被送走的那個人」，面對眼前的現實，只能說相當意外。

明明毫無根據可言，我卻一直認定自己「會死於四十二歲」。在琴里的陪伴下迎來四十二歲生日之際，連我自己都愕然無語。從二十歲出頭到滿四十二歲那天為止，我真心認為自己會死。

和想起W時一樣，我有時也會想起公司前輩I大哥。

I大哥和我同為正職編輯，年紀大我七、八歲。他酒量極佳，也因為這點，幾乎不會喝酒的我，和他除了工作之外鮮有交集，也很少搭檔工作。不過，我們負責的作家倒是有好幾位重疊（在紀實文學編輯部待了很長時間的I大哥，和隸屬月刊雜誌很久的我，彼此負責的領域雖然性質不同，卻老是擔任同一位作家的責任編輯）。因此，偶爾有機會和他一起陪作家吃飯。

I大哥是「擅長發表意見」的人。

和作家見面時，除了熱烈發表他的作品論，I大哥也會高談闊論政治、經濟及社會相關問題。對於向來屈居虛構文學下風的紀實文學，當然更少不了一番熱情論述。

隨著酒意的加深，他更是辯才無礙。身為嗜酒之人，有他在的酒席總不免喝到地老天荒，天亮才解散是常有的事。作陪了幾次之後，我開始想盡辦法迴避有I大哥在場的酒席。

進入A出版社工作，並不代表我放棄成為小說家這條路。就算一天只能寫一行字也好，我下定決心每天都要創作自己的作品。對這樣的我而言，實在不想被I大哥這種連私人時間都奉獻給作家的工作態度拖下水。把分內事情做完立刻下班，剩下的時間就用來執筆創作，在公司任職那幾年，這就是我的原則。

我認為自己和I大哥合不來，I大哥大概也認為和我不對盤。

有一次，我們共同擔任責任編輯的某位紀實文學作家X先生，入圍A出版社主辦的紀實文學獎項，成為最終幾位候選人之一。這是具有悠久歷史與傳統的獎項，在紀實文學的世界中，堪稱最高權威。

X先生是過去也曾多次入圍的資深作家，實力與人氣都沒話說，只是不知為何，始終沒能獲得獎項之神的青睞，而那次，這樣的X先生集全副精力寫下的重量級長篇再次入圍。決定得獎作品的流程是這樣的，先由A出版社內部評審委員會（我和I大哥當然都是評審委員）投票決定入圍作品，再另外籌組一個評選委員會，由評選委員及數位作家從入圍作品中選出得獎者。

X先生那次的作品，在內部評審委員會中獲得全體一致通過，這是前所未有的事。也因為這樣，事前外界一般看好X先生奪下這次獎項。

評選當天，作品在雜誌上連載時擔任責編的我，與作品出版時的責編I大哥，以及X先生在A出版社的歷代責編，再加上他在其他出版社的責編，總共幾十個人來到他位於埼玉近郊那棟書庫兼工作室的老透天厝齊聚一堂。X先生的夫人費心為眾人準備了酒菜，大家就一邊吃吃喝喝一邊等待好消息。

文學獎這種東西不但左右作家的人生，對責任編輯來說，也能成為工作上的一大成績。自己督促作者寫出的原稿得到某種獎項的肯定，是一件令責編在公司內站穩腳步，大有好處的事。

想成為知名編輯，首先得編出銷售百萬的書籍。不過，自己負責的作品若能拿下大型文學獎項，也有不輸百萬暢銷書的價值。

無論是暢銷書還是文學獎，拿得到的編輯就拿得到，拿不到的編輯，不管幹這行多久都拿不到。當然，寫不寫得出好作品端看作家，但也不知為何，世上就是有編得出暢銷書的編輯和編不出的編輯，我們常說這是「編輯運」。

照這個說法，我就是「編輯運好」的編輯，I大哥則得歸類為不走運的編輯。

下午三點開始的酒宴，將近五點時所有人都到齊，氣氛漸漸熱烈起來。評選會下午五點半開幕，往年得獎作品都在七點前後出爐。

約莫從時針過六點半起，一如往常地，氣氛一口氣緊張起來。每個人臉上的笑容都多了幾分尷尬，話也少了。開始有人頻頻望向手錶或牆上的掛鐘。

X先生本人不知何時放下手中酒杯，不時對坐在他左右兩邊的我和I大哥講兩句玩笑話，又立刻陷入沉默。

我確實感受到坐在身旁的X先生有多緊張，自己也緊張到了極點，想必X先生也能感受到我的緊張。

就連向來饒舌的I大哥也成了悶葫蘆。

一過七點，人在評選會場的A出版社員工聯絡了X先生。

把話筒拿到耳邊，X先生說：「喔，是○○啊。」聽到那位同事名字的瞬間，我和I大哥頓時大失所望。

因為事前早已約定好，若是得獎，就由管理文學獎的財團法人（我外派過一段時間的那個財團）

員工聯絡得獎者。落選者則由A出版社員工負責通知。

入圍過許多次的X先生當然知道這點，故意對著話筒說出同事的名字，或許是想第一時間讓我們知道結果。

因為之前X先生作品的評價實在太高，完成度又明顯優於其他入圍作品，我始終堅信他一定會得獎。得知這出乎意料的結果，我所受到的打擊不遜X先生本人。

雖然就坐在身邊，我卻無法對他說出任何話，只是一個勁兒的低著頭。結果，察覺我心情的X先生反過來安慰我：「哎呀，野野村老弟，別這麼沮喪。」不過，就算我的確有點反應過度，在場所有人對這結果都感到震驚，這是毋庸置疑的。

之後舉行的慰勞會，更是籠罩在一股凝重到無法更凝重的氣氛下。

我暫時離席，用X先生工作室附近的公用電話打給人在評選會場的後輩K，詳細詢問了評選經過。不管怎麼想，我都認為這部作品沒有得獎是不可能的事。

得知評選內幕，我的震驚更上一層樓。

這次評選委員中有個P先生，過去早已耳聞他與X先生水火不容。果然，他在評選過程中，各種雞蛋裡挑骨頭，徹頭徹尾反對頒獎給X先生。

「P老師好像還事先說服了Q老師。所以，雖然Q老師在第一輪投票時投了同意，等P老師開始挑起作品毛病，Q老師也慢慢和他站在同一邊，最後變成堅決反對了。」

這位Q先生和P先生一樣，是五位評選委員中的一位。若五人當中有兩人投了堅決反對票，在最後一輪投票時選投其他作品的話，X先生就幾乎不可能得獎了。

事實上，我們對首次擔任評選委員的P先生不是完全沒有戒備。只是，私底下再怎麼水火不容，實在沒想到他會在以公平公開為主旨的評選委員會上，將X先生的作品貶低到那個地步。

對P先生來說，這是他第一次參與評選委員會。我們原本認定他不敢在包括Q先生在內的資深委員面前表現太過強硬，頂多是他一人反對，只要其他四票贊成就沒問題，看來是我們把事情想得太簡單了。真沒想到，他竟然事前拉攏了Q先生……

這次作品進入最終入圍階段後，我曾和X先生單獨見面，問了他和P先生交惡的原因。因為我認為，要是能知道箇中原因，或許有辦法思考對策。

然而，X先生始終沒給出確定的答案。

「兩位以前交情不是很好嗎？這十年來關係忽然變得如此惡劣，一定有什麼決定性的決裂原因或關鍵吧。X老師，無論聽到任何荒謬事由我都不會驚訝，也一定保守祕密。所以，請您只告訴我就好。」

我如此追問，X先生卻盡是露出為難的表情。

「野野村老弟，我還真的是不知道為什麼。某天起，他忽然到處跟別人說我的壞話，不久那些閒言閒語也傳進我耳裡，最後兩人的關係就變成今天這樣了。我才想知道為什麼他會忽然那麼做呢。」

「您光給這種表面上的說明，我會很難做事的。無論原因多麼難以啟齒，請您這次一定要老實告訴我。說不定我可以去找P先生，把誤會解開。這次我無論如何都希望老師您得獎，任何潛在危機我都希望事先消除掉。」

我對一臉為難的X先生窮追不捨。

「老師，您該不會搶了P老師的女人吧？你們之間是不是有這種私人恩怨？要不然，我想P老師也不至於把您說得那麼壞。」

X先生和P先生的異性關係，向來都是出了名的隨便。我一直在猜，真相說不定就是這麼簡單。

「不是啊，我再怎樣也不會去搶P的女人吧。」

然而，X先生卻一臉無計可施的樣子這麼說，聽他的語氣，這大概不是謊言。

身為作家的評價雖高，P先生的作品銷售量卻不怎麼樣，業界普遍的看法是，P看到X屢屢推出暢銷作品，控制不住地燃起了熊熊妒火。

但是，僅僅因為這種理由怨恨過去的盟友到那種程度，說來未免太過異常。

結果，直到P先生堅決反對導致X先生未能獲獎的評選會結束，我都沒能釐清真相。

只是一年之後，X先生的新作再度入圍該獎項。這次我透過某位人物，私下找上P先生密談，強烈要求他不可再在評選會上耍孩子脾氣。由於這位居中牽線的人物，對P先生而言是不可忤逆的對象，他也只好心不甘情不願地答應了。

不枉費我的一番奔走，那年X先生終於順利拿下這個文學獎。

話題又扯遠了。

回到X先生落選那天晚上。

我當然沒有把評選會上發生的詳細經過告訴X先生。要是現在告訴他，落寞的X先生肯定會激動起來。就算不提這事，他都已經喝得有點失控了。

話說回來，當時場面氣氛糟到了極點。一想到得繼續這場陰沉的慰勞會到X先生醉倒為止，就覺得好麻煩。

在場所有人都想走又走不了，只能一直喝悶酒。

就在這時……

坐在右邊的I大哥忽然朝X先生大聲說了句：

「這是好事啦！」

他竟然這麼說。

這句話，讓原本已經冷到不行的氣氛更是一口氣結凍。

每張低頭喝酒的臉都朝I大哥的方向抬，視線集中在他身上。和他之間只隔著X先生的我就算不想，還是把X先生的側臉看得一清二楚。只見他一臉驚訝，簡直就像人類驚訝時會露出的標準表情範本。

這個人到底在說什麼啊。

恐怕所有人心裡都這麼想。

然而，面對周遭的氛圍，I大哥毫無懼色。

「X老師，心想『當時落選真是太好了』的日子，總有一天會到來的。」

他以充滿自信的聲音這麼說。

沒錯，他清楚說出了「落選」兩字。

——天啊，世上竟然有這麼不會看場合說話的人……

我盯著I大哥看，一方面傻眼，一方面又懷著某種感動的心情。

總而言之，這樣就不用再顧慮落選的X先生了。不用再擔心自己什麼時候會踩到地雷，因為I大哥已在這一刻奮力踩上了那顆地雷。

接下來的I大哥更厲害。

他開始滔滔不絕地闡述這次落選，對X先生來說是多麼美好的一件事。

他說，這次的作品雖是針對過往人物評論的紀實文學傑作，X先生最擅長的卻是揭穿現代社會黑暗真相的強勁筆鋒。就這點來說，用下一個正在準備中的主題（由我和I大哥擔任責編的新作品）拿下這個獎項，對X先生未來的作家生涯更加有利。

詳細內容我記不清楚了，只記得I大哥還舉出其他好幾個理由，不斷說明這次的落選對X先生而言意義多重大。

當然，那幾乎是把黑烏鴉說成白烏鴉的論調，老實說，邏輯根本自相矛盾。

一旁沒有人贊成他的意見，連答腔的人也沒有。即使如此，I大哥仍一股腦地說個不停。

因為場面實在太尷尬，所有人甚至無法正視I大哥和X先生的臉，只能再次低下頭，默默希望這出乎意料的事態趕快結束。

然而。

在Ｉ大哥如此意氣風發的長篇大論下，凝重的空氣逐漸變得輕鬆。

原本以為他是想用音量和氣勢，包裝這怎麼想都只是打圓場的言論，但Ｉ大哥說的話與說話的語氣中不含一絲惡意，滿滿都是想安慰失望沮喪作家的一腔熱情，除此之外別無其他雜質。說了這番話，自己會被Ｘ先生或我們想成怎樣的人，Ｉ大哥似乎完全不介意，這類利益計算絲毫不存在他腦中。簡單來說，Ｉ大哥這番話裡，有的只是對Ｘ先生的同理、撫慰，以及自己真心誠意的懊悔。

那時，我第一次見識到，表裡如一的話語是如何擁有超越理論邏輯的力量。

很快地，大家酒意漸深，話也比較敢說了。Ｘ先生更是一如往常說起了酒後的大話。原本沉重的慰勞會，就在Ｉ大哥超乎常理的發言下，轉變為一場歡樂的酒宴。

Ｉ大哥罹患全身肌肉急速無力的罕見疾病，是距離那好幾年後的事。

記得我是在離家出走前後那段時間得知他的病情。過了一年，我自己也在那段獨居生活之後得了恐慌症，暫時停職回家鄉休養。

接獲Ｉ大哥過世的消息時，我還在老家養病，是公司後輩Ｈ打電話通知了我。

我休養半年後復職，但已不可能再回編輯部，被分發到資料室，過起朝九晚五的上班族生活，日日活在恐慌症不知何時復發的恐懼中。

某天公司午休時，我和Ｈ一起吃午餐，不知怎地講起了Ｉ大哥。

H說，過世的差不多兩個月前，I大哥久違地來了公司，和他在一樓的咖啡廳喝咖啡。這件事我是第一次聽他提起。

「咖啡送上桌了，I大哥得用兩隻手才能把杯子拿起來，因為單手拿不動。然後，就像喝抹茶那樣雙手捧著杯子喝。看到這一幕時我很驚訝，沒想到他的身體狀況已經那麼糟了。」

直到現在，我偶爾還會想起H說的這段話。

每一次想起，腦中都會浮現I大哥用雙手捧著咖啡杯的樣子。

I大哥還那麼年輕，為什麼會遭到罕見的病魔侵襲。

只要世界還受因果定律支配，或許其中就有什麼理由，但我們無從得知。就算知道了也不能怎樣。

只是，試著向後凝神細看，我隱約還能看見用動不了的雙手捧著咖啡喝的I大哥。比這更清楚的，是我還能清楚看見當年他在X先生工作室裡說話的聲音與表情。

I大哥果然尚未完全從這世界消失。我無法不這麼想。

往後看的次數增加，或許是我離開東京的原因之一。

東京這個大都市，大概是為「積極向前的人」存在的城市吧。

眾人摩肩擦踵，活在激烈的競爭中。只為了領先對手一步而拚了命地努力，有時甚至勉強自己做出傷心與傷身的事——對於能適應這種積極戰鬥型生存之道的人來說，東京正是「成功」與「成果」的寶庫。

然而，對於已經看見眼前道路終點的人，或是在不知不覺中迷失方向的人而言，這個城市的魅力就沒那麼大了。

東京有太多想去也去不了的地方，想見也見不了的人，想買也買不起的東西。從逐漸失去希望的人眼中看來，這是非常殘酷的現實。

更何況，我從小就拿人類沒轍。

除了我不擅長與人交際外，還有更實際也更可恨的原因。

那就是，無論經過多久，我仍無法融入人們散發的氣息。比方說聲音、體溫、嘴巴的氣味、體味、頭髮的味道或看人的目光。

最令我避之唯恐不及的，是與他人的肢體接觸。舉凡握手、擁抱、互相拍肩，在客滿的電車上貼近彼此身體……這一切我都無法適應，從小就得耗費極大力量應付這些事。

直到現在，要是有人不經意拍我的肩膀，我還會嚇得跳起來。

這種性格為我的日常生活帶來種種不便。我對參與各種運動不感興趣（倒是很喜歡看比賽），和朋友一起遊玩對我而言只是痛苦。因此，我總是盡可能一個人玩，最後還逃進了山林裡。在沒有手機與個人電腦的時代，找尋能在集團中獨處的方法，最後找到的只有閱讀。

讀書這件事，在避免他人靠近自己這點上，可說是非常有效的工具。

至今，處在充斥大量聲音、體味、腳步聲（也就是他人的氣息）的喧囂中，於我仍是非常痛苦的事。光是待在人群中十多分鐘，我就迫不及待想抽身離開。遇到無論如何都得留下的場合，只能努力把自己和周圍的人隔開。

想阻隔外界與意識的接觸，最簡便的方法就是思考。

工作性質的關係，我一年到頭都在針對某些主題思考（例如人為什麼會流淚？所謂哭泣是什麼？當這類疑問不經意閃過腦海，我就會去找來大量相關書籍閱讀，接著思考出一個屬於自己的答案），無論在何種狀況下，我都能把意識轉移到持續的思考中。

智慧型手機面世後，排除外界干擾變得更簡單。

觀看網路新聞，用手機播放影片，只要這麼做，就不會太在意外界的喧囂了。

眼下，我最大的煩惱是剪頭髮。

讓陌生人觸碰自己的頭，是件光想像就令我毛骨悚然的事。小學時，我的頭髮都是母親剪的。上了國中後，因為學校規定剃平頭（全體男學生都是平頭），我便自己用電剪剃。高中時代沒有髮禁，我就任由頭髮亂長，上了大學之後也很少剪頭髮。偶爾想剪短，就請當時交往的女友幫忙。出社會後仍是如此，結婚之後，頭髮交給妻子理玖剪，和琴里同居後，就改由琴里打理。

問題是，以作家身分出道文壇後，開始必須接受各界採訪，拍照的機會也多了起來，實在不能再把頭髮交給外行人剪。尤其琴里在我歷任女友中，剪髮的技術最是拙劣，如果拜託她剪，兩次有一次會剪成馬桶蓋般詭異的髮型（就像向井萬起男的髮型）。

因此，年過四十之後，我才睽違幾十年地開始上美容院。

我當然無法獨自外出，每次出門剪髮一定要琴里作陪，指定髮型的任務也交給她。整個剪髮與染髮過程，她都必須坐在我身邊。要是不這麼做，我實在無法忍受別人摸我的頭好幾小時。

住在東京時，我在神樂坂找到一間美容院，此後都習慣去那裡剪。無論住在東京都內的哪一區，剪頭髮時一定去找那裡的設計師（一位叫T的男性設計師）報到。T先生技術高超又沉默寡言，對我來說，沒有比他更好的選擇。

去年秋天，我離開東京時，唯一的遺憾就是無法再去這間位於神樂坂的美容院。滿腦子都在擔心，要是不能在新的城市裡找到如T先生一樣的設計師該如何是好。

正因這樣的體質，我絕對不去按摩、整脊或針灸。

就連妻子或女友也不准從背後碰我身體。走在外面時，一感到後面有人走近，我就心神不寧。要是在人多的地方，那也無可奈何，可是，只要是人少的空曠處，一旦察覺背後有腳步聲，我不是加快速度離開，就是停下來讓對方先過。

不過，七年前的春天，這樣的我面臨無論如何都得接受針灸的事態。

從前一年的十一月起，我就受不明來由的背部疼痛所苦，去了醫院也檢查不出原因，醫生開的止痛劑效果薄弱，接連好幾個月，我都無法動手工作。

總而言之，早上一起床背部便開始隱隱作痛（不是劇烈疼痛），疼痛時強時弱，直到晚上上床睡覺都不會消失。

背痛使我整個人虛弱不堪。

三月底，與我交情很好的編輯K打來一通不可思議的電話。

「野野村老師，是這樣的，朋友介紹了我一個人稱『神之手』的針灸師，我前幾天就去嘗試了一下。想說要是真有大家說的那麼神，就帶野野村老師您去試試。」

K個性溫和，很會照顧人。聽我嚷嚷了整整五個月的「好痛、好痛」，把上門的工作全部拒絕，就算建議我「去其他醫院檢查看看」，我也相應不理，其他編輯早就懷疑我裝病了，只有K打從心底為我擔心。

「針灸啊……」

我表現得興趣缺缺。才不想接受什麼針灸治療呢。

「我跟對方說『腰有點不舒服』，接受了針灸治療。沒想到治療結束後，那位針灸師對我說『你是不是想帶誰來針灸？』還說『現在你在腦子裡想一下那個人，我可以直接幫他看看喔』。於是我就在腦子裡想像了一下野野村老師您的樣子，結果，對方竟然說『那個人的身體往右邊歪斜了點，所以才會覺得痛。叫他來這裡針灸就會好了』。聽到這裡，我真是驚訝得不得了，我是還沒說出野野村老師的名字，但如果想嘗試看看的話，立刻就可以帶您過去。」

聽了這番話，我馬上決定要去。

我向來認為，任何事情之所以發生，必然有其原因。無論是自己的事或別人的事都如此堅信。其中尤以降臨在自己身上的事，我經常提醒自己，要去釐清事情發生的原因和目的。

——為什麼我會遇到這麼過分的事？

人們經常如此仰頭問天，但卻不曾認真想過「到底為什麼」。我們在遇到壞事時，總傾向認為那只是不巧。

不巧運氣差了點。

然而，不管發生的是壞事還是好事，我總想釐清那件事究竟為何發生。

正因如此，我才決定聽從K的建議，立刻接受針灸治療。

因為我當場領悟到——

這場長達五個月的背痛，原來為的就是這個……

舉個例子來說吧，走在馬路上，上面忽然掉下東西打傷了頭。這種時候，我們會認為「碰巧在這時間經過這地方所以受傷了」。把這視為受傷的原因。

然而，要是這時受的傷很嚴重，你被救護車送到醫院還住院了。在醫院裡，和負責照顧你的護理師熟稔起來，後來還跟她結了婚。這麼一來，你會怎麼想？

我們大概不會認為「碰巧在那時間經過那裡受傷了，所以和她結了婚」。說不定反而會這麼想——「正是為了和她結婚，命運才會安排自己路過那裡受了傷」。

我一直在自己的人生中，大量採用這種思考模式。

靠這個方法，我努力將「碰巧（偶然）」這個因素從人生裡排除。只要這個世界還受著因果定律支配，本來就不可能有什麼「碰巧」，任何事都得是必然發生的才行。養成將發生在身上的一切視為必然的習慣，就會發現人生中的種種現象都能找到關聯，串連為一個漫長的故事，吸引了我們自身。

尤其是毫無預警發生某事的狀況，往往受到事後才發現的原因影響，使人生朝意想不到的方向開展。所以，這種時候，與其急著追究眼前的原因，倒不如耐心等待那個真正重大的原因出現，這才是聰明的做法。

當時我已經感覺到，自己那不明原因的背部疼痛正屬於這種現象。也因如此，我才盡可能不去其他醫院檢查背痛的原因。

與城石師父的相遇，打從一開始就令人驚訝。

師父的治療院開在新宿三丁目，一棟老舊大樓的七樓。我接受的是「特別治療」，一次費用一萬五千圓，時間差不多四十五分鐘吧。

進入治療室，首先赤裸上半身，站在師父面前。

師父瞇起眼睛觀察，視線在我身上從上到下掃了幾次。

「喔，有點朝這邊歪了呢……」

嘴裡這麼嘀咕。

「接著，請趴下來。」

他這麼一說，我便趴在治療床上。隨後，師父把手放在我背部疼痛的部位。不出幾秒，竟感到一直以來隱隱發疼的痛覺減輕了。我試圖說服自己，那可能只是掌心的熱度使然，或是「被神之手碰觸了」的自我暗示引發錯覺。只不過，平常光是被人這樣觸摸就會全身起雞皮疙瘩的我，這時不但不排斥，反而有種舒服的感覺，這點倒是出乎意料。

「那麼，我要扎針了。不會痛，請別擔心。」

我在網路上已查到師父是廣島人的資訊，想來他說話的口氣應該是廣島腔。

「麻煩你了。」

我以沙啞的聲音回應。

不料，城石師父的針並非扎在背上，而是在我兩腳拇趾根部各扎了一針。感覺很明確，但完全不會痛。

他也沒有說明，為什麼針要扎在腳上。

師父再次把手放在背部疼痛的部位。

治療室內似乎焚起了香，瀰漫一股好聞的氣味。

也不是按摩，他就只是把手放在我背上。

差不多過了五分鐘，雙腳拇趾湧起一股奇妙的感覺。總覺得好像有什麼從那裡噴出來。就像沉積在體內的廢氣，噗咻咻地從針扎的地方排出。

「師父，我覺得好像有氣體從腳尖噴出來。」

我這麼說。

「喔，是嗎。已經不痛了吧？」

師父以理所當然的語氣回答。

被他這麼一說，我才發現疼痛已經消失。這難道也是自我暗示的產物嗎？

漸漸地，我的意識開始模糊，不知何時起，以師父放在我背上的手掌為中心，暖洋洋的感覺朝四周擴散，睡意在舒服之中來襲。

耳邊傳來窸窸窣窣的聲音，我才猛地回神。

似乎是短暫地打了個盹。

抬起頭往前面一看，在一個看似藥櫃、有許多抽屜的櫃子前看到師父的背影。

花了幾秒，我才赫然驚覺不對。

「師父，你怎麼會站在那裡。」

好幾個抽屜拉了開，師父大概是在整理抽屜裡的東西。

可是，我腰部附近還清楚感到他掌心的溫暖。

「不要緊，我只是把意念留在那裡而已。」

師父回過頭，笑著對我這麼說。

治療到此結束。我起身換好衣服，再次確認。來這裡之前持續困擾了我那麼久的頑強背痛，幾乎已消失殆盡。我把內心的驚訝告訴了師父。

「下個月和下下個月請各再過來一次，之後就會完全不痛了。」

師父說得一副輕描淡寫的樣子。

然而，事實正如他所言，經過三次治療之後，長達半年且不明來由的背部疼痛，就這樣完全痊癒。

此後，這將近七年來，我和琴里每個月都會接受城石師父一次針灸治療。就連搬到神戶住的時候，也會搭新幹線到廣島的總院針灸。直到去年秋天，因為搬到新的城市，終於無法再去針灸，成為內心一大遺憾。

最近，又發生了一件不可思議的事。

我兩年多前動過腹股溝疝手術。儘管頭一年傷口經常腫脹疼痛，過了整整一年後，疼痛也就消失了。

沒想到，上個月傷口又開始發疼，與其說是隱隱作疼的舊傷，那種痛法更像手術前疝氣發作時的疼痛。

該不會是復發了吧，我陷入不安。據說腹股溝疝只要動過一次手術，幾乎不用擔心復發。不過，還是有少數患者必須動第二次手術。

疼痛這種事，一旦察覺到了，只會覺得愈來愈痛。

當我產生可能再度發病的念頭時，痛感更加強烈。事到如今，才開始後悔為何搬到無法接受城石師父針灸的地方。

就這麼經過十天左右，我決定前往差不多一小時車程的某大神社參拜。那是一間全國知名的神社，早就盤算總有一天要去。

一腳踏入神社境內，立刻感到四周滿是特別的靈氣。我站在大殿前雙手合十。

——請保佑我早日擺脫疼痛。

只許了這個願望就回家。

隔天一早，我就接到城石師父的電話。搬家之後，這還是第一次聽到他的聲音。

「沒有啦，只是忽然想聽聽野村先生的聲音。」

他這麼說。我在心中向昨日參拜的神明道謝。

「我也正想打電話給您。」

這是真的。接著，我把疝氣疼痛的事告訴他。

「我就知道。」

城石先生笑了。

只聽他一如往常輕聲說了句「讓我看看」，然後立刻又說「裡面沒問題喔，只是你的身體好像又朝右邊歪了點。假如電話不要放下，方便繼續坐在椅子上嗎？」

他這麼問。

「可以的，我現在就坐下。」

把手機持續拿在耳邊，我找了張單人沙發坐下。

「再來，請挺直背脊，把左右雙腳的腳踝併攏。」
「好的，我照做了。」
「看一下現在你哪邊膝蓋比較往前？」
「右邊往前突出很多耶。」
我併攏雙腳腳踝，往膝蓋望去，右膝的位置明顯往前。我還以為自己雙腿整齊併攏了，這一看，自己也大吃一驚。
「那麼。請用翹腳的姿勢，把左邊膝蓋放在右腿上，再往左邊扭腰。」
我照他說的做了。
「好，到位了。已經沒問題了喔。」
就在我朝左邊扭了兩、三次腰後，城石師父這麼說。
「請再併攏一次腳踝看看。」
這次雙膝的位置差不多一樣了。同時，前一刻還在的疼痛也幾乎消失。
「要是再痛，請再做一次剛才的動作。還有，最近這段時間，走路時請提醒自己臉稍微朝左側偏一點。」
師父這麼說。
只靠這通電話，腹股溝疝的疼痛就痊癒了。
城石師父差不多都是這樣治療我的。

去年秋天下定決心離開東京，最大的理由終究與工作瓶頸有關。

六月推出的新書銷售不如預期，沒獲得太大迴響，瞬間淹沒在其他出版品之中。

那是我花費八年歲月寫成的長篇小說，足足用了一千張原稿紙。

也可以說，我在這部作品中注入了現在自己所有實力的百分之五十。我很少獲得這麼高的成就感（應該說這還是第一次），假設抱著「如果是我大概可以寫出某某程度東西」的想法，平常差不多能達到預期程度的百分之十到十五，好一點或許能到百分之二十就算及格了。

任何領域都一樣，想百分之百發揮自身擁有的才華，是一件完全不可能的事。作家僅能發揮自己小部分的才華持續寫出作品，就像汽車或飛機的燃油不可能百分之百轉化為推進力，我們每天吃下的食物也不可能百分之百化為身上的血肉，全都是一樣的道理。

因此，僅擁有少數才華的人，往往能產出比擁有多數才華的人更優秀的作品。其中有些人是懂得如何有效善用手頭的才華，有些人則是擁有太豐富的才華——在創作第一線，這些例子屢見不鮮。

以我為例，我自己也知道，上天賦予我的才華絕不算少。

問題是，我的「才華燃燒率」不太好。

這點我也有著清楚的自知之明。

提高燃燒率，向來是我必須克服的課題。

然而，要做到這個比想像中難多了。即使費心多方嘗試，我的燃燒率就是難以改善。仔細想想，性情與才華看似不甚相關的兩件事，其實未必如此。有時天生的性情能成為才華的助力，但也有性情妨礙才華發展的時候。以我來說，總覺得後者比前者發生的頻率更高。

只是，就算不勉強提高燃燒率，還是可以循序漸進提升作品的水準。

這是我成為作家後意想不到的發現，簡單來說，提高「燃燒率」很難，增加「燃料」則相對容易。

假設有一百公升的石油，若其燃燒率為百分之二十五，則燃燒後能取出相當於二十五公升的能量。那麼，只要把石油總量增加到一百五十公升，即使燃燒率維持不變，最後還是能得到相當於三十五公升的能量。

簡單來說，每個人發揮才華時的燃燒率或許出乎意料地固定，透過每日不懈的鍛鍊，還是能一點一滴增加才華的總量。

不只對我，對大部分人來說，這都是過去沒想過的事吧。

所謂才華的極限，指的不是才華的總量，而是燃燒時的功率。

如何有效發揮才華，和如何大量發揮才華，這兩件事雖有重疊之處，但也有不重疊的部分。持續努力提高才華燃燒率的人，才能總量本身其實有增有減。在我的想像中，知道這一點的人或許不多。

再次舉我為例，創作了幾部作品之後，明明開始感到才華的燃燒率並未提高太多，作品的品質卻慢慢提高了。對此感到疑惑的我，這才發現，原來上天賦予我的才華總量（或類似的東西）並非固定。

或許可以這麼說——從我擁有的這座山裡砍下的，雖然不是燃燒率高的柴薪，但我這座山裡卻有無窮無盡的柴薪。

嗯，關於這一點，我倒也很有自知之明。

我是個長篇小說作家，幾乎不寫短篇，也是受到這份自知之明的影響。

結果，我是靠「量大於質」的方式提高自己的作品水準。

然而，去年發表的長篇小說，不但罕見地大幅改善了「燃燒率」，我也自認那是一部質•量•兼•備•的小說。

沒想到，最後獲得的卻是不符預期的結果，使我深深感到自己人生面臨極限（並非作品或才華的極限）。

今後該寫什麼樣的作品、該成為什麼樣的作家——如果煩惱的是這個，倒還不成問題。問題是這次……

我不知道自己究竟為何寫小說。

我面臨著這根源性的問題，不明白自己為什麼要寫小說了。

一路走來，我過的是非常極端的人生。

從幼年時期起，身邊只有寫東西的人。父親、父親的作家夥伴、父親的徒弟們。進入A出版社當編輯的日子裡，工作上面對的也全是寫東西的人。前妻理玖雖然是攝影家，但她文筆出眾，在出版的攝影集裡加入長篇解說，文章獲得的評價還比攝影作品高。

與我親近的人中，連一本書都沒出過的，頂多只有妻子琴里一人。

我一直活在書堆裡，過著只與寫書的人往來的生活。

因此，打從孩提時代，我便未曾想像過自己不寫東西的樣子。於我而言，成為小說家固然是一件困難的事，但也同樣是一件理所當然的事。

四十歲那年成為職業作家，卻正好遇上恐慌症發作的時期，發病前不久寫好的長篇小說終究無法以新作品之姿問世。

即使如此，我仍在那之後以一定的頻率發表作品。

那時發表的作品，都是早在出道文壇前，二十幾歲或三十幾歲時寫的長篇小說。

等到恐慌症幾乎不再發作，以真正意義投入全新作品的創作，已經是那四年後的事。這時創作的，是我出道後的第七部作品，而這第七部作品，就是M先生與彩花夫人最喜歡的那個以女性為主角的故事。

成為小說家這件事，對以此為夢想的人來說，肯定是望外之喜。比起棒球少年或足球少年成為職業運動員的喜悅可能大得多。事實上，認真想成為小說家的小孩和認真想成為職業運動員的小孩人數可能差不多。

如果是後者，比方說，去假日的運動場上就可看到不少。懷有這份志向的孩子，還可以參加學校的體育社團或外面的體育教室。然而，以成為作家為職志的人，卻是乍看外表無法分辨的。舉例來說，就像家犬的數量和家貓的數量，世界上看似養狗的人比養貓的多，實際上很多貓只是默默在家中生活，整體來說，家貓的數量和家犬相去無幾。

此外，比起職業運動員的人數，小說家的人數少得可憐，年齡範圍又更廣。想成為職業運動員，最晚也得趕在三十歲前（當然還是有例外），想成為作家卻沒有年齡限制。就這點來說，文壇的競爭可能比體育界還激烈。

這麼一想，真正成為小說家的人，實現夢想時的喜悅肯定比較大。

但是，我卻不太感受得到這份重要的喜悅。

成為作家時，第一個冒出的念頭只有一句「終於成為小說家了」。

接著想到的是「既然要當職業小說家，就得成為不輸給父親的創作者……」

「想起當時的激動，就不可能輕易放棄這條路」——這種執著心在我身上是看不到的，因此，一旦開始對寫作這件事抱持懷疑，我就找不到壓抑這個想法的橋頭堡了。

對於寫小說這件事，我愈來愈厭倦。

想不寫小說，最簡單的方法是儉省過生活。

成為作家這二十年來，因為種種原因，我幾乎沒有存款。所以，也無法靠儲蓄支撐停止創作之後的生活。

尤其去年起，我深深懊悔為何不早點存些錢。

然而，沒有的東西就是沒有。若想盡可能遠離創作，除了節約之外別無他法。

要養活我和琴里，目前就算一張原稿都不寫，也能支撐個幾年。一般來說，單行本出版三年後就會再度發行文庫本，這表示，接下來我還能收到過去三年已出版單行本的文庫版稅。文庫本印量少，這筆收入也稱不上太豐厚，話雖如此，只要再找個打工，勉強夠我夫妻兩人過日子。

然而，我的狀況是，還得每月寄錢給理玖和兒子。

從離家出走到離職的那五年，公司發給我的薪水全數進了理玖的戶頭。我依然每個月只收她寄來的十五萬生活費。成為專職作家後，則由我每月匯款過去。由於那筆錢也包括了房貸，是一筆不小的數字，所以我不能停止創作。

兒子上大學那段時間，除了生活費外還得加上學費，金額比現在更多。即使我像這樣寄錢過去，卻連他上哪所大學都不知道。曾經詢問過一次，但也如石沉大海，我用盡手段打聽，才終於在兩年後得知兒子就讀的學校。

難以儲蓄的各種原因中，最大的原因是搬家。

現在的妻子琴里非常熱愛搬家，自從和她一起生活，我們差不多一年就搬一次家。

離家出走至今，現在落腳的公寓已是我住過的第二十二個住處。

話雖如此，琴里熱愛的並不是「搬遷到不同城市」這件事。

她熱愛的不是「搬家」，而是「搬家工程」。

把家裡所有東西裝進紙箱，是琴里比什麼都喜歡做的事。到最後，她更喜歡的是把這些裝進去的東西從紙箱裡拿出來，放在應該放的地方（也就是說，第一喜歡的是拆箱歸位，第二喜歡的才是裝箱打包）。

對她而言，家搬到哪裡都一樣。

鄰鎮也行，對面的房子也行。說得極端一點，先把現在住的地方退租再重租，打包裝箱的東西全都在同一個地方拆箱歸位也沒關係。

剛開始，我還以為她在開玩笑（也難怪我這麼想）。

很快地，我就知道她是認真的。

世界上存在各式各樣的嗜好，就像有人偏好危險性癖，琴里的興趣也相當反常。

事實上，她打包的技術非常高超。

就算只有夫婦兩人，我家東西打包起來還是不容小覷。

這是因為，我們和四隻貓住在一起。

光是屬於牠們的東西（貓床、貓跳塔、收養浪貓時用的大籠子、貓砂盆、磨甲刀、貓碗架及貓碗、外出包、貓玩具等林林總總），四隻貓加起來的數量已相當驚人。為了不讓貓咪們悶出壓力，長年來租的都是比較寬敞的房子，日用品也就不知不覺增加了。再加上我不愛出門，多半邀請編輯來家裡吃飯，餐具數量不是普通的多。除此之外，我工作需要用到的東西和持續增加的筆記資料更堆成了一座小山（只是家中幾乎沒有藏書，因為我讀完一本就會丟掉一本）。數量如此龐大的東西，每次搬家琴里都要將他們裝進上百個紙箱打包，到了新家再喜孜孜地拆開。

人們之所以長年住在同一個地方，可能的原因包括自己買了房子、配合子女學區，又或是特別喜愛那個城鎮……等等。每個人的原因各不相同，但背後或許都隱藏著同一個巨大理由，那就是嫌搬家麻煩。

以我家的情形來說，因為妻子正好熱愛搬家這件麻煩事，到最後搬家就成了我們的日常行為。在一起頭幾年，我還曾半開玩笑地送她「搬家」當生日禮物。

搬家不單是裝箱打包再換個地方拆箱歸位這麼簡單。遞送各式文件、水電瓦斯費用與手續、電話及信用卡帳單的地址變更等麻煩事也會隨之而來。可是，琴里一點也不嫌這些瑣事麻煩，反而樂在其中。

在一旁看著卻無法理解，指的就是這種事。

話雖如此，一旦身邊有個搬家高手，搬家次數無論如何都會增多。

假設妻子擁有駕駛飛機的執照和一架西斯納飛機，做丈夫的終究也得陪著一起飛。就算一開始我說自己有懼高症，回過神來肯定一年至少會和妻子一起翱翔天空一兩次。

我家的情形就差不多是這樣。

搬家當天工程浩大。我們必須先把四貓一隻一隻裝進外出包，兩人各提兩貓，朝新家出發。如果新家同樣在東京都內，則搬運起來還不會太麻煩。萬一搬到遠方，事情可就非同小可了。

有一次我們選擇搭飛機，結果造成家中長老貓身體不適的悲慘下場，之後就只搭電車移動。買車票時就得確保第一排的三人座，和貓一起上車後，整趟車程都要不斷查看袋中貓兒的狀況，一心期盼早點抵達目的地。

去年秋天搬家時，我們抱著四隻貓，揹上裝有貴重物品的小型背包，搭上傍晚出發的列車。新家離東京有一段距離，已經上路的行李自然得等到隔天早上才會抵達。因為搬家公司的卡車必須花一個晚上走陸路過來。

帶著四隻貓抵達連大燈都沒有的新家時，已超過晚上九點。

大約十天前，我已先把自家車開過來停放。打開當時順便搬來的少量行李，最先拿出的就是貓砂盆、貓碗與貓碗架。餵好牠們食物與水，我們才去附近便利商店買便當。由於暫時只能靠廚房螢光燈和客廳嵌燈照明，空無一物的屋內幾近全黑。吃完便當，兩人貼著彼此，躺在當初和貓用品一起載來的小床墊上，蓋著薄薄的棉被早早入睡。因為隔天一大早搬家公司就到了，得盡可能早點入睡，消除疲勞。最重要的原因是，接下來三天三夜，琴里將近乎不眠不休地，投入拆箱歸位這件對她而言至高無上的工作。

已經擁有二十多次這樣的經驗，想想連我自己也很驚訝。

事到如今，搬家已是我家每年不可或缺的例行活動。

只要在同一個房子住上半年，連我也會坐立不安、蠢蠢欲動。

這時要是正好有筆小收入，腦子和肚子裡的搬家蟲立刻開始咕咕叫。結果就是把這筆錢拿來充當搬家費。

大家都知道搬家很花錢，更別說租屋經常不滿一年就搬家的我們，無謂的花費更多。舉例來說，原本拿得回來的押金，因為提早解約退租的緣故，房東將收走一部分作為賠償。當然，還是得支付給新家房東另一筆押金禮金，搬家費用也不便宜。若是搬到遠方，光搬家費就是很大一筆開銷。

地毯及窗簾這類的家飾品，因為新家與舊家地板及窗戶面積不同，幾乎每次都要重買。要是搬到附帶洗衣機和冰箱的新家，就得把原本的洗衣機和冰箱送人或丟掉。事情還不只這麼簡單，倘若一年後再度搬到什麼都沒有的新家，這些東西又要重新花錢購買。

我都搞不清楚家裡到底重新買過幾次洗衣機了。

在數不清次數的搬家過程中，我發現自己的心境也逐漸產生變化。

一開始，只當作自己是在配合琴里的嗜好，後來，連我都對搬家迫不及待。當然，為了不剝奪琴里最大的嗜好，打包與拆箱作業我向來完全不插手。既然如此，那我到底喜歡搬家的什麼呢？真要問的話，我也說不出個明確的所以然。

只是，總覺得心情很不錯——如此而已。

聽來或許像是悖論，然而，搬家使我心情平靜。

無論搬到哪個城市，生活基本上沒什麼改變。對四周風景的新鮮感只是暫時，通常住上兩、三個月就司空見慣。有些人在同一個地方居住超過十年，「自己的城鎮」看在眼中或許多了不同的深度與色彩，而我只是區區長期滯留者，頂多懷著好奇心接觸景物的表層。

這樣的我，竟然說搬家能使我心情平靜？

原因是什麼，自己也不清楚。

小時候的我是個嚴重過動兒，無論如何都無法乖乖坐著。上小學後，上課時間總在教室裡走來走去。看不下去的導師把我的桌椅搬到講台旁，要我坐在那裡，我的狀況就是這麼嚴重。接受整整一學期的示眾懲罰外，期末成績單的聯絡欄上，還被老師毫不留情寫下「野野村同學是班級絆腳石」的評語。升上二年級後，我總算不會在教室裡走來走去，但坐在自己位子上時仍不斷抖動身體，只要老師一糾正，我就連課也不好好聽，只顧著在教科書或筆記本上塗鴉。沒記錯的話，小學時代的成績單，從一年級到六年級都被導師寫上「靜不下來」的評語。

如果生在現代，我大概會被診斷為ADHD（注意力不足過動症）兒童。

不過，幸運的是，我的書讀得還不錯。記憶力尤其出眾，只要把課本內容抄在筆記本上一次，幾乎就能完全記住。唯一的例外是數字，那一大串零到底有幾位數，我是怎麼樣也記不住。拜此之賜，每次都要花上大把時間計算，算術和數學成了我最討厭的科目（但是我非常喜歡物理）。

我這「靜不下來」的毛病，長大之後也沒有變過。

忘記是什麼時候的事了，我送一位微胖的作家計步器，自己也隨身攜帶了一個。某天為了完成定稿，我一整天都關在公司，可是回家一看計步器，竟然也走了超過兩萬步，幾乎要懷疑是計步器故障。可是，改天再測結果還是一樣，我才知道自己平常在辦公室裡有多坐立不安，總是到處晃來晃去。

就連現在，我也在狹小的家中團團轉。

坐在電腦前寫作時，最多專注不到十五分鐘。一超過十五分鐘，我就會做起別件事。不是站起來泡茶或咖啡，就是移動到沙發上看雜誌，再不然就打開電視有一搭沒一搭地看。有時也坐在電腦前不動，但是改成上網看新聞或播放影片。

過動與行動是兩回事。

「過動的人＝有行動力的人」是錯誤的觀念。

以我的情形來說，只是無法一直靜靜待在同一個地方，並不是真的那麼想去其他地方。

我既不擅長運動，也很討厭人群，所以不太喜歡上街走動。除非以蒐集資料為目的，否則我也很少旅行。要是可以的話，我希望盡可能待在家裡。我曾充滿自信地想過，只要與外界通訊設備完善，家中有一定程度活動筋骨的空間，要我與妻子和貓待在家裡幾十年，一步不踏出門都可以。我還想過，自己這種個性最適合去外太空工作站或南極昭和基地工作。

簡單來說，過動的人只要能不時動來動去就夠了。

我暗自心想，這「不時動來動去」的欲望，或許是解開近年搬家癖的關鍵。

住個半年就開始蠢蠢欲動，和被迫長時間坐在椅子上（比方說在電影院看無聊電影）時襲來的感受很像。

在我的想法中，頻繁的搬家，可能導致我把家也視為一張巨大的椅子。

這麼一想，在一個家裡住得稍微久一點就開始蠢蠢欲動，似乎也理所當然。畢竟我就是無法在那張巨大椅子上靜靜坐著不動的人。

在這股「想離開椅子，不時動來動去」的衝動驅使下，我借助琴里這個搬家高手的力量，進入遷居的世界。

對我來說，搬家這檔事，正是一次盛大的「動來動去」。

搬家次數多了之後，我開始希望自己不要定居任何一處。

與理玖結婚，生下新平，在東京近郊買下一棟小房子——和一般人一樣成家立業的那幾年，我每天都問自己到底在做什麼。

內心隱約有股不安，告訴自己這種彷彿天經地義的生活不可能長久，這樣的不安怎麼也無法抹滅。

我想，理玖恐怕也有相同的不安。

應該是兒子小學低年級時的事了吧。具體發生在什麼時候，詳細狀況又是如何，如今已不復記憶，只記得我對著兒子說：

「要是沒生下你這種小孩就好。」

我這麼說了。

聽來像狡辯，但我真的從來不曾這麼想。當時說的也不是真心話。

然而，我卻像電視上的混帳父親，毫不留情地對兒子說「要是沒生下你這種小孩就好」。

我是故意說給一旁的妻子理玖聽的。

為了傷害她，我決定傷害她在這世上最愛的人，用這種方式讓她知道我對她的憎恨有多深。

兒子那一瞬間的表情，我永遠不會忘記。

不是驚訝，也不是憤怒，他只是帶著歉疚的神情癟了癟嘴角。

他是否還記得這件事？

就算忘了，那天、那個瞬間的他，現在也還遠遠存在那裡，永遠帶著那個無地自容的表情。

我知道自己做了道幾萬次歉也無可挽回的事。

大致上來說，我是個溫和的人。待人和氣，偶爾也有人對我說「實在無法想像野野村先生生氣的樣子」或「第一次接到您的電話時，沒想到竟然是這麼親切的人」。

不過，我的溫和，充其量只是大致上來說，並非時時絕對。

有時我也會莫名焦躁。每個人都曾有過沒來由感到焦躁，看什麼都不順眼的時候吧，我的情形也類似這樣。只是一旦開始煩躁，我就可能脫口而出不該說的話。這種惡毒言論的對象只限極為親近的人，像是妻子、戀人、自己的孩子或父母兄弟等自己人。對朋友、同事或客戶，我是決計不會做這種蠢事的。

不只對兒子，我對理玖也常口出殘忍之詞。不過，現在幾乎已回想不起詳細內容了。

這二十年來，唯一的受害人只有琴里。

因為這些年，我除了她之外，沒有與任何人建立親暱關係。

隨著年齡增長，與家人或親密對象的關係總令我感到難為情。

所謂家人或家庭，對生活在那個家庭裡的人而言，對心理構成往往產生決定性的影響。我們的心，就在親密往來的關係中醞釀或轉變。家人的存在，促成了自己私底下真實的一面，家庭就是一個非暴露自己真實一面不可的，極為私人的「地方」。

成長到一定年齡後，我再也無法忍受這個「地方」。

待在這個地方，就像親眼目睹自己醜陋的裸體，同時也暴露在他人面前，令我羞恥不已。

例如夫妻倆帶著兒子搭電車或去公園、上館子時，總有另一個我，從天花板上俯瞰自己。

——唉，簡直太難看了。

聽得見另一個自己如此抱怨。

就算結婚對象換成別人，結果恐怕還是一樣。

和理玖之間固然有過激烈爭執，即使換成能夠共度平靜日常的對象，我可能還是無法維持圓滿的婚姻及家庭生活。

和現在的妻子琴里共度的時間，早已遠超過和理玖及新平一起生活的年月，能維持如此長久關係的原因，就在於我和琴里建立的並非一般家庭。

第一，我和琴里之間沒有小孩。

琴里二十六歲那年，我們開始同居。最初幾年，我剛以小說家身分出道，還得照顧罹患癌症的父親，有段時間搬回九州鄉下老家，生活慌亂又倉促。後來我的作品漸漸暢銷，從九州搬回東京那陣子，琴里表示出想要小孩的意願。

那時的她已經超過三十歲，想生小孩也是理所當然。

然而，我無論如何都不想要。

要是想生小孩，就得先處理和理玖離婚的事。問題是，我始終不認為她會答應，陷入僵局的可能性更高。我已厭倦捲進這種麻煩事，當時又是必須在工作上累積成績的重要時期，我可不想為了這種無謂爭執疲於奔命。

在與理玖的婚姻生活中，我一直懼怕著她。除了年紀比我大許多之外，她還有著改不掉的驚世駭俗性格。

在關鍵時刻不知道會做出什麼事的人——這就是理玖。

我只是個膽小的平凡人，根本不是她的對手。

即使能順利離婚，我也不想和琴里生下小孩組織家庭。要是那樣，我肯定又會想逃出家這個「地方」。

對我來說，家庭這東西無法不讓我感到羞恥。

不只羞恥，還難以理解。看在我眼中，友誼或戀情都是虛幻不實的存在，對我這種人來說，構成自我人格的家庭，是怎麼也無法用虛幻不實來形容的地方。我也無法像平常那樣冷笑一聲嗤之以鼻。

我已經受夠家庭了，不可能再主動擁抱這種令人作嘔的東西。

回頭想想，我這種個性大概傳承自父親。

父親宗一郎比我還溫和，幼年時期，我從未見過他大聲說話。小說家這份職業收入不穩定，從小就靠我母親外出工作，父親則在狹小的家裡勤奮書寫乏人問津的小說。

過的雖是與奢華無緣的生活，倒是一點都不以為苦。當時日本舉國窮困，更別說我們九州鄉下。那是一個就算想奢侈也無從奢侈的時代。

此外，我從小就物慾淡薄，連一次也沒要求過父母買東西，周遭的人都以為我很能忍耐，其實我只是沒找到自己想要的東西罷了。

我對有形的事物毫無興趣，想要的都是無形的東西，其中最想要的是知識。上了中學後，對名聲與榮耀的欲望逐漸膨脹。

升上高中不久，我的諸般欲望整合為一個有形的目標，出現在眼前。對當時的我來說，只有三種職業能同時滿足對知識與名聲的想望。

那就是「小說家」、「新聞工作者」和「政治家」。

該以三者中的哪一個為目標，著實讓我煩惱許久。最後，我做出三種都要的結論。在我的夢想中，先成為新聞工作者，再轉為作家，最後朝政治家之路邁進。現在回想起來，只能說是平庸至極的想法。

只有一次，我把這個想法告訴了當時已經躋身知名作家的父親。

「政治家最好不要。」

他立刻這麼回應。

「為什麼？」

「因為太適合你。」

他說出令我意外的理由。

「這是什麼意思？」

我不明就裡地詢問。

「一旦從政，你一定會成為右派大老，那可不好。」

父親說出更令我莫名其妙的話。

「作家呢？」

「不要從事跟父母一樣的職業。」

這話說得也很冷淡。

「那就新聞工作者囉？」

「嗯，要從這三個裡面選的話，這是最好的一個。」

父親一臉無趣的樣子點頭。

我家很少一家人共同行動。連一次家族小旅行的經驗都沒有，全家一起去看電影的次數也寥寥可數。

小時候，我總以為不能和其他小孩做一樣的事（旅行、去海水浴場、釣魚或看球賽）是出於經濟上的因素，導致我家沒有能力做那些事。然而仔細想想，就算沒錢，享受闔家團圓樂趣絕對不是一件難事。只是帶著便當去公園悠閒度過半天也好，但父親與母親幾乎都對那種事不感興趣。

即使如此，我仍在父母的重視下長大。

尤其是一天到晚和我一起待在家中的父親，對我特別關愛。

我從小接受父親的讀書指導，到中學畢業為止，選書都是父親的特權。不只活字書，連漫畫和雜誌也只能讀他買的。此外，隔一陣子他一定會要求我提出讀書感想。

雖然不曾教我寫文章，每當我帶回在學校寫的作文，父親都會興致勃勃地讀上好幾次。

說這話或許有些自滿，但我作文寫得異常好。拿出當時的繪圖日記或作文來看，連現在的我都為之驚嘆。

只有一次，父親傳授我書寫的祕訣。那時我應該還是小學低年級生。父親是這麼說的：

「寫文章這件事，等於在紙上說話。只要能用筆好好說話就行了。」

連寫一封信，父親都會說，使用「敬啟」、「敬上」的人蠢到極點。

「到底有誰會在講話的時候說『敬啟』啊？」

按照父親的說法，「說話」與「書寫」的差異只在速度不同。

「因為手動的速度再快也比不上舌頭快啊，換句話說，文章只是速度比較慢的講話。若想寫好文章，平時努力養成用正確詞彙、清楚說話的習慣就可以了。這麼一來，儘管詞彙的數量會變少，講話速度也會變慢，但也正因如此，說出口的話語直接化為文章也沒問題了。」

簡單來說，父親正是典型的言文一致主義者。話說回來，父親雖然只教過我這麼一次寫作訣竅，對我後來的作家活動卻產生很大的幫助。

在A出版社月刊雜誌編輯部工作時，曾聽總編說了一件有趣的事。他年輕時擔任三島由紀夫最晚年（話是這麼說，當時的三島也才四十多歲）的責任編輯，A出版社出版的三島警世書便由他負責編輯。

「其實啊，那本書全部出自三島先生的口述。我不知道拜訪位於南馬込的三島家幾次，將他口述內容直接收錄成書。大家都知道，就算能將一般人講話的內容速記下來，那內容也無法構成正式文章，只有三島先生例外。我說這話一點也不誇張，那些文章真的只是將他口中說出的話，一字一句抄下來而已。多年後，聽聞這件事的E作家說『那我也來挑戰一次看看』，便以將他口述內容直接印成書為條件做了一次專訪。可是啊，就連那位E作家也辦不到，最後還是得請他在打樣上修改成文章。那時，我才深切體會到三島先生有多厲害。」

三島由紀夫洞見未來的能力也出類拔萃。

讀他的警世書就能深深感受到這一點，又如《午後曳航》等書，前幾天我碰巧重讀一次，果然還是令人驚嘆。

要是那個人還活著，這國家會變成怎樣——雖然能想像得到的人不多，但我會第一個舉出三島。倘若他還活著，至少這個國家的小說一定呈現與現在大不相同的面貌，這是毋庸置疑的事。

升大學時，我本來想進文學系。

「寫小說怎麼能在學校學呢？」

父親一句話，推翻了這個念頭。

至於「新聞工作者」，高中生能想到的也只有「新聞記者」了。既然如此，只好選擇能最快成為新聞記者的學校與學系，我就這麼進了早稻田大學政治經濟學系。

結果，大一那年冬天投入小說創作後，我再也沒好好進課堂聽課，只一個勁兒地在租屋處寫作。

現在回想起來，總覺得當時應該忽視父親意見，進入文學系就讀才對。

法文也好，俄文也好，英國文學也好，從中任擇一種就好。量不用多，但要按部就班，有系統地讀過。應該這麼做才對的，事到如今我仍感到後悔。

父親是所謂「靈能感應」很強的人，學生時代還曾幫人看手相賺外快。

「之前只見過一次左右，這樣的人的手相看起來最準。」

他經常這麼說。

「說是手相，但並不用仔細端詳掌心。只要對方像這樣敞開心房，各種資訊情報自然浮現腦海。」

他還這麼說過。

父親一輩子都在九州一隅持續創作小說，但是，地方上各式各樣的人，會為了讓他看手相而登門拜訪。

也因為有這樣的過去，父親那句「一旦從政，你一定會成為右派大老」始終在我耳邊縈繞不去。

我不擅長與人類相處。

這應該是天生的個性。當然，身為一個小說家，我並不討厭觀察人類。如果只把人類當成研究對象，確實是比任何題材都來得不可思議也最有意思。

只是，和活生生的人類交際往來是非常痛苦的事。

這種痛苦有一部分屬於生理反應，說起來就像體內沒有解酒酵素的人不能喝酒一樣。因為是類似過敏的反應，就算想改善，自己也無能為力。

雖然我排斥與特定人物建立深厚關係，但不是完全做不到。實際上也像這樣和琴里一起生活將近二十年了。最困擾我的，其實是與交情普通的對象長期持續往來。

比方說朋友、同事或工作上的合作對象。

與朋友和同事的關係可以靠自己迴避，問題還不算太大。相較之下，工作上的合作對象（以我的情形來說就是編輯們）仍必須定期聯絡、開會或聚餐，總有非碰面不可的時候。畢竟他（她）們對身為作家的我來說，是給我工作的重要客戶。

不接受散文、對談或採訪的邀約，也是為了避免與編輯們頻繁交流的緣故。就算是推心置腹的編輯，要是密集共處工作，時間一久也很難維持良好關係。

濃厚而密切的交往對我來說太不切實際，唯一的辦法只有保持細水長流的人際關係。

這麼一來，和每間出版社的責任編輯分別斷斷續續合作才是最好的方法。

即使如此，有時我還是會鬧失聯。也有連打一封電子郵件回信都提不起勁的時期。

三十幾快四十歲時得了恐慌症，即使後來不再發作，失眠的情況依舊持續。

每天的睡眠時間長短不一。睡不著的時候，不管清醒再久，睏意也不會正式降臨。意識始終陷在令人不快的混沌之中，只有肉體疲勞不斷累積。一旦遇到這種日子，就算終於能睡了，也得再過兩、三天才有辦法執筆。

不只如此，每年必定有三個月左右的健康失調。

這種定期的健康失調大致分為三種，每年必然出現其中一種狀況。

①憂鬱狀態。

②腸胃不適。

③呼吸困難。

這十幾年來，大概以①占五成、②占三成、③占兩成的比例發生。

以季節來看，多半發生於春秋，①到③的任一種都很少出現在夏天或冬天。

動不動就搬家，對人際關係也有好處。只要一天到晚換地方住，上門拜訪的人漸漸就不再上門。尤其是像搬到九州、神戶或這次這塊土地這樣遠離東京的地方，不管怎樣，原有的人際關係都會淡薄稀釋。只要不在新的土地上重建新的人際關係，要遠離人類全體是有可能做到的事（事實是，就算搬到外縣市，頂多一年就又搬回東京，所以也來不及在那裡重新認識誰）。

妻子琴里這方面倒是與我相去不遠。

她沒有稱得上朋友的朋友，也不太喜歡家人。老家有一個哥哥和母親，父親在她二十歲時過世了。哥哥有一個上國中的女兒，對這位下一輩中唯一與自己有血緣關係的親人，琴里也不太感興趣。

在世人的刻板印象中，自己沒有小孩的女性由於母愛無處宣洩，往往會把甥姪當作自己親生小孩一般對待（我母系親戚那邊就有一位表姐甚至存錢給甥姪用），琴里卻完全沒有這一面。就連過年時給姪女壓歲錢的事，也要人家提醒才不會忘記。

不過，她並不像我這麼討厭人類。

以她的情形來說，只是對一切的情感都很淡薄而已。體內用來儲存喜怒哀樂的蓄水池既小又淺。琴里天生沒有高興得跳起來或哀傷得彷彿自我即將毀滅等情緒表現，她就是這種人。

和她一起生活，情感上從未獲得滿足。

然而，如此換來的是情感不會陷入混亂也不會受傷的寶貴代價。

我和琴里這個女人能在一起這麼久，或許正因她的這份淡薄，整體而言，讓我感到舒適自在。

「本多媽媽」病倒，是黃金週假期剛過的五月八日，星期一。

琴里老家在東京墨田區菊川經營一家叫「本多文具」的小文具店。本多就是琴里的姓，所以我都稱她母親常子為「本多媽媽」。

常子病倒了。說是病倒，其實並非內科方面的疾病，而是受傷。她平時自己住在店鋪二樓，五月八日早上，正要下樓開店時一腳踩空了階梯，硬生生撞傷腰部，大腿也骨折了。

金子藥房的老闆娘（敦子太太，和本多媽媽做了將近半世紀的鄰居）看到本該九點開店的鐵門直到九點半都沒拉起，走到後門按了本多家玄關的電鈴也沒人應門。愈來愈擔心的敦子太太於是打了電話給琴里的哥哥亮輔，急忙趕來的亮輔用備鑰開門進屋，這才發現母親昏倒在樓梯下方。

「要是這事發生在連假期間，說不定會死掉。」

聽說敦子太太當時這麼嘟噥了一句。確實如她所說，要是前一天或前兩天看到鐵門沒拉開，她可能一點也不會起疑心。這麼一來，昏倒在樓梯下的常子就算清醒也動彈不得，在無人發現的狀態下，可能就此衰弱死亡。

亮輔一家人平時住在千葉幕張，黃金週假期舉家去了峇里島，七日晚上才剛回國。至於女兒琴里，儘管黃金週只剩母親一個人在家，她也一如往常沒有特地聯絡（順帶一提，琴里和哥哥亮輔關係不親，連他們出國去峇里島的事都不知道）。

就算敦子太太在假期間察覺異狀好了，一方面聯絡不到亮輔，一方面根本不知道琴里的聯絡方式，事態肯定會演變成報警與通知消防隊的大騷動。就這層意義來說，真不知道該說常子幸運，還是該說亮輔琴里幸運了。總之，本多媽媽在連假過後的星期一才從樓梯上跌下來，確實是不幸中的大幸。

接到兄長的聯絡，淡漠如琴里也難免大驚，立刻趕到常子入住的墨田區內綜合醫院。原本我也該跟著去，問題是家裡養了四隻貓，兩人一起出門過夜在我家是一項艱難任務。

去年秋天，我們從東京搬到這塊風光明媚、歷史悠久的土地，周圍有不少風景名勝與史蹟。雖然也不是沒有出門走走看看，最多只能當天來回，過夜之於我們是不可能的事。

這次，琴里去了五天才回來。

她住在少了母親的老家，每天從家裡去醫院探病。醫生說本多媽媽畢竟上了年紀（她已經七十四歲了），骨折情形又頗為嚴重，傷口癒合之後依然步行困難的可能性很高。

除了天天去醫院探病，琴里還奮力打掃了老家。

「到處都是髒了就放著不管的狀態，多餘雜物滿出房間。花了我五天時間打掃，現在總算恢復到能住人的狀態。用不到的東西直接當垃圾丟了，要是每一樣都先問小常要不要丟，事情一定沒完沒了。」

琴里在十二日的傍晚左右回來。

我開車去車站接她，接著直奔港邊我們常去的壽司店。坐在吧台區的老位子，她一開口就說了這番話。

的確，菊川老家那棟房子老舊，即使有心恭維也稱不上乾淨。話雖如此，我自己是可以在那裡住上幾天也不介意，倒是琴里總說「在那種地方連一個晚上也睡不著」。我們還住東京時，她從未回老家過夜，就連住在神戶及博多那幾年，即使有事上東京也絕對不回老家住。

常子那個凡事隨興的大剌剌母親，怎麼會生出琴里這麼神經質又熱愛整理的女兒，實在教人想不通。

琴里和大她三歲的亮輔都稱常子為「小常」。

光聽到這個，或許會以為他們親子關係形同朋友，其實不只琴里，連亮輔和他們口中的「小常」感情也不太好。反而是亮輔的妻子奈奈子和常子關係非常親密，平常會關心這個獨居老母的，只有這位毫無血緣關係的媳婦。

「店要怎麼辦？」

琴里住在菊川這五天，「本多文具店」沒有營業，如果一個月後常子順利出院，還能像過去一樣繼續經營下去嗎？

「小常好像想繼續。反正白天亞香里也要上學，奈奈子姊說暫時可以從幕張來幫忙……」

啜飲滿滿一大茶杯的綠茶，琴里露出不以為然的表情。亞香里是她姪女的名字。

「就算這樣，媽媽能像原本那樣一個人住嗎？」

我拿起手邊的啤酒瓶，一邊給自己倒第二杯酒一邊問。回程由琴里開車，我喝酒也沒問題。

「誰知道呢……」

琴里的表情更加陰鬱。望著她端正的側臉，心想這人只有這張臉永遠那麼美。從以前剛認識時，我就認為琴里最大的優點是外貌。年輕時的她，那才真是美得令人側目。

這樣的琴里今年也四十四歲了，不過一點都看不出來。她看上去頂多三十五歲或比那更年輕。最大的原因是肌膚有彈性，不過，這後面可藏著一番令人敬佩的努力。

琴里從讀短期大學時起完全不吃喝冰冷的東西，算算至今也將近四分之一世紀了，所有冠上「冰」字的食物和飲料她完全不攝取。

的確，我們認識這二十年來，我從沒看過她把冰冷的食物放進嘴裡。

按照她本人的說法，這就是保持肌膚永遠水嫩的祕訣。

傳授她這個祕訣的人，是老家附近的美容院老闆娘。

「老闆娘中西小姐是一位美容師。我去那裡做臉時，她應該超過七十歲了，外表卻年輕得完全看不出來。看起來至少比實際年齡少個二十歲，不只臉孔，脖子和手臂也很緊實有彈性。有一次我問她『要怎樣才能像您皮膚那麼好』，她告訴我『我從跟妳差不多大的年紀，就連一次也沒吃過冰冷的東西了喔』。我想她的皮膚之所以那麼好，大概是拜此之賜。中西小姐說，這個祕訣是她媽媽教的。『那我也來試試看』，聽我這麼一說，中西小姐就笑了。『聽過這個祕訣的女孩子，十個有十個都會說要試試看。可是啊，我想一定沒人能持續下去』。聽到中西小姐這麼說的瞬間，我就下定決心，自己一定要持續到底。」

我第一次去琴里的菊川老家時，已經看不到那間美容院，中西小姐也不在了。但是琴里說，每次經過以前那棟美容院所在的大樓前，她都會在內心喃喃自語「我有持續遵照您的指示喔」。

不吃冰冷食物想像起來很簡單，誰都以為自己做得到，實際上做起來卻不容易。我也一度嘗試過，可惜不到半年就挫敗。不論哪個季節，想完全不喝冰涼果汁、可樂、冰咖啡或不吃冰淇淋、冰棒實在太難做到。不能喝冰過的啤酒也不能吃冰過的水果，這也比想像中更難接受。

這天的前菜是幼鰆魚、海帶芽和菇類的醋味噌涼拌菜。鰆魚皮大概稍微炙烤過，香氣撲鼻。

「也是要看後遺症的程度啦。」

琴里一邊夾起這道前菜一邊這麼說。

「復健師是說，要看接下來復健的效果，現在都還說不準。只是考慮到她的年紀，大概無法再像過去那樣輕鬆上下樓梯，號誌燈閃爍時也無法一口氣跑過馬路了。」

這時，眼前的壽司木板各上了一貫剛才請壽司師傅任意上菜的握壽司。

「那樣的話，她就沒辦法獨居了吧。」
我把第一貫白肉魚壽司放進嘴裡。應該是紅目鰱。比起東京，這裡的魚種壓倒性地豐富，光白肉魚的種類就多不勝數，選擇說不定比我故鄉博多更多，而且既新鮮又便宜。
「大概喔。」
琴里也吃了紅目鰱壽司。
「哎呀，還是日本海這邊的魚美味！」
她感動地發出嘆息。
這裡的名產白蝦天婦羅和鰻魚捲一起上桌了。這兩樣都是來這間店時必點的菜色。
「可是說真的，你們打算怎麼辦？」
說著，我腦中浮現琴里菊川老家那道陡峭的樓梯。
要是常子的腳變得不方便，恐怕無法上上下下那道樓梯，要不然，幾乎可以想見再次跌倒受重傷的樣子了。
「哥哥好像想乾脆趁機搬回菊川。」
用筷子撥開粗大的鰻魚捲，琴里這麼說。
「搬回去是指全家都搬回去嗎？」
「對。」
「可是，那裡住四個人太擠了吧？」
這次浮現我腦海的，是那棟房子二樓的格局。我聽琴里說過，從她上國中後，父母到附近另外租了一間公寓，一家人起居都改在那裡。

「奈奈子姊說，只能重新整修了。也得裝電梯才行，幾乎等於整棟重蓋，工程會很浩大。」

這麼一說我才想起，奈奈子的父親在千葉開建設公司。如果這件事拍板定案，大概會請她娘家幫忙改建。

「媽媽自己怎麼說？」

本多媽媽已經七十多歲了，乾脆豁出去和長男一家同住，或許不是壞事。

「她好像不太贊成。別看她那樣，她也有自知之明，知道自己不適合和外人一起住。」

「亮輔又不是外人。」

「以我家的狀況來說，真的跟外人住反而比較輕鬆吧？」

琴里說這話的語氣一如往常冷淡。

然而，菊川老家改建的事，從五月中開始順利進行起來。

六月上旬，本多媽媽平安出院時，老家的東西已經全部搬出，老舊的兩層樓建築覆上一層藍色塑膠布，正式展開改建工程。

搬出的家具等東西，先運到亮輔在老家附近租的公寓。放不下的家私另在不遠處租了個倉庫存放。

至於「本多文具店」，則在離公寓不到一百公尺的地方暫時搭了個店面營業。老家改建好前這半年多的時間，常子每天就從公寓走到這裡顧店。

由於每週需要回醫院兩天繼續住院時開始做的復健，開店營業的日子，奈奈子每天都過來幫忙。以前常子有事不能開店時，也常請她來顧店。交給對店裡大小事都清楚的奈奈子似乎沒什麼問題。

「要是換成我，就算要我去幫忙，也根本無法代替小常做什麼。」

琴里這麼說著，表達了對奈奈子辛勞的感謝，但我感覺得出，不用與母親進一步接觸讓她鬆了一口氣。

就這樣，亮輔一家與常子同住的計畫，看似在與琴里無關的地方上了軌道。沒想到六月下旬，事情有了意想不到的變化。

六月二十六日星期一，在復健中心進行步行訓練的常子暈眩昏倒。

暈眩本身並不嚴重，幾分鐘就復原了。只是為了保險起見，復健師帶常子去醫院裡的神經內科檢查。做了大腦斷層和核磁共振，醫生診斷她是腦梗塞發作。

常子再次緊急住院，接到護理師聯絡的奈奈子趕往醫院，同時立刻聯絡了琴里。

幸而腦梗塞的程度輕微，可以只靠藥物治療，住院一星期左右，常子就可以回臨時租住的公寓了。

常子住院當天前往東京的琴里，這次也只待了兩天就回來。

「阿古，事情變得有點麻煩。」

然而，她回來那天，我們去家附近常去的小料理店吃飯時，琴里露出為難的表情。

「麻煩是指？」

大口吃著搬來這裡後成為我心頭好的鰤魚味噌蘿蔔，我這麼問。

鰤魚味噌蘿蔔和一般的鰤魚燉蘿蔔不一樣，是用煙燻鰤魚拌入味噌後，再用切成薄片的白蘿蔔捲起來吃。是以寒鰤聞名的當地特有吃法。

對了，只有我們兩人獨處時，琴里都叫我「阿古」。

「雖然請奈奈子姊每天去店裡幫忙，打烊後小常還是自己在家，即使週末例假日哥哥也會去店裡，晚上終究還是小常自己一個人。」

「嗯，對啊。」

「可是，現在這個情況，在老家完成改建前的這半年，哥哥說不放心讓小常一個人在家。」

「這樣啊。」

雖說症狀輕微，站在家人的立場，不放心讓得過腦梗塞的母親獨居，說來也是理所當然。受了重傷住院，一出院又被迫搬進住不習慣的租屋處，連店鋪都改到暫時搭建的地方，不難想像七十四歲老人的身心是如何跟不上太過劇烈的環境變化。伴隨而來的壓力導致腦梗塞發作也是不爭的事實。

「一開始，哥哥說不然他搬到小常的公寓陪她住。可是，哥哥因為工作性質的關係經常晚歸，又一天到晚要出差，就算搬過去住也沒什麼意義。但又不能因為這樣，就叫奈奈子姊和亞香里立刻搬去菊川……」

亮輔在威士忌公司當業務，應酬和出差是家常便飯。考慮到亞香里上學的事，要奈奈子和她搬到菊川跟常子住也是不切實際的主意。

「這樣的話，只好琴里接下這個任務了？」

琴里輕輕點頭。

「哥哥有說不勉強，也說一定要在野野村先生同意下才能這麼做，如果我真的無法離家半年之久，只好暫時把文具店關起來，接小常到幕張住到老家完成改建。」

「半年啊……」

我們去年秋天才剛搬到這塊陌生土地，現在就要面臨半年琴里不在身邊的生活，我想恐怕不是一件容易的事。將近二十年來，琴里是我唯一的親人，不管做什麼都不能沒有她。和編輯開會或吃飯時之所以請他們來家裡，也是因為對我來說，在沒有琴里的地方和他們見面太痛苦。

像我這種恐怕一輩子都怕生的人，非常不擅長與人深交。但也正因如此，一旦遇上難得親近的對象，我就想深交到對方退避三舍的地步。只有萬事淡然以對的琴里，才能順利接納我這個麻煩的人。

「怎麼辦好呢。」

琴里從旁窺探我的表情，嘴上這麼問。

這時，鹽烤赤鯥魚正好端上桌。搬來這裡之後，沒事就會點這道鹽烤赤鯥魚。價格雖然貴了點，我還是第一次吃到這麼清爽卻油脂豐厚的烤魚。吃過一次就上癮了。

「明天一整天，讓我好好考慮一下好嗎？」

我動著筷子這麼說，琴里輕輕點頭。

常子出院前一天，七月二日星期天，我和琴里一起上東京。

搬到這裡之後，只有三月有事去了東京一趟，再來就是這次了。這也是我第一次去探望常子。

搭JR到錦糸町，從那裡走路十分鐘就到常子住院的綜合醫院。路上看到小學裡設置了投票所，這才想到今天是東京都議會議員選舉的日子。

在A出版社月刊雜誌編輯部工作時，由於長年主要負責政治報導的緣故，我對國會的動向知之甚詳。

當時政界提倡名為「政治改革」的選舉制度改革（從中規模選舉區制度改成小規模選舉區的比例代表並行制），戰後持續多年的自民、社會兩黨五五年體制，以自民黨的分裂為開端逐漸瓦解。另外，出自「非自民連立」的細川政權也在那段時期誕生（小規模選舉區制度就是細川政權導入的）。

那是時代正走入政治的季節。

在新政黨揭竿而起的一年前，我在眾議院前議員S的介紹下，和細川氏見過一次面。彼時細川氏已辭去熊本縣知事，轉任臨時行政改革推進審議會「豐饒生活部會」部會長。細川氏意氣風發地發表言論，稱自己「下鄉前往各地視察，發現國民都認為政治應當改革，也親身感受到他們熱切澎湃的期待」，還透露已有組織保守新黨的想法。

當時這番「新黨宣言」沒能刊登在當期雜誌上，「宣言」一直等到隔年才登上雜誌頁面。然而事後回想起來，這一年的時間落差，以結果來說，反而對細川氏頗為有利。

唯有一點令人非常遺憾，最初介紹我與細川氏見面的S前議員在那一年之中返回老巢自民黨，出馬參選參議院議員，未能再與細川氏共同行動。要是細川氏的「宣言」早在一年前就發表，S前議員應該會和他攜手共創新黨。

結果，發出「宣言」的這年，S氏以自民黨員身分，細川氏以自己組織的日本新黨員身分出馬參選，兩人也都順利當選議員。隔年，細川轉換跑道參選眾議院選舉並當選議員，於選舉前夕迎來從自民黨分裂並組織新生黨的小澤一郎，受其推舉為非自民連立政權的內閣總理大臣人選。

我與S議員的關係有一半像是師徒。在我的看法中，儘管當時政治中樞有許多優秀議員，仍無人比得上他卓越的見識。他是一位遍讀百書的閱讀家，曾不經意說過「學生時代幾乎讀完全套岩波文庫」。他還精通英語，美國方面的人脈也是政界呼聲最高的一人。

我很難不去想像，倘若S氏一開始就加入細川新黨，攜手投入一年後的參議院選舉與隔年的眾議院選舉，那之後的日本政治史肯定與今日大不相同。S氏向來不求名利名望，即使如此，他總有一天還是會朝總理之位邁進，而我想必會被他延攬入閣。

再說說第一次見到細川氏那天的事吧。

走進當時S氏個人辦事處的會客室，細川氏已經坐在那裡與S氏交談了。我和同行的月刊雜誌總編一起坐在他們對面的椅子上。

我與細川氏當然是初次見面，然而，坐在椅子上的他映入眼簾那一瞬，我彷彿看見周圍散發出異樣的光芒。

那時的我才三十多歲，還沒培養出現在的識人眼力，看到細川氏背後璀璨通透的光芒時，不由得瞪大了雙眼。

兩年後，小澤一郎分裂了最大派閥的竹下派，於實質上成立新派閥之際，我前往他位於永田町的辦事處，幾小時後他將與同黨同志召開政策集團設立記者會，在那樣緊迫的時刻，對他進行了一次長篇訪談。小澤氏此時率領的集團如前所述，於隔年總選舉時脫離自民黨，並推舉細川氏樹立非自民連立政權。當時的小澤氏在這權力爭奪的核心，仍秉持他雄渾的手腕，發揮了以政治家來說極為驚人的存在感。

面對這樣的小澤氏，我感受到與細川氏第一次見面時同樣的光芒。

後來，因為工作的緣故，不限於政治家，我有許多與「時代寵兒」見面的機會。從這些經驗裡，我得出以下教訓。

即使是某一時期名符其實身後散發光芒的人，隨著時間的流逝，那光芒也會褪色，變回和我們一樣的普通人。

事實上，無論是細川氏還是小澤氏，後來我又與他們見過幾次面，背後的光芒一次比一次微弱。

簡單來說，就是魔法失效了。

和琴里一起上東京的那個星期天，在都議會議員選舉中，由小池百合子氏率領的地域政黨獲得壓倒性的勝利，小池氏一躍而成「時代寵兒」。

不久之後，這樣的小池氏也將結束使命，被迫半路退場，從正面舞台上消失吧。眼前小池氏背後肯定正散發著與當年細川氏及小澤氏一樣的氤氳光芒。

然而，總有一天那包圍著她的光芒終究注定會消失。

家父野野村宗一郎在我現在這個年紀時，曾被人勸說出馬參選縣知事，他毫不猶豫地拒絕了。

「就算當上政治家也成不了任何事。」

他笑著這麼說。

最近我總算能理解當年父親的心情。只要看看這個國家歷代總理事蹟就能一目了然，他們充其量只是每個時代的「時代寵兒」罷了。

人類試圖透過創造民主主義來根絕專制的可怕，我卻認為，這同時也徹底封死了革命帶來的歷史跳躍。

本多媽媽精神很好。

雖說是腦梗塞，但程度尚稱輕微，除了復健中那一次暈眩外，沒有出現任何症狀。儘管依然帶著跌倒受傷的後遺症，幸好四肢皆未增添新的問題。醫生說，只要保持現在的步調繼續復健就可以了。

關於完成老家改建後與亮輔一家同住前的這半年多，琴里必須去出租公寓陪她住的事，常子表現出發自內心的歉疚。

「野野村先生，真的很抱歉。」

她不斷低下頭反覆這麼說。

「照現在狀況看來，差不多一個月我就能恢復獨居能力了，到時候馬上把琴里還給你。」

最後還補上這一句。

只待一小時，我們離開了病房。反正明天中午琴里就會去接媽媽回公寓了。

原本打算回錦糸町搭地下鐵前往菊川，才踏出醫院一步，驚人熱氣撲面而來。與其說是梅雨季節的潮濕悶熱，那灼人的陽光更像盛夏。

我索性改變方針，朝計程車招呼站走去。

根據氣象預報，我們住的靠日本海城市和東京的今日最高氣溫都是三十二度，然而，炎熱的程度完全是兩碼事。

高樓大廈密集的東京完全沒有為風留下通道。柏油路面與大樓牆面加溫了空氣，又沒有來自山海的涼風吹散，熱氣宛如盤踞一般滯留。那種悶燒般的暑氣就是這麼來的吧。

相對地，我們住的城市只有車站周邊建築較高，全年都有來自山海的風吹進到處都是縫隙的民宅。也難怪相較之下，東京就像三溫暖，而我們住的城市就像向陽的公園。

鄉下地方極度悠閒。

白天人影疏疏落落，即使去評價高、生意好的店，不用等五分鐘就進得去。鬧區的便利商店多半附設占地寬廣的停車場，走進住宅區觀察，家家戶戶門前也都有足以停得下三輛車的空間。開不到一小時的車，就能抵達綠意盎然的村山或美麗遼闊的日本海岸。

這兩者都是普通東京人無法輕易獲得的東西。

但是，對習慣東京生活的人來說，總覺得鄉下生活少了點什麼。

——到底是少了什麼？

即使這麼問我，一時之間也答不出來。對年近還曆的我而言，住在東京或現在住的小城鎮，生活上沒有太大不同。搬來這裡之後，也不曾感到哪裡不滿足或不方便。頂多是沒有地下鐵這點有些麻煩而已吧。

那麼，到底是少了什麼呢？

連我自己都疑惑。不過，「少了點什麼」的感覺是事實，住在東京時沒有過這種感覺。

就算人在東京，我也沒有特別想見的對象，沒有特別想去的場所，更沒有特別想買的東西。除了不在東京就無法每月接受城石師父針灸治療，這點固然有些遺憾，真的非針灸不可時，只要搭電車或飛機去一趟東京或廣島就行了。

在這人煙稀少的城鎮只住了半年多，為什麼一直有種少了什麼的感覺呢？

我照慣例思考了很久，想把原因找出來，雖然還是想不通，但也不是沒有發現。

簡・單・來・說……

簡單來說，我喜歡「新的事物」。

人類分為兩種，一種偏好新事物，一種喜歡老舊的東西。變化或不變，革新或保守，放眼未來或是固守傳統……各種說法都有，總之人類通常能夠分成這兩類。而我，就徹底屬於前一類。

和「保古」這名字正相反，不管三七二十一，我就是喜歡新東西。

舉例來說，去速食店用餐時一定選期間限定的最新品項，市面上一流行起什麼新商品，上網查到評價還不錯的話，我也馬上下單。電視上的搞笑綜藝節目和連續劇，只要有最近人氣高漲的新人參演，或是聽說某某節目最近很受歡迎，我大概都會追看，想自己判斷是不是真如評價說的那麼好。另一方面，即使是自己不感興趣的領域，只要話題與新舊交替有關，我就會忍不住去瞧瞧。

為兒子命名時，我想把自己最喜歡的東西放進他名字裡。

自己最喜歡的東西是什麼？

這麼一思考，第一個浮上腦海的是「都會」。於是，我開始打算把「都」字放進去，卻一直找不到筆劃適合的名字。

不然，和「都會」差不多喜歡的東西呢？

如此自問之下，想到的有兩樣。

一個是「獅子」，一個是「新事物」。

來自「獅子」的名字是「獅子男」，以「新事物」為靈感想到的名字則是「新平」。我在兩者之間猶豫許久，最後去找妻子理玖商量。

理玖選了「新平」。

「爸爸叫保古，兒子叫新平，豈不是很妙？」

兒子的名字，就在她這句話下拍板定案（如果生的是女兒，我想一定會叫「都（MIYAKO）」）。從這件事即可得知，對我來說，「都會」就是「新事物」的象徵（「獅子」則象徵在都會裡的熾烈生存競爭）。

我從讀小學時就決定「長大後要去東京」。

這想法從未動搖過，也一直以為身邊的人理所當然抱持一樣的想法。因此，等我上了高中，開始準備考大學時，發現一半以上同學都以家鄉的九州大學為第一志願，這件事令我錯愕不已。若說住在鹿兒島或熊本的高中生以九大為目標，那還能夠理解。住在九大附近的同學們竟然還以九大為目標，實在教我難以置信。

新聞工作者↓作家↓政治家。對當時抱著如此單純人生規劃及夢想的我來說，滿心只想脫離不得志的鄉下地方。

順帶一提，為了考大學而分組時，當我發現從「文科」與「理科」兩條道路中選擇「理科」的學生佔了一半，內心非常震驚。就我看來，主掌這個世界的不是理科人，文科人的數量才是壓倒性的多。明明眼前有這不動如山的事實，自甘墮落為被掌控一方的人竟然還有那麼多，我為此驚訝得說不出話。

——沒想到，才在考大學的階段，競爭對手就少了一半……

這意外的發展使我半是欣喜，半是失望，只能愕然望著那些比我更會讀書的同學紛紛投入醫學或牙醫學的領域。

亮輔為常子租的公寓離菊川老家只有不到五百公尺。雖說這棟二十五年的老公寓絕對稱不上新，或許管理做得還不錯，公共空間看上去一塵不染。建築高達十二層樓，算是頗有規模的公寓，租給常子住的那間位於三樓，離電梯也很近，看得出亮輔在找房子時充分考慮了母親的身體狀況。

公寓格局兩房兩廳。屋內中央有一個五坪左右的飯廳，兩側分別是三坪與兩坪多的房間。三坪的房間鋪有木地板，常子把床放在這裡當寢室。另一間兩坪多的房間是和室，雜物佔據了三分之一的空間，不過剩下的空間還夠鋪一張床墊，也不是不能給琴里當房間。

只是，想到感情不睦的母女要在這狹小的公寓裡磨合與生活，總覺得早晚會出問題。

這個可能性，除了剛才在病房裡宣稱「頂多一個月就把琴里還給你」的常子心知肚明外，哥哥亮輔心中大概也隱約有個底。奇怪的是，唯獨琴里本人倒是一臉無所謂。不過，以她的個性，或許只是根本沒想那麼多。

話雖如此，看也知道這間公寓不可能讓亮輔一家搬來與常子同住。另一方面，要常子把文具店歇業半年，搬去幕張的亮輔家棲身，實在也不是上策。

常子之所以堅持繼續開店，或許因為她自己也很清楚，這間店就像她的生命線。對丈夫先走一步，和孩子感情又不親密的她來說，「本多文具店」是與社會保持一定程度聯繫的重要管道。

我還在當編輯時，曾問一位老人攝影師（意思是「專門拍攝老人的攝影師」）J先生：

「J先生，您認為長壽的祕訣是什麼？」

那時他正好出版了一本專拍超過百歲老人的攝影集。

J先生這麼回答：

「首要條件應該是基因吧。其實啊，很多超過百歲的老人，他們父母和兄弟姊妹也都很長壽。所以，我想應該還是有所謂長壽基因的喔。另外一點就是獨居。長壽的人通常一個人生活。因為自己得負起自己的生活責任，所以他們才能永保年輕。像是支付水電瓦斯費用啦，收發宅配貨品啦，如果跟子女或孫兒住在一起，這些小事就不會自己去做了。其中最關鍵的是購物和煮飯。購物時要計算金額，煮飯時要注意火源，這些生活小事的累積能預防頭腦和身體老化，對長壽很有幫助。」

原來如此，還有這個看法啊。我還記得自己當時恍然大悟。

照這個說法，這次亮輔提出的「同住」或許不是最好的方案，但一想到菊川老家那棟老舊建築，就現實層面來說，讓常子繼續獨居其中已是不可能的事。另一方面，若說要改建老家，而且還是加裝電梯這種大工程，除了長男一家出錢並搬來同住之外，要常子自己拿出這筆費用也有所困難。

琴里經常說「記憶中，小常從來沒做過像個母親該做的事」。

「像個母親該做的事？」

第一次聽她那麼說時，我提出疑問。

「比方說，我就從來沒被她抱緊緊過。」

琴里這麼說。

假如說自己肚子痛，常子會去金子藥房買藥回來給她吃。可是，常子不會幫她摩挲腹部。

「我一直以為『痛痛飛走了』是什麼玩笑話，根本不知道世間媽媽們真的會跟小孩說這句咒語。所以，國中時跟朋友聊天，得知大家的媽媽都會說『痛痛飛走了』時，內心真的很震撼。」

沒被媽媽抱緊緊過，或是媽媽從沒說過「痛痛飛走了」，聽起來似乎是雞毛蒜皮小事，但是仔細思量，只能說這樣的人沒有資格當母親。

對孩子而言，被母親抱緊緊雖然天經地義，真要回想起來，恐怕誰也沒有被母親緊緊擁抱的具體記憶。相對的，「從來沒被緊緊擁抱過」卻會成為孩子心中根深柢固的記憶，無論經過再久都不會消失。「痛痛飛走了」的例子也一樣。

認識現在的常子之後，我仍難以想像她是琴里口中形容的那種母親，最初還懷疑是不是琴里誇大其詞。但是，儘管與常子只每隔三年五年斷斷續續碰面，我終於漸漸觀察到，琴里說的並非謊言也非誇飾。

常子這個人，非常不懂得如何體察別人的心情。

她明顯欠缺對「現在兒子或女兒想要什麼」的感知能力。不只如此，因為隨時擔心自己缺乏這份能力的事被識破，使她總是處於緊張之中，結果就是愈來愈搞不懂別人心裡想什麼。

她的注意力隨時都在渙散狀態。

就算朝獵物撒出了網，她也不懂如何收網。別說收網了，她就像是把網撒向大樹的人，無法將到處被枝葉卡住的網收疊起來。

聽到女兒哭訴肚子痛，立刻仔細詢問詳細症狀，拿出醫學辭典翻找可能的疾病，做出是否該立刻帶去醫院或不嚴重的話只需買藥吃的判斷。暫時將自己之後的預定計畫取消，待在女兒身邊觀察狀況，安撫女兒或摩挲女兒的腹部以消除她的不安——常子無法順利做出這一連串行動。

詢問、調查、判斷、執行、變更、觀察、處理。她在以上每個階段中，注意力都是渙散的。聽女兒說話的同時擔心店裡今天的銷售狀況，調查疾病種類的同時煩惱晚餐該煮什麼。因為無法當機立斷取消接下來半天的預定計畫，一邊觀察女兒狀況時，還得一邊處理隔天要寄出的貨品及進貨事宜，腦中滿是中午跟敦子太太約好吃飯的事。

常子也無法長時間聽別人說話，總在談話途中突兀地提出其他話題，令人為之錯愕。此外，五次中會有一次把我叫成「亮輔」而不是「野野村先生」，有時還會把琴里和亮輔的名字搞錯。琴里說，這種事在他們家，從以前到現在都是家常便飯。

我也聽亮輔說過很多次，亮輔和琴里小時候最喜歡一種叫「哆將啦」的桌遊，常子卻連一次也不肯陪他們玩。

第一次聽亮輔提起這件事時，我回頭跟琴里確認，她就說：

「哆將啦是一種兒童版麻將遊戲，不管我們怎麼要求，小常就是不肯跟我們玩，我跟哥哥都很記恨這件事。」

我想常子不是不玩，她是不會玩。至於不會玩的原因，既不是不懂遊戲規則，也不是苦惱跟孩子玩遊戲該如何分配勝負。她恐怕是無法理解「母親陪孩子玩遊戲」是怎麼一回事吧。

——不跟我玩也沒關係吧。

對她來說，可能只是把事情想得這麼簡單，嫌陪孩子玩麻煩就不玩了。

我們兩人一起整理了那間兩坪多的和室。

檢查房裡原本堆著沒整理的幾個衣物收納箱，把裡面不要的東西丟掉，清出兩個空箱，再把琴里塞進行李箱裡的衣物拿出來裝進去。也整理了胡亂塞著坐墊與棉被的壁櫥，再把所有衣物收納箱推進去放。

和室裡原本放了安樂椅、馬梯、捲起來的地毯、裝了零碎物品的紙箱等東西。我們把這些統統搬到玄關旁還有空間的儲藏室，塞了滿滿一間。

順便用吸塵器吸地，再用除塵紙拖把擦拭地板，榻榻米用溼布和乾布各擦一次，房間總算恢復乾淨。

即使開了冷氣，還是滿身大汗。

兩人一起洗了個澡（順便打掃浴室），換好衣服，把行李箱重新放回變得寬敞的和室角落再喘口氣，時間已經是下午五點多。

喝杯熱綠茶後，我們走出家門。

日已西斜，氣溫比白天下降不少，但還是很悶熱。走了沒多久，又是一身汗。

我們走進來菊川時經常造訪的文字燒店，這間店最方便的是星期天也有營業。

一如往常點了明太子年糕起士口味與模範生玉米點心餅口味的文字燒，再加點毛豆、豆腐沙拉和淋了山藥泥的鮪魚。我要了生啤酒，完全不能喝酒的琴里喝熱烏龍茶。

我覺得各種穀物磨粉當原料的食品裡，最好吃的就是文字燒。關西口味與廣島口味的好味燒或「銀章魚」的章魚燒確實也很好吃，但都比不上文字燒。來到東京之後，能讓我覺得比故鄉博多好吃的東西，頂多只有蕎麥麵和鰻魚。沒想到第一次吃到文字燒時，竟然受到那麼大的震撼。我這輩子從來沒吃過外觀與味道嚐起來落差這麼大的食物。

和生於東京、長於東京的琴里一起生活後，我開始經常吃文字燒。一方面因為她愛吃這個，另一方面，她做的文字燒實在是太美味了。凡事認真的琴里手也很巧，她花費工夫煎出來的文字燒比我之前吃過的都好吃。

離家出走一年後，得了恐慌症的我搬回博多老家，公司暫時停職。雖然再隔半年就回到公司復職了，恐慌症發作時在池袋附近住的小套房早已退租，回到東京也沒地方住。

姑且投靠跟我交情甚篤的紀實作家T，住進他的工作室，從頭開始找房子。

準備回東京前，我寫了封信給理玖，說明必須租屋的事情，拜託她匯一筆錢給我，但完全沒收到回音。寄出這封信後，匯進帳戶的依然只有每月十五萬，隨著回東京的日期逼近，我除了哭求父親資助之外別無他法。就這樣跟父親借了臨時生活費，我回到東京（到最後理玖都沒有匯錢給我）。

因為當初在只有三坪大的小套房恐慌症發作了，這次不得不租大一點的房子。要是又租條件差不多的房子，恐慌症必然又要頻頻發作。只是，租大一點的房子等於押金、禮金和每個月的房租都會提高。雖然也可以住到遠離市中心的地方，以我的狀況來說，長時間搭乘搖晃的電車通勤容易引起發作，住得太遠也不是辦法。

結果，我在距離中野車站走路十五分鐘的地方租了一間一房兩廳附廚房的房子。簽約時的種種費用與預付的房租，再加上買齊所需最低限度的家電及家具、日用品後，父親借我的錢差不多就快用光（原本池袋小套房裡的家具家電在請同事F幫忙辦理退租時，順便麻煩他全部處理掉了）。

在T家住了十天左右，搬到中野的租屋處時，我幾乎身無分文。為我擔憂的T召集了幾位作家朋友及我公司內外的朋友，火速募了一筆救急金（當然沒告訴我出錢的人有誰）。拜他盡心盡力所賜，瞬間募到一筆為數不小的金額，我才勉強有了暫時度過難關的資金。

我拜託T，不管怎麼說這筆錢都要當成是借我的，等我手頭寬裕就會還給大家。

「這樣的話，等你有錢就匯到我的戶頭吧，再由我轉匯給大家。」

T這麼說，還多加了一句「等慶祝阿古手頭有錢那天來臨時，我再把資助人名單交給你」。我猜他大概以為我還得花上一段時日才還得了錢。

不料，就在那正好一年後，我如願出道文壇，成為作家。出道作品又不知走了什麼運蔚為話題，不斷再版。獲得一筆不小版稅的我立刻連絡了T，表明想將那筆救急金還給大家的意願。

然而，當我在中野車站前的ATM將錢轉入T的戶頭後，一股出乎意料的感慨驀地襲來。

在那之前，我一心只想趕快還錢，好報答大家的恩情。然而，實際把珍貴的版稅匯出之後，我不但沒有放下肩頭重擔的感覺，對當初伸出援手的朋友的感謝之情也沒有增加。

——明明沒人催我還錢，幹嘛還得這麼瀟脫呢……

我陷入一股腦的灰心喪氣之中。

T當初召集的人們，應該都是手頭寬裕的人，不會有人為了區區五萬、十萬欣喜或煩憂。相反地，看看現在的我，每個月收到的生活費有一大半得耗在房租和水電費上，別說午餐，連晚餐都沒法好好吃上幾頓。這時好不容易手頭湧進了一大筆錢，我卻全部拿去還債。這麼一想，真不知道自己寫作出書到底所為何來。

上班前完成轉帳，當場打了電話給Ｔ。他說：「這樣啊，那我再把資助者名單傳真到你公司，可以收傳真時打個電話給我。」

一到公司，我立刻站在傳真機前打電話給Ｔ。復職後，我被分發到資料室，這個部門的正職員工包括室長在內只有三人，另有一位打工女生。每天的工作是將書店送來的長期訂閱書報雜誌歸檔，用膠膜補強新書封面並製作借書證後放回書架，或是將印刷廠送來的樣本雜誌分發到各部門。

傳真機發出正在接收訊號的聲音，一點一點將Ｔ傳來的文件列印出來。

上面約有三十幾個人名，也詳細記載了每個人贊助的金額。

我拿起這張紙，回到自己座位，確認上面的人名與金額。

除了發現意想不到的人名之外，還發現那些我堅信一定有出錢，每次見面都在心中默默表達謝意的對象竟然不在名單上。不只如此，我還驚訝地看到沒見過幾次面的人贊助了超乎想像的大筆金額，而曾經深受我照顧的人出的錢卻少得令我愕然無語。

這是一份愈看愈有意思的名單。

原本想將整份名單謄寫一遍，深深烙印在記憶中，但轉念一想，這行為恐怕對自己和對方都毫無益處，最後也就沒有實行。

因此，將近二十年後的現在，我已經不太記得名單上有誰，更別說金額多寡。Ｔ給我的這份名單雖然沒有丟掉，但不知道收到哪裡去了，想找出來也不容易。

認識琴里，百分之百出於巧合。

住進中野那棟公寓差不多半年左右，七月上旬的某個星期天——傍晚，把可燃垃圾拿到公寓旁邊的專用垃圾場丟時，看見屋簷與籬笆圍起的那個空間裡已經有人先進去了，正在那裡不知做些什麼。

起初只能看見她的背影，但是，看到背影的瞬間，我立刻認出是住同棟公寓的女人。

這是因為，偶爾在門口擦身而過或搭上同一班電梯時，我總是偷偷仔細觀察她。

一言以蔽之，她長得非常美。

纖瘦的體型，身高大約有一百六十二、三公分，髮長及肩，有時直接披在肩上，有時綁起來，穿著打扮屬於比較穩重的類型。從來沒在上班時間見過她，碰巧遇見時大都是週末。

光這麼看推測不出她的職業，感覺應該不是普通上班族（如果是上班族，平日上班時間出門時，至少會遇到一兩次才對）。

年紀大概二十三或四歲吧……

端正的五官，外表漂亮得幾乎能從事依靠美貌的職業，說不定是模特兒或演藝圈相關工作。

我提著滿滿一包垃圾，走到垃圾場的金屬網門邊，這才看清她在那裡做什麼。

只見她專注地把腳下堆疊得亂七八糟的披薩空盒一一扔進左手拿的大垃圾袋。

「發生什麼事了嗎？」

我站在半敞開的門邊這麼問。

聽到我的聲音，她終於發現有人靠近，先是嚇了一跳，接著朝我轉頭。

「再怎麼說，這都太過分了……」

一對上我的眼神，她就皺起眉頭這麼說。似乎知道我也是這棟公寓的居民。

接著，她從地上起碼還有二十個的披薩扁盒中拿起一個，打開蓋子讓我看。

「這真的太過分了。」

我也皺起眉頭。

裡面還剩下三分之一個披薩。

這棟公寓是專門出租的公寓，個人房型與家庭式房型各佔一半，一直以來，居民丟垃圾的習慣就很差。像是丟紙箱時本該攤平疊好，用繩索綁起來，很多人卻直接把空紙箱丟進垃圾場。空瓶與空罐也不按照規則分類，總是混在一起丟進只能丟空瓶或只能丟空罐的簍子裡。即使下雨，許多人還是滿不在乎地丟出報紙雜誌等紙類回收垃圾，任憑那些紙張被雨打溼。

話雖如此，丟出像今天這麼大量的披薩盒，有些盒子裡甚至還有吃剩的披薩，這麼不堪入目的狀態，我還是第一次遇見。

仔細一看，她兩隻手上套著塑膠手套。

看來，她是自己下來丟垃圾時被眼前的景象嚇到，一度返回自己房間取了手套和新的垃圾袋再回來清理的吧。

我把垃圾場的門打開，走進裡面，將自己提來的垃圾放在右邊架子上。

「剩下的交給我處理吧。這樣下去，萬一半夜下雨，後果將更不堪設想。」
我用眼神示意她將手中的垃圾袋交給我。
她露出訝異的表情看了我一會兒。
我心想，難道自己說了什麼可疑的話嗎？我們兩人都很困惑。
「不然這樣吧，兩個人一起收拾比較快。」
不過，她立刻笑著用清楚的聲音這麼說。
於是我們立刻動手清理。
「話說回來，到底是誰點了這麼大量的披薩。」
一邊動手，我一邊喃喃自語。
「大概是拿來拍照用的吧，因為其中有一半盒子裡的披薩完全沒動過。」
她這麼說。
「拍照？」
「是啊。」
這麼說來，大概是在其他地方攝影時拿來當道具的大量披薩，被攝影師或助手帶回這棟公寓丟棄，或是根本就租了這棟公寓其中一間房來當攝影棚。我心想，確實有這可能。從垃圾的狀態看來，實在不像單純訂來吃的披薩。
能馬上聯想到這個可能，她從事的果然是模特兒或相關工作？
約莫十五分鐘後，我們已將所有空盒裝進垃圾袋。把裝滿對折紙盒的垃圾袋放在牆角，一起走出垃圾場。

「自我介紹一下，敝姓野野村，在A出版社工作。」

這時，我終於有空自我介紹。刻意提起公司名稱是為了不讓她懷疑我的身分。如果她是模特兒，說不定認識A出版社編輯部的誰。

太陽不知何時已下山，天色開始暗下。

「敝姓本多。」

她也報上姓氏。

「本多小姐等一下有預定去哪用餐嗎？」

我馬上這麼問。

「如果沒有的話，要不要一起吃飯？」

跟著立刻補上這句。

「最近，中野車站前新開了一間很好吃的迴轉壽司店。我上次第一次去，沒想到那麼好吃。」

「迴轉壽司店……是嗎？」

「是啊。您知道？」

她搖搖頭。

「真的很好吃喔。店也很大，不用排隊就進得去。」

這時，「本多小姐」稍微思考了一下。看起來，她今晚應該沒跟人約吃飯。

那時的我當然不可能知道，迴轉壽司是琴里的最愛。

吃完文字燒，先一起回租屋處，琴里再目送我離開公寓。她打開三樓的窗戶，對我揮手。

「那妳加油喔！」

我這麼喊。

「貓咪們的事，就拜託你囉！」

琴里探出窗口大聲回應。我一邊想，不知道幾年沒聽她這麼大聲說話了，一邊用雙手在頭上做出OK的手勢。

琴里最擔心的不是我，是家裡那四隻貓。

直到最後都在猶豫是不是該離家這麼久的原因，是擔心我照顧不了貓兒們。

餵飼料和水，幫牠們梳毛之類的事，我平常也會做。

只是，剪指甲和餵藥就都交給琴里，我連一次都沒幫忙過。她放心不下的是這個。

我走到新大橋通，在那裡攔了計程車，直奔東京車站。

搭上九點二十分出發的新幹線。

綠色車廂空蕩蕩的，我走到車內中段，在自己靠窗的位子坐下。看來隔壁不會有人坐了。

光是這樣，我的緊張就消除了一些。

我從來沒有跟責任編輯一起出門旅行蒐集資料。

其實，只要邀請責任編輯一起去，出版社就會全額負擔餐費與交通費，編輯也會幫忙安排採訪流程和租車，連每餐吃什麼都準備得周到齊全。當然這麼一來，我和責任編輯的交情肯定更緊密。

然而，我無論如何都沒法和琴里之外的人一起出門旅遊。

至少得由自己擔任安排行程的一方，就像過去我也不是沒有帶作家外出蒐集資料的經驗。可是，立場一旦相反，壓力一定會大得令我疲憊不堪。這是完全可預見的事。

望著隔壁的空位，事到如今才發現琴里的可貴。

才分開不到一小時，她不在身邊已經讓我如此坐立不安。

這個狀態要持續半年，我一個人真的撐得下去嗎。

實在無法不擔心起來。

我邀請「本多小姐」共進晚餐，她雖面露些許猶豫，最後仍說：

「可以請你等我一下嗎？」

說完，拿下手上的塑膠手套。

「我想回家洗個手，而且包包也沒帶在身上。」

「那我在公寓門口等妳，不用急沒關係。」

內心大呼快哉。

沒想到，這一等就是好半晌。

搞不好她其實跟男友同居，打算帶男人一起下來？

還是乾脆放我鴿子？

我只不過是在垃圾場碰巧遇到的同棟公寓鄰居，唐突開口邀約吃飯，她會有所警戒也是理所當然的事。

可是，我無論如何都想跟她交往。

這並不是當下突然產生的念頭，早在搬來這裡，數次與她擦身而過後，我就開始有了這個想法。

要不然，像我這種人怎麼可能貿然邀請連名字都不知道的對象吃飯。

搬回東京，重新展開一個人的生活後，雖然不再發作嚴重的恐慌症，失眠問題卻比在博多療養時更為惡化。每星期總有一到兩天清醒到天亮，這種日子只能遲到或請假。我擔心再這樣下去，恐怕連資料室的工作都保不住。

該怎麼做才能好好睡著呢。

過去因為想著被我留下的新平，結果陷入失眠，開始定期去認識的心理醫生那裡看病，依賴起抗焦慮藥物及安眠藥，結果就是引發恐慌症。到了這個地步，實在不能再依靠藥物了。恐慌症一發作，就代表身邊所有狀況都可能成為新的發作誘因。為了防止再次發作，必須努力避免重蹈過去的覆轍。

這個時候，腦中不經意浮現的，是她的臉。

——要是能和那個人睡在同一張床上，一定能酣然入眠。

不知為何，我如此確信。

不確定為什麼忽然產生這麼荒唐的念頭，但有件事可能埋下了伏筆。

失眠開始變得嚴重時，有天和同事M閒聊，他忽然說：

「野野村老弟啊，你認為身為男人最幸福的事是什麼？」

M問了這個問題。

因為罹患憂鬱症，從廣告部調到資料室來的M比我大五、六歲，平時除了在公司上班，還會寫些推理小說評論。

我猜他問這個問題，是想當作寫稿時的參考。

「那當然是跟喜歡的女人在一起啊。」

我也沒細想就這麼回答。M默不吭聲，擺出欲言又止的表情。

「不然M兄認為是什麼？」

換我反過來問他。

於是，M這麼說：

「我的答案跟你差不多，不過，我認為早上醒來躺在床上時，轉頭看著睡著的妻子，內心忍不住想『好美啊』。這就是身為男人最幸福的事了吧。」

聽了這番話，我有種獲得啟蒙的感覺。怎麼我至今都沒這麼想過呢？

我向來不太在意女性的外表。看到漂亮的人當然會想「真漂亮」，也會對對方感興趣。但是，長相從來不是我用來判斷是否與某個女人交往的條件。

和男人一樣，我不認為外表是女人最重要的特質。

但是，M的意見確實說到了我心坎裡。

——的確，要是每天早上看著睡在身旁的妻子，還能讚嘆她有張美麗的睡臉，那種生活不知有多安心……

我毫不掩飾地這麼想。

漸漸地，這個想法與「本多小姐」美麗的容顏重疊，我開始認為想要擺脫失眠，最好的辦法，大概就是跟她睡在一起了。

二十分鐘後，「本多小姐」終於下樓。

沒看到我所擔心的壯漢同伴，而且一眼就能看出她之所以姍姍來遲，是為了梳妝打扮。身上穿的已經不是剛才的牛仔褲與史努比T恤，她換上白色長褲，搭配背後有大大蝴蝶結的亮藍色長版上衣。腳上也換穿白色編織涼鞋。原本綁起的馬尾解開，一頭秀髮柔順地披在肩上。

出了電梯朝我走來的身影美得令人心驚。

話雖如此，現在的我可不能被女性幾近暴力的美貌擊敗。

原本我的重點就不是外表，深知自己就算遇到再美的女人，只要聊一下就能判斷對方內涵深厚還是淺薄。

更何況對當時的我來說，能不能好好活下去，端看是否能與她交往，必須把平日裡的怕生嚴密封印起來才行。

中野站前的迴轉壽司店裡人頗多，但不用排隊就能入店，也有桌位可坐。
我們面對面坐下後，我先問：「第一杯喝生啤可以嗎？」
「我一點酒精都不能碰，請野野村先生自己喝吧。」
「本多小姐」這麼回覆，還自己與匆匆地拿了茶杯，把店家附的茶包丟進去，按下熱水龍頭泡茶。接著，開始仔細端詳起檯面上轉動的壽司盤。
看上去，她並非對我有所警戒才說自己「不能喝酒」。
我叫住經過的店員，點了一杯生啤酒，再次轉向她時。
「沒想到這裡開了一間這麼氣派的店啊。」
她神采奕奕地這麼說。
「我最喜歡迴轉壽司了。」
說這話時的她笑容滿面。
彼此再次自我介紹。她說自己叫「本多琴里」。
「這名字挺特殊呢。」
我這麼說。
「家父好像非常喜歡小鳥，早就決定生女兒就要取名為小鳥。」
她這麼回答（當然，聽到保古這個名字時，她也說「這名字挺特殊呢」）。
琴里說她在附近的幼兒園當保育員。
「我還以為妳是模特兒或賽車女郎呢。」

我半開玩笑地說。

「我常被人這麼說啊。」

她笑了。

聽她說，短大畢業後原本在都市銀行找到工作，但「工作很無聊，很快就辭掉了」。之後，她去上了兩年位於高田馬場的幼保專門學校，去年畢業後，開始在現在這間幼兒園工作。老家則是在墨田區。

「為什麼會選擇中野區的幼兒園呢？」

「我原本就在這間幼兒園實習，從那時起，園長一直強烈希望我能留下來工作。」

「這樣啊。」

長得這麼漂亮，或許真有可能遇到這種事。

「現在工作起來覺得如何呢？比銀行的工作有趣嗎？」

喝一口送上桌的啤酒，感到丹田一帶漸漸穩定下來，才發現自己剛才果然很緊張。

「嗯……」

大口吃著鮪魚紅肉，琴里稍微思考了一下。

「沒想到，我好像不太擅長應付小孩……」

這回答著實令人意外。

「可是，這是妳寧可辭掉銀行工作也想選擇的職業吧。」

在都市銀行工作的收入，肯定比保育員多不只一倍。

「話是這樣說沒錯……」
她露出為難的表情。
「不過，我還是有好好工作喔。」
又辯解似的加上這麼一句。
接下來，我聽琴里說了好一些關於在幼兒園工作的內幕。
「野野村先生真的很會問話耶，我竟然會對初次見面的人說這麼多，自己都覺得不可思議。」
「畢竟我的工作屬於那種性質。」
我一如往常地回答。
話說回來，琴里的食慾不是普通的好。只見身材纖瘦的她不斷取下壽司盤，每一盤都吃得一乾二淨。
「在出版社工作，真的會遇到各種知名人士嗎？」
放下筷子，琴里終於展現對我的興趣。
「是啊。雖然我現在因為某些苦衷調離編輯部，還在做雜誌的時候，見過各式各樣的名人喔。」
「您在A出版社編哪一類雜誌？」
「對本多小姐這樣的年輕女孩來說，可能不太有印象的雜誌……」
我先這麼解釋，然後提了月刊雜誌和週刊雜誌的名稱。
「A月刊我有時會買啊。話是這麼說，幾乎只有買發表A文學獎作品的那幾期就是了。」
這又是一個令我意外的答案。

A文學獎與N文學獎齊名，是國內最具知名度的文學獎項。但是，像琴里這麼年輕的女性，鮮少有人知道「A月刊」就是發表A文學獎得獎作品的雜誌。

「現在這個時代，為了讀得獎作品買雜誌的人可真少見。」

「家父以前一直都有買。不過，他已經過世了。」

「這樣啊。」

從女兒的年紀來看，父親應該英年早逝。

原本想問死因，想想還是算了。口沒遮攔地提出各種問題雖然是我的專長，同時也是壞習慣。

「近年得A獎的作品中，有妳覺得不錯的嗎？」

這麼一問，琴里便微微抬起頭，像是想起了什麼。纖細的下巴、形狀美好的嘴唇、鼻樑高挺的漂亮鼻子、大大的雙眸、長長的睫毛……這張臉愈看愈端正美麗。

不一會兒，她舉出了三年前的得獎作品。

那部作品帶有哲學性質，在一般讀者之間接受度不高，就文學完成度而言，卻是被評為這十幾年來得獎作品中最出色的一部。她會舉出這部作品，也讓我頗感意外。

「妳常讀小說嗎？」

不知不覺，我又變成提問的一方。

「偶爾啦。」

她語帶羞赧地回答。

「其實我也有在寫小說。只是還連一本都沒有出版過就是了。」

「這樣啊。」
琴里往前探身。
「是啊。」
接下來，我把自己兩年前丟下妻兒離家出走的事、得了恐慌症並停職了一陣子的事，以及今年初回博多療養，最近才剛回東京的事一五一十告訴她。
既然要和她交往，一開始就得讓她知道我的所有狀況才行。
面對面坐下來還不到兩小時，我愈發認定自己沒有她不行。若用先前的望遠鏡來比喻，我那副望遠鏡的鏡片焦距完全對準在她身上，沒有一絲失焦模糊。剩下的，就看從她的望遠鏡中看到的我夠不夠鮮明了。
聽我說出如此深入隱私的事，琴里的表情沒太大改變，只是偶爾輕輕點頭，始終默默傾聽。
「野野村先生現在幾歲了？」
喉嚨乾渴的我加點了一杯生啤酒。啤酒上桌，我才喝了一口，琴里忽然這麼問。
大概因為聽我說了獨生子已經上國中的事吧。
「四十歲。」
她忍不住杏眼圓睜。
「我還以為你才三十左右。」
「我常被人這麼說。」
這次輪到我笑出來。

「這有點厲害耶，野野村先生。」

琴里似乎真的很佩服。

「女人外表比實際年齡年輕或許會很高興，男人卻會被看輕。」

「沒這回事，年輕一定比較好啊。」

「不、要是我六、七十歲時被說像四、五十歲，或許還有點好處。以我現在的年紀，看上去年輕十歲真的只有損失。」

我加油添醋地說起過去因為外表年輕對職務造成不便的實際經驗。

雖然覺得特地提起的私事被琴里輕輕帶過，看她聽得津津有味，我還是很高興。

比方說，約了編輯部的後輩們和政治家聚餐。坐在主位的議員看到我在他對面的位置入座，多半都會露出狐疑的表情，等彼此交換名片才恍然大悟。即使如此，大部分人拿到我的名片後，還是會再盯著我的臉打量一番。

舉辦座談會、訪談邀請來的學者或「時代寵兒」時也是，看到我擔任主持，率先提出問題，對方通常會嚇一跳。其中也有人把我當成不給同席前輩面子的年輕小伙子，露出明顯厭惡的表情。

我的外表看上去就是這麼的輕浮。

出社會之後，在機場辦理報到手續時如果什麼都不說，就會自動被安排坐在禁菸席。深夜搭計程車回家，即使給了司機住家地址，還是經常被載到附近的學生宿舍。

在月刊雜誌編輯部的工作中，有一次請到了世界知名動畫家擔任封面人物，並進行一個月的貼身採訪。

當我第一天前往動畫製作工作室，向擔任公關宣傳的工作室社長打招呼時（這位社長也是知名人士），他只瞄了我一眼，也沒仔細看我的名片就說：

「我也當過很多年的雜誌記者，看你應該還是新人，就讓我來傳授一些採訪的心得與訣竅吧。相信對你今後漫長的記者人生應該有所幫助。」

接著，他傳授了我將近一小時記者這行的訣竅。

然而，那時的我已經三十五歲，早就擁有編輯部第二把交椅（主編）的頭銜。

外表看起來年輕，對女性來說只有好處，對男性而言卻是負面影響比較大。這要說是事實也是事實，我就因此老是吃虧。

缺乏威嚴的外型給人的第一印象確實不利。相反的，也有令對方放鬆戒備的效果，對採訪工作還是有所助力。最重要的優點是，因為一開始的負面影響，之後加分的漲幅反而更大。

「第一次看到野野村老弟時，還擔心怎麼找了個這麼靠不住的人來當責任編輯，實際上一起工作後，才知道完全不是那回事，很讓人意外呢。」

我不知道被多少作家這麼說過。

離開迴轉壽司店，兩人一起走回公寓。

同桌共餐讓彼此熟稔了一些，回程路上不像來時那麼緊張。

「野野村先生都寫些什麼樣的小說？」

琴里問。

「現代小說。至於內容嘛，可以說介於A文學獎與N文學獎中間。」

「是喔。」

琴里露出似懂非懂的表情。

「妳要讀看看嗎？」

我見時機成熟，乾脆如此提議。

「可以嗎？」

琴里驚訝地問，看來似乎單純感到開心。

「當然可以，一定會很感動喔。」

我半開玩笑地說。

「很有自信嘛。」

「這是當然，那可是我賭上性命寫出來的作品。」

「賭上性命嗎？」

「是啊。」

說著說著，眼前已是公寓大門。解除自動鎖，走進一樓大廳。時間已過九點，戶外還是一點也沒有涼爽下來的意思。正因如此，開了冷氣的空間非常舒服。

「請在這裡等一下好嗎？我現在去拿原稿。」

丟下這句話，我立刻搭上電梯，直奔十一樓的住處。屋裡早已放好一疊影印好的原稿，裝進手提紙袋後，匆匆返回一樓大廳。

那是幾天前剛完成的長篇小說。用了一千兩百張的四百字稿紙。這部小說，正是我日後的出道作品。

琴里接過紙袋，那重量似乎讓她有些退縮。

「好驚人的份量。」

「因為是大幅長篇，妳有空時可以看……不過，請一定要告訴我感想。先給妳我的手機號碼。」

說著，我從長褲口袋裡拿出手機。打開通訊錄，叫出自己的手機號碼確認。要是這時給了錯誤的號碼，那可將是這輩子最嚴重的失誤。

我們在店裡沒有交換電話號碼，甚至連對方的房號都沒問。

琴里看我這麼做，也把紙袋掛在手肘內側，從包包裡拿出自己的手機。

我唸出號碼，她一邊複誦，一邊打進自己的手機通訊錄。

「我撥通看看喔。」

她先這麼預告，然後按下通話鍵。我的手機立刻響了起來，螢幕上顯示一組號碼。

「那是我的手機號碼。」

琴里說。

接到她的電話，是星期二傍晚的事。

看到螢幕上顯示「本多琴里」的瞬間，我直覺這下沒問題了。

深深的緣分牽繫著我們。從她的望遠鏡看出去，我的身影一定非常清晰。

「我是琴里。」

她報上名字。

「現在可以講電話嗎？」

「可以。」

聽得出她有點緊張。

「小說太厲害了。野野村先生，你是天才。」

她這麼說。

這句話讓我高興得飛上天了。

那時我才第一次知道，原來人真的會「高興得飛上天」。

「只有這點非告訴你不可……」

我決定今晚立刻對她提出邀約。

「如果妳有空，等一下一起吃晚飯如何？」

「野野村先生有空嗎？」

時針剛過下午六點，公司前輩們都下班了，資料室內只剩我一人。

「當然有空。本多小姐現在人在哪？」

「我在家。」

「這樣的話，妳能到神樂坂來嗎？從中野搭車的話，搭東西線很快就到。」

我的公司位於神樂坂。

「不如這樣吧，請野野村先生回來中野。今天換我請客。」

星期天的迴轉壽司當然是我出的錢。

「野野村先生，你喜歡燒肉嗎？」

「喜歡。」

「中野站前有家好吃的燒肉店，去吃那個好嗎？」

她的口氣比我預期的更堅定，我什麼都無法反駁。看來這時老實順著她的意比較好。

「那就恭敬不如從命了。」

「三十分鐘後，車站北口剪票處見。」

說完，琴里自己掛上電話。

燒肉店在距離北口走路五分鐘的地方，位於錯綜複雜的小巷內，不熟的人一定找不到。老式民宅的外觀和內部裝潢給人不錯的印象。

店員帶我們到二樓靠窗的桌位。

「這間燒肉店挺時髦的嘛。」

「我跟交情不錯的幼兒園前輩有時會來吃。說是前輩，其實她跟我同年。」

琴里今天把頭髮綁在腦後。或許為了吃燒肉，身上是灰色T恤和牛仔褲等簡單打扮。左手腕上戴著細細的銀手環。

店員送上擦手巾。

「五花和里肌你喜歡哪個？」

「絕對是五花。」

「我也是。」

琴里微微一笑。我這才發現，她一笑起來，鼻樑上就會擠出淡淡皺紋。

點了生啤酒和熱玉米鬚茶，琴里又俐落地決定要點哪些肉和小菜。

今天一整天都很悶熱，冰涼的擦手巾拿在手裡很舒服。

飲料迅速上桌，我們立刻舉杯。

「小說真的太有趣了。能私底下讀到這麼有趣的小說，我實在不知道該怎麼道謝才好。」

「太好了，我才該向妳道謝。」

我深深低下頭，再抬起頭說：

「不過，星期天才拿給妳，真沒想到今天就接到電話了。」

雖然這部小說的確是我準備用來拿下她芳心的最大王牌，不管怎麼說都是一千兩百張稿紙的大長篇。原本預測週末才會收到她的感想。

「不好意思，其實我才讀了兩遍。」

不料，琴里說出更驚人的話。

「雖然才讀兩遍，剛才無論如何都很想跟野野村先生說一聲『太厲害了』。」

她看起來很是難為情。

「妳讀了兩遍？」

「是。」

把原稿拿給她是星期天晚上的事，現在才星期二傍晚。不到兩天的時間。

「可是，今天才星期二耶。妳是怎麼讀了兩遍的？」

琴里顯得有些慌張。大概沒想到我會這麼問。

「拿到之後我就熬夜讀了一遍，昨天直接出門上班，今天則請同事代班，請假在家。昨晚有好好睡一覺，早上起來就仔細再重讀了一遍。然後，無論如何都想打電話給野野村先生……」

這時，牛五花和帶骨肋邊肉、鹽烤牛舌、綜合泡菜、麻油涼拌菜及生萵苣一股腦地上桌了。

「所以，其實我還沒有資格好好表達感想。」

這麼附帶說明著，琴里顯得更難為情了。

「那麼長的小說，妳竟然不惜請假讀了兩遍，我才真的不知道該怎麼道謝才好。」

我凝視琴里那雙大眼睛這麼說。

接下來，我們聊起了小說的事。聽完琴里的感想，我也詳細說明寫下作品的過程。

「這部小說何時出版呢？」

琴里展現了和上次同樣旺盛的食慾，肉盤一掃而空。她不太吃牛舌，盡是挑五花下手。

現在我們兩人都不太吃動物的肉了，但當時我和琴里都很愛吃肉。

「還沒決定。因為多達一千兩百張稿紙，沒辦法投新人獎，只能靠關係找間出版社出版吧。」

「不能請野野村先生工作的出版社出嗎？」

琴里露出疑惑的表情。

「那是不可能的喔。要是被公司知道我在寫小說，會受處罰的。」

「有這回事啊？」

「就業規則裡應該有明文禁止。身為編輯，本該是請作家寫稿的人，怎麼能自己寫呢。再說，如果讓其他出版社出書，這又成了利敵行為，等著被上面罵死吧。」

「可是A出版社自己出的話，就不會讓別間公司得利了啊。」

琴里似乎愈聽愈不可思議。

「話是這麼說，那樣我就失去當編輯的資格了。」

「野野村先生現在又不是編輯。」

「沒錯，但是公司還是希望我病好之後回編輯部工作。」

「野野村先生想回去嗎？」

我搖搖頭。

「今後我打算靠寫作為生。原本我父親就是小說家，我從小就想著，自己總有一天也要成為作家。」

「令尊也是作家嗎？」

「是的，他叫野野村宗一郎。」

「野野村宗一郎，是那位寫時代小說的作家？」

「是的，真虧妳知道他。」

「當然知道呀，我過世的父親是他的大書迷。」

琴里發出錯愕的聲音。

琴里不只讀了我的作品，還為我查了各種關於恐慌症的事。

小說的話題告一段落後，她從皮包裡拿出一個資料夾，抽出一份文件遞給我。

「這個給你，雖然可能是你早就知道的資訊。」

我接過來，對資料夾裡的文件投以一瞥。

【靠自己治癒恐慌症的十個方法】

那是以此為標題的幾張紙，看上去像是從書或雜誌上影印下來的內容。

「昨天我值早班，下班路上順道去了圖書館。在那裡找到刊登這篇文章的雜誌，就印了下來。」

琴里這麼說。

「有些書裡提到，得了恐慌症的人如果去想關於這個病的事，有可能造成預期性焦慮，所以我很猶豫是不是要拿給你看。不過，這篇文章寫得滿幽默的，讀了差點笑出來，說不定能派上用場。」

「讓妳費心了，真是感謝。」

我向她道謝，翻開文件。

「你試過其中第三項的『使用橡皮筋的方法』嗎？」

「我有聽說，但沒嘗試過。」

我老實回答。

「我覺得這個方法很有趣，心想自己不安的時候也一定要來試試看。」

「使用橡皮筋的方法」，是指出現「擔心自己再度發作」的焦慮情緒時，就拉起事先套在手腕上的橡皮筋，讓自己轉移注意力的方法。橡皮筋反彈回手上出乎意料的痛，只要身體記住了這份疼痛，光是拉起手腕上的橡皮筋，用彈回手上的疼痛取代掉擔心發作的恐懼，就能在緊要關頭及時阻止發作。

此外，有些書的說明是，橡皮筋實際彈回手上前，身體也會有所戒備，達到分散注意力的作用。

我專注地讀起了這篇文章。

「野野村先生，不要勉強自己讀喔。」

耳邊傳來琴里擔憂的聲音。

把文章瀏覽過一次後，放回資料夾，收進放在身旁座位的背包。

抬起頭，望向琴里。

「這個週末，要不要一起去泡溫泉？」

我這麼說。

「德富蘆花去伊香保時，固定投宿在一間很有情調的溫泉旅館，幾年前我去那裡採訪過，心想總有一天要以旅客的身分再次造訪。」

面對我唐突的邀約，琴里顯得有些困惑。會有這種反應也是理所當然。

「突然就兩個人一起去溫泉？」

「對。我會負責租車，駕駛也交給我就好。」

我已確信，今後為了活下去（繼續寫下去），我不能沒有她。不管被推開幾次，我都絕對要得到她。下定這個決心後就沒什麼好怕了。把禮貌和顧慮都拋到腦後，我只能不顧一切，追求到底。

——為了賭上性命寫作，得先賭上性命擁有她……

我的這股氣勢，琴里似乎接收到了。

「這週末得準備幼兒園的活動，沒辦法出遠門。不過，溫泉的事我可以考慮一下。」

她這麼說。

「這樣的話，週末等妳工作結束，上哪吃點好吃的東西吧。我來安排餐廳。」

結果，我們隔天、再下一天和下下一天都一起吃飯。那個星期六晚上，我第一次在琴里家過夜。

罹患恐慌症，使我有好一度時間無法搭乘交通工具。

其中最抗拒的是包括新幹線在內的特快列車及地下鐵，公車和普通電車則比較快適應。無法搭地下鐵的原因是看不到窗外的風景會產生幽閉恐懼。特快列車則因為停靠站少，萬一真的發作，不知道要過多久才能到下一站下車。

這種無法緊急避難的認知助長了「預期性焦慮」，成為引起恐慌症發作的導火線。

至於飛機，更是花上了好幾年才有辦法再次搭乘。直到現在，除非真有必要，否則我仍盡量不走空路。

決定復職回東京前，我還事先練習搭乘新幹線。要是有人陪著搭就沒意義了，所以我獨自前往博多車站，第一次只搭十五分鐘到小倉，第二次拉長到新下關，下一次再拉長到新山口，漸漸增加搭乘的距離，最後確認自己能獨自搭將近兩小時車到岡山後，才正式搭車回東京。

即使如此，我還是做出只要途中稍有發作預兆，立刻半途下車回博多的決定。當初嚴重發作的隔天，我抱著必死決心搭上新幹線希望號列車，勉強算是平安抵達終點博多。由於有過那次經驗，對於搭下行列車已有一定程度的自信。只是這次搭的是上行列車，我打定主意，要是判斷無法順利搭回東京，立刻下車轉乘回博多的車，再次返回老家。

從那時算起，至今已經將近二十年，現在的我能夠像這樣懷著平靜的心情坐在特快列車上，凝神眺望窗外夜景，連自己都覺得恢復得真好。

和琴里一起生活後，恐慌症幾乎不曾再發作。

最初一、兩年也不是沒有出現疑似發作的徵兆，剛開始交往那陣子，有一次我們要去澀谷看電影，出發前也差點發作。

那時，《星際大戰》新系列作品（首部曲）公開上映，身為系列戲迷的我興奮雀躍地踏進電影院。然而，當照明熄滅，大螢幕開始發光，原本不斷攀升的期待在不知不覺中演變為擔心恐慌症發作的心悸症狀，我開始坐立不安。

乾脆不顧一切站起來，衝出戲院吧……可是這麼一來，至今建立的自信就要化成泡沫了——左思右想之間，焦慮的狀況愈來愈嚴重。

就在我感到再也忍受不住，正想站起來的瞬間，坐在身旁的琴里察覺我的異狀，用力握住我的手。

就在這之後，近期上映電影的預告結束，《星際大戰》雄渾的主題曲響起。

最後，我在與琴里手牽著手的狀態下，欣賞完整部電影。

回頭想想，那是我最後一次真正承受恐慌症帶來的恐懼。

話雖如此，現在仍稱不上徹底痊癒。真要說的話，只能說病情緩和的狀態持續了很長一段時間。

即使是現在，只要我有那個意思，恐怕還是可以隨時發作。

打個比方，如果受的是外傷，就算留下疤痕，日後傷口也不可能忽然爆開噴血。然而，恐慌症卻永遠不知道哪天會復發。和受傷留下的疤痕不同，恐慌症發作的疤痕就像一條拉鍊，具有可逆的性質，隨時一個起心動念就能拉開拉鍊。不過，只要病患本人不去拉那條拉鍊，也就永無第二次發作的機會。

簡單來說，一切交給病患心情決定。正因如此，擔心自己發作的「預期性焦慮」才比什麼都可怕。預期性焦慮扮演的，正是搭在拉鍊頭上的手指角色。

絕對不再主動拉開拉鍊——保持如此堅定的意志，就是我現在的心理狀態（病情緩和狀態）。

不再發作後，我仍盡可能不單獨進行長距離的移動。

極偶爾才像這樣獨自一人搭乘新幹線。

更別說這次，菊川老家完成改建還需要半年多的時間，這段時間，我得和琴里分開生活。

我們從未分開這麼久，我甚至連在沒有琴里的房間連續睡三天的經驗都沒有。

對於我們必須分開半年的事，琴里是怎麼想的呢？

「等小常身體好一點，我就會不時回來看看，你別擔心，沒事的。」

她雖然這麼說，但就像單身赴任的上班族一樣，不可能頻繁往來兩地之間吧。「本多文具店」只休星期天，就算現在的店面是暫時搭建，這個原則也不能改變。這麼一來，如果琴里想要每週回來，週末就得將店交給大病初癒的常子獨自看顧，這怎麼想都不太可能。別的不說，即使搭特急列車不到三小時，東京和我們住的城市距離仍稱不上近，總不能要她當天來回，只為了讓我看一眼吧。

家裡有四隻貓，我也很難經常上東京。

——這些瑣碎的狀況，琴里真的都好好理解了嗎？

我和平常一樣，內心對此懷抱疑問。

琴里這個人還算具備粗略掌握事物的能力，但卻缺乏對細節的講究，非常不懂得思考別人身處的狀況，也不擅長解讀別人的詳細心理狀態。與其說不擅長，不如說她打從一開始就對這些細節不感興趣。最關鍵的問題是，她根本缺乏這方面的好奇心。

這一點倒是和母親常子非常相似。

不過，琴里的狀況又和常子有些不同。對琴里來說，只要她認定了一個人，就會毫不遲疑（換句話說，就是不加深思）地為對方付出奉獻。這或許是她天生的性情。

以這層面來說，琴里非常可靠。她不是會用是非對錯來侷限人際關係的人。

剛開始交往時，琴里常說：

「我全部都給野野村先生了。」

至於什麼是全部，似乎是指她手上全部的「籌碼」。

所以，就她看來，分開半年這種小事一點不痛不癢。正因把全部籌碼都賭在我身上，這些枝微末節根本無關緊要。我會具體想像琴里不在身邊的每一天到底是什麼情形，並為此沮喪失落，琴里卻不會做這種事。

——就當作死掉半年不就好了嗎。

她頂多只會這麼想。

妻子把人生所有的籌碼賭在丈夫身上，作為丈夫的我，說起來應該沒有比這更高興的事，但也因為如此，精神上的負擔並不小。

——要是這麼重要的丈夫（也就是我）死了怎麼辦？

我最擔心的是這一點。

比方說，現在坐在這輛空蕩蕩綠色車廂裡的我，忽然因為心肌梗塞或主動脈剝離之類的病症猝死，琴里到底要怎麼繼續活下去？

按照我的遺囑，能留給她的只有不具金錢價值的著作權和一點微不足道的存款。

住在遠離東京，靠近日本海的小城市，還帶著四隻照顧不易的貓，琴里的生活一定會頓時走入困境，這是顯而易見的事。

就算擁有保育員執照，她這十幾年來別說在幼兒園工作，連一份正職都沒從事過。保育員的職歷幾近於零。

即使長得再美，一個四十五歲的中年女人也無法再靠美貌輕鬆度日，這個社會沒有那麼好混。

這麼一想，我深刻體認到，加深與常子及亮輔的聯繫確實很重要。人最後能依靠的終究只有血緣。這次回東京照顧常子的事，不只是為常子好，對琴里來說也是非做不可的事。

確定後面的位子沒人坐，我才把椅背放倒到底。

剛過大宮不久，窗外天色就全暗下，什麼都看不見。

我把臉轉回正面，頭靠椅背閉目養神。

打開心中的眼睛，定定凝視前方。

遠處展開的，是我不在之後的未來風景。

我死後，琴里會變成怎樣？

她會帶著何種心情度過每一天？

應該到她自己死前都不會忘記我吧。

只是，她會怎麼想起我呢？我在她心中將如何一點一滴褪色，如何被潤飾，又將如何逐步失去重要的部分？她會重讀我的作品嗎？

她會再次與誰相愛嗎？

她會為了什麼事笑，為了什麼事流淚？

為了什麼事生氣，又為了什麼事悲傷？

到最後，她又會怎麼樣忘記我？

我隱約能看見像這樣漸漸將我忘記的她。

要用言語說明真的很困難，但我確實隱隱約約，卻又清清楚楚地看見。

無論什麼事，人都會遺忘。記得住的，只有不想忘記的自己，以及因為遺忘而深深懊悔的自己。

直到最後的最後，留下的只是名為現在的視角。

與記憶無緣的一瞬。最後一刻的自己擁有的只是這樣的視角。

視角隨死亡而消滅，剩下的只有失去視角的自己。換句話說，只有持續活在從誕生到死前最後一刻的每一瞬間裡的自己（人生），與自己所不存在的未來。

死亡等於喪失視角，也等於「未來自己不再存在」的現實。

這個世界就像一部很長很長的膠卷電影。從我們出生到死亡的幾十年間，就算形影再小，這部電影的其中某處也一定看得到我們。就算乍看不到，仔細看還是能找到。

然而，一旦我們死後，這部電影裡就絕對看不到我們了。

此外，必須好好弄懂一件事，那就是我們死後的電影膠卷早就已經存在了。

宇宙就像放映這部漫長電影的巨大電影院，在那裡放映的電影已經拍攝完畢也剪輯完畢，一年到頭以各種形式公開放映。我們可以從頭開始看，也可以從中間或結局開始看。換句話說，可以從電影的任何一個地方開始看。

端看要把「自己」這個視角放在哪裡。

之後，因為死亡而喪失視角的我們，就必須先離開這間電影院。

那麼，電影院外的情形又是如何？

身為作家的我，多年來一直不斷思考這個問題。

活了將近六十年，我痛切感受到自己的人生一事無成。

如果說我成就了什麼事，頂多只有和琴里的關係。

我和為我生了孩子的妻子之間沒有建立起任何東西。和理玖及獨生子新平已將近二十年不見，就連遠遠看一眼的機會也沒有。

剛離家出走那幾年，因為經常反覆做一個奇怪的夢，使我深深苦惱。

夢裡總出現新平的身影，但一直是和他分離時的模樣（剛上國中時的樣子）。這件事引發我強烈的不安。

——都已經過了X年，為什麼身高還只有這樣，難道他有成長障礙嗎？之所以長不高，原因一定來自被父親拋棄的壓力……

夢中的我無計可施，唯有醒來才能鬆一口氣，但接下來的好幾天，都會陷入擔心新平的惶惶不安之中。

某天，我將這件事告訴母親，她便幫我寫了封信給理玖。

信中請求理玖寄新平的照片過來，過沒幾天，理玖果真寄來照片。

照片裡是已經長得好大了的新平。

他站在不知何處的海邊，周圍沒拍到任何能鎖定地點的建築物。照片裡的新平身材高瘦，腿很長，看上去身高似乎已超越我。身體微微傾斜，凝視著大海。

然而，這張照片拍的只是他的背影，最重要的長相卻完全看不見。母親說，寄來的信裡沒有添上隻字片語，只放了這張背影照。

不過，從那之後，我就不曾再做誘發不安的夢了。

我把從母親那裡得到的這張照片裝進相框，一直放在工作桌上（新平大學畢業那年才收起來）。

新平今年三十二歲了。

他現在究竟在做什麼呢。從事什麼樣的工作？還和他媽媽住在一起嗎？或者已經分開住了？我對兒子的現況一無所知。

既然如此，何不主動聯絡？並不是沒有這麼想過。但是，這麼一來不只新平，勢必也得與理玖有所接觸。一想到這點，就連一步都踏不出去了。

我現在也還每個月匯錢給理玖，她和新平經濟上想必不至於窮困。既然如此，沒有消息就是好消息，極力如此樂觀思考，逃避聯絡，對我來說反而比較安心。

光是想到理玖與新平，我就不得不承認，自己在人生中犯下不可挽回的錯誤。

我究竟為了什麼誕生到這個世界？

年近還曆，內心只有一片空虛。

從青年時代至今，唯一持續的只有書寫。只有這個始終沒有放手，一路走來不曾放棄。

問題是，我寫的小說幾乎毫無價值。

盡是些可有可無的作品。

不只我，幾乎所有作家的作品都可說是如此。真要詳細追究的話，這時代根本沒人需要小說。我實在不認為今後小說還能在這個國家復權，那麼，若說回溯過去，小說曾在哪個時代發揮過力量嗎？答案似乎也令人存疑。

近年，讀者眾多的作品幾乎都曾拍成電影或電視劇，不然就是因為上了新聞才廣為人知。小說本身並未擁有直搗人心的力量。

更別提我寫的小說了。只要我一死，那些作品恐怕將立刻蒸發似的從世上瞬間消失。畢竟就連現在也未獲得像樣的迴響，要說理所當然也是理所當然的結果。

用一句話來形容我所做的事，那就是無聊透頂。

我打從心底認為無聊透頂。

只是，除了寫作，我什麼都不會。

如果勉強要在我人生中找到值得一書的事，頂多只有認識琴里，和她一起生活將近二十年，直到我死為止，她或許都會待在我身邊。只有這件事了吧。

話雖如此，看在除了我之外的人眼中，這也只是可有可無的事……

在這寒酸的人生中，除了琴里之外，難道我什麼都沒有獲得嗎。

不管怎麼想都想不出到底還有什麼。雖說我這個人有出生也好，沒出生也沒差，真要兩者擇一的話，我想自己應該屬於「沒出生比較好」那邊。

對於我這種總在追尋某種目標的人來說，要承認這點是很痛苦的事。不過，將屆六十歲的現在，我也感到差不多該卸下武裝，直視現實了。

只是，好不容易能像這樣直視自己這個人時，我才不經意地發現，自己終於將始終扛在肩上的巨大包袱放下了。

現在的我，沒有一絲不安。

我放下的包袱，正是在過去的人生中，無時不刻威脅著我的棘手負擔──「不安」。

放下這巨大包袱到底該說是一種「成果」，還是一種「喪失」，其實我也不知道。只能說，我藉由放棄人生，獲得了丟掉不安的成果。

當然，我既沒有化身為超人，肉體與經濟上的不安依然存在。不只如此，事實反而是這些不安正與日俱增。不管怎麼努力讓自己看起來年輕，隨著年齡增長，肉體老化得愈來愈快。同時，在一段苦於無法提高買氣的時期過後，作品的銷售量更是一口氣趨於下滑。連仰賴維生的文庫銷量也急速下降，現在我的年收入只剩下不到幾年前的一半。

原本這時應該期待作品接獲拍成電影或電視劇的邀約，偏偏剛出道時的我過度自信傲慢，拒絕所有電影公司或電視台的提議，不知不覺之中，在業界留下「野野村保古拒絕將作品拍成影像」的根深柢固形象（這是我碰巧認識的有名劇本家告訴我的），現在完全沒人來提改編劇本的事了。

客觀上的不安不但沒有消失，反而可說眼前狀況滿是不安。

但是，我心中卻沒有一絲不安。

原因非常簡單。

──肉體上也好，經濟上也好，等到萬事休矣，那就去死就好。

我已有這份決心。

確實感受得到，唯有這份決心是心中無所動搖的真實。

五十歲過後，這份決心漸漸醞釀而成，很快地趨於成熟，是一份按部就班養成的決心。我至今仍十分恐懼突如其來的死亡，但若死亡是出於自己的選擇，那我就毫不畏懼。

總覺得，這和得過恐慌症的經驗大有關係。

恐慌症的發作，來自人類根柢對「自我消滅」的恐懼。為了防止發作，就得不斷告訴自己「什麼時候死都沒關係」。反覆如此訓練下來，我發現儘管對被動的死還是心有恐懼，只要是「先下手為強的死」，那就沒什麼好怕了。

好，到這邊差不多極限了——一旦做出這個判斷，我應該能毫不躊躇當場邁向死亡。雖然還不確定會怎麼死，總之我有能好好去死的自信。「先下手為強的死」可不是指自殺。

不用特地去自殺，人只要決心一死，就能好好死去。

我認為，把自死與自殺劃上等號，是現代人因為對死亡太忌諱而產生的嚴重誤解（或說錯覺）。

比方說，在戰地裡下定決心死中求活的士兵有許多人選擇死亡。他們並非想死才選擇死，他們的死，是出於對死的決心。

不只戰爭，修行僧的苦行也有同樣的意義。直到現在，挑戰千日迴峰的修行體驗者，仍然會先立下若未達成便自死的約定才入山。即身成佛也和這一樣，正可說是決死的行為。

有史以來，龐大數量的人們為了名譽、自我犧牲或信念而選擇殉死。

這類的死是顛狂與妄信的產物，若是一面倒地將這種死亡視為人生的失敗，只能說是對生命尊嚴的冒瀆。

人生終有一天得以死亡劃下休止符。

既然如此，我想每個人一定都有一個最適合死去的時期。

現代人往往過於單純地將壽命視為**肉體生命活動的極限**，事實上，按照字義來解釋壽命這一詞，就該知道它指的是每個人在自己生命最輝煌燦爛的狀態下與現世訣別的意思。「壽命」應該是「賴活」的對義詞。

無論肉體上或經濟上，當我自己做出已經無法繼續活下去的判斷時——這就是最適合為人生劃下休止符的時刻。

我自認這時將會抱定「死去」的決心。

只要能有這樣的決心，今天這個當下所有的不安將煙消霧散。

我已有所自覺，所謂不安的真面目，只不過是迷妄。

我曾寫過以癌症為主題的長篇小說，描寫末期胰臟癌的主角如何試圖治癒癌症，一如文字描述的，以我自己的方式揭開癌症這種疾病的真面目。

在那部作品中，我寫下「人類是意圖生存同時意圖死亡的動物」。

的確，就像許下活著的願望一般，人類也是會許下死亡願望的動物。

地球上所有動物中，恐怕只有人類會許下「想死」的願望。就這點來說，人類可說不在「動物」範疇內。

人類與其他動物最大的不同，就在於有這種「想死」的特質。

數十年人生中，一次也沒考慮過自殺的人類，一百個人裡也沒有一個吧。這樣的動物，除了人類之外別無其他。

「貓和人類不一樣，牠們直到最後的最後都在求生。牠們絕對不會放棄，絕對不會有『差不多可以死了吧，這樣一定比較輕鬆』的想法。」

這是長年幫我家貓兒們看診，專門看貓的獸醫H醫師說過的話。

得知自己罹患癌症時，約有百分之十五到二十的病患打從內心深處認為「太好了」。他們有的是對人生感到疲憊，有的自認已盡全力活夠了，也有的是想懲罰自己，無論自己有沒有意識到，他們內心確實都有求死的願望。

一如安慰劑等實驗所證明的，精神對肉體有著難以計測的影響力。精神（心）以我們相信的好幾倍甚至好幾十倍力量支配著我們，無論自己有沒有意識到，我們之所以活著，是因為內心有著「求生」的願望。

換言之，人只要「想死」，也一樣會死。

最容易理解的例子就是自殺。不過，無論自己有沒有意識到，自殺之外的死亡中，也有許多死亡是內心求死的結果。光是癌症病患中就有百分之十五到二十的比例，其他各種罕見疾病、精神疾病或事故造成的殘疾傷害令人內心潛伏「想死」願望的可能性當然很高。

上吊、從高處往下跳、割腕、把瓦斯管放進嘴裡……就算不做這些事，我認為只要真心想死，下定決心的人就死得成。

儘管無法預先知道將以何種形式（生病或意外事故）死去，從我們決定赴死的那一瞬間起，確實已經邁開腳步，為加速死亡助跑。

另一方面，只要沒能下定赴死的決心，無論活到幾歲，造訪我們的全都只是「突如其來的死」。

我們所恐懼的「可怕的死亡」，其實只是這種「突如其來的死」。以「下定決心赴死」的情況來說，就算死去的瞬間會有痛苦，對死這件事本身幾乎不會產生任何畏懼。

「死」確實存在。

即使用鏡片再模糊的望遠鏡窺看未來，如果說有什麼是唯一能看見的東西，那肯定是自己的死。

死亡與誕生是同時決定且絕對不會改變的現實。

這個世界上不存在「時間」，有的只是「距離」。光是將生與死解釋為相連的一體，這個觀念聽起來就更具體且現實。我們知道自己總有一天一定會死。

出生後不久（開始擁有自我時），我們就能清楚看見死亡。我們所不知道的不是自己到底會不會死，只是**自己會在何時以何種形式**死去。

不過，實際上會「以何種形式」或「何時」死去，其實我們心裡也大概有個底。

人類的死因算起來頂多十幾種，可想而知自己大概會以其中之一方式死去。至於何時會死，參考平均壽命數據也能抓個預測值。至少，幾乎沒有人真的認為自己會活到**一百一十**歲吧。

簡單來說，我們對存在自己前方的死亡這件事，知道的還不算少。

我們也知道，自己正一步一步朝「自己的死」前進。換句話說，就是正在縮短與死亡之間的距離。

從這個事實也可得知，這個世界「沒有時間只有距離」的想法有多麼符合實際。

人類是唯一能靠自我意志死去的動物。

這「靠自我意志死去」（其中最具代表的就是自殺）的能力，其實也暗示著我們擁有另一種教人感興趣的能力。

如果想死就能死得成，那只要想誕生，是否也就能夠誕生？

從世界遂行的兩大定律「因果定律」與「能量守恆定律」看來，「死得成」的能力和「得以誕生」的能力應該如同硬幣的表裡兩面，兩者構成一體（這樣才符合邏輯）。

所以，我認為能夠自殺，就表示能夠**自行誕生**。

自殺的能力與誕生的能力，兩者方向雖然正好相反，毫無疑問地，性質完全相同。既然如此，如同自殺是靠我們的自由意志執行一般，誕生依靠的也是我們的自由意志。

人類是否和其他動物不同，只要自己下定決心想誕生，就能誕生到這世界。

這麼一想，各種宗教之所以禁止自殺，真正的原因就很清楚了。

一旦認同自殺，就不得不跟著認同「人類可以靠自由意志誕生」的事實。這對宗教而言，恐怕會帶來很大的危機。

在人類之外豎立強大神像，預設信徒都將跪在神像面前臣服，對這樣的宗教而言，「承認人類可以靠自由意志誕生」是非常棘手的問題。

在這種宗教之中，人的誕生必須出於神的旨意，最終也必須死於神的旨意。要是人類能靠自由意志誕生，也能憑自由意志赴死，宗教就沒有在人類之外豎立神明存在的餘地了。正因如此，宗教禁止自殺，宣揚人類不可自行斷絕生命的教義。

因為他們的主張是，關於生命的一切生殺權都掌握在神的手中。

所以，奪走神明這份權力的人（自殺者），死後非背負更激烈的指責不可。因為這樣，才能對其他人達到殺雞儆猴的作用。

自殺是忤逆神的行為。

這就是為什麼，在任何一個時代中，既有的宗教一方面嚴禁個人自殺行為，一方面卻以神之名執行眾多戰爭、虐殺與處刑。

說得更簡單一點，正因神有權給予或回收人類的生命，只要是執行神明旨意的殺戮行為，在某些時候或某些地方就等同於「神的行為」，能夠獲得原諒。

我從小就覺得奇怪，為什麼神禁止自殺。

那些結束自己生命的人，大都是經歷過筆墨口舌難以言述的苦痛，最後才做出這個選擇，為什麼連他們死後都不讓他們上天堂，還要對他們加諸更多痛苦與苛責？既然是萬能的神，為什麼連自殺者內心的苦痛都無法察覺，毫無慈悲地置他們於不顧？

假設自殺真的是某種罪，明明這個世上還有比那更嚴重的罪。縱使不犯下自殺之罪，苟活世間的眾人都有可能犯下一次那些重罪，這才是世間常理。真要說的話，將他人逼上非自殺不可的絕路，自己卻若無其事活在這世界上的人下場又是如何？

然而，一旦認同人有求死的自由，就等於承認人也有誕生的自由。對於將神視為至高無上存在的宗教來說，這是無論如何不能認同的一點。這麼一想，宗教嚴格禁止自殺的原因也就不言可喻。

無論誕生在多麼艱難的苦境，或是擁有多麼悲劇的一生，只要這一切皆出於自由意志的選擇，將難以說明所有神罰與救贖，甚至天國及地獄等空間為何存在。

假設下定決心要死，我認為自己可能做的就是絕食。

就算不刻意絕食，我也隱約預感自己慢慢就會什麼都不吃了。

從年輕時，我對吃這件事就沒什麼興趣。

讀小學的時候，第一次在電視上看到關於太空食品的介紹。得知只要從那外觀如同牙膏的軟管中吸食黏稠液狀物，便能獲得一日生活所需的養分。當下真希望這種太空食品普及世間，讓一般人也買得到。

用餐對我而言，是相當浪費時間的一件事。

初次察覺吃的重要，是在恐慌症發作之後。

如前所述，精神與肉體若相繼出問題，將會誘發疾病。即使罹患的是傳染病或外傷，精神（心）的狀態都會大大影響症狀與傷勢。恐慌症發作前，我的身體早已產生種種不適。其中尤以食慾不振及睡眠不足兩者，在恐慌症第一次發作的將近一年前就持續發生。離家出走一年後，我的體重掉了十公斤，變成沒有安眠藥就睡不著的身體。

為了抑制發作，最重要的是立刻重整生活，第一個必須著手的，正是改善睡眠與飲食。

在博多老家療養的半年多，最初兩個月還會去天神看身心科門診，後來就不去了。

忘了是第幾次看診時，我對處方箋上的藥物份量提出疑惑，醫生的回答是：

「不用擔心，一邊服藥一邊生龍活虎工作的人多的是。」

他笑著這麼說。

然而，我當下忽然內心雪亮，察覺這句話反過來說，就是「不能永遠依賴藥物」。

直到現在，失眠的問題仍未完全解決，沒有琴里在身邊就睡不著的我，倒是在短期間內就恢復了正常飲食。

在正常時間吃正常食物，好好使用碗盤與餐具，集中注意力在「吃」這個行為上，這些都對改善症狀達到顯而易見的效果。

最近，我常思考關於我死了之後的琴里。

視線朝未來望去，眼前浮現出我死去瞬間的樣貌，再往更遠處看，隱約能看見失去我之後的琴里。繼續看向更遠處，似乎就能感知琴里離開這個世間的瞬間。

這些都是毋庸置疑的命運，也是已然存在的現實。

我希望琴里能盡力活過沒有我的人生。如果可以，希望她盡情體驗各種事。或許她一個人什麼也做不了，因此，我強烈祈求她能遇上新的伴侶，過完全不同的人生。

人生既複雜又有趣。

光是想像琴里和我以外的男人生活的樣子，就令我內心雀躍期待。

我希望她幸福，受新的伴侶疼愛，過心靈富足的生活。

以她的年紀或許已難成為母親，至少能夠夫妻和睦，鶼鰈情深地活下去。

我想盡可能為她在我死後如此安排，雖然不知是否真能做到，但我打算盡我全力幫助她活得幸福。

然而，如果……

如果她的第二人生失敗了，生病或經濟困窘，陷入絕望之中。

「那就死吧。」

我打算這麼對她說。

「差不多可以回我身邊了。」

我肯定會在她耳邊如此低喃。

七月五日星期三。

一如往常，早上八點起床，到一樓信箱拿報紙。

住在東京以外的地方時，我都會讀當地的報紙。尤其是現在住的地區，有一份訂閱量大幅超越全國報的地方報，搬來當天我就聯絡了送報處，立刻開始訂閱。

無論住在東京都內或其他縣市，每搬到一個新的地方，我總盡可能以那塊土地或當地城市為背景寫小說。

天生不愛外出的我討厭旅行，原本就不太喜歡出門蒐集資料。就這方面來說，頻繁的搬家儼然是一種彌補。

每個地方頂多住上一兩年，要完全熟悉當地的事並不容易。就算以某個地方當小說背景，也無法不懂裝懂的以土生土長人士為故事主角。再怎麼說，主角只能設定為**外來者**。

想描寫鄉土民情或地方上的事時，地方報提供了很大的幫助。哪裡有什麼，什麼地方從前經歷過哪些歷史，春夏秋冬各自在哪裡舉行哪些例行節慶活動，只要訂閱一份地方報，以上這些大概都掌握得到。

除此之外，意外派上用場的，是夾在報紙裡的廣告傳單。

只要是訂閱率高的地方報，從超市、不動產到徵人啟事都會以廣告傳單方式夾報。從這些廣告傳單內容可得知當地物價如何，有哪些特產，土地或房屋價格、規模大小，徵人的多半是哪些業種，提供的待遇如何。有時還可獲得新開店的情報。

我用昨天在百貨公司買的咖啡豆沖咖啡，把杯子和報紙一起放在餐桌後，拉開椅子坐下。

豆子是吉力馬札羅。琴里不喜歡帶酸味的咖啡，所以平常我們不喝這個。昨天我迫不及待地買了回來，因為我也喜歡喝摩卡、哥倫比亞或吉力馬札羅等帶點酸味的咖啡。

沒有琴里的生活，今天已經是第三天。

啜飲一口咖啡，清爽宜人的酸味在口中擴散。這豆子真不錯。我端著咖啡，打開報紙。

從頭版慢慢翻到電視節目表，把整份報紙瀏覽過一遍。話雖如此，因為只看了兩三篇標題吸引我注意的報導，頂多只花十五分鐘。

還在當編輯時，我每天花很多時間讀報。若是遇到感興趣的報導，還會把每份報紙的相同報導拿來比較，絕不放過其中微妙差異。

尤其是政治相關報導，從消息來源的政治家、政府官員，到撰寫報導的記者，一篇報導牽涉到許多人的心思籌謀，光看一份或兩份報紙無法讀出潛在字裡行間的政局情勢及人事關鍵。

和隸屬記者俱樂部，有採訪特權的報社記者不同，一般來說，我們雜誌編輯必須先與實力堅強的政治記者交好，再由對方介紹政治人物，如此方能順利打入政治圈。當然，有時也會直接找上政治人物提出採訪要求。不過，即使是這種情形，還是得仰賴熟識的政治記者匯報現況，有時甚至必須直接由他擔任主要採訪者。

我任職多年的月刊雜誌社會影響力強大，對政治記者來說，手握這樣的媒體，是接近政治人物時的有效籌碼。就這點而言，政治人物、報社記者與雜誌編輯三方比較容易建立起互惠共生關係。

現在打開電視看新聞節目時，也常看到過去與我熟識的記者在節目上擔任評論專家。每次看到他們上電視，我就會想起過去一起寫稿，做出引發世間騷動新聞的懷念記憶，也回憶起還在第一線採訪時，他們遠優於常人的採訪能力。一流政治記者的政治直覺，往往不輸給擔任過內閣幕僚的議員。就連以當上總理總裁為目標的大人物，也得借助這些記者的政治智慧。事實上，雙方確實頻繁交換意見。

年輕時，第一位特別關照我的記者，是某通訊社的政治部長M。這位M先生乃田中角榮親信，據說他也是田中角榮著作《日本列島改造論》的執筆陣營之一。我還記得A出版社前輩第一次將我介紹給M先生，一起喝酒吃飯時，自己是如何驚嘆於他壓倒性的情報量及分析力。

——世界上原來有頭腦這麼好的人……

不開玩笑，我真的這麼想。

從與M先生的接觸中，不難想像他所追隨的田中角榮是一位頭腦多麼出色的政治人物。

在那之後，M先生接連當上編輯局長、常務理事和專務理事，一路平步青雲，眼看就要坐上社長寶座時，擔任專務理事的他因罹患癌症撒手人寰。

現在各種新聞節目中最活躍的兩名政治記者都是我以前的盟友。其中一位是M先生的直屬部下，M先生曾向我介紹他是「敝公司最優秀的人」。另外一位則被M先生評為「各家報社跑田中線的記者中，最優秀的就是那傢伙」，我也因此主動向他展開接觸。

折好瀏覽完的報紙，接著拿起夾報傳單。

不愧是家家戶戶門前理所當然停得下兩、三輛自用車的地方，幾乎每天都有汽車經銷商或中古車商的廣告傳單。此外，家電量販店、地方上的超市、居家用品店、建商售屋資訊、紳士西服店、家具店、牙醫院……其他廣告也和平時沒什麼兩樣——正當我這麼想的時候，翻看廣告傳單的手指倏地暫停。

在那些傳單裡，挾著一張紙質比其他傳單厚，之前沒看過的傳單。

魔法「生」土司

使用粗明體字型的大字躍入眼簾。旁邊還印著幾乎要跟文字交疊的一大條土司照片。

二〇一七年七月五日（週三）即將於野方原市盛大開幕！
「生」土司發祥店 高級「生」土司專賣店 芽即實

「芽即實」的堅持
一、不使用雞蛋。

二、使用最高級加拿大產百分之百小麥麵粉。
三、堅持製作不用烤也美味的高級「生」土司，每一條都出自職人之手，精心烘焙。

土司照片旁寫著一連串這樣的宣傳文案。

傳單最下方的留白處則印有「一條八百日圓（不含稅）」及「芽即實 野方原店」的地址和簡單的地圖。

野方原市在我住的城鎮隔壁，從地圖上看，這間店所在的公寓大概開車三十分鐘就到了。

我從整疊傳單裡抽出這張，翻過背面一看，背面約三分之一面積印著以下小字。

本店土司堅持嚴選所有食材，最大特徵是入口瞬間就像要融化的柔軟麵包體，蓬鬆柔軟又有適度彈性的口感，以及發揮食材本色的芳醇甜味。一直以來，持續製作爲所有客人帶來「笑容」與「幸福感受」，宛如魔法般的高級「生」土司。

芽即實的土司放一天後滋味更溫和，襯托出原有的香甜風味，比剛買回家時更好吃。

・請避免存放在直射日光，高溫多濕的地方。
・塑膠袋內若出現水滴（這是剛烤好的麵包產生的水蒸氣），請先將水滴擦乾後再行存放。
・從購買日起，常溫（攝氏二十到二十五度）可保存四天。若想保存超過四天，請以冷凍保存。

此外，還以稍大一點的文字寫著：

不用烤，請先直接撕下來品嚐看看。

就傳單上的內容看來，這似乎不是一間普通麵包店。

店內販售的只有一條八百日圓的土司，而且據說這「生」土司不用烤，直接吃最好吃。

我猜店名的「芽即實」大概要讀為「女神（MEGAMI）」。既然標榜為「魔法」土司，命名一定採用了「女神」的諧音。

二〇一七年七月五日（週三）「盛大開幕！」下方還寫著一行小字「第一天上午十一點開始營業」。

七月五日不就是今天嗎。現在剛過上午八點，十一點開門營業的話，就算現在開始換衣服再開車過去，時間也還很充裕。野方原市是我居住城市的衛星城市，近年來，無論縣內縣外都有許多人移居此處，人口急速增加（地方報上寫的）。移居者所得相對較高，是所謂的新市鎮。

一條八百日圓的土司，價格比一般土司貴多了。是看準這塊土地居民的消費實力才開店的嗎？

這一帶和東京都內不同，完全沒有那種「受歡迎的店排隊三十分鐘到一小時是理所當然」的風氣，唯有從東京或大阪過來開分店的流行商家不在此列，只要店門一開就是大排長龍。

剛過完年那陣子，主要車站所在地的大樓內，開了一家在東京表參道很受歡迎的鬆餅店。我們去了一趟，感覺就像久違地呼吸到「得等前面幾十組吃完才進得去的大都會空氣」。差不多一個月前，附近購物中心一樓也開了一家來自關西的熱門可麗餅店，到現在還是得排隊才買得到。

這間土司店，說不定意外的是間名店。

若是如此，最好在開始營業前三十分鐘抵達比較保險。不過，就算這樣也還有將近兩小時可準備，時間很充裕，夠我淋浴之後再重讀一次昨晚寫的小說原稿了。

——總之，去看看吧。

我對滿心想這麼做的自己感到不可思議。

一眼看到那張傳單時，不知為何冒出一個靈感。

琴里很喜歡吃麵包，程度不下米飯。

而我，真要說的話，我並不喜歡吃麵包。雖然不到討厭的程度，就算一輩子不吃麵包也無所謂。

因為我對麵包這麼不感興趣，每次搬家到一個新的地方時，琴里只好自己到處去找麵包店。

平常她出門我一定陪同，只有麵包店不會一起去。琴里並未對此吐露埋怨，反而是我自己一直覺得有些遺憾。

——對了。

腦中靈光一閃。

——就用這半年時間成為一個喜歡吃麵包的人吧……

這次決定分居時，我心想，難得有機會分開半年，不如趁這段時間製造一個變化，等琴里回來好給她一個驚喜。

就當長久以來讓她承受遺憾的賠罪。

男女關係若想維持長久，男人必須不斷帶給女人驚喜才行。

女人這種生物，無論多辛苦困難都有毅力忍耐克服，擁有花一輩子時間去愛特定男人的特殊能力。然而同時，與這種美德背道而馳的，是她們不管怎樣都「容易厭倦」的特質。

女人深愛安定。相反地，卻又時時追求「變化」與「驚喜」。

她們真正討厭的不是「不會賺錢的男人」、「好色的男人」、「醜男人」或「粗暴的男人」，而是「無聊的男人」。

女人是討厭「無聊」的生物。所以，不太擅長一個勁兒投入特定一件事。舉例來說，「定點觀測」就是一個最不適合女人的工作。以科學為業的女人始終無法增加也是因為如此。物理、化學、醫學、生理學……每一種都需要在研究室內腳踏實地觀察數據，才有可能獲得偉大的發現或發明。這種「腳踏實地的觀察」對女人來說是很痛苦的一件事。看諾貝爾獎的得獎者，男人始終以壓倒性的數量多於女人，我認為最大原因就在於上述男女特質的不同。

半年後，當我倆再次共同生活，發現我竟然變成「喜歡吃麵包的男人」，琴里一定會又驚又喜。

「阿古，你哪根筋不對了？」

我幾乎可想像她錯愕地這麼問。

其實，我之所以對麵包敬而遠之，並不是因為認為麵包不好吃。

最大的原因是「不方便吃」。

我認為麵包不方便吃，也不是出於「無法接受麵包軟爛口感」之類的正當理由。

讓我感到困擾的是麵包屑。

不管烤來吃也好，做成法式土司或三明治也好，丹麥麵包也好，咖哩麵包也好，抓起麵包送往嘴邊時，再怎麼小心也會掉麵包屑。

吃麵包的過程中，只要看到麵包屑散落，我就非得停下來撿拾不可。這麼一來，根本無法好好享受麵包滋味。

從小我就無可救藥地介意麵包屑，後來漸漸不再吃麵包，直到現在形成這種「一輩子不吃麵包也無所謂」的心境。

換句話說，只要能將麵包屑抽象化，從現在起我還是有可能變成喜歡吃麵包的人。

從這個觀點來看，「芽即實」的麵包實在是我求之不得的商品。

畢竟連麵包店自己都建議客人「不用烤，直接撕來吃」了。比起烤過的土司，將柔軟土司直接撕來吃的話，幾乎不用擔心掉麵包屑的問題。

更何況，店家還說這種魔法土司這樣比較好吃。

這種土司，就是為了讓我這種人進入麵包世界的「入門篇」吧？

沿著杳無人跡的筆直道路，我開車往野方原市前進。

昨天受到颱風影響整天下雨，今天卻是個大晴天。不過天氣毫不悶熱，吹著涼爽的風。

和經常出現萬里無雲晴空的東京不同，靠日本海這一側的城市，天上隨時都有雲朵飄浮。顏色也不統一，白雲旁邊有時就緊跟著一朵烏雲。

下起驟雨是常有的事，忽然覺得天空變暗時，下一秒就打起大雷。一開始還常嚇到，後來也就習慣了。出門時即使天氣晴朗，我已懂得觀察雲的顏色決定要不要帶傘。

平日白天即使鬧區也少人煙，更別說在通往郊區的國道上，更是幾乎連個人影都沒看見。

儘管早就知道鄉下地方天黑得快，連白天的風景都像座鬼城這點，我花了好一段時間才終於適應，到現在已經視為日常生活的一部分。有時去了到處都是人、人、人的東京，反倒覺得那裡人多得像殭屍電影。

昨天和前天，琴里不在的時間已經過了整整兩天。睽違幾十年的獨居生活，說不上有個順利的開始。

別的不提，光是照顧我家四隻貓，就比想像中還辛苦。

我家的貓按照先來後到（在公園和路上各撿到一隻，另外兩隻是收養的）順序，分別叫圓之助、小雛、和白及小虎。母貓小雛最近胖了點，所以只有牠在減肥，但是這麼一來，餵食的時間就得錯開。此外，第三個來家裡的公貓和白最近整晚吵鬧，害我無法好好睡一覺。要是琴里在家，我們還可輪流陪牠玩，現在剩我一人在家，真的連一覺也睡不成，昨晚忍不住把寢室門給了關起來。

結果，和白整晚都在門邊嗚嗚大叫，我在淺眠中熬到了將近八點才跳下床。一開門，盛怒不已的和白叫得更大聲，為了討好牠，又費了我好一番工夫。

這樣下去真能好好執筆寫作嗎，我已經開始走投無路。

至於購物，開車不到十分鐘的地方就有大間又方便的當地超市，沒有什麼買不到。鎮上唯一的百貨公司也在開車十分鐘左右的地方。昨天我就是去那裡買了咖啡豆，順便在地下美食街買便當充當晚餐。

昨夜，一邊吃著便當，我一邊久違地想起日南田先生。

日南田先生是公司前輩，我還在當編輯時，好幾次隸屬同一個編輯部。我一進公司就被分發到《A週刊》，最早的搭檔正是日南田先生。當時，一個曾擔任消防員的連續殺人兇手在名古屋某加油站被逮捕，為了採訪兇手遭逮前的逃亡途徑，日南田先生、我及兩位特派記者組成了採訪小組。

我才剛到職就受命前往名古屋出差，一早到公司領了員工證和名片，直接前往東京車站搭乘新幹線。當時和我同行的是前輩記者N，從東京到名古屋的將近三小時（當時搭乘光號新幹線就得花上這麼多時間）中，我們一句話也沒有交談，最後還差點被他丟在名古屋車站，嚇得我不知所措。

眼見N先生已走下車站階梯，趕緊追上前去。

「我該做什麼才好呢？」

我這麼問。

「那種事自己去想，不是從好大學畢業的嗎？」

碰了個硬釘子。

「可是，被獨自丟在這種地方，我也不知道該怎麼辦啊。」

「要是不知道該怎麼辦，就去買份地方報來看，然後用自己的腦袋思考。」

他只啐了這麼一句，真的丟下我跑掉了。

我緊抓著「地方報」這個關鍵字，前往當地的市立圖書館，調閱兇手遭到逮捕隔天的報導。結果，我恍然大悟地發現，無論是中日報的地方版或其他各家報紙的名古屋版，內容都比東京版更加詳盡。於是，我四處造訪報導內提到的兇手職場、逮捕時的加油站員工以及在場目睹的居民。

和「阿寫」日南田先生（「阿寫」指的是實際執筆撰寫報導的人，不用撰寫報導的記者則擔任阿寫的助手，簡稱「阿助」）在京都的飯店會合。因為日南田先生和另一位特派記者O先去了兇手的故鄉京都，進行周邊採訪。

四人齊聚一堂的採訪會議從深夜兩點多開始，地點是日南田先生在飯店的房間。那時，日南田先生準備了四人份的蛋糕，這件事令我印象深刻。

四個大男人擠在狹窄的飯店房間，一邊吃蛋糕一邊互相報告彼此採訪及蒐集資料的成果。

此後，我和日南田先生在月刊雜誌編輯部及女性雜誌編輯部都當了同事。後來他當上文學雜誌總編，我還以主編的身分分擔他的工作（沒幫上什麼忙就是了……）。

我離職後，日南田先生順利升遷，先是成為負責文學的董事，最後當上常務董事。

我與老東家的緣分淺，成了作家後很少與A出版社合作，雖然同在文學領域，卻沒什麼和日南田先生見面的機會，關係反而疏遠了。

和日南田先生在神樂坂巧遇，是差不多四年前的事。

那天，我碰巧和K出版社的K先生（就是介紹新宿城石師父給我的那位）約在神樂坂的壽司店吃晚餐，聽他說了日南田先生的太太因為乳癌過世的事。

之前就知道日南田太太得了乳癌（事實上，幾年前日南田先生打過電話來，請我介紹放射線治療的專業醫師），雖曾聽說病情不樂觀，沒想到竟然過世了。

「什麼時候的事？」
「應該是幾個月前。」
K先生當然也和日南田先生有交情，說起這件事時，表情相當沉重。
「日南田先生和太太沒有生小孩，聽A出版社的人說，他心情很低落。」
K先生這麼說。
「這樣啊……」
日南田夫人真理子女士原本也是A出版社的員工，算是社內結婚。大家都知道他們夫妻感情很好，我介紹放射線醫師給他時，日南田先生說：
「萬一太太病情惡化，我想立刻辭掉工作。」
「辭掉工作要做什麼？」
我這麼問。
「買一輛露營車，帶太太環遊日本。」
他這麼回答。
飯後，我和K先生一起走到神樂坂的商店街，之後分頭往上坡及下坡離開。時間差不多是晚上十點過後。
我要往下走去飯田橋。當時住的公寓在九段下，我打算就這麼走路回家。時值春天，夜風吹起來很舒服。
正當我低頭前進時。

「野野村。」

正面傳來叫我的聲音。驚訝地抬起頭，眼前竟然是一臉鬍渣的日南田先生。

「啊……」

聽見自己嘴裡發出類似呻吟的奇妙聲音。實在太巧了，我不禁有些錯愕。

「聽說夫人過世了。是什麼時候的事？」

因為正好一邊走一邊在想日南田先生的事，忘了先打招呼就這麼問出口。

日南田先生點點頭。

「去年十一月，好不容易過了半年。」

他這麼說。即使在昏暗的夜裡看他，臉色還是很差，看得出整個人又憔悴又瘦。雖然不應該這麼說，一臉鬍渣的造型倒是很適合他。

「日南田先生，你還好吧？」

我看著他憔悴的面容這麼問。

「不太好。」

他搖搖頭。

「我不行了。」

如此低喃的同時，眼淚從他雙眸滑落。

接下來好一會兒，我們就這樣站在坡道上，聽他訴說太太過世前的種種狀況，以及他最近的生活。

因為他的精神實在太糟，大學時代的朋友擔心地聚集了幾個人，約他來神樂坂吃飯，辦一場為他打氣的聚會。

就連說著這些的時候，只要一提到「真理子」或「內人」，日南田先生眼中就會流出大量淚水。

——這可嚴重了……

這是我當時最直接的印象。

「日南田先生，下次要不要來我家吃？我老婆做的菜很好吃喔。」

我試著邀他。

「我去。」

日南田先生立刻答應了。

「什麼時候好呢？」

「我隨時都可以。」

「那就一星期後吧。我再把地址和時間寄給你。」

「嗯，野野村，真的很謝謝你。」

說著，日南田先生又流下眼淚。

以此為開端，我和日南田先生恢復交情，到我離開東京前，他來我家吃了好幾次飯。

因為一年到頭招待編輯來家裡開會討論兼用餐，琴里烹飪的手藝可以說是半個專業廚師了。

我也經常在作品裡具體描寫食物，這種時候，一定會請琴里按照描述試做出來確認味道。

其中也有不少自己擅自發明的料理，琴里全都給照樣做了出來，而且還很好吃。

後來聽他細說才知道，日南田先生最後悔的，是將真理子女士送進安寧病房這件事。

癌細胞轉移到肺部後病情加劇，住在醫院裡的真理子女士呼吸愈來愈困難。不過，即使到了這個階段，只要輔助她吸入氧氣，還是能和日南田先生維持普通對話。

「可是，我心想繼續這樣下去，呼吸只會愈來愈辛苦，總覺得真理子會多受不該受的罪，所以就開始找安寧病房。這時，有個朋友說他能幫忙介紹一間有名的安寧療養院，而且隨時可以轉院。我心想事不宜遲，立刻讓真理子轉了院。沒想到，轉院隔天開始，真理子就昏迷了。明明前一天還能好好跟我對話的，一到那裡就連一句話也無法交談。」

日南田先生說，真理子女士是所謂「運動員心臟」。即使氧氣難以進入肺部，只要讓她吸入氧氣，強力跳動的心臟還是能把氧氣送往全身。

「所以，她那時根本還不需要住安寧病房，我卻擅自做出判斷，把她送了進去。原本真理子應該可以活更久的，我害她縮減了壽命。這麼一想，就不知道該怎麼向死去的真理子賠罪。」

每次提到這件事，日南田先生都會嚎啕大哭。

一旁聽著的我和琴里什麼也說不出口。

不過，我相信至少真理子女士一定一點都不怨恨做出這個判斷的日南田先生。

就算能再多活一些時日，當真理子女士邁向死亡時，痛苦還是會降臨在她身上。既然如此，在丈夫的判斷下，讓她不用承受過多痛苦，安靜嚥下最後一口氣，說起來或許還是幸運的事。

另一方面，我也完全能夠體會日南田先生懊悔的心情。

「轉院前明明意識那麼清楚。突然之間惡化，真理子一定也嚇到了吧。她應該還有很多想說的話來不及說。」

日南田先生經常後悔地這麼說。

之後，我大概每三、四個月和日南田先生見一次面。隔年他辭去常務職務，從所有工作崗位上退下。

「辭了職做什麼呢？也可以就任哪間出版社的社長啊？只要你願意，多的是想聘請你的地方吧？」

他離職前，我們碰了一次面，我這麼勸他。

「開什麼玩笑，我已經受夠工作了。」

日南田先生立刻否決我的提議。

當時的他還看得出一點重新振作的可能性，等到辭去工作，真的就是孤身一人了。這樣真的沒問題嗎？我非常擔心。

最後一次見到他，是去年春天的事。

「辭了工作每天都在幹嘛？」

「偶爾自己出門旅行，不然就是整天發呆什麼也不做。」

開車去買麵包路上，我想起當時聽日南田先生說起的日常生活。

那些整天發呆的日子，日南田先生每天都騎摩托車到上野的百貨公司買東西。午餐不是在家烤麵包吃，就是去附近的定食屋。晚餐自己煮白飯配百貨公司買的便菜，再不然就是吃便當。飯後看看電視或打電腦遊戲。電視看的是太太生前錄下的大量節目，一天看一點，慢慢消化。像這樣打發時間到將近天亮才睡著，睡到快中午再起床。

每天重複一樣的生活。

「丟了哪些夫人的東西嗎？」

「只丟了一點鞋子。」

寬敞的公寓幾乎維持太太生前的模樣。

——我老是想像自己死後的琴里，其實不管年齡差距再大，我還是有可能面臨與日南田先生一樣的狀況。

現在才獨居短短兩天，一個人外出買麵包的我不禁對日南田先生的日常多了幾分親近感。

日南田先生過了好幾年那樣的生活——這麼一想，內心便湧現一股不安騷動的情緒。

因為不知怎麼說明才好，離開東京時，我並未通知日南田先生。

去年出版的作品明明是我使出渾身解數的創作，銷售成果卻不如預期，使我大受打擊。這也是沒有與他聯絡的原因之一吧。

——別人就算了，至少應該好好告訴日南田先生才對。

行駛在沒什麼人的路上，我深自反省。

在神樂坂偶遇那天，日南田先生一臉鬍渣的憔悴模樣從腦海中浮現又消失。

距離開店還有三十分鐘，上午十點半抵達時，停得下十幾輛車的停車場幾乎沒有空位。我把車子停進去再走出來就客滿了。

店門前已有超過三十人在排隊。

其中當然也有附近居民，不過一定不只如此，還有很多人把車停在附近大型超市停車場，再走路過來買。

從我排進隊伍尾端後又陸續有人過來排隊這點，也可證明我的推測。

結果排了將近一小時，好不容易才買到一條土司。

有些排我前面的人一次買下好幾條。算起來平均大概一人買了三條吧，可見大家不光是買自己吃的，還包括幫人代購或買來送人的份。

照這情形看來，店家準備的數量一轉眼就要賣光了。一邊這麼想，我拎著裝有自己那份土司的紙袋離開人龍。不出所料，隨後就看到店員走向隊伍尾端數來差不多第十個人，開始往後分發綠色的號碼牌。

「不好意思，上午的數量已經全數售完。接下來的販售時間是下午兩點，請再帶著號碼牌過來。」

店員低頭致歉。

拿到號碼牌的客人露出幾分詫異的表情，但也沒有多說什麼，領了號碼牌就離開。

我冷眼旁觀他們，走回自己車上。坐在駕駛座上觀察了一會兒外面的情形。這段時間四周的車陸續開走，停車場瞬間一空。

車內充滿剛出爐麵包的香氣，穿透晴朗藍天的陽光盡情灑落車內。

拿起放在副駕駛座的袋子，擱在大腿上打開袋口，香氣更加濃烈地飄出，刺激著食慾。

話雖如此，一條足足有一千兩百克重的土司，短短幾天真的吃得完嗎？

根據早上那張廣告傳單，常溫只能保存四天，超過四天就要冰冷凍庫了。但是，我根本不知道冷凍保存土司的做法啊。

再者，店家建議這麵包不用烤，直接吃最美味。把這樣的麵包特地拿去冷凍，好像也有哪裡不太對。

放在大腿上的麵包猶帶溫熱。本想打開來試個味道，想想還是算了。

「芽即實的土司放一天後滋味更溫和，襯托出原有的香甜風味，比剛買回家時更好吃」。

因為我想起傳單上的這段說明。

店家周圍的人潮散去，我把紙袋放回副駕駛座。發動引擎驅車離開。握著方向盤的手感覺輕盈了些。

好久沒享受排隊的樂趣了。

「排隊的樂趣」。這是不住東京就難以擁有的體驗。

剛從鄉下老家到東京生活時，也曾有段時間對不管去哪都得排隊的日常感到厭倦。在東京，別說排十幾個人了，就算排到三十、四十幾個人，大家也不在乎。假日的百貨公司推出限定商品或特賣品時，人龍更是團團轉個好幾圈，賣場的員工還得扛著「最尾端」的牌子大聲吆喝。

對於東京人的耐性，與其說是佩服，不如說是傻眼。

然而，原本認定只有痛苦的排隊這件事，在交了女朋友之後就知道不是那回事。餐飲店也好，電影院也好，百貨公司也好，遊樂園也好，只要是跟喜歡的人一起排隊，幾乎不覺得麻煩或痛苦，反而樂在其中。

漸漸地，我開始習慣排隊這件事。到後來，更能體會經歷一番辛苦排隊後，好不容易獲得的那種特別滋味。

尤其在東京，只要帶著排隊才買得到的商品當伴手禮——

「喔喔，那是排隊名店的那個對吧？」

採訪對象或負責的作家往往會高興的這麼說。因此，從還在當編輯時，我就經常去受歡迎的店家排隊。

歸途中，在麵包香氣的環繞下，這次我想起的不是日南田先生，而是永尾先生。

我和永尾先生認識很久，他是我還年輕時就與我交好的B出版社編輯。原本我們都是住在關西的G作家的責任編輯，也因為這樣有了幾面之緣，成為忘年之交。B出版社和我所屬的A出版社是競爭對手，話雖如此，兩間公司的責任編輯沒有相互競爭或嫉妒對方的必要。就這點來說，和日日不斷於報紙版面上競爭的報社記者完全不同。

永尾先生起碼大我二十歲，那時已經是位資深編輯了。他編出許多暢銷作品，在B出版社裡也是功績特別突出的知名編輯。然而，他在工作上始終升遷不順，認識我時還只是沒有任何頭銜的一般員工，之後也一直如此。

永尾先生之所以一直是一般員工，最大的原因是他在公司內的異性關係。不但在公司內造成好幾次騷動，還因為B出版社的社長是一位女性。永尾先生徹底失去社長的信任，大概別指望能當上管理職了。

「話是這麼說，反正包括社長在內，公司裡沒半個人敢反對我提出的企劃，所以一點問題也沒有。」

永尾先生總是這麼說。不過，像他這麼優秀的編輯不該永遠待在第一線，任誰也想像得到，要是能讓他統籌整個編輯部門，B出版社的業績必然三級跳。

我和他維持每個月一起喝一兩次酒交情的五、六年後，這樣的永尾先生辭去了B出版社的工作。

某天晚上，永尾先生找我到他在赤坂常去的酒吧碰面，將這件事告訴我。現在已不確定那時他說的是「我要辭職」還是「我辭職了」，總之事情來得太突然，我聽得一頭霧水。

永尾先生一如往常編著很棒的書，也深愛書籍編輯的工作。雖然對無法升遷的事有所不滿，但他看來並不討厭B出版社，B出版社的人顯然也還是很尊敬永尾先生。

從以上種種看來，我實在無法理解他為何忽然辭職。

起初他一直打馬虎眼，在我鍥而不捨追問下，永尾先生才說出「真正的辭職原因」。

聽了之後，果然還是那檔事。

他說自己有了年輕情婦，想和對方一起生活。和過去不同的是，這個情婦不是業界相關人士，是他這半年來因為某原因經常露臉的新宿酒店公關。

「原本是為了幫G先生的小說蒐集資料才去那間店消費，最早在我身邊陪酒的就是她。也不知怎地跟她很合得來，去了幾次之後就培養出感情了。」

向來只在赤坂、銀座一帶走跳的永尾先生，竟然會和新宿的酒店公關發生關係，首先光是這件事就挺令我意外了。更沒想到的是，永尾先生竟然會和這種酒店的女人暗通款曲，這實在不太像他會做的事。

永尾先生和我不一樣，他是習於在歡場中打滾的人。

酒量好，長得也體面，在東京出生長大，是從小學就開始讀慶應的公子哥。

「那夫人和令郎你打算怎麼辦？」

對我來說，這是天經地義的疑問。

「我想跟老婆分手。」

他回答得很乾脆。

「就算是這樣，也沒必要連工作都辭了吧？」
我進一步追問。
「話是這麼說沒錯啦……」
他有些吞吞吐吐。
接著，我只是默不作聲盯著他看，永尾先生才露出難為情的表情補充了一句：
「我已經不想工作了，如果可以的話，想隨時和她在一起。」

永尾先生是立原正秋最晚年時的責任編輯。
我高中時對立原正秋非常著迷，光是看到能從立原本人手中直接拿到原稿的編輯站在眼前就感動不已。
現在說到立原正秋，大概不認識的人佔多數。不過，我年輕時還有不少熱烈支持他小說的信徒，我也是其中之一。
說起來，本來只是其他出版社年輕編輯的我，之所以能獲得業界名人永尾先生的青睞，和我非常崇拜立原正秋的事脫不了關係。
永尾先生離職後，我們不再保持聯絡，不知不覺斷了音訊。沒想到，三年多後的某一天，永尾先生忽然打電話到公司給我。

「好久不見，您最近好嗎？」
我在幾許訝異中接了電話。
「久未問候，真是不好意思。」
不過，聽到他這句話，心中難以言喻的掛念瞬間煙消雲散。耳邊永尾先生獨特的嗓音一點也沒變，甚至比過去更自在。
「是。」
「其實，我今天打電話來，是有件事想拜託野野村老弟。」
我以期待的語氣回應。
「只要我辦得到，什麼事都可以，請您別客氣。」
再追加這麼一句。
「不是啦，是這樣的，最近我吃飽太閒，開始寫起小說了。講是這樣講，只不過是幾篇短篇小說，如果野野村老弟不嫌棄的話，可否幫我看看呢？」
「小說嗎？」
「對、小說。我自己都覺得不好意思。」
當時我雖在「A月刊」當編輯，負責的幾乎都是政治經濟方面的報導，和文學一點扯不上邊。不過，私底下很多人會把自己的原稿拿來請我看，也有些人在我的建議下寫起小說。他們多半是報社記者或紀實文章的寫手，其中好幾位已經投稿A出版社或其他出版社的新人獎，以作家身分出道了。
一方面因為我有個小說家父親，另一方面是公司裡的人多半認同我遊走不同領域，所以公司例外容許我在拿到好作品時推薦給文學部門，刊登在雜誌上或出版為書籍。

當然，身為同行的永尾先生也很清楚我在公司內的定位，所以才來委託我讀一讀自己的原稿。

「能夠拜讀您的作品是我的榮幸。」

「謝謝你啊，能讓野野村老弟這位閱讀行家過目，沒有比這更好的事了。」

雖然記得不太清楚了，那通電話應該是黃金週假期剛過時打來的。當時我三十二、三歲。那段時期，自己也努力利用繁忙工作空檔創作無處可發表的作品。

隔天上午，前往永尾先生住的公寓拿原稿。原本永尾先生說要拿到公司來，我打斷他的話頭：

「那怎麼行呢，請您指定時間和地點，由我過去拿吧。」

聽我這麼一說，永尾先生便提出邀約：

「既然如此，你要不要來寒舍走走？雖然只是間又小又舊的公寓。」

永尾先生家在距離JR新大久保車站走路十分鐘的地方，位於俗稱韓國街的一角。不過，日本掀起「韓流」旋風是那多年之後的事。當時一般人對大久保的印象，只不過是天一黑就籠罩一股可疑氛圍的小眾區域。

我造訪時還是大白天，自然感受不到那股深不可測的氣氛，只是當我看到那位浮紈（這用語也過時了）的永尾先生住在這裡，總有種不可思議的感覺。

靠著電線杆和大樓上的地址標示，找到他給我的門牌號碼，那棟「新大久保公寓」建築映入眼簾時，心頭忽然一陣難受。

那是一棟如同昨天永尾先生的形容，或者，甚至比他形容得更「小又舊」的兩層樓木造公寓。

我提著金鍔餅（佐藤榮作當總理時喜歡在官邸辦公室品嚐的逸品，當時我經常在拜訪作家或採訪時帶著當伴手禮）的袋子，踏上生鏽的戶外階梯。

室內狀況一如想像，不過整理得很乾淨，彷彿昭和時代電視劇的布景。

在狹窄的脫鞋處脫下鞋子，走進屋內，首先看到的是放有一張小餐桌和電視、冰箱、餐具櫃，約莫四坪大的木地板房間。再過去，左右兩邊各有一扇紙拉門，看起來格局應該是兩房兩廳。

一入玄關，左邊就是廚房。設有一台舊型瓦斯熱水器，和一個附帶烤盤的大型瓦斯爐。

儘管已三年不見，出來迎接我的永尾先生看起來一點也沒變。身上穿著淺藍色襯衫和卡其長褲，過去還是上班族時也這麼穿，頂多再套一件西裝外套。還是我熟悉的他，只是黑髮裡夾雜的白髮多了一點。

原以為他會領我到餐桌旁坐下交談，永尾先生卻打開左邊那扇紙門，帶我走進裡面的房間。紙門後是一間約三坪大的和室，最內側有一扇不到一公尺的小窗，窗下放著帶抽屜的矮書桌及座墊，桌上還放著一座老式檯燈。

「這裡就是我現在的城堡。」

率先起身的永尾先生有點不好意思地說。

左邊是壁櫥，壁櫥對側靠牆放著幾個書櫃，裡面排滿了書。最旁邊的書櫃裡都是外文書。房間中央放著一張小矮桌。榻榻米上有跟書桌旁同樣的坐墊，坐下來正好分別背對壁櫥與書櫃。永尾先生坐背對壁櫥的位子，我坐背對書櫃的位子。

小矮桌上已備有保溫瓶和茶具。提起保溫瓶，將熱水注入茶壺，永尾先生以熟練的手勢泡茶。

我拿出伴手禮金鍔餅，他一邊道謝一邊雙手接過，卻沒拿來當茶點。把茶杯放在我面前，說聲「請喝」，永尾先生拿起自己的茶杯，津津有味地啜飲綠茶。喝一口才發現，那綠茶好喝得驚人。

「這茶真好喝。」

「這三年來，我只有泡茶的功力提升得不同凡響。」

永尾先生笑了。

接下來，我們聊了一會兒彼此的近況。

永尾先生離職的同時也離了婚，並與現在的太太再婚。她還繼續在新宿當酒店公關。

「今天野野村老弟要來，就讓她先迴避了。她非常怕生，到了不喝酒無法與人開口交談的程度。」

他這麼說。

不知過了多久，永尾先生站起來，走到書桌前，打開抽屜拿出一個茶色信封袋。再回到坐墊上。

「就是這個。」

說著，把東西遞給我。我接過厚厚的信封袋，當著他的面拿出整疊原稿。

「是用手寫的啊。」

當時幾乎已經沒有作者交手寫原稿了。

信封裡有兩疊以四百字稿紙寫成的原稿。

「我寫了好幾篇，這兩篇是自己比較中意的。」

我瞄一眼標題頁，再往最後一頁看。其中一疊的最後一頁頁碼（業界在提到頁數時都會說頁碼）是「107」，另外一疊則是「84」。

一百七十張稿紙和八十四張稿紙。兩者都是可以投稿A出版社文學新人獎的頁數。

「謝謝您，我會很快開始拜讀。不好意思，可否給我十天的時間。」

我這麼說。

「別說十天，你有空時再看就好。我想聽聽野野村老弟最直接的意見。」

永尾先生這麼說，臉上的表情有些緊張。

我把原稿放回信封袋。

「對了，野野村老弟還沒吃午飯吧？」

感覺得出他鬆了一口氣。

「還有時間嗎？」

他又追問了這麼一句，我看看手錶。

記得那時已經快到正午時分。

接下來的記憶，是我在買了生土司回家路上不經意回想起來的。

關於永尾先生的事幾乎都忘光了，最重要的是，在新大久保那公寓久違碰面後，他請我吃了午餐的記憶早已從我腦中消失，這時忽然以畫面形式浮現腦海，連自己也嚇了一跳。
——對了，那天我們在公寓裡一起吃了午餐。
想起的瞬間，不知為何記憶忽然恢復，而我也馬上明白原因何在。
大概是剛出爐的土司香氣，勾出了我深埋意識最底層的記憶。
畢竟身為立原正秋晚年時的責任編輯，永尾先生也曾標榜自己是個老饕。
既然住在新大久保這一區，我猜想他大概要帶我去某家韓國料理名店用餐。
「我想烤個土司來吃，野野村老弟也吃點再走？」
他卻這麼說。
這長久以來下落不明的記憶一旦恢復，就像上緊的發條一口氣轉動起來，鮮明浮現腦海。
永尾先生把一個一看就用了很久的彈跳式烤土司機放在餐桌上，再從餐具櫃裡拿出土司，以熟練的動作將自己那片和給我的那片，總計兩片土司放進烤縫，壓下手把。
我本來就幾乎不吃麵包，更別說是土司，已經好幾年沒看過這種烤土司的光景。
土司烤好前，永尾先生用著依然是很熟練的動作沖好兩人份的咖啡。
接著，土司烤好跳起，他在兩片土司上塗抹厚厚一層奶油，將其中一片放上盤子遞給我。
除了土司和咖啡，沒端出其他任何東西。
——曾經對食物那般講究的永尾先生，現在的午餐竟然只有一片土司……
我內心一陣不忍，彷彿看到不該看的東西，甚至覺得有些歉疚。
我們隔著餐桌相對而坐，我一邊偷瞄津津有味咬著土司的永尾先生，一邊吃完自己那一片。

「要不要再來一片？」

他這麼說。

「很好吃，不過我吃飽了。」

我匆匆將苦澀的咖啡一飲而盡。

從永尾先生那裡帶回的原稿，我放了兩天（通常我的原則是最少放一個星期）才開始看，不過兩篇作品都還差了臨門一腳。

而且，總覺得光靠他的才華，大概補不上差的這一腳。

讀完後，我又放了三天才再簡單瀏覽一遍，然後打電話給他。

簡要說完感想，我告訴他的結論是：這兩篇小說想在A出版社新人獎中留到最終候選作品，或是直接出書都不是容易的事。

「不過，只看短篇還是說不準，請務必試著寫一部長篇小說。」

我還如此提議。

我認為，若想補上差的那臨門一腳，只能靠寫長篇了，就算要完全否決他成為小說家的機會，也得等讀過一部長篇才能判斷。

——小說還是得看長篇。

當時身為編輯的我如此堅信。

到最後，永尾先生都沒再拿新的原稿給我看。

那一通電話之後，我們完全斷了聯絡，連他的消息都沒再聽聞。

又過了差不多五年，我離家出走，之後與琴里同居。接到永尾先生的訃聞，是與琴里在一起快兩年時的事。

我當然出席了守靈與葬禮。

永尾先生的妻子美紀夫人，是個像美少年一樣的人。

身高很高，身材瘦削，散發的氣質令人聯想到電影《魂斷威尼斯》中飾演達秋的伯恩·安德森。

這麼說來，永尾先生就是把自己當成狄·保加第飾演的老作曲家了吧。不，也可能是像原著那樣，將自己投影在知名作家古斯塔夫·馮·奧森巴哈身上。無論如何，將自己的後半輩子獻給具有如此魅力的女性，怎麼想都很像永尾先生會做的事。

永尾先生與美紀夫人外出購物時，腦梗塞發作倒下。當時雖然留下行走上的後遺症，又過了一年還算健康的生活。只是某天深夜，他在家中二度發作，就此天人永隔。

一直和永尾先生保持往來的B出版社人們在守靈時告訴我，永尾先生離職後沒再找正式工作，只偶爾運用擅長的德語做些翻譯或口譯工作。生活所需大多依靠美紀夫人賺的錢。還聽說美紀夫人現在在新宿經營一間小酒吧。

我向他們打聽了店名，打算擇日造訪，結果到今天仍一直沒去成。

還沒以作家身分出道文壇時，我用筆名在其他出版社的文學雜誌上發表了幾篇短篇小說。

其中有一篇，永尾先生不知怎地讀到了，還特地告訴我感想。

那感想不是一起喝酒時說的。某天，他忽然打電話到公司。

「野野村老弟，我讀了你那篇小說喲。」

毫無預警被提起這件事，讓我也嚇了一跳。

「寫得非常好。」

他這麼說。

「尤其是把五百萬裝進A4信封袋，塞進情人家信箱的那一幕。真虧你知道這種事，可見資料蒐集得很扎實喔。」

他以佩服的語氣繼續說。

「不愧是父子血緣，野野村老弟也具備足夠的作家資質。」

只說了這些，他一下就自己掛上電話了。

放下話筒後，我無法順利消化他剛說的那些感想，思考了好一會兒。

聽起來，永尾先生是對A4尺寸信封袋正好可裝進五束百萬圓鈔票，又剛好能塞進一般公寓信箱的描寫感到佩服，認為我「資料蒐集得很扎實」。

守靈當晚，我和同桌的B出版社人們沉浸在關於永尾先生的回憶中，聽到出乎意料的事。

沒想到，永尾先生竟然和B出版社那位女社長（當時已經當上會長）有著長年的外遇關係。
「不會吧。」
我從來沒聽說過這個傳聞，一時之間難以置信。
「好像是真的喔，雖然公司內部是最近才開始傳這件事……」
綜合他們說的內容，事情始末大致如下。
永尾先生和女社長年輕時交往過，後來兩人分手，各自和別人結婚。然而，三十五歲後，她繼承家業當上社長時，兩人的關係再度死灰復燃。
「站在社長立場，她早就想讓暢銷書推手永尾先生當自己的左右手，卻在那時被先生發現兩人的關係。社長沒辦法，只好和永尾先生分手，當著先生的面，也無法再重用永尾先生了。」
他們推測，這件事到現在才傳開來，是因為會長的先生（是政府高官）去年過世了的緣故。
「那是什麼時候的事？」
我這麼問。
「什麼時候是指什麼？」
他們這麼反問。
「永尾先生和現任會長分手是什麼時候的事？」
「不清楚確定的時期，但應該是永尾先生離職前四、五年的事吧？」
其中一人這麼回答。
走出守靈會場（在濱田山的殯儀館），往車站走去的路上，我發現自己過去一直搞錯一件事。

在我的想像中，「A4信封正好能裝五百萬」的設定之所以受到稱讚，是因為永尾先生實際給過女人與這相同的一筆分手費。但是，從當晚的談話內容可知，他不是給錢的一方，應該是收下五百萬的一方才對。

永尾先生在公司附近擁有一間小公寓，曾說自己經常在那過夜。我想像著某一天，他在察看那棟公寓的信箱時，發現裡面放著沒有收件人名等註記的A4信封袋（我在小說裡就是這麼描寫的），拿回房間打開一看，裡面正好裝滿五束鈔票——這或許是永尾先生的親身經驗。

就在發生這件事不久之後，他正好讀了我的短篇小說。

看到書中寫著一模一樣的事，他大概大吃一驚。

——野野村是聽誰說了這件事？難道自己喝醉時不小心說溜嘴嗎？如果是他的話，確實可能有這種事。

因此，那時永尾先生才會打電話給我。事實上，裝了五百萬的信封袋那件事，不過是我未經深思隨便寫出的內容。

我想，永尾先生與女社長外遇的事應該是真的。

永尾先生明明推出那麼多暢銷作品，卻始終只是一介「普通員工」。但我幾乎從沒聽過他對此事表達不滿，也沒聽他說過把自己打入冷宮的女社長一句壞話。

從麵包店回家的車上，最清楚浮現的記憶，並不是與永尾先生之間的種種交情。
——永尾先生烤的那片土司，實在非常美味。
我回想關於那片土司的所有細節，像是想如此說服自己。
當時，看到永尾先生堪稱落魄的生活景況，我只覺得心裡悶得難受，顧不得好好品嚐那片土司。現在這樣回頭想想，那片土司確實非常美味。
年輕時的我，不明白永尾先生烤的土司有多好吃。
到了這把年紀，深藏已久的記憶不經意恢復時，我才終於能夠理解。
或許應該說，在剛出爐麵包香氣的觸發下，我忽然感受得到那份美味，正因如此，消失的記憶才會恢復也說不定。
簡單來說，我現在才終於知道，永尾先生烤的土司「真的很好吃」。
仔細想想，那土司「真的很好吃」根本是理所當然的事。
受過美食家立原正秋薰陶的永尾先生，就算只是烤一片土司，也無法接受自己烤出不好吃的東西（更別說是烤給別人吃）。
「這三年來，我只有泡茶的功力提升得不同凡響。」
正如這話所說，他泡的茶確實美味得「不同凡響」。這麼說來，他烤的土司當然也會好吃得「不同凡響」。
——說起來，我現在才終於吃到那片土司。
車停在十字路口時，腦中忽然閃過這個念頭。

四分之一世紀前永尾先生為我烤的那片土司，直到現在，我才終於理解它的美味。這對我來說是非常正常的感覺。

那時的我只不過是將土司送入胃部，直到現在這一刻，才終於好好品嚐了那片土司的美味。

原來是這樣……

這麼說來，就等於永尾先生烤的土司一直殘留到現在這一刻。

當然，以物質上的作用來說，土司早在久遠以前就消失了。然而同時，讓那片土司成為一片土司的精華，則從當時到現在從未改變，持續存在，直到現在這一刻，終於留下「真的很好吃」的印象，結束作為一片土司本來該發揮的作用——是不是也可以這麼說呢？

這個想法，在我握著方向盤這段時間不斷成長，接連喚起新的疑問。

將車停進公寓停車場，提著裝土司的紙袋回到家裡時，腦中已經脹滿各式各樣的思考了。

「吃永尾先生烤的土司」。這個經驗，是在何時成為一個完整的經驗呢？

——從二十五年前開始吃這片土司，直到這一刻出現「真的很好吃」的事實，才算終於吃完它。換句話說，我花了四分之一個世紀，持續吃著這一片土司……

可以這麼解釋嗎？

可是，總覺得這說法有幾分牽強。

就感覺而言——

比較像是回到了當時，重新再吃一次，發現它真的很好吃。

這麼解釋似乎比較接近事實。

這也和我最近思考的事相符。

受到放在副駕駛座的剛出爐土司香氣觸發，我實際「回到」四分之一世紀前那天吃午餐。也就是說，我拿起自己的望遠鏡，回頭對準四分之一世紀前吃午餐的那個場景，隔著鏡片凝神細看。

這麼一來，和上次不同，這次鏡片正好對焦在土司的滋味上，讓我實際且清楚感受到「真的很好吃」。

正可說是這麼一回事吧。

提起某些體驗或經驗時，我們無論如何都習慣沿著時間軸理解（應該說，多數時候也只能這樣）。若把某個經驗放在時間軸上看，則這份現實中的經驗只成立於「經歷到的那個瞬間」，剩下的都是餘韻或該經驗帶來的影響。

然而，試著把經驗從時間軸上移開，會發現原本以為只是「瞬間現實」的這份經驗，面貌其實比想像中更長更廣。我漸漸理解到，我們以為的經驗只不過是火山口，真正的火山（經驗）更高更大且遍及山腳。某些情況下，甚至與其他火山緊密相連。

我發現——

原本以為只是餘韻或影響的東西，其實都是經驗的一部分。

這麼解釋應該比較容易理解。

就這層意義來說，一旦我們經歷了某個經驗，在往後的生命中，就會持續體驗這個經驗。

舉個簡單的例子，「九九乘法」就是如此。

我們都曾在幼年時代某一時期拚命背誦「九九乘法表」，但此一經驗絕對不只是過去的東西。從此之後的人生中，每次使用九九乘法算術，我們都在回溯此一經驗。只是為了方便說明，使用「記得」來形容這種回溯體驗。

就像我在二十幾年前吃了永尾先生烤的土司，現在再次吃了一次一樣……

若將兩次經驗放在一起看，必然湧現一個疑問。

——到底哪一次才是原始體驗呢？

從時間軸上移除的話，無論是二十幾年前或現在再次都不存在，也就沒有所謂最初的原始體驗了。既然如此，想把理解真正美味的第二次經驗視為原始體驗，也完全沒什麼不可以。

買了麵包回家路上，把車停在路口的我。

——這麼說來，我等於是剛剛才吃了那片土司。

也難怪我會這麼想。

簡單來說，本來就沒有「原始體驗」這種東西。對我們而言，更符合現實的說法是：每一次經驗皆具備相同價值。

只要用「拿望遠鏡從各種距離、各種角度反覆觀看過去遇到的事」來解釋「何謂經驗」，理所當然會得到這個結論。

真要說起來，面對一個經驗的當下，本就不可能體驗到這個經驗的所有層面。

就像吃自助餐，從檯面上許多的大盤子裡，選幾盤自己想吃的菜，取自己要吃的份量到小盤子上，品嚐到的只是這一些食物的味道。

正因如此，我們才會拿無數次望遠鏡對準同一份經驗，試圖吃到（看到）包含在這份經驗中的其他盤子上的菜。

一再拿望遠鏡去看同一份經驗，就能看到各種不同的東西。透過鏡頭，有時看見只看一次兩次看不到的部分，有時看的明明是之前看過的同一個部分，卻因焦點忽然對準了，看得比過去還要清楚。

我們的人生，就在重新架構這些經驗中成形。

這不只限於對過去的回溯體驗（回憶過去），面對類似的相同經驗時也是如此。在這層意義上，我們的人生可說是毫不中斷地持續體驗各種經驗。

運動、讀書與工作，都不是單一體驗。

像是「勝利的方程式」或「從失敗學習教訓」等，我們總是一邊體驗過去的經驗，一邊累積現在的經驗。每次使用的「方程式」或得到的「教訓」也未必是從自己的經驗得來（可能來自別人的教導，或從書本中學到的知識，換句話說，那是屬於別人的經驗）。

若以非常籠統的方式來形容，我們的人生並非沿著出生到死亡的時間軸依時間順序前進的一條「體驗帶（或說體驗積木）」，而是以各種形式反覆體驗無數經驗，持續從中確認「自己的存在」。

說起來比較像是一個「體驗球」（旋轉球體）。

就我看來，這個「圓球（旋轉球體）」幾乎獨立於時間之外。

因為不習慣把自己的人生從時間軸上切割出來重新檢視，就算忽然聽到有人說「人生由無數個為了自我確認而反覆體驗無數經驗的旋轉球體組成」，大概也很難想像那是怎麼一回事吧。

這種時候，我偶爾會用「火焰」來比喻。

請試著想像，我們每個人的人生都分別是一團火焰（人生與生命本就經常被比喻為火焰）。

首先，在腦中描繪一團漂浮於半空中的火焰。

這團熊熊燃燒的火焰沒有所謂「部分」，沒有開頭也沒有結尾。這麼說應該能明白吧。火焰沒有固定形狀，不分頭尾，不規則地晃動。不只如此，火焰儼然形成一釋放強大能量的團塊，就算最後必將迎向燃燒殆盡的命運，在燃燒的當下也絕對不受時間左右（火焰的形狀不會隨著時間變化）。

火焰只是不斷朝四面八方吐著各種形狀的火舌，不固定朝上下左右前後，只是在搖曳的火光中持續變幻自如地燃燒。

不管是誰，至少都有一兩次凝視火堆的經驗。

凝視火焰時，連我們的意念也漸漸被那無固定形狀搖曳燃燒的姿態牽動。

在不知不覺中，脫離了時光之流。

我經常覺得，那正是因為火焰和我們的人生非常相似的緣故。

我兩天就吃掉半條「芽即實」的土司。

一條重一千兩百克，以四天吃掉一條來計算，雖然是要價八百圓的高級土司，四天內吃完的話，一天只花兩百圓。算不上太奢侈。

儘管我不吃麵包的原因只在於討厭麵包屑，還真沒想過自己會成為每天吃麵包的人，更別說一口氣吃掉半條土司。

吃到後來，後面兩天吃的已不是生土司，而是烤過的土司，麵包屑掉得到處都是。即使如此，我還是一直吃。大概因為它實在超乎尋常地好吃。

因此，我差不多四天就跑一趟野方原，專程去那間店買土司。

這樣的生活已經過了兩個多月。

季節跨越盛夏，來到九月。

這段期間，琴里回來過兩次。每次各停留一星期左右就又回本多媽媽家了。

她一個月還會回來一次，我們算不上「完全分居」，話雖如此，一個月裡有四分之三時間不得不獨居，我的生活面臨前所未有的劇烈變動。

七月中旬，琴里第一次回來，最大目的是確認貓兒們的生活狀況。看到貓兒們生龍活虎的樣子，她似乎有些意外。

和白晚上還是一直哭叫，幸好琴里七月回來過後，狀況就改善了不少，她回東京後也沒有故態復萌。

回來第二天早上，我立刻拿出剛買回來的「芽即實」土司，跟沖好的咖啡一起放在餐桌上。

坐在她對面，一句話也不說地拿起一整條土司，大剌剌地撕來吃。

「阿古，你哪根筋不對了？」

琴里露出傻眼的表情。

內心暗自大喊成功了，不過高興也只是一下子。

喜歡吃麵包的琴里立刻把手伸長，和我一樣撕下一大塊眼前的土司，放入口中。

「這麼好吃的土司，難怪連討厭麵包的阿古都想吃。」

她一邊咀嚼，一邊點頭，一副恍然大悟的樣子。

「噯、這麵包在哪買的？」

琴里這麼問。

那時，她還教我如何保存土司。

在那之前，我一直都把土司冷藏在冰箱，吃的時候也直接吃。琴里首先告訴我的就是「買回來過兩天就要冰冷凍」，還說這是常識。

「其實最好一買回來就切片冷凍。既然這家店的土司建議直接吃，起初兩天放常溫也可以。只不過，絕對不能冰冷藏喔。」

「這樣的話，買回來立刻把其中一半冰冷凍比較好囉？」

「對耶，半條直接吃，剩下半條一回來就切片冰冷凍，這樣比較好。」

「烤的時候怎麼辦？得先解凍才行吧？」

「冷凍過的土司直接烤也完全沒問題喔。」

「這樣啊。」

在這之前，我連要用保鮮膜包起麵包冷凍，或是冷凍過的麵包可以直接用烤麵包機烤都不知道。

「阿古真的什麼都不會——」

琴里無奈地這麼說，我也只能點頭回「是啊」。

仔細想想，像我這種男人大概快絕種了。

因為所有家事都交給琴里，老實說，我對生活的具體性一竅不通。

舉例來說，洗衣或打掃這種事，大致上我一個人也能做。因為我算是很愛乾淨的人，做這些事也不嫌麻煩。然而，做洗衣或掃地這種事的大致上也不是人類，是洗衣機、吸塵器或除塵紙拖把等工具。人類充其量只是使用這些工具罷了。

洗衣和掃地的具體性，密集分布在拿起工具前的各階段。

以洗衣來說，什麼衣服該什麼時候洗，用什麼方法洗？以打掃來說，哪些東西要收在哪裡？怎麼整理？怎麼丟？這些都必須在綜觀生活整體的情況下擬定計畫，也唯有能夠賦予生活具體性的人類才扮演得了這個角色。

如果毫無計畫，只是拿起工具動作，就稱不上是「像人類一樣洗衣」或「像人類一樣打掃」了吧？

而我這個人，完全沒有擬定這類具體計畫的能力。

舉個最容易明白的例子，「為衣櫥換季」。

我連一次也沒有「為衣櫥換季」過。

春天一到，斗櫃抽屜或衣櫥裡的衣服自然會變得單薄輕便，冬天快來臨時，也一樣在不知不覺中變回厚重衣物。家中織品及寢具、甚至庫存食材亦是如此。

簡單來說，這就是我對生活的認識。

我們住在一起已二十年，琴里打理了一切生活細節，我對那些事一無所知，她也從來沒告訴過我（和理玖住在一起時也是這樣）。

比方說，這次我試著使用幾十年沒碰過的洗衣機，才發現連洗衣模式都不知道怎麼設定，結果只能按照琴里設定好的模式洗衣。真要說的話，洗衣機旁架子上放的 Attack、Soflan、Widehaiter 及 Emal 等洗衣精、柔軟精的功能到底有哪些不同，我完全搞不清楚。

明明這些洗衣劑的廣告大概在電視上看過幾千次，商品名稱也聽得都會背了。

即使如此，我還是不懂怎麼區別使用這些東西。

化妝品與生理用品這些一輩子與我無關的東西暫且不提，衣物、食材、日用品等生活必需品，是自己每日生活中都會用上的東西。

然而，我卻對這些用品無知到這個地步，說來或許很不正常。藉由這次的機會，我開始思考這些事。

對於各種商品的知識，男人與女人之間有著驚人的落差。

一踏入超市或百貨公司，男人多半立刻暗自想逃，希望愈快離開愈好。另一方面，女人的表現正好相反。她們總是想盡可能在那個充滿誘惑的地方多留一刻。

男女之間究竟是如何產生這麼大的差異呢？

開始一個人生活後，我也經常上超市購物。然而，每次走進超市入口，總會輕聲嘆氣。就算事先寫好要買的東西，到底要如何從各種商品裡決定購買順序才對，實在是毫無頭緒。

首先，最大的原因是腦中沒有「什麼東西放在哪一區」的平面圖。除此之外，每一種商品都有多得教人難以置信的選項，究竟該選哪個才好，我完全無法做出決定。

像是味噌或醬油之類的調味料，架上往往有超過十幾種商品，價格和容量全都不一樣。

腦中沒有「合理價格」的概念，就算看了標價也無法判別這些商品的「等級」。

比方說，看到一把三百圓的波菜。

「原來菠菜這麼貴啊。」

內心驚訝歸驚訝，我還是會直接拿起來結帳。

不管買什麼都是這樣的話，怎麼有心情享受購物的樂趣呢。

簡單來說，就是「不習慣購物」。只是，面對數量如此龐大，選擇如此眾多的商品，究竟得花上多少時間才能「習慣購物」，憑我的能力大概是遙遙無期了。

沒花上個兩三年，肯定無法辦到。更何況，就像小時候無論練習幾次也學不會後空翻，像我這樣的人不管花多少時間，可能到死還是無法「習慣購物」吧（換句話說，我永遠不會去看新商品，只會一直買一樣的東西）。

整體來說，女人都喜歡購物。

因為喜歡，對商品的知識才會不斷增加，從奢侈品到日用品，鍛鍊出俐落分辨各種不同商品好壞並運用於生活上的能力。相較之下，多數男人從小就依賴母親做各種家事，長大之後又全盤交給女朋友和妻子，商品知識無從增加，結果造成「購物既麻煩又沒意思」的想法。

既然如此，要怎麼做，未來才不會繼續出現像我這種抱持上個時代思想的男人呢？

答案很簡單，從小就把孩子教育成喜歡購物的人即可。

那麼，又要怎麼將像我這樣的人打造成喜歡購物的人呢？

想找出這個問題的答案，最快的方法是思考「女人如何成長為喜歡購物的人」。

為什麼女人總是比男人喜歡購物？

最初浮現腦海的，是社會上陳腐的「性別角色分擔」思想帶來的不成文約定。

——爸爸在外辛苦工作，媽媽在家負責所有家事。

在不成文的約定下，社會認為這才是家庭正確的樣貌。作為「所有家事」中的一部分，女人被迫負責購物。以結果來說，就是習得了各式各樣的商品知識，變得比男人更擅長購物，想不喜歡購物也不行。

此外，女人從小看著擅長購物的母親背影長大，認為自己婚後也必須像母親一樣。為此，她們告訴自己不能不對購物產生興趣，同樣的，以結果來說，想不喜歡購物也不行。

嗯……這個解釋聽起來頗有道理。

前幾天，我讀到一篇很有意思的報導。

以活躍於企業的年輕人為對象進行問卷調查，發現想在工作上出人頭地的男女人數有很大的差異。女性員工的升官欲比男性員工低很多。

為什麼女性不求出人頭地呢。

報導中做了各式各樣分析，其中最令我感興趣的說法是「問題出在西裝」。

這裡的西裝，指的就是男人穿的西裝。

按照某位社會學者的說法，女人從剛懂事時起，就能在各種新聞報導或電視劇中發現，位居社會中樞地位的人幾乎都穿西裝。漸漸地，「那群穿西裝的人」的形象鋪天蓋地而來，不知不覺中，她們開始認為「支配社會的就是那群穿西裝的人」。

的確，看看內閣正式運行時拍的紀念照片，閣僚大多穿著西裝。電視劇中的董事會等場景，與會者也九成穿著西裝。

最重要的一點是，西裝是只有男人能穿的服裝。

沒錯，如果在那些場合，每個人各自穿著不同樣式的服裝，即使不改閣僚或董事成員絕大部分仍是男人的事實，「男人佔據社會支配層」的印象肯定也會比較薄弱。

不但閣僚或董事會成員絕大多數為男性，他們全體還穿著只有男人才能穿的西裝，透過這一點，在看到的人眼中，男性支配社會的構圖自然更加鮮明。

讀了這個「問題出在西裝」的說法，我也宛如醍醐灌頂、茅塞頓開。

同時，除了西裝，從小還有許多事物加強著孩子們對「男女角色分擔」的印象。

褲裝與裙裝就是其中一種典型。

短髮與長髮也是。

幼年時期體型差異固然不大（女生個子反而還比較高大），從那時起，男女就被賦予完全不同風格及顏色的裝扮。和西裝的狀況一樣，這些形象也理所當然地透過各式各樣的媒體深植人心。

在購物這件事上，這種「形象植入」的影響或許很大。

因為社會視女性購物為理所當然，男性購物的機會遭到剝奪，男人必然無法成長為喜歡購物的人。

既然如此，只要把這個社會改造為男人也和女人一樣**非購物不可**的社會就行了。這麼一來，男人或許也將習得商品知識，逐漸變化為喜歡購物的人種？

說到底，只要不把家事都推給女人，讓男人也負擔同等份量的家事便足以達到目的。

然而，真的這樣就行了嗎？

被迫習得與生活相關的商品知識後，男人真的會變得像女人一樣喜歡購物嗎？

回到最初的報導，當中還提出了第二種說法。

比起第一種說法的「男女角色分擔積弊」之說，第二種說法更單純，或許更能命中問題的紅心。第二種說法如下。

——男人之所以無法喜歡上購物，是因為和女人相比，男人能買的商品種類和數量都少得可憐。

請不要馬上對這標新立異的說法嗤之以鼻，試著站在此一觀點重新觀察周遭的狀況。要是覺得這麼做太麻煩，也可以去附近百貨公司看一看，調查一下以男性為目標的商品和以女性為目標的商品種類及數量的差異有多大。

相信你一定也會訝異於這第二種說法竟意外地具有說服力。

尤其是與服飾相關的商品，說是女性獨占的市場也不為過。

時尚產業也是為女人而生的詞彙。

稱得上奢侈品的東西，大半為供女人使用而生產。

珠寶、皮包、鞋子、名牌服飾、和服、內衣褲、化妝品……只為女性準備的高級商品不勝枚舉。說到男人的時尚，頂多只有西裝（就是那個西裝）、領帶、皮鞋和手錶，遠比不上難以計數的女人時尚商品。

從頭髮到臉、身體，甚至是指甲，女人只要想花錢，多的是地方花。

市面上幾乎找不到男人專用的奢侈品，相較之下，專屬女人的奢侈品大概佔所有奢侈品的一半以上吧？日用品類也有這個傾向（肥皂與沐浴乳就是很好的例子）。

說得極端一點，女人不用自己花錢買這些東西（父母、戀人或丈夫會出錢），不必管自己錢包裡有多少錢，想買奢侈品就能買。另一方面，男人只能靠自己花錢買，大多數人都在一定年紀後才對昂貴的商品感興趣。

這種狀況，自然大大影響了奢侈品市場的形成。

以女性為對象的奢侈品，其消費族群涵蓋廣泛年齡層的女性。然而，以男性為對象的奢侈品，卻只能獲得一定年紀與一定所得的顧客，整體消費市場的商品項當然朝女人一面倒了。

於是，男人能買的商品數量愈來愈少。

事實上，我認為將「購物」文化從女性朝男性推廣是一件相當困難的事。

就算男女平等分擔家事育兒，家庭收入平均分配，也不代表男人就能成為與女人同樣優質又穩固的購買階層。

想讓男人愛上購物，最實際也最快的方法，是讓男人也對「以女性為對象的商品」湧現購買欲。比方說，鼓勵男人化妝、戴戒指、項鍊及耳環、穿裙子。由政府加強獎勵更是不可或缺的政策。

就現狀而言，男人購買奢侈品的最大動機莫過於「討女人歡心」，這甚至很可能是唯一動機。不只限於珠寶或昂貴衣飾，連豪宅名車也是為女人而買的東西。幾乎沒有男人會為自己一再灑錢。男人為自己灑錢的對象不外乎賭與酒，男人沒有購買某種商品滿足自己欲望的習慣。

就這層意義來說，實體經濟幾乎全靠女人的購買欲才得以成立。

追根究柢，號稱資本家的那群人打從內心視為人生目的的，是擴大企業規模、增購土地股票、累積存款及書畫古董等資產。至於自己，只要能吃硬掉的麵包，喝漂浮著兩三片肉的湯就夠了。作為資本主義基礎的「新教倫理」，說起來就是這麼一回事。

為何多數資本家總是身著西裝，因為他們充其量只是生產者或投資者（賭徒），無法成為一流的消費者。

琴里教我麵包如何冷凍保存後，我立刻上網買了彈跳式烤土司機。

土司買回來頭兩天直接吃，剩下兩天直接拿冷凍的烤來吃。吃生土司時，我也會塗奶油、蜂蜜或橘子果醬。平時我們就很注意無酪蛋白飲食，幾乎不吃乳製品，唯一的例外是脂質佔了成分大半的奶油，我和琴里都會吃。

我吃土司的時間不是早上就是中午。要是起得早，就等執筆寫作告一段落，差不多九點多十點的時候吃，要是起得晚，就等過中午再吃。

不管早上還是中午，沒有寫稿前我都不會吃東西。

除了空腹寫作能增加專注力外，最大的原因是為了向作家朋友Ｈ看齊。

我與Ｈ因緣際會認識後就走得很近。幾年前他曾說：

「從以前到現在，我家的規矩就是『不勞動者不食』。我也一樣，早上起來後，至少得寫上一兩張原稿，否則不吃飯。所以，要是一整天什麼也寫不出來，那天就什麼都不吃。」

「這是真的嗎？」

我問一旁當時Ｈ的同居人。

「是啊。Ｈ一定要先工作才吃東西，不然絕對不吃飯，還挺造成我困擾的呢。」

對方這麼抱怨，我卻深受H的工作態度感動。

H老家在池袋開了多年的中餐館，聽說他從學生時代起，一放學就在店裡幫忙到打烊。

從此之後，我在吃任何東西前，一定會先寫一兩張原稿。

即使和琴里分開生活，生活型態基本上沒什麼改變。

早上大約七點起床，進廚房沖一杯咖啡帶進工作室。打開電腦，重讀一次昨天寫的原稿。想確認得仔細點時還會列印出來，不過通常就在電腦上看，確認過後立刻動筆往下寫。

有時寫得很順，也有卡在途中來回修改的時候。

不管怎麼說，注意力一次只能集中十五分鐘，一旦注意力渙散，我就會走出工作室，不是在客廳看電視，就是走下一樓拿早報，快速瀏覽一遍。

不想離開位子時，也會用電腦上網看新聞，或在YouTube上看最近流行的影片，有時看最新電影預告。

偶爾也會拿起讀到一半的書繼續看。

等心情放鬆了一些，就回位子打開檔案夾，叫出沒寫完的原稿，繼續投入書寫。

一天吃兩次飯，洗一次澡，兩天散步一次，一次三、四十分鐘。中間夾雜著這些事，從早到晚就像這樣反覆寫稿和看東西，這就是我的日常生活。

從A出版社離職超過十五年來一直都是這樣。這次，我發現就算琴里不在身邊，自己的生活方式也沒有太大改變。另一個發現是，我的人生「少有變動」。

彷彿時間停止一般，始終在同一個地方打轉。我徹底體認到，這就是我的人生。

——起床、吃東西、寫作、睡覺。

說到底，我的生活就只有這四件事。

試著和我家四隻貓的生活相比，牠們的生活是這樣的：

——起床、吃東西、睡覺。

也就是說，能證明我是人類的事，也就只有「寫作」了。還在上班時的生活是這樣：

——起床、吃東西、上班、回家寫作、睡覺。

當時還多了「上班」這個要素。

試著想了想，琴里的生活是這樣的：

——起床、吃東西、做家事、睡覺。

能證明琴里是人類的也只有「做家事」這個要素。要是換成和她年齡相仿，有兼職打工的女性，大概是這樣：

——起床、吃東西、做家事、照顧小孩、出門打工、回家睡覺。

或許會稍微複雜一點。

以我家的狀況來說，兩個人加起來，像個人類的要素也只有「寫作」和「做家事」，總覺得這就是我生活「少有變動」的主因。

比方說，一對有小孩且雙方都在工作的夫妻，像個人類的要素就會有「（丈夫）上班」、「（妻子）上班」、「（夫妻）做家事」和「（夫妻）照顧小孩」這四點。「家事」和「照顧小孩」都由彼此共同分擔，或許可以算做一點五，實質上總計為五點也行。

換句話說，有小孩且雙方都在工作的夫妻，人生比我們多了二點五倍的變動。

可是，等到日後他們的小孩長大離家，夫妻都從職場上退休，就會過起和我們一樣少有變動的生活了。不只如此，他們剩下的要素只有「做家事」的一點五，人生陷入比我們「更少變動」的窘境。

這麼說來，老年夫妻如果想在老後生活中尋找替代要素，最有可能找到的，大概就是「孫子」了。

把以前的「照顧小孩」換成「照顧孫子」，一點五增加為二點五，還比我們夫妻多了零點五。

每隔兩、三年，我就會寫一次日記。

——每隔兩年或三年寫一次日記吧。

倒也沒有這麼硬性規定。

只是，以兩、三年為週期，總會忽然產生想寫日記的心情。

和「今年或許會是特別的一年」之類的原因無關，也不是正好碰上階段性年紀的緣故，更不是因為我喜歡寫日記。真要說的話，每次寫日記都覺得很煩。

儘管姑且算是作家，但我從未發表與自己周遭相關的散文雜記（我不寫小說之外的文體），偶爾似乎應該寫個日記流傳後世——總覺得自己大概有一點這個念頭。

然而，為什麼每隔兩、三年才寫一次日記呢，說實在的我也不知道。

只要開始寫日記（必定從一月一日開始寫），我就會寫整整一年，一天都不少。從來不曾偷懶，沒有兩三天才寫一次的事，也不會把今天的事放到隔天才寫。只要我決定寫日記，就絕對是每天寫。

偶爾，我會回頭去讀當初寫下的日記。

那件事是什麼時候做的？跟那個人最後一次見面是幾年前的事？就像這樣，當作某種紀錄來看。最近，為了寫這部小說，我頻頻翻出從前的日記。

一如往常，回頭看只覺得真是無聊透頂的日記。我很清楚，這怎麼看也不是能流傳後世的「作家日記」。

至於內容，都是些起床時間啦，天氣啦，去了哪裡，吃了什麼之類的東西，絲毫沒有提及創作時的煩惱，當時的社會樣貌，也未曾留下和誰說了哪些話的紀錄。連自己讀了什麼書都沒寫。與其說是日記，不如說是備忘錄。

再者，這些日記有個決定性的缺陷。

那就是，字實在太小了，難以閱讀。

A出版社每年年底都會送我一本「文藝記事本」，我就用這來當作日記簿。然而，記事本設計為口袋尺寸，能寫字的空白處非常小。起初我以為這「空白不多」是它的優點，便拿來當日記簿使用。實際寫了才發現，一天寫下的日記內容愈來愈多，字只好愈寫愈小。

既然如此，只要換大本的日記簿，問題不就解決了嗎？對我而言，這卻不是一件易事。一旦用了「文藝記事本」，寫第二次、第三次日記時如果不用一樣的記事本，我就會坐立難安。事實上，就算每隔兩、三年才寫一次日記，考慮到保存問題，同樣尺寸的記事本不但方便，看著也比較順眼。

結果，我到現在還是在這「文藝記事本」的小小空白處，用蠅頭小字寫日記。

琴里看了我的日記總是這麼說：

「只要看一眼這個，人家就知道寫的人腦袋一定有問題，也一定會知道和這個怪人一起生活的我有多辛苦了。」

的確，光看這本日記，連我都不得不認為自己腦袋有問題。別的不說，翻開的瞬間，映入眼簾的是幾乎只被墨水雜亂填滿的頁面。

寫的時候沒想過回頭重讀的事，寫下的又是那麼無趣的內容。光是想像每天孜孜不倦寫下這麼小的字，自己都覺得那景況有點詭異。

翻開這愚蠢的日記，深深感慨將近十五年來，自己過著彷彿時間停止般的人生。

「起床、吃東西、寫作、睡覺」，只是一再重複如此單調枯燥的日子罷了。

在這缺乏變化的生活中，多多少少能感受到的變動，怎麼說還是一年一度的搬家。不過，實際上為搬家勞動的人也只有琴里，我就在旁邊看而已。即使如此，搬家前後的生活要素還是可以增加為「起床、吃東西、寫作、看琴里打包或拆箱、睡覺」，搬家後一、兩個月也可以過著「起床、吃東西、寫作、觀察新住的城鎮、睡覺」的生活。

加入「觀看」搬家作業與「觀察」新城鎮的要素，我的人生多了一點變動。

住在東京時，每兩、三個月就會邀請編輯來家中聚餐。

現在回頭看看，這些「與編輯的聚餐」對我來說，實在是非常重要的變動要素。東京都內各處飯店經常舉行各出版社主辦的文學獎頒獎典禮，但我向來不參加這類場合。或許因為這樣，我也從未擔任各文學獎的評審委員，沒有任何出席評選會的機會。這麼一來，想和編輯們見面或與他們的前輩上司深入往來交談，就必須請對方空出時間，在家中設宴款待了。

住在東京時，這麼做還不算太難。但是，像現在這樣搬到遠離東京的城市，想邀請編輯來家裡聚餐，他們就得過夜才行。這麼一想，姑且不論對方是否願意，自己就先打了退堂鼓。

我原本就是不太喜歡與人接觸的個性，即使對方是工作上往來的對象，只要想到上述難處，還是會有所顧慮。

結果就淪為如此這般「起床、吃東西、寫作、睡覺」的百無聊賴生活。

不只我，家父宗一郎過的也是這種沒有變動的人生。

就這點來看，我或許可說是從上一代繼承了時間停止般人生的罕見例子。

各行各業都有親子從事相同職業的案例，只是，這種情況在小說家這行並不常見。

比方說政治界，兒女繼承父母「地盤、招牌、提包」的情況很普通，也因為這個緣故，放眼當今政界，幾乎呈現政二代、政三代寡佔的狀態。

就算只看最高掌權者內閣總理大臣，從現任總理往上回溯十五代（十四人），不是政二代議員出身的總理只有三位。

至於小說家，確實也有遺傳自父母才華的部分，然而與其他藝術相比，小說光靠才華無以成立的部分更大，「繼承家業」也更加困難。

畫家或音樂家中，幼年期即展現天才，成長後仍活躍該領域的例子很多。反觀小說家，首先「幼年期即展現天才」的狀況本身就不可能存在，若說二十歲前風光出道的作家評價是否年年上升，似乎多半也意外地不是那麼回事。

的確，寫小說這件事，無法光憑才華闖出一番天下。

想成為小說家，除了具備成為小說家的才華，我認為同樣重要、甚至更加重要的是，必須去過「成為小說家的人生」。

年紀輕輕就出道文壇的作家經常面臨的痛苦狀況是，人生初期已才華洋溢的他們成為小說家後，往往因為最重要的「人生」經驗太貧瘠，找不到往前走的路。

當然，成為小說家後再去累積豐富人生經驗也是一個辦法。只是，這也必將面臨一個問題：當人生中的一切體驗，出發點都為了蒐集小說題材時，那還稱得上是「真實的人生體驗」嗎？

家父宗一郎從小擅長寫作，剛上小學時，已經是個寫得出驚人老成文章的小孩。小學低年級開始寫小說，以謄寫方式將作品集結成冊，供親戚朋友傳閱。

就讀早稻田大學時勤於投稿各種文學新人獎，之後也入選了幾個獎項。大學畢業後，他先進入一間小輪胎公司工作，很快地又拿到B出版社（永尾先生待過的那間出版社）主辦的新人文學獎，是該獎項有史以來最年輕的得獎者。從此，父親辭去工作，成為專職作家。

父親之所以選擇寫時代小說，正因他年紀輕輕便當上了職業作家，有感於自己人生經驗貧乏，想靠現代小說取勝不易，從而做出這個判斷。

即使如此，父親後來仍為人生經驗的貧乏苦惱了很長一段時間。舉例來說，就算以很久以前的時代為背景，讀者依然是活在現代的人，創作時無論如何還是需要投入作家本人的人生經驗。

「不要因為心急就太早開始寫。」

父親經常這麼說。

「早出道也沒什麼好處。」

他還說過這句話。

另一位小說家說過跟父親一樣的話。那就是同為時代作家的F老師。我是F老師生涯最後一部作品的責任編輯。

「野野村老弟，想當小說家，四十歲過後再當就可以。沒必要心急。」

這是他給我的建議。F老師自己就是在業界報社任職多年的記者，年過四十才正式出道文壇。說這句話時的他，坐在自家會客室那座擺滿著作全集的書櫃前。

——原來如此，要是能留下這麼大量作品，確實沒必要心急。

我打從心底這麼想。

不需要在還太年輕時成為作家。

那些在二十歲前後出道的新人，之後到底怎麼持續創作幾十年呢？

人生走到還曆之年，我的痛切體認是，幾乎沒有年輕時才能掌握的真理，也幾乎沒有什麼是只有年輕人才能運用的智慧。

在數學或物理學的世界，或許真的有些推動學問進步的關鍵，是只有年輕人才提得出的大膽想法或論點。我認為那是因為自然科學領域中，所有該發現的原理都是既定的原理。

另一方面，藝術的世界則不存在這種既定原理，作品完全成立於藝術家各自的視角。簡單來說，就算愛因斯坦沒有提出「相對論」，也總有別人會提出，但若畢卡索沒有畫出「哭泣的女人」，那就誰也畫不出這幅作品。

既然如此，對藝術而言最重要的，就會是作者視角的大小、深度與精準度。這些都是隨年齡增長確實進化的東西。

以我自己為例，年輕時思考的事，幾乎沒有一件優於現在思考的事。

雖然驚人，這卻是事實。

總結來說，所謂思考，乃隨思考次數與所需時間呈正比成長。因此，和眼前的思考相比，過去的思考大體上都幼稚不成熟。

只要回頭讀自己過去的作品，馬上就能明白這一點。

年輕時滿懷確信寫下的東西，現在重讀就會發現，大多不是言過其實就是說明不足，看了也無法立刻理解。

因為這樣，我幾乎不會重讀自己過去的作品。

說來極端，一旦投入新的作品，就不想再重讀前一刻剛寫完的作品了。發表於雜誌上的連載集結成冊時，責任編輯送來的內容打樣總讓我欲振乏力。

校對時頂多產生「算了，差不多就這樣吧」的感覺，能讓我感到「寫得真好」、「這還真厲害」的作品，十部中沒有一部。

我恐怕是將「自己的小說」視為一幅風景，持續不斷地眺望。

那就像是站在對廣大溼地一覽無遺的小高丘上，用望遠鏡細數溼地上野鳥的數量。透過望遠鏡頭，野鳥數量愈數愈多，至少絕對不會有愈來愈少的事。

這大概就是為什麼，和過去的作品比較起來，新作看起來永遠好一點。

二十幾歲就過起靠一枝筆維生的生活，父親的人生比我更少變動。他才真的是每天重複「起床、吃東西、寫作、睡覺」生活的人。身為兒子，我觀察這樣的父親時總覺得：

——這個人活著到底有什麼樂趣？

我寫小說的動機之一，就是為了更理解父親這個人。

日復一日關在家裡，不是寫稿就是讀書，這樣的人生究竟有何樂趣？長年以來，我始終想不通。

那種宛如穴熊的生活到底哪裡好了？

然而，大一學期末開始寫小說後，我立刻明白了原因。

因為父親真心喜歡寫小說，才能過著日復一日繭居書房，與稿紙大眼瞪小眼的生活，全然不以為苦。

正因現在自己過起與父親一模一樣的生活，我想這個結論肯定沒錯。

——野野村先生，您真的那麼喜歡寫小說嗎？

要是有人當面這麼問，我一定會歪著頭，露出難以言喻的表情。

然而，一如父親這輩子貫徹「起床、吃東西、寫作、睡覺」的「無變動生活」，想像自己恐怕也將如此走完一生，我肯定和父親一樣，都是「真心喜歡寫小說」的人。

九月底，某電視節目介紹了「如何烤出最美味的奶油土司」。

一位號稱日本唯一「奶油土司評論家」的女性出現在節目中，對著攝影機實際製作「最美味的奶油烤土司」。因為看起來實在太好吃，我隔天立刻就嘗試了。

首先，在切成厚片的土司上縱橫劃開幾個刀口。縱切的刀口將土司分為二等分，橫切則是三等分。她用六塊腹肌來比喻劃了刀口的土司。接著，直接將劃開刀口的土司用烤箱烤至表面酥脆。

利用烤土司的時間取出頗具份量的奶油，用保鮮膜包起來後，以手揉搓奶油（她稱之為按摩）。拿出烤好的土司，取一半按摩過的奶油滿滿塗在土司上，再次送入烤箱，烤到奶油發出滋滋聲（聽說祕訣就是二度送入烤箱）。

將剩下的另一半奶油塗在再次烤好的土司上，她稱這個為「追加奶油」，這麼一來，「最美味的奶油烤土司」就完成了。

我也拿了「芽即實」的土司來試做。

事實上——吃起來比非常美味的鬆餅更好吃。

幾乎可以這麼形容那種奶油烤土司。

從此之後，每天都吃這種熱量超標的奶油烤土司。

結果，上網買的彈跳式烤土司機就派不上用場了。

雪之下健彥打電話來，是剛入十月不久的事。

說他父親九月中住院，已經住半個月了。

「從夏天開始吧，他說背上長了個粉瘤，一直治不好很傷腦筋。就在上個月十八號，那天正好是敬老日，晚上他打電話來，說身體僵硬，動彈不得。起初我聽得一頭霧水，後來才搞懂似乎是躺在榻榻米上打盹，驚醒時發現自己下半身僵硬動彈不得，於是急忙打電話給我。我嚇壞了，立刻通報一一九。話是這麼說，我可是住在靜岡呀，只能請靜岡消防隊打給東京消防隊，聯絡救護車過去載他到T醫大病院。」

雪之下先生現在還一個人住在北新宿的公寓，獨生子健彥因為工作的關係，與妻小一起生活在靜岡。

雪之下先生以前經營的「公雞座」出版社就位於靜岡，健彥在靜岡出生長大，現在也在地方上的報社當業務員。

「託您的福，他目前沒什麼大礙，今天就是向野野村先生您報告一下而已。」

「這樣的話，雪之下先生還住在T醫大病院嗎？」

T醫大病院離新宿車站西口不遠，離雪之下先生住的公寓，走路大概只要十五分鐘左右。

「是的，再幾天就能出院。今天也是為了他的事，我來東京跟醫生會面。」

「這樣啊……」

搬離東京的事，我沒知會雪之下先生，健彥一定理所當然以為我還住在東京。

「你特地聯絡我，真是不好意思，其實我去年搬家了，現在不住東京。」

「咦？這樣啊？」

不出所料，健彥的聲音聽起來很訝異。我把現在住的城市告訴他。

「所以，沒辦法馬上過去探病。」

「原來是這樣啊……」

聽健彥的語氣，他顯然很失望。

「雪之下先生到底生了什麼病？」

電話打來時差不多晚上九點，他大概在父親北新宿的公寓過夜。

我曾造訪過一次那棟公寓。那棟超老舊的箱型公寓房型都是一房一廳，無論一樓或二樓，除了雪之下先生之外的住戶，不是中國人就是泰國或越南人。

「好像說肝臟出了毛病。檢查結果，數字連醫生都很吃驚。」

「身體僵硬無法動彈，也是因為這個？」

「聽醫生今天的意思，這部分他也還沒釐清，之後會再做各項檢查。身體無法動彈的症狀只發生在送醫那天，家父說，因為那天天氣好，他想說用走的比較健康，就從池袋走回新宿，流了一身大汗。回到那棟公寓後又喝了很多啤酒，就那麼睡著了。根據醫生的推測，可能是在急性脫水症狀下攝取大量啤酒，睡眠中又流了太多汗，造成體內礦物質成分一口氣流失……」

「原來如此。」

脫水導致體內礦物質失衡，確實有可能造成四肢僵硬麻痺的現象，這是合理的推論。

「背上的粉瘤呢？」

「住院不到一星期就好了。」

「那麼，現在做哪些治療？」

「沒做什麼稱得上治療的治療。只是肝臟指數太高，暫時必須禁酒，好把數值降下來。」

「也就是說，現在住院是為了禁止他喝酒？」

「嗯，可以這麼說。」

健彥說這話的聲音有幾分無力。

「什麼時候出院？」

「數值已經降滿多了，應該下週可以出院。」

「可是，一出院恢復獨居的生活，恐怕又會喝起來喔。這段時間得盯著他才行。」

「就是說啊……」

這次，電話那端傳來嘆氣的聲音。

「我有勸他差不多該搬回靜岡了，但他還是一如往常不肯點頭。話雖如此，現在我也不可能搬來東京住。」

父母離婚後，孝順的健彥依然事事照料著父親，直到三年前都在報社的東京營業所上班，住在雪之下先生附近，和新婚妻子一起照顧父親。

當時他們都住在江戶川區，是在健彥準備攜家帶眷調回靜岡總公司時，雪之下先生才搬到生活機能方便的新宿。

我造訪公寓那次，就是去參加慶祝他獨立生活的聚餐。那天先在他公寓喝了杯咖啡，再去大久保車站前那間後來雪之下先生常去的居酒屋吃飯。當晚琴里也在場，我們一路暢飲到深夜。後來，我還和雪之下先生去那間店喝過好幾次酒。

「這次的病情和肺癌無關？」

「是的，癌症已經完全沒問題了。這次也做了各種檢查，沒查到任何跟癌症相關的問題。」

「這樣啊，那這方面就不用擔心了。」

「是。」

雪之下先生八年前罹患肺癌，動過一次大手術。據說發現腫瘤時被宣判已是末期，連醫生都說束手無策。手術後大約兩年時間，全身經常受劇烈疼痛侵襲，現在卻已完全康復。

「每次定期回診，護士看到我都像看到鬼，主治醫生也只堅持『雪之下先生，你想怎麼過日子就怎麼過吧，我這邊沒什麼好說了』，聽都不聽我這邊的說法。」

他經常這麼抱怨。

簡單來說，他是「奇蹟生還的癌症患者」之一。

「就算這樣，在這種狀態下放他一個人生活還是令人擔心。你爸爸最近有女朋友之類的對象嗎？」

雪之下先生跟前妻離婚，已經是超過十五年前的事，之後他不時結交新女友又分手。

「現在好像沒有這樣的對象。」

這麼一說我才想起，三年前，健彥結束在東京營業所的工作，決定回靜岡總公司時，曾來找過我商量。

那時他也想勸雪之下先生一起去靜岡，被二話不說拒絕了。

曾經在靜岡功成名就，成為地方知名人士的雪之下先生，在幾乎是欠錢不還的狀況下結束公司逃到東京。沒有東山再起之前，當然不願意重回靜岡。更何況，那個經歷各種爭執才離婚的前妻如今仍住在靜岡。

我很能理解雪之下先生的心情，健彥最後決定只帶妻小回故鄉，想來肯定也是察覺到了父親內心深處的想法。

「別擔心，只要你們一不在，必須要人照顧的他一定會想辦法交個女朋友。健彥和晶子（健彥的妻子）已經夠盡心照顧爸爸了。再說，你們好不容易生了晶彥（健彥的長子），沒必要繼續受父親束縛。反正我也在東京，今後你們只要為自己過生活就好了。」

當健彥真心煩惱是否該換個工作留在東京時，說這種話推了他一把的不是別人，就是我。

健彥掛上電話之後，我想著現在這時間，大概正躺在T醫大病院床上盯著天花板看的雪之下先生。

站在健彥的立場，下星期父親出院的日子迫在眉睫，對父親今後的去向必然滿懷不安。雪之下先生原本就愛喝酒，公司倒閉，獨自來到東京後喝得更兇。話雖如此，以接案方式從事編輯工作養活自己，身邊還有孝順的兒子幫忙照看生活瑣事，至少三年前為止，他還算過著正常生活。只是健彥一家回靜岡後，雪之下先生日子過得愈來愈荒唐，身體也跟著搞垮了。

「他最近有做什麼工作嗎？」

「這幾個月幾乎什麼也沒做。原本一直由他負責編輯的R老師全新創作文庫系列也在半年前完結了……」

「這樣啊……」

從剛才與健彥的對話，不難想像失去工作的雪之下先生為了一掃煩悶，從白天就開始沉溺酒精的模樣。

為時代作家R先生（這位作者也是雪之下先生發掘的作家之一，出道作品由公雞座出版社出版）與B出版社牽線，出版這套全新創作文庫系列作品的人就是我，我當然知道這套多達十幾集的暢銷系列作品已經完結的事。系列完結確實會令雪之下先生頓失收入來源，不過早在那之前，我就知道他經濟狀況不好。兩年多來，他多次向我借錢。儘管每次金額都不大，我也把錢匯進他戶頭好幾次。

偶爾一起去大久保站前居酒屋喝酒，都會發現他酒量明顯增加。現在回想起來，雪之下先生搞壞肝臟，被送進醫院只是遲早的問題。

這麼一想，面對走投無路的朋友，我只匯了一點錢就裝作沒看見他的困境。到最後，當他兒子像這樣對我發出求救訊號時，我卻在沒有任何聯絡的狀況下早就搬離東京，難免落得無情無義的臭名。

我和雪之下先生，遠在二十五年前就認識了。

當時，我任職於處理A出版社主辦A文學獎與N文學獎相關事務的公司。兩獎項每年各發表兩次，從遴選候補作品到最終審查，所有事務工作皆由我和上司T先生兩人一肩扛起。

A獎與N獎可說是代表日本的文學獎，獲得這兩個獎項的純文學與大眾文學作家往往就此魚躍龍門。那年，雪之下先生經營的公雞座出版社發行的長篇小說入圍N文學獎，成為最終候選作品之一，我也因此第一次聽說雪之下先生的名字。

作者X在那之前只是沒沒無名的小說家，獲選為最終候選作品的，是一部將背景設定在中國古代的壯闊歷史小說。

頒給純文學作家的A文學獎，其遴選對象是已發表在雜誌上，內容約落在兩百張左右四百字稿紙長度的作品。只要從各家出版社發行的文學雜誌刊載作品中選出入圍作品即可。相較之下，N文學獎對原稿張數、字數及發表形式等條件皆未設限，換句話說，只要能印成活字出版的作品都能納入遴選對象。

因此，不限長篇或短篇，我和T先生兩人一年到頭都在閱讀尚未得過N文學獎的作家作品。

某天，小說雜誌編輯部的前輩I帶了一份原稿來找我。一問之下，分成上下兩集的這部長篇小說作者是之前完全沒聽過的X，出版社也是之前完全沒聽過，位於靜岡的「公雞座出版社」。

「這是我認識的人寄來的，讀了之後覺得還挺不錯，想請你們討論一下，看能不能送進公司內部評審委員會。」

I前輩這麼說著，有點不好意思地把厚厚的上下兩集小說交給我。

N文學獎的最終候選作品（約選出五到六部作品），由A出版社大眾文學部門二十幾位編輯擔任委員的內部評審委員會選出，再由十位現任作家組成的N文學獎評選會決定得獎作品，一年決定兩次。就這部分過程來說，A獎也完全一樣。只是，A獎的評選方式是將發表於文學雜誌上的幾乎所有作品攤在公司內部評審委員會（由另外二十幾位純文學部門編輯組成）面前，N獎卻不是如此。由於N獎審核的對象數量實在太過龐大，必須由事務部門（T先生與我）事先篩選，公司內部評審委員會只需要評選篩選過的作品。

I前輩說的「想請你們討論一下，看能不能送進公司內部評審委員會」就是這個意思。

不限長篇或短篇小說，只靠我們兩人分頭閱讀所有單行本與在雜誌上發表的作品，認為能送入內部評審委員會的打◯，自己難以判斷的打△（我會請T先生也讀一次），判斷不用送入內部評審委員會的打×。因此，我們必須一本又一本不斷往下閱讀，I前輩送了這部不容易被我們注意到的作品，而且還是出於無名作家與無名出版社之手的上下兩集大長篇，一方面值得感謝，另一方面也令人有點困擾。

「知道了，那我會盡快看過一遍。謝謝你。」

姑且這麼道謝收下作品。問題是，我朝那堆滿未讀書籍的桌子投以一瞥，不由得嘆口氣。

我從小養成「討厭的事先做」的習慣，當天就把上下兩集都帶回家，立刻開始閱讀。那天晚上幾乎熬夜到天亮，隔天早上還在電車上繼續讀，不經意抬起頭時，電車早就通過離Ａ出版社最近的「神樂坂」站，已經開到「東陽町」了。

上一次看書看到電車搭過頭，已經是學生時代的事。

Ｉ前輩拿來的那部中國古代歷史小說就是這麼有意思。

這部作品最後當然進入Ｎ文學獎的最終候選名單。不過，按照Ｎ文學獎的慣例，第一次入圍的候選人通常不會得獎。作者Ｘ推出下一部全新創作長篇小說後，才終於拿下Ｎ文學獎。

幾乎稱得上無名的新人作家連續兩次入圍Ｎ文學獎候選作品，第二次還真的拿下了獎項，只能說是特例中的特例。更別說出版這兩部作品的都是位於靜岡的小型地方出版社，責任編輯是雪之下健一這位沒沒無聞的社長兼編輯。在Ｎ文學獎從戰前持續至今的歷史上，確實是值得一提的特別事例。

可想而知，作者Ｘ一躍而成時代寵兒，發掘出Ｘ的雪之下先生也在業界成為知名人物。尤其是出版社所在之處的靜岡市，雪之下先生成為名聲不遜作家Ｘ的風雲人物，他一手創辦的「公雞座出版社」也一口氣擴大了事業規模。

成為靜岡名流的雪之下先生，不但以評論員身分擔任地方電視台節目固定班底，還開了自己主持的廣播節目，甚至擁有當地知名私立大學客座教授的頭銜。

換句話說，雪之下健一的名字，在靜岡可說是無人不知、無人不曉。

我第一次見到雪之下先生，是X初次入圍N文學獎時。

為了通知作家進入最終候選的事，我打電話到「公雞座出版社」想問X先生聯絡方式。當時接電話的人，就是責任編輯兼社長雪之下先生。

「我是A出版社的野野村，有件事必須盡快聯絡到X先生……」

畢竟時期敏感，雪之下先生似乎立刻察覺我打這通電話的用意。

「感謝您特地致電。」

他先這麼說，然後立刻給了我X先生家的電話號碼，除此之外什麼都沒有多說。

約莫十五分鐘後，雪之下先生打了一通電話給我。

他說自己隔天有事要上東京，問方不方便跟我見面。當然，這時他已經接到X先生聯絡，得知自家出版社的作品入圍N文學獎的事了。

「我們感到非常榮幸。」

他這麼說。

「見面當然沒問題啊，幾點好呢？」

我二話不說答應。

一方面是沒有理由拒絕，另一方面，等入圍作品發表後，各媒體將會如何進行採訪，評選當天有哪些步驟，這些最好先向身為責任編輯的雪之下先生說明清楚。

A文學獎和N文學獎每次公布，電視新聞都會大幅報導，為此，各家新聞媒體事先紛紛找上候選作家安排採訪。有些媒體還會一一報導評選會當天等待放榜通知時的作家動向。此外，若是真的獲獎，按照慣例，兩座獎項的得獎人都得在日比谷某飯店內設置的記者會現場，接受大批湧入的記者與電視主播訪問。

早已多次入圍或推出許多得獎作品的大出版社責任編輯自然很清楚這方面的眉角，但這次的入圍對X先生與雪之下先生來說都是初次體驗，要是不先詳細說明從發表入圍作品到評選會當天的流程及相關細項，面對世人大肆渲染的反應，他們很可能驚訝得慌了手腳。

很快地，雪之下先生隔天下午就到A出版社拜訪了。

和電話裡的聲音不同，雪之下先生本人看上去非常年輕。

X先生的作品是氣勢磅礴的大長篇敘事詩，根據這點，我原本將責任編輯雪之下先生想像為與X先生年齡相仿的長者。因此，第一印象令我十分意外。

一問之下才知道他比我年長五歲，話雖如此，也不過就是四十幾歲。

對X先生作品入圍的事，他表達了不假虛飾的喜悅。不過，也立刻迫不及待告知此次來意。原來，公雞座出版社已準備好出版X先生的第二部長篇小說。

「這次入圍的作品當然非常出色，但是野野村先生，下一部長篇才真的是厲害。書一印好，我會立刻寄過來。請您務必一讀。」

以A文學獎來說，新人作品直接獲獎的例子並不罕見。相較之下，即使N文學獎同樣被譽為新人作家成名跳板，通常還是頒發給有足夠知名度，也已培養出一群讀者的實力作家。

因此，在N文學獎的歷史上，幾乎沒有第一次入圍就獲獎的例子。雪之下先生似乎打從一開始就認清了這個現實。

我認為，他早就打算要以X先生的下一部長篇小說拿下N文學獎。

——看來不能小看這個人，他做事無懈可擊。

這就是我當時的感覺。

藉由這次入圍的機會，只要X先生開始量產作品，身為挖掘出這份才華的伯樂，雪之下先生恐將成為A出版社文學部門最大的勁敵。「公雞座出版社」正準備出版的第二部作品一旦拿下N文學獎，這位地方小出版社的編輯將連根帶葉捧走最豐盈的果實。

——我們公司文學部門那些傢伙不要緊嗎？不會完全被這男人壓過去嗎？

老實說，我真的這麼想。

A出版社不但是老牌出版社，又背負著A文學獎與N文學獎這兩塊金字招牌，底下的文學編輯們各個都是沒有企圖心的爛好人。想來完全不是眼前這位雪之下先生的對手。

那時我徹底追問了雪之下先生的來歷，除了一如往常的滿足好奇心外，也是想及早掌握這個未來商場對手的資訊。

雪之下先生年輕時好像是只限中部地區發行的地方報社記者。將近十年前獨自創業，創辦了當時首創的中部地區情報誌，後來又陸續出版了名古屋及靜岡等地的旅遊導覽書，靠這些收入漸漸穩固了公司基礎。

「可是，我真正想做的是小說。」

他這麼說。

就在那時，他遇上了住在靜岡，只在某小出版社發行過一本書的作家X先生。

「他的處女作是以中國古代為背景的小說，因為日本讀者不熟悉時空背景，還沒得到任何評價就消失在市場上了。但是，出版數年後我讀到那本書，感到非常驚訝，只能說是傑作了。從他身上，我看到與司馬遼太郎匹敵的才能。」

雪之下先生立刻拜訪X先生，請他務必在「公雞座出版社」發表新作品。

即使已出版了處女作，當時X先生為了生活，仍持續在補習班當老師，同時創作新的長篇小說。那就是這次入圍N文學獎的上下兩集古代中國歷史小說。

自己的眼力獲得證明，雪之下先生展現出充滿自信的態度。

那絕對不是心高氣傲，單純只是沉浸在挖掘出X先生罕見才能的喜悅中。

沒有什麼工作比「挖掘新人」更令編輯興奮激動了。

獲得知名作家賞識，一起做出偉大的作品或編出暢銷書，這些固然也是編輯工作的樂趣。若說上述樂趣相當於一，那麼將無名新人推上巨星地位的樂趣肯定超過一百。

還在當編輯時，我始終認為編輯的工作不是伺候作家，而是打造作家。

正因如此，對於挖掘出X先生罕見才華的雪之下先生那份單純的喜悅，我完全感同身受。

見過一次面後，我欣賞起這個叫雪之下健一的人，他對我似乎也有一樣的想法。之後，雪之下先生每次上東京都會聯絡我，除了在A出版社的會客室碰面外，我們也會一起外出共進午餐或晚餐。

X先生的新作品仍是分成上下兩集的大長篇，也是絲毫不遜於前作的傑作。這部作品一發表，立刻被世人視為N文學獎的有力得主，結果也真是如此。

現在回想起來，那段時間應該是「公雞座出版社」的巔峰時期吧。

只有幾名員工的小出版社，竟然推出了拿下N文學獎的作品（而且還分成上下兩集）。

所謂笑得合不攏嘴，指的大概就是這種情形。

相熟了好一段時間，我才問雪之下先生對我第一印象如何。

「野野村先生，那時給了我現金吧？」

他劈頭就這麼說，我完全不懂什麼意思。

「現金？」

「對。你說因為X的作品入圍N獎，必須提供讀本給所有評選委員、熟識的記者以及公司高層，希望我寄三十套作品過來。」

喔，原來他說的是這件事。

初審時，公司內部評審委員會只有幾本傳閱。再說，總不能提供翻過的舊書給決選委員及公司外部相關人士。因此，我們通常會請出版社提供三十套入圍作品當讀本。那個時代還沒有網路書店，「公雞座出版社」又是小出版社，作品發行量也小，直接從庫存調貨是最實際的方法。

雖說是三十套，這部作品分成上下兩集，三十套等於六十本。以一本將近兩千圓計算，總金額大約十二萬。我請雪之下先生在會客室等，自己上三樓財務部預支十二萬再加上郵資，下樓立刻就先付清。

其實我這麼做沒有特殊意圖，只因這是對雙方而言最方便的做法。

「那件事怎麼了嗎？」

「當野野村先生那樣直接拿現金給我時，我心想，啊、這個人日後一定會飛黃騰達，不管怎樣都要想辦法跟他建立好交情。」

仔細一問才知道，當時「公雞座出版社」經營得奄奄一息，連身為社長的雪之下先生來東京的交通費和住宿費都擠不太出來。

「新幹線太貴了搭不起，只能搭深夜巴士，晚上則是借住在大學時代的朋友家。那天其實我根本不是有事來東京，是為了見野野村先生專程上來的。錢包裡只帶了交通費。話說回來，大出版社的人真的太不了解中小企業的苦處了。我原本以為你只是嘴上說會買下六十本書，實際上肯定擺出『都讓你們入圍了N獎，免費送書是天經地義的事』的嘴臉。沒想到野野村先生當場支付六十本書的費用，用定價計算不說，還連郵資都補齊了。我心想，這個人的工作能力一定很強。」

被他這麼一說，我只覺得不好意思。

不過，我還在公司工作時，一直都秉持現金主義。不限於雪之下先生這次，面對各種形式產生的費用及酬勞，我的原則都是「當場現金支付」。

比方說，給採訪對象的酬勞，會在採訪現場以現金支付。給撰稿人的出差費和採訪費，也是當場交付現金，盡可能迴避日後郵寄或銀行匯款的方式。

這是來自父親的教誨。家父宗一郎總說，應邀演講或出席文學獎評選會時，只要當場以現金方式收到演講費或評審費，工作起來就特別有幹勁。

「雖然不用效法田中角榮，但付錢時支付現金，當場親手交給對方，可以的話還要比對方預期的多給一成，這麼做是最好的了。」

他經常這麼說。

舉個例，有位長年在美國議會工作，回國後從事這方面研究的撰稿人。我認識這個人，見過兩三次面後，聊起當時正熱的美國總統選戰話題。

「×× 先生，你不去採訪美國總統大選嗎？」

「這次沒安排喔。」

「難得的機會，怎麼不去一趟看看？」

對方露出為難的表情。

「如果您想去，我們可以負擔旅費喔。只能幫忙出機票和飯店就是了。」

「是為哪個案子撰稿嗎？」

「沒有特別的案子呀。只是希望你去看一看總統大選，回來跟我分享心得就好。」

「只要去就好，什麼都不用做？」

「嗯。能去現場看一看，日後在 ×× 先生撰稿時一定會有幫助。」

這番對話之後，我立刻去財務部預支所需現金，作為差旅費當場交給他。

像這樣花掉的採訪費用，從來沒有一次沒回本。

只要眼光夠準，看得出撰稿人的實力，投資出去的資金總有一天能從他們的原稿回收，賠本的可能性趨近於零。

雖然不清楚現在狀況如何，我還在A出版社時，A文學獎與N文學獎的評審費都在評選現場（位於築地的高級日本料理餐廳）直接交給評選委員。

當年負責相關事務時，把評審費（一次一百萬）交給兩文學獎共計二十位評選委員，請他們在收據上簽名就是我的任務。饒富趣味的是，A獎與N獎的評選委員，收下評審費時的態度有很大的不同。

幾乎清一色由暢銷作家擔任的N獎評選委員，即使接過百萬現金，也只說聲：

「好的好的。」

一副若無其事的模樣。相較之下，把裝有百萬現金的信封遞給A獎評選委員時——

「真的非常感謝您。」

他們總會面帶笑容，這麼道謝。

「真開心。」

其中也有大作家站起身來接過信封，笑著這麼說。

我在成為作家前，一直很想獲得A文學獎。

父親宗一郎已經拿過N文學獎，這當然也是原因之一，只是，有過幾次遞出百萬評選費的機會後，我還是覺得A文學獎的評選委員比較有人情味。

儘管最後我還是得了N獎，直到現在，對A獎依然多少有些眷戀。

雪之下先生勢如破竹的戰績並未維持很久。

憑著一股與生俱來的拚勁，先後創辦了文學雜誌與歷史雜誌，事業版圖一口氣擴張得太大，是他失敗的主因。文學雜誌也好，歷史雜誌也好，只要冠上雜誌之名開始定期發行，一轉眼就會累積虧損。光靠雜誌收入想獲得盈餘幾乎不可能，得等雜誌上連載的小說、散文或歷史讀物集結成冊出版，並且賣出一定數量，事業才有可能成立。只是，無論執筆作家陣容再堅強，想持續推出暢銷書還是非常困難的事。

更何況在靜岡這個小地方，想和大型出版社正面對抗，以相同類型的雜誌一決勝負，只能說是有勇無謀的不可能任務了。

要是當時電子領域已如今天這般普及，結果或許還會有所不同。然而，即使是編輯能力出眾的雪之下先生，只要還得靠紙媒競爭，無論資本或人脈都沒有戰勝大型出版社的一天。

雜誌每期虧損卻無路可退，這樣的狀態拖了很長一段時間，逞強的雪之下先生反而繼續一面倒地擴張事業版圖。在地方上小有名氣令他更加拉不下臉，打腫臉充胖子的結果，不但錯失退場時機，更釀成經營上的致命判斷。

透過偶爾來訪的他的部下和共通朋友，雪之下先生債台高築的狀況傳進我耳中。

現在回想起來，當時我或許該去一趟靜岡，當面提出勸諫才對。

然而，眼看他孤軍奮戰，我卻有種不想制止的心情。行不通就行不通，也只能拚到公司倒閉為止。另一方面，我不認為有誰攔得住他這樣的人。

到後來，與出版社唯一的搖錢樹X先生關係也出現裂縫，X先生獲得N文學獎的短短幾年後，「公雞座出版社」終於面臨破產。

和雪之下先生重逢，是「公雞座出版社」倒閉幾年後的事。聽說那之前他輾轉去了東南亞幾個國家，回到靜岡後又做起仲介工作，嘗了不少世間冷暖。

有一段時間聽說他罹患憂鬱症，最後企圖自殺，反覆進出醫院。

那剛好是我以作家身分出道文壇那幾年，自己正逢多事多難之秋，關於雪之下先生那個時期的動靜，我究竟掌握到什麼程度，現在回想起來也記不太清楚了。

只是，睽違幾年接到他聯絡時，我已經辭去A出版社的工作，過起靠一枝禿筆維生的日子，當然也已經和琴里在一起了。

「野野村先生，好久不見。」

手機那頭的聲音聽起來頗為開朗。

「我上個月來東京了，要不要碰面喝杯茶？」

總不好推辭不去，雖然不怎麼提得起勁，我還是答應了。

那天，我們到底是在哪裡碰面喝咖啡的呢？

不過，實際上見了面，雪之下先生看起來和第一次見到他時沒什麼兩樣，感覺甚至比拚了老命為「公雞座出版社」找尋生路時的他更年輕有活力。

他說自己和太太離了婚，一個人來到東京，現在打算當接案編輯勉強餬口。我還以為他想請我介紹工作，沒想到完全不是那回事。

首先，他對我的作品發表了一番長篇大論，內容連我也不禁佩服，深深感受到這個人至今仍具備身為編輯的好眼光。接著，他才慢慢地從帶來的背包裡，拿出一個厚厚的牛皮紙袋。

「其實啊，我在住院時嘗試寫了這個。我想你應該忙著創作，等有空的時候就好，請務必讀一讀這個，告訴我你的感想……」

我從他遞上來的牛皮紙袋裡，拿出一疊紙。

A4尺寸的稿紙上打印了密密麻麻的文字，第一頁印的是作品名稱《我們的旅行》和作者「雪之下健一」的名字。

快速掃過一遍，如果換算成四百字稿紙，大概有三百張左右。

「這是小說？」

我這麼問。

「嗯，小說。」

雪之下先生點頭。

最後，這部小說由我推薦給K出版社的K先生，也在那裡順利出版。趁此機會，我和雪之下先生再次恢復往來。

《我們的旅行》是一部非常出色的作品。

雪之下先生以自己住在靜岡某大學醫院精神科病房時的體驗為基礎，寫下了這部群像小說。精準而不失哀愁的筆觸，描繪出各種精神病患的實際狀況與患者們懷抱的無底苦惱。

直到現在，我有時還會陷入恐慌症再次發作的恐懼。還記得讀了這部作品後，內心深處感到一片平靜。

收下原稿的K先生給了《我們的旅行》很高的評價。儘管單行本賣得一點也不好，很快地，他又接連出版了好幾本雪之下先生全新創作的長篇小說。

不過，無論哪部作品都沒有獲得太大迴響，淹沒於書海之中。

雪之下先生一邊以自由編輯的方式接案餬口，一邊持續執筆創作。然而，沒有其他出版社編輯前來邀稿，很難繼續維持小說家的身分。

就這樣過了差不多三年……

久違地接到他電話，出去碰了面。

「野野村先生，有件事想拜託你。」

他對我低下頭。

「拜託我什麼？」

「是這樣的，我想來趟朝聖之旅。」

「朝聖之旅？」

在那之前，我從沒聽雪之下先生提過「朝聖」兩個字。

「怎麼忽然要去朝聖？」

聽到「朝聖」這個詞彙，首先浮現腦海的不是四國遍路巡禮，就是麥加朝聖之旅。他以前曾提到自己去四國遍路巡禮的事，應該不可能再去一次吧？話雖如此，更不可能忽然成為穆斯林啊。

「前陣子，衛星電視台播了聖地亞哥朝聖之路的節目，看了之後，我心想就是這個了。」

聖地亞哥朝聖之路？

只有名稱我似乎聽過，對具體內容則一無所知。

接下來，雪之下先生叨叨絮絮地說了許多與羅馬、耶路撒冷並稱天主教三大朝聖地的聖地亞哥德孔波斯特拉朝聖之旅的事。

聖地亞哥德孔波斯特拉是位於西班牙西北部加利西亞自治區的都市。據說聖雅各的遺骸就安葬在這裡的聖地亞哥德孔波斯特拉大教堂中。從法國出發，越過庇里牛斯山，最後抵達這座教堂，踏上這一趟漫長的朝聖之路，是許多天主教徒一生的宿願。

雪之下先生說，他在衛星電視節目中看到朝聖途中的信徒，直覺「就是這個了！」

不管我再怎麼問，也問不清楚不是天主教徒的他為何忽然想展開西班牙教堂的朝聖之旅。唯一能理解的是，他本人對這事再認真也不過。

「然後啊，說來非常抱歉，能不能借我一點錢呢？」

這一個月來，他想盡辦法籌措旅費，多方奔走的結果，還是籌不滿預計金額，想了很久，才決定來向我借錢。

他想借的金額不大，我二話不說就答應了。

即使搞不清楚到底怎麼回事，只要想成捐點小錢給想去朝聖的人，當做功德就是了。把約好的金額匯入雪之下先生的銀行帳戶，心想過陣子他就會帶著西班牙名產和朝聖見聞回來當伴手禮了吧。然而，等了一個多月，雪之下先生依然毫無音訊。

我有點擔心，於是打了電話過去，雪之下先生才說他根本還沒出發。

「是這樣的，我鼻子的蓄膿惡化到連飛機都沒辦法搭的狀況，醫生不准我出國。」

做好朝聖之旅的準備，機票也買好時，覺得鼻子有點不舒服，緊急看了家附近的耳鼻喉科。原來是鼻蓄膿的痼疾猛爆性惡化，在這狀態下無法出國，醫生也嚴厲禁止他出發。

「真傷腦筋。」

這下就連雪之下先生也沒轍，發出無奈的喟嘆。

不料幾天後，他主動聯絡了我。

「要是錯過現在這個季節，又得等到明年，而且我買的是便宜機票，無法取消。所以就去拜託醫生讓我買下大量的藥，決定還是按照計畫出發。」

「可是你鼻子沒問題嗎？」

「在飛機上大概會受劇痛襲擊吧。我打算拚命吃止痛藥撐過去。只要人到了那邊，之後隨我想怎樣就怎樣。」

雖然不知如何才能「想怎樣就怎樣」，總之雪之下先生鬥志十足，我也覺得應該沒問題吧。

「那就加油囉。期待你回來分享當地見聞。」

這麼鼓勵他後，我們結束了通話。

聽說整趟旅程大約會花一個月時間，我也就懷著期待的心情等他回國。

然而，那之後雪之下先生再度音訊全無。

該不會蓄膿更加惡化，終究沒能出發旅行？

或者到了當地才發生必須就醫的情形，無法順利展開朝聖之旅？

我想像了幾種可能，一個多月後本想主動聯絡，又怕戳到他的傷心處，最後這件事還是擱置了。

好不容易接到聯絡，已經是最後一次通電話的兩個月後。

「朝聖之旅如何？」

「一到那邊蓄膿又惡化，比預定計畫花了更多時間。」

果然發生了預料中的事。我繼續等他往下說。

「不過，勉強從頭到尾走完全程了喔。」

話雖如此，雪之下先生的語氣卻很低落。

「怎麼了？發生了什麼事？」

我這麼問。

「發生了很嚴重的事，所以我才一直沒跟你聯絡。」

他說想碰面詳細說明，我們就約了當天見面。

沒記錯的話，約定碰面的地點，應該是池袋某飯店咖啡廳。

「總而言之，因為蓄膿的關係，整個朝聖之旅走得很辛苦。即使如此，一起上路的夥伴和朝聖途中住宿地方的人都對我很好，儘管花了兩倍時間，最後總算抵達聖地亞哥德孔波斯特拉。踏入大教堂那一瞬間，真的感動得說不出話來。」

旅途中，雪之下先生身體出狀況外加疲勞，好幾次想放棄往前走。

「可是啊，每次這麼想的時候，只要抬頭往天空一看，一定會看見鳥。」

他說了令人匪夷所思的事。

「鳥？」

「是啊。大概從出發第三天起，一直有白色的鳥跟著我，偶爾往天空一看，都會看見鳥在天上飛。每次我覺得自己快不行時，天上一定會出現鳥。我才發現鳥一直都在看著我。」

「同一隻鳥嗎？」

「應該是。我只想得出這個可能了。」

「不是眼睛的錯覺？」

旅途中一路有鳥相隨的情景教人難以想像，一時之間無法接受他說的話。

「不是錯覺啦。筋疲力盡蹲在路邊時，只要抬頭一看，那隻白色的鳥總盤旋在天上。從我身邊經過的朝聖夥伴也常指著牠說『健一，那隻鳥又在看你了』。」

「是喔——」

就在即將進入聖地亞哥德孔波斯特拉時，那隻白色的鳥飛走了。

雪之下先生還說，徒步朝聖的過程中，他每天晚上都做惡夢。

「什麼樣的惡夢？」
「都是些說不出口的內容。」
平常對任何事直言不諱的他，唯獨對那些惡夢的內容絕口不提。
結束痛苦的朝聖之旅，雪之下先生回到日本。因為回程飛機上鼻蓄膿再度惡化，回國隔天就哭著去找耳鼻喉科醫生了。
「醫生一看就說得立刻動手術，一副『早就跟你說吧』的樣子。不過還是幫忙寫推薦信，轉介到墨田區的大型耳鼻喉科專門醫院。」
回國第二天，雪之下先生去了那間專門醫院，接受各種手術前的檢查。沒想到，那裡的主治醫師說：
「雪之下先生，現在恐怕不是動蓄膿手術的時候。」
醫生臉色大變，指著剛拍下的斷層掃描照片。
照片中清楚拍攝到右邊肺部有個小孩拳頭大的巨大腫塊。
「於是我又被轉介到戶山的K醫療中心，上星期在那裡做了細胞採撿，檢驗結果昨天出爐。說是肺部大細胞癌，必須緊急動手術。」
花了一個半月時間好不容易結束朝聖之旅，卻一回國就得知右肺已被巨大腫瘤侵襲——這下可真搞不懂究竟為了什麼長途跋涉到聖雅各長眠的大教堂了。
要是當初鼻蓄膿發作就醫時好好接受檢查，或許不用浪費這將近兩個月的時間……
這是聽了他說的話後，我腦中第一個浮現的念頭。

雖然是發生在自己身上的事，或許事情發生得太快，雪之下先生一臉茫然失措。我不知道該對這樣的他說什麼才好。

「一定會沒事的。」

對一個確診肺癌，下星期就要動手術的人，實在無法輕易說出這句話。

隔週，手術前一天我帶琴里到Ｋ醫療中心探病。儘管雪之下先生看上去精神不錯，離開醫院前，我把健彥叫到一旁詢問詳細狀況，才知道病情比外表看起來嚴重許多。

「醫生們說，即使手術成功，頂多也只能再拖一年。」

孝順的健彥當時還是大學生，鐵青著臉這麼說。

然而，動完手術後，雖然雪之下先生有將近兩年時間受不明原因的劇痛所苦，最後卻成功戰勝了末期肺癌。

不只如此，他拒絕醫生建議服用的抗癌藥，除了動手術之外什麼治療都沒做。

「手術後痛了半年，過了一年還是很痛，我就逼問健彥，因為那種痛法怎麼想都很奇怪，就算切掉半個肺部也沒人像這樣痛上一年半載的，太不對勁了。我說，你是不是瞞了我什麼事？健彥才說爸爸對不起，開胸之後醫生發現腫瘤實在太大，不只肺部，連周圍組織都連根切除了。手術後醫生說『反正頂多只能再活半年，這事不要告訴當事人比較好』，我才一直沒說。我心想難怪，切掉那麼多東西當然痛啊。」

完全康復之後，雪之下先生笑著這麼說。

看到雪之下先生成為「奇蹟生還的癌症患者」，我開始重新思考。

——無論如何都要去聖地亞哥德孔波斯特拉朝聖。

是什麼讓他在身體已是末期肺炎的狀況下，只因看了電視節目就說出這種話，認為「就是這個了」。在這條朝聖之路上，他又為何不斷地做惡夢？

此外，整個朝聖之旅都跟著雪之下先生，在他遭逢挫折時盤旋頭頂給予鼓勵的白鳥又是什麼？這一切都讓我感到非常不可思議。

接到健彥君電話的幾天後，我夢到雪之下先生。

夢中，我不知為何和他一起去爬山。天都黑了，我們只好在山腹裡搭帳篷等天亮（現實生活中，我們兩人都沒有登山嗜好，也沒有一起爬過山）。天亮前，狹小帳篷裡，躺在身邊的雪之下先生喊我名字，聽見這聲音而醒來的我，點亮手邊的提燈，照亮雪之下先生的睡臉。天氣明明不熱，他卻流了很多汗，臉色發青。

「你怎麼了？」

我探頭察看，雪之下先生微微睜開眼，用夾雜哮喘的聲音說：

「夢見自己被好幾千隻鳥襲擊。是全黑的鳥。」

夢做到這裡，我真正醒來。

拿起放在枕邊的手機確認時間。七點七分。最近我會根據每天就寢時間調整起床時間，今天早上鬧鐘設定的是七點半。醒來的正是時候，我便解除鬧鐘下床。

這個夢並未給我特別不吉利的印象，只是才和健彥談過就夢到雪之下先生，夢中他那句「全黑的鳥」也讓我有點在意。

——明天去探望他吧……

打從得知他住院那天起，我一直在猶豫這件事。

不是不想出門，只是見面之後，頂多把慰問金交給他，之後就不知道自己還能做什麼了。

最主要的，我現在搬來這麼遠的城市，從這裡到東京搭新幹線也要將近三小時。

與其跑這一趟，不如把旅費省下來，加在慰問金裡過幾天寄給他。總覺得這麼做對他還比較實用。

只是，做了那種夢之後，或許還是去看看他比較妥當。

這天是星期天，我決定等晚上九點過後再打通電話給健彥。

按照幾天前的說法，雪之下先生下星期就能出院。明天星期一雖然是體育節，放假日也不是不能出院。

要是白跑一趟就沒意義了。

說不定他出院後不回北新宿公寓，直接暫住健彥家。站在健彥的立場，一定放心不下大病初癒的父親。原本想拜託我照顧，才發現我已經不在東京。既然如此，或許他會努力說服雪之下先生一起回靜岡？

九點整打手機給健彥，很快地接通，他已經回靜岡了。

一問之下，出院時間確定是後天，也就是星期二。聽說肝臟數值已恢復正常。

「那麼，你爸爸出院後怎麼辦？還是要一個人住在北新宿嗎？」

「是啊。我也強力勸他來靜岡靜養兩三個月，只是不管怎麼說，他都不答應。」

果然勸還是有勸的。我心想。

「後來真的沒辦法，只好要他答應我至少每星期一定去T醫大病院回診。主治醫生也說願意幫忙。」

「這樣啊，也就是說，一星期檢查一次，看他是不是有好好戒酒？」

「嗯，是啊。話是這麼說，他絕對會偷喝。」

「只要數值還在正常範圍內，喝一點應該沒問題啦。」

「其實是希望他能完全戒酒呀。」

我告訴健彥，自己打算明天下午去醫院探病。

「太麻煩您了。不過，家父一定會很開心。非常謝謝您專程跑這一趟。」

健彥一再向我道謝。

這麼交談了一陣，我才掛上電話。

隔天體育節，我搭九點多的新幹線前往東京。

十二點二十分抵達東京，算算大概可在下午一點前趕到西新宿的Ｔ醫大病院。正好因為節日的關係，這天醫院開放探病的時間也提早了點。

考慮到貓兒們，我最晚也得在明天上午回到家才行。原本想盡量當天來回，可是探望雪之下先生後，我還想聯絡琴里，從時程上看來勢必得過夜。

聽健彥說雪之下先生恢復得很好。上次見到他，已經是一年半前的事，累積了很多想說的話，雖說是來探病，一旦聊開了，和琴里碰面的時間或許會延到傍晚。

沒有事先通知琴里要來東京，其實也沒什麼特別原因。

只是想直接從東京打電話給她，看她會不會嚇一跳。

新幹線準點抵達東京。下車後，先在東京車站內的大丸百貨買了瑪德蓮蛋糕當伴手，再搭上地下鐵丸之內線。

Ｔ醫大病院位於「西新宿」站，一出車站就看得到。

東京熱得像盛夏。

路上不時可見穿短袖的行人，簡直像季節倒轉了似的。

從涼風吹拂，樹葉即將變黃的城市來到這裡，感覺像進入另一個國家。

醫院正門有開，但今天門診休息，一樓幾乎沒什麼人。走進大門，先去左邊的登記櫃台領探病證，再到雪之下先生病房所在的十一樓。時間剛過下午一點，他一定已經吃過中飯了。

病房是西病棟的一一〇五號房。

入口處插著六個名牌，只有五個寫上人名。其中「雪之下健一」的名牌顯示床位在左邊最內側的靠窗位置。

右邊三張床都是空的，病人似乎外出不在。和雪之下先生同一邊的中間病床則是空床。原本所有病床之間可用簾子隔起，現在簾子全拉了開，室內呈現完全開放狀態。

靠門口的病床是一個看上去五十多歲，身材微胖的男性病患，正躺在那裡看雜誌。

我敲敲門走進去，那位男性病患和雪之下先生同時看過來。

「好久不見。」

舉起手輕輕一揮，朝雪之下先生走去。

他正盤腿坐在病床上看書。

老花眼鏡下，雙眼浮現難以置信的目光。

「咦？怎麼了？你不是已經不在東京了嗎？」

臉上掛著他最擅長的溫柔微笑，急急闔上文庫本，拿下眼鏡。

「昨天我夢到雪之下先生了，想說一定是你在叫我，所以就來囉。」

實際像這樣見了面，沒有聯絡的這些年彷彿瞬間蒸發一般。這種感覺，只有面對骨肉親人或非常親近的對象時才會出現。

「這樣啊，那還真不好意思，害你從那麼遠的地方跑來。」

「我才應該道歉，離開東京時一句話也沒說。那時作品賣不好，我有點自暴自棄，沒通知任何人就走了。」

「聽健彥說的時候，我還真嚇了一跳。不過，想說你很快就會回來了啦。」

我是搬家狂的事，雪之下先生也很清楚。

「看起來精神很好嘛。」

事實上，他的臉色和正常人沒什麼兩樣。甚至比上次一起去喝酒時看起來更健康。是強制戒酒的成果嗎？

「我的肝臟數值，已經恢復正常了喔。」

「好像是，昨天聽健彥說了。」

雪之下先生跳下床，一腳套進地上的拖鞋。

「這裡不好說話，去茶水室吧。」

他身上穿的不是睡衣，而是上下成套的深藍色運動服。

「那這先給你。」

我把提在手上的瑪德蓮蛋糕遞給他。

「不好意思，讓你破費了。」

雪之下先生低頭道謝。

「還有這個，一點心意。」

我從背包內袋拿出一個信封交給他。裡面有五萬圓。

「真抱歉，總是讓你這麼擔心。」
一邊這麼說著，一邊收下信封，對折起來塞進上衣口袋。
「野野村先生吃過中飯了嗎？」
「在新幹線上吃了火車便當，還不餓。」
這樣啊。說著，雪之下先生想了想。
「不過，還是去十七樓的餐廳比較好，那裡也可以喝咖啡。不然這時間，茶水室人一定很多。」
我點點頭，雪之下先生率先動身，我跟著他往外走。
來到位於最高樓層的餐廳，這裡的人其實也不少，幸好空間夠大，還能找到靠窗的位子坐。因為陽光有點刺眼，就選了四人座靠走道這側的位子，面對面坐了下來。
「這天氣簡直是夏天了。」
我這麼說。
「被送來住院那天還沒這麼熱呢。那天沒先掂掂自己斤兩就從池袋走回新宿，真是大錯特錯。」
雪之下先生苦笑著說。
這樣正面對坐一看，才發現他確實消瘦了些。最重要的是，很難不去注意他增加了不少的白髮。說來雪之下先生今年六十五歲，也已邁入人稱「前期高齡」的年紀。
我點熱咖啡，雪之下先生點了香蕉果汁。
「傍晚醒來，發現上半身動彈不得時我差點沒嚇死，想說是不是自己還沒睡醒，躺著等了一會兒，麻痺的感覺開始往下半身蔓延。嚇得面無血色就是在形容當時的我。手機放在茶几上，我卻花了差不多十分鐘才拿到，畢竟連翻身都沒辦法翻，只能仰躺著慢慢移動身體。可是手臂又已痠麻，沒法伸到茶几上。後來到底是怎麼抓下手機的，連我自己都搞不清楚。不可思議的是手指還能動，聲音也發得出來。要是那時健彥沒有馬上接我電話，說不定會繼續全身僵硬下去，心臟就此停止跳動。最初急救我的醫生也這麼說。」

雪之下先生說這話的語氣倒是淡然。

咖啡和果汁送上來時，話題暫時打住。

「後來那種危險的症狀就沒再發作了？」

「嗯，就那麼一次。」

用吸管吸著香蕉果汁，雪之下先生點點頭。

「我這輩子只經歷過兩次『以為自己死定了』的念頭。但是老實說，這次真的很不妙。畢竟以前那次是吃了藥就昏迷，醒來時人已經在醫院了。」

「動肺癌手術時，不覺得自己會死嗎？」

「是啊。說來也奇妙，當時一點都沒這麼想，只覺得很痛而已。」

交談之中，我想起前天做的夢。

夢中的雪之下先生臉色發青，說他被幾千隻「全黑的鳥」襲擊。看來那並非不祥預兆。

看著眼前的雪之下先生，我如此確信。

雪之下先生剛才說的「吃了藥」，指的是出版社破產後不久的事。

他在深夜裡跑到自家附近公園，坐在巨蛋型溜滑梯下方，配啤酒吃下大量安眠藥。那是位於住宅區一角的公園，夜深人靜時根本不會有人經過，算準自己一定會在無人發現的情形下凍死，他才決定這麼做。

然而，最後結果是自殺未遂。

一位碰巧騎腳踏車經過的青年因為忍不住尿意，停車衝進雜樹林後方的公園廁所。走出廁所時，青年不經意瞥見遠處溜滑梯下方似乎有團黑色的東西滾落。就著微弱的街燈定睛細看，赫然發現竟是個人……

「而且那位青年正好是擁有常勝軍校隊的當地高中柔道社教練，一手就能扛起不省人事的我跑向大馬路，攔下一輛計程車直奔醫院急診室。拜他迅速應變之賜，我才奇蹟似的撿回一條小命。」

睽違數年重逢時，雪之下先生跟我說了這件事。

出版社破產倒閉前後發生的各種事，每次他一說起，我都聽得津津有味。當然，其中有一部分換個面貌之後，變成雪之下先生三本長篇小說的內容。

比方說，書中描寫面臨破產的公關公司老闆將手邊僅存微薄資金裝進手提袋，想去賭馬場最後賭上一把。這段情節其實就來自他的親身經歷。

「明明從來沒賭博過，有生以來第一次去了濱名湖的競艇場。電影或電視上不是常看到周轉不靈的經營者把最後希望放在賭馬場的場景嗎？我一直以為那是虛構，沒想到自己竟然做出一模一樣的事。」

連投注券怎麼買都不知道的人，怎麼可能壓中爆冷門的選手，當然一轉眼就輸光了。

「那時，我打從心底認為世上沒有神也沒有佛。」

他這麼說。

凍死前送醫急救的雪之下先生住了兩星期的醫院。出院後，在醫生的介紹下，開始定期前往同樣位於靜岡市內的大學附屬病院看身心科。

他被診斷出重度憂鬱症。

從那時起，為了治療憂鬱症反覆進出醫院，這段時期的經歷也都寫在出道作品《我們的旅行》裡了。

曾一度確信世上沒有神也沒有佛的雪之下先生，三年後遇上一件令他錯愕的事。

當時，他差不多兩星期去一次大學附屬病院，接受同一位主治醫生診療。某天他告訴醫生，剛開始吃的亢焦慮藥物產生副作用，讓他「連續拉了一個月的肚子」。

「從來沒聽過有這種副作用，不然這樣吧，為了保險起見，安排你做個大腸檢查。」

就這樣，明明自己沒要求，硬是被推去做了大腸內視鏡檢查。

結果，在隔週的檢查中，發現了非常初期的大腸腫瘤。

「要是沒有因為公司倒閉患上憂鬱症，就算連續拉一個月的肚子，我也絕對不會去醫院，等到發現得癌症，大概已經是末期了吧。這麼一想，在濱名湖競艇場輸到脫褲好像也不是什麼壞事。那時我真的深切體會到人生的不可思議。」

聽他這麼說，我也點頭表示認同。

我們的人生絕對不是能夠斷言「沒有神也沒有佛」的人生。

但我也經常覺得，麻煩就麻煩在這裡。

結果我們聊了超過三小時，走出T醫大病院時已經下午四點多了。

走出戶外一看，太陽快要下山，暑氣也降了不少。不過，大概因為放假的關係，新宿街頭愈晚愈熱鬧。

——和雪之下先生聊天，總覺得像和另一個自己對話。

我一邊走一邊這麼想。

所有的人際關係必然伴隨摩擦。無論關係再怎麼親密，摩擦係數也不可能為零。即使是絕頂親密的瞬間，彼此之間依然會產生摩擦，尤其男女關係，有時反而是最親密的時候摩擦係數最高。

簡單來說，那是極度摩擦帶來的快樂發揮了強大結合力，令男人與女人一時之間緊緊相連。

因此，摩擦係數趨近於無限小的交情，只會發生於同性之間。

友情之所以能與愛情並列，就是出於這個道理。此外，和愛情相比，友情更是壓倒性地持久。

當男女關係轉化為友誼時，有人會感到可惜，也有人給予正面評價。比方說「像朋友一樣的夫妻」這句話不只正面意義，也有當作負面詞彙使用的時候。

我與雪之下先生的摩擦係數低得近乎沒有。所以和他說話時，總會陷入與自己對話的錯覺中。

最後的約莫一小時，幾乎都是他在聽我抱怨。主要是平常對工作的各種想法。此外，講到讓我離開東京的那部新作品有多不受好評時，也花了比想像中更長的時間。

「我讀那本小說時，得把自己的意識放到宇宙去才行。」

雪之下先生這麼說。

「否則實在看不太懂那本小說想講什麼。」

他還這樣說。

我也無法理解他說這話是什麼意思，不過，這「把意識放到宇宙去」的比喻倒是莫名說得通。事實上，我自己在寫那部作品時，從頭到尾都想像著自己的意識同時存在另一個地方，也可說這就是那部小說的核心。

或許因為在醫院餐廳沙發坐了太久，有點想走一走。

於是，我放棄搭地下鐵，決定用走的去新宿車站。

現在去找琴里的話，今晚只能在東京過夜了。一想到本多媽媽那狹窄的公寓就提不起勁，得找間飯店才行。

朝車站走去的路上，漸漸對這些事感到厭煩。

乾脆不要通知琴里，就這麼回家吧……

儘管出發前已預計在東京過一晚，給貓兒們多留了些飼料和水，終究還是有點擔心。母貓小雛以前曾把其他貓的飼料也吃掉，等我們旅行回來，等在家裡的另外三隻貓都餓壞了。這樣不但只有小雛愈來愈胖，還會害圓之助、和白及小虎餓肚子。也因為這個緣故，我們不得不減少外出旅行的次數。

從新宿車站搭JR中央線可直達東京車站，不用換車。只要一到東京車站立刻搭上新幹線，晚上九點前就到家了。

眼前的新宿西口一帶是我熟悉的區域。

搬到神戶前，曾在新宿中央公園旁邊的公寓住了將近一年。當時，我和琴里經常在這附近散步。從都廳北十字路口往凱悅飯店和住友三角大樓中間那條路往前直走就是都廳舍，往右走是中央公園，往左走則是新宿車站。我們以前住的公寓在北十字路口往右，朝熊野神社方向走五分鐘左右的地方。

看到那兩人的時候，我正走在抬頭可見巨大都廳舍的住友大樓前道路上。視線不經意往右瞥，凱悅飯店的出入口正好映入眼簾，一對身材高䠷的男女走在通往飯店玄關的緩坡上。

那位女性有著我熟悉的背影。

不可能吧。我心想。

一定只是長得很像的陌生人。

我停下腳步，打量那對情侶（看起來很像）好一會兒。男人身材相當瘦高，腰細腿長。雖然只是一身白襯衫配牛仔褲的隨興打扮，高䠷的身材讓他看起來相當稱頭。側面微微可見端正五官，偏長的頭髮在陽光下閃閃發光。令人聯想起當紅年輕演員的長相，年紀大概不到二十五歲。

另一方面，他身旁的女人一樣有著高䠷的好身材。一頭長髮在靠近後頸處紮了一把馬尾。脖子到肩膀的線條柔美，雖然看不到長相，感覺得出她和身旁的男人很相襯。

回過神時，我已經橫越沒有號誌燈的馬路，像受到吸引似的追著他們兩人移動。

靠近商務辦公區的這一帶，假日通常冷冷清清，路上幾乎沒有行人，經過的車輛也不多。正因如此，對討厭人群的我來說，這裡是週末最好的散步地點。

確定那兩人走進飯店大門後，我也朝入口靠近。

到底在做什麼啊，不由得覺得自己有點蠢。

即使如此，我還是沒有馬上走進飯店，隔了三十秒才踏進去。寬敞的一樓大廳滿滿都是人。碰巧遇上登記入住的時段，大廳裡滿是推著巨大行李箱或登機箱的旅客集團。耳邊不斷有中文及英文交錯。

我躲在人群裡，找尋剛才那對情侶的身影。

出乎意料的，很快就找到白襯衫青年了。巨大吊燈下擺著幾張沙發，他就坐在其中一張沙發上。從斜對角偷看他的臉，長得實在俊俏。乍看之下，果然很像當紅演員。年紀也就二十二、三吧，給人可能還是學生的印象。

沒看見剛才跟他一起的女人。

我躲在二十公尺開外的柱子後方，凝視那個青年。

女人上哪去了呢？

約莫一分鐘後，青年抬起頭。順著他的目光望去，看見女人從廁所的方向走來。

這次我緊盯女人的臉。一邊凝視，一邊從褲袋裡掏出 iPhone。打開相機，設定為音量較小的 LIVE 模式。做這些事的同時，我的視線一直沒有從那對男女身上移開。

回到男人身邊的女人露出燦爛的微笑。

她看起來非常開心。

男人也笑容滿面。

我先四下張望，再將鏡頭對準兩人，按下快門。雖然想連拍，又怕發出太尖銳的聲音，只拍了三張就做罷。嗶、嗶、嗶。耳邊傳來 LIVE 模式下滑稽的快門聲。

女人沒坐上沙發，倒是男人站了起來。

兩人再度並肩，朝電梯廳的方向走去。我從另一個角度小跑步靠近電梯廳，站在看得見一樓大廳的後側位置，靜待他們走過來。

電梯廳這邊已有超過十個旅客在等電梯，不過，還不至於遮住剛走過來的那兩人。

電梯很快下來了，旅客魚貫走入電梯中。

那兩人也依偎著彼此走進去。

這時，我清楚看見她的臉。雖然還想偷拍，但實在太明顯了，沒辦法拍。

電梯門關上，電梯廳裡的人也走光了。

我當場離開，朝飯店出入口走去。

把烙印眼底的女人側面叫出來，用腦內螢幕播放。

反覆這麼做了幾次，依然無法接受現實。

內心只是不斷重複「不可能有這種事」。

然而，我絕對不可能認錯剛才那個和年輕男人一起消失在電梯裡的女人。

毫無疑問的，那就是琴里。

新幹線綠色車廂很空。
隔壁座位也一直沒人坐。
我手持iPhone，反覆重看在飯店拍到的三張照片。
從遠處偷拍的緣故，對方的臉拍得並不清晰。飯店大廳燈光偏暗，使照片看得更不清楚。
話雖如此，使用手機的放大功能，把照片放到最大，勉強還是能看出臉的輪廓與五官。
青年是我完全不認識的人。
但是，女人肯定是琴里。
身上穿的衣服和手提包我都有確切印象。尤其米色的Tory Burch手提包，琴里很中意也經常使用這個搬家後才買的手提包，來東京時當然也帶來了。
那是個斜背式的包包，造型也很獨特，就算照片模糊，還是足以認得出來。
假日的這時段，他們兩人到底去飯店做什麼？
那個看起來和琴里關係親密的青年究竟是誰？
假設，有個男性朋友拿著現在我反覆打量的這張照片來這麼說：
「這個女人是我老婆，旁邊那個清新的年輕人是誰我一點頭緒都沒有。這天是假日，我因為出差的關係一直不在東京，老婆一定作夢也沒想到我就在附近。照片裡的地點是新宿的凱悅飯店，時間將近傍晚，他們兩人親暱地一起走進電梯。野野村，你認為他們是什麼關係？」

要是朋友這麼問，我肯定瞬間就能說出答案。
可是，當自己是當事人時，問題就沒這麼簡單了。
——趁與我分居的機會，琴里和別的男人上床了嗎？
再怎麼樣也不可能發生這種事。
我無論如何不認為琴里會這樣背叛我。
既然如此，那個青年到底是誰？
琴里的朋友或認識的人之中，從來沒有這樣的年輕人。真要說的話，和她一起生活將近二十年，除了我之外，琴里身邊根本沒有稱得上「朋友」或「認識的人」的對象。所有她的「朋友」或「認識的人」，都是「我的朋友」或「我認識的人」。
琴里的所有人際關係，都建立在與我有往來的人身上。
就這層意義來說，交往至今，這還是頭一次看見她像剛才在凱悅飯店那樣，對我不認識的人展現出親暱態度。
光是這樣就夠讓我驚訝了。
那年輕男人說不定是她的親戚？
琴里只有亮輔一個哥哥，亮輔也只有一個還在讀國中的女兒亞香里。和亮輔一家關係疏遠的琴里，沒道理和關係更遠的親戚密切往來。隱約記得她只有一個表兄弟，是舅舅的兒子。聽她說過那個表兄弟在當警察。只是，她也只在小時候和那個表兄弟見過幾次面，已經很長一段時間完全沒聯絡了。我這二十年來從來沒見過任何一個琴里的親戚。

再說，那個青年和琴里的年齡差距幾乎稱得上母子。琴里已經四十四歲，假設那個青年是大學生，是琴里二十五歲時生下的孩子，年紀上也說得通。

與其說是親戚，不如說是私生子。這麼想還比較合理。

——話雖如此，他們兩人看上去實在太登對了啊……

從手上的 iPhone 抬起頭，閉起眼睛試著想像他們兩人走在一起的樣子。

我常被人說看起來少實際年齡十歲左右，琴里比我更誇張。和她原本就長得美也有關，經常有第一次見到琴里的人誤以為她才三十歲左右。聽到她的實際年齡，所有人無不打從內心吃驚。

完全不吃喝冰冷食物的長年生活習慣果然展現了很大的成果。不只她自己這麼說，多年來在她身邊親眼見證的我也認為一定是這樣沒錯。

車廂只有小貓兩三隻，空間裡只聽見列車滑過鐵軌的規律行進聲。

一個人搭新幹線依然無趣，不只如此，今晚心情就像被丟進黑暗隧道，一股惶惶不安襲擊著我。

從腦中抹去那兩人的身影，我睜開眼，同時嘆了一大口氣。

——「全黑的鳥」到底是什麼呢？

忽然閃過這個念頭。

雪之下先生在朝聖途中受「白色的鳥」引導，從癌症末期奇蹟生還。另一方面，我在夢中聽他說了「全黑的鳥」，卻像這樣落入地獄盡頭……

我再度嘆氣。

自己都覺得想太多了。

那個夢沒有任何特殊意義。幾個小時前，看到雪之下先生精神抖擻的樣子時，不是才這麼直覺的嗎？

野野村保古先生

此次寄上久保山小姐託我轉交的新書贈本。

好久沒與您聯絡，那之後一切還好嗎？

最重要的是，我打從內心希望野野村先生和琴里小姐過得健康平安。

我家桃香今年四月開始上小學，現在的我是兩個小學生的媽了！

和九點開門的托兒所不一樣，現在兩個小孩八點多就出門，我也能一早就進公司上班……

小孩子眞是一轉眼就長大了呢，最近我對此感觸很深。

禮太郎五年級了，再過不久要考中學，每天早上五點半就起床用功（話是這麼說，他做事拖拖拉拉，只能讀一會兒書）。

K除了外派單位的工作外，原本的工作也繼續進行，每天蠟燭兩頭燒，看他好像很忙的樣子。

至於我自己嘛，日子過得好像沒什麼長進，只是最近看到公司後輩明顯進步許多，覺得她們好耀眼啊。

沒想到我也有這樣談起年輕後輩的一天，感動得眼眶都溼了（笑）。看到她們工作的樣子，就覺得自己也不能服老，得再加把勁努力才行，整個人都振奮起來了。

M和小G也都有好好努力喔——

您會來東京嗎？

最近有沒有去找城石師父治療呢？

如果有機會來東京，請務必與我們聯絡。我很期待與兩位見面！

佐藤裕子

回到家第二天的白天，接到C出版社佐藤裕子小姐來信。

除了寄來和我私交甚篤的作家之一久保山聰美小姐新書，還附上佐藤小姐親筆寫的一封信。

我現在的住址幾乎沒通知任何人。

從搬離東京前就是這樣了。因為我們實在太常搬家，要是一個不小心讓別人知道了住址，反而會給對方添麻煩。

因此，對外收受任何郵件時，我留的地址都是跟我交情最深厚的C出版社文藝編輯部，以此作為統一對外聯絡窗口。這麼一來，各出版社不用每年修改我的聯絡地址，也不用擔心錯把重要的東西寄到上一個地址（甚至是上上一個或更早以前的地址）。

知己作家們贈送的書，也因此全部會送到C出版社。平常都由我書籍的責任編輯T先生按月寄給我（還住在東京時，我也時常自己去C出版社拿），像久保山聰美這樣跟佐藤小姐特別熟稔的作家就不會透過T先生，而是拿給佐藤小姐，請她直接寄給我。

在關係深厚的C出版社中，佐藤小姐和我交情特別好。我每次搬家，都會第一個把新地址告訴她（也會告訴當時手頭工作的直接負責人及比較親近的編輯）。

另外，佐藤小姐的先生，就是介紹我城石師父的K出版社K先生（也是雪之下先生《我們的旅行》的責任編輯）。

城石師父原本就是K先生和佐藤小姐的共通朋友。

佐藤小姐信裡提到的M小姐和「小G」都是女性，分別是我以前和現在的雜誌連載責任編輯（順帶一提，本書連載時的責任編輯就是「小G」）。

佐藤小姐以前也是我書籍的責任編輯，不過她現在調離文學部門，擔任企劃部門的部長。我的前任雜誌編輯M小姐則是她現在的屬下。

這兩天，說得老套一點，我幾乎難以成眠，每天悶悶不樂。因此，佐藤小姐的來信對我來說有如天佑神助。

——重要的時刻，果然還是得依賴她啊……

讀完她的信，我這麼想。

一年多來幾乎沒聯絡的她，卻在此時正好寄來這麼一封親筆信，未免也太巧了。

與佐藤小姐的相遇，是我以作家身分出道第三年，算來第四部作品的長篇小說剛出版不久時。

那之前我與C出版社可說毫無接觸，因為自己還是A出版社的員工，兩家出版社又從以前就是競爭對手，C出版社不太可能找我出書，我也差不多放棄與他們合作。不過，以文學出版社來說，C出版社終究是業界龍頭，我還是希望總有一天能和他們合作。只是一直以為得等離開A出版社，這件事才有可能實現。

佐藤小姐當時是C出版社文學部門的負責人之一。話雖如此，當時的她還年輕，不到三十歲。某天，她打電話到公司找我，說「希望能和您見面談談」。這是我求之不得的事，立刻答應造訪。

到了C出版社，事情的發展超乎預料。原來佐藤小姐希望讓我的第四部作品入圍C出版社主辦的Y文學獎，想問我願不願意接受。

回頭想想，要是當時答應了，或許我的作家人生和現在將有所不同。

然而，當時我心想，自己的作品不能入圍Y文學獎。

就算沒這件事，我寫小說的事也已令A出版社反感。更別說我以養病為由調到清閒的部門，同時卻又勤於創作，不斷推出新作品。

接受競爭對手C出版社邀請入圍，萬一真得了獎，肯定無法繼續待在公司裡。

關於這點，有各種跡象可循。

差不多三十五歲時，我在某文學雜誌主辦的新人獎中獲得佳作。因為首獎另有其人，得了佳作的喜悅程度差不多只是中等。即使如此，能透過得獎獲得發表作品的舞台（文學雜誌），依然稱得上一大收穫。

頒獎典禮與發行這本文學雜誌的D出版社其他文學獎合併舉行，場地在東京都內某飯店，典禮相當盛大，只得了佳作的我也獲邀參加。

就在頒獎典禮前夕，我接到當時隸屬部門的上司電話。
「保古老弟啊，我讀了你的小說。」
他一開口就這麼說。因為我獲得佳作的作品，也和首獎作品一起刊登在文學雜誌上了。
「這樣啊。」
「寫得挺不錯啊。保古老弟你要是成為作家，一定能拿下N文學獎。」
上司先這麼說，接著頓了一頓。
這位上司與我的交情可說「肝膽相照」，他也是公司裡最照顧我的人之一。
「然後啊，我有件事想拜託你，能不能辭退這次的新人獎呢？」
我不懂他為何這麼說。
「請問您的意思是指……？」
「保古老弟啊，當編輯的人是不能成為作家的。如果你堅持要成為作家，今後我將無法給你好的待遇，這對你和對公司來說都太可惜了。」
上司說得很清楚（當然，我後來並未辭退新人獎）。
過了幾年，我罹患恐慌症暫時離職，之後再度回到公司，因為身體狀況的緣故被分發到資料室，這才正式以作家身分出道文壇。
幸運的是，出道作品受各家媒體爭相報導，也算蔚為話題。
那之後，A出版社的人對我的態度，和前面提到的上司差不多。
其中一位編輯高層（這位一直以來也很賞識我），將我叫到公司的小房間。

「竟然寫起小說，保古老弟究竟打算在公司裡怎麼生存下去？」

他這麼逼問我。

另一位現在已是A出版社經營高層，與我交情很好的前輩則試圖說服我：

「野野村，總之你換個筆名吧。要不然，以後想再回編輯部就難了。」

順帶一提，我婉拒入圍Y文學獎的事，後來不知從哪傳回了A出版社，當時的直屬上司還向我道謝：

「我聽說你好像婉拒入圍的事了，真是謝啦。」

其實，A出版社是小說家創業的出版社。

剛進公司不久時，有一次新進員工與社長聚餐，社長這麼說：

「我們公司人才濟濟，各種人懷抱各種想法工作，但是大家有一個共通點。你們知道那是什麼嗎？」

還是菜鳥的我們當然不知道。

「那就是，全體員工都深愛小說。因為本公司是作家創辦的出版社啊。這點使我們與同業有決定性的不同。」

然而，實際狀況卻是，A出版社這間公司絕對不允許員工創作那本該「受全體員工深愛」的小說。

這間公司的作家，只要有創辦人一個就夠了。

相較之下，佐藤小姐隸屬的老牌文學出版社C的創辦人宛如勵志傳記主角，從印刷公司職工起家的他後來成為校對，出於一股對文學的熱情，白手起家創辦了文學出版社，奠定現在C出版社的基礎。

我在S出版社的某部作品，請到當時在C出版社擔任我責任編輯的M小姐（佐藤小姐信中出現的那位M）撰寫文庫版解說。

S出版社的文庫版責任編輯事前將M小姐寫好的解說寄給我，一讀之下驚為天人。那真是非常出色的一篇文章。

M小姐原本就是一位很有才華的責任編輯（所以才會拜託她寫解說），只是老實說，我也沒想到她會寫得這麼好。

——這個人不該當編輯，最好去創作。

我當場如此判斷，立刻聯絡了她，提出「妳現在馬上開始寫小說，一年內帶著作品來找我」的要求。

另一方面，我對照自身經驗，認為M小姐既然有如此深厚的文學造詣，在公司裡一定會承受許多壓力，不由得為她在公司裡的立場感到擔憂。

以半命令的方式提出這種要求實在對不起人家，我自己也稍微做了反省。

沒想到，C出版社的人們展現出與A出版社員工完全相反的態度。

我的文庫作品一出版，M小姐的上司們讀了她寫的解說，紛紛與我聯絡，每一位都對她讚不絕口。

「哎呀，要找到這麼會寫的人可不容易呢。雖然對野野村先生不好意思，但我們一定要請她來寫小說了。」

他們竟然還這麼說。

過了一段時間，我與佐藤小姐碰面，她一看到我就一臉滿足地說：「拜野野村先生之賜，讓我們找到非常了不起的才華。」

我從頭到尾看著C出版社眾人的反應，感受到的是身為文學編輯「無論黑貓白貓，只要會抓老鼠就是好貓」的信念（這裡的老鼠指的就是小說）。

不愧是靠小說賺錢的公司啊。我一方面如此感慨，一方面也領悟到，正因沒有C出版社這樣的信念，A出版社在文學出版的世界裡才總是屈居下風（雖然當時我還沒收到M小姐的原稿……）。

佐藤小姐最厲害的是，儘管我一度婉拒入圍Y文學獎，隔年她仍不計前嫌，再次問我「願不願意入圍」。當然，這次談的又是另一部作品。

當時我找了各種理由婉拒，只因為自己還是A出版社的員工。

那之前也有其他出版社來詢問是否願意入圍其他文學獎，我一律婉拒，下定決心只要還是公司員工一天，無論哪個獎項都得婉拒入圍。

更令我驚訝的是，辭去A出版社的工作不久，佐藤小姐與我聯絡，再次邀請我入圍Y文學獎。

這時我跟她已經很熟稔，姑且不論得獎與否，工作上和她也已有過合作。

佐藤小姐一成為我的責任編輯，我就發現她和過去的我是同一種類型的編輯。面對面討論工作時，我好幾次這麼想：

——自己還在當編輯時，一定也是這樣跟作家說話的吧……

無論在那之前或之後，除了她以外，我從來沒有遇過這樣的編輯。

這樣的她，在第三次邀請我入圍Y文學獎時，不是先來找我，而是去找琴里。

「噯、琴里小姐，能不能請妳幫我探探野野村先生的口風，問他願不願意入圍這次的Y獎？」

她好像是這麼說的。

琴里來問我，我立刻請琴里回覆OK。

那年我獲得Y文學獎，距離與佐藤小姐的初次相遇，已經過了七年光陰。

* * *

接到佐藤小姐的信，我重新整理了心情。

決定先把在新宿發生的事放在心裡，暫且不去追究。

畢竟要是真有需要，我手上還有佐藤裕子這張王牌。暫時裝作沒這回事，先觀望一下情形，等到真覺得可疑時，再拜託她幫我查明真相就好。只要委託佐藤小姐，她甚至可以當面找琴里問清楚，一定能為我找出事實。

最重要的一點，她在任職的C出版社裡也是手腕數一數二高明的記者，至今寫過不少獨家報導。

除了我之外，琴里和別的男人關係匪淺——從我們交往的二十年來看，我終究無法相信這會是真的。在凱悅飯店看到的女人毫無疑問是琴里本人，但是，讓她和那個貌似年輕人氣演員的青年一起走進飯店的，會不會有除了男歡女愛之外的原因？

萬一琴里和那青年之間真的存在特殊關係，現在也還不到硬把這件事從「可能」領域拉到「現實」領域的時候。

面對任何事都一樣，一味斷定是最不好的做法。

把推測斷定為現實，反而會讓事情真的往現實方向發展。

我的想法是，身邊出現可疑氛圍時，最好先凝神細看，側耳傾聽，暫時放任那可疑的氛圍游移一段時間。

以這次的例子來說，懷疑琴里可能出軌，我悶悶不樂了一陣子。

——就算事實是她真的背叛，也得先確定那是事實再思考今後對策。這是最合理的處理方式。

起初，佔據腦中的是這老生常談的結論。但是，像這樣進一步思考後，我發現若自己真的掌握了事實，一定會非常震驚而困惑，同時深受失望與憤怒打擊，陷入嚴重的精神混亂，根本無法好好「思考今後對策」。

家父宗一郎的代表作中，有一套叫做《等等力半睡事件帖》的系列作品。這套作品描寫曾在福岡藩擔任大監察的老者「等等力半睡」，運用與生俱來的智慧與機智，解決藩內發生的大大小小事件，是一套讀來輕鬆不費力的系列作品。主角半睡翁（嘲諷自己總在半睡半醒之間的戲稱）有句口頭禪：

「別想了、別想了。」

半睡翁在聽了藩士或村民的煩惱，並向其妻女家人問話一番後，總會說句「別想了、別想了」。

無論遇到何種難題，只要沒有性命危險，他一定會建議對方「裝作若無其事的樣子，先看對方怎麼出招」。

這位半睡翁的人物特徵，與家父有相似的一面。

應各方之邀簽名時，他經常寫下這句話：

——既不急著上路，何妨先在山巔茶屋喝杯茶

野野村宗一郎

問題是，當自己陷入窘境，遇到困擾，或對某人產生懷疑時，人們總是會不自覺加快腳步，對山巔茶屋不置一顧，反而摔落萬丈深谷。

明知不該那麼做，但又阻止不了自己。凡事往壞處想，多半真的會把可能推向現實。

話雖如此，面對別人拿來商量的煩惱時，就算我通常能像半睡翁一樣說句「別想了、別想了」，一旦面對的是自己的問題，心中湧現的盡是無用的煩躁。

要是沒有收到佐藤小姐久違的來信，我一定幾天內就找上東京的徵信社，立刻請人調查琴里，不拚個你死我活誓不甘休。

對別人就做得出「別輕舉妄動」的建議，輪到自己時卻聽不進這句忠告。

人類就是這麼雙重標準的生物。

選擇鎮定下來面對問題後，心境起了明顯變化，我開始回想當年在中野租屋處認識琴里，進而交

往至今這二十年來的種種。

我和共同育有新平這個孩子的理玖共度了十幾年的婚姻生活。這麼算起來，和琴里一起生活的時間已經遠遠超過前一段婚姻。就連這單純的事實，對我而言也如醍醐灌頂。

即使如此，我心想。

這二十年來，我和琴里一起生活是為了什麼？

剛開始同居時，我還任職於A出版社，她也還在幼兒園工作。但是，當我以那篇由琴里擔任第一號讀者的長篇小說出道文壇，那部作品又不知為何蔚為話題後，不出三年，我就跟公司辭職了。

琴里辭去保育員的工作，是我離職隔天的事。

「只有阿古辭職太不公平了。」

我離職當天，她這麼說。

「既然這樣，那妳也辭職不就好了。」

我只當這是不甘示弱的鬥嘴，琴里隔天卻真的向工作的幼兒園遞了辭呈。

這下連我也不免大吃一驚。作夢都沒想到她真的會辭職。

儘管作品發表得頗為順暢，說老實話，我希望琴里再繼續工作一陣子。說到辭去A出版社工作這件事，原本那裡的薪水幾乎就都進了理玖手上的戶頭，辭職的事對我和琴里的生活及經濟幾乎沒有影響。反過來說，少了這份重要的薪水，理玖母子的生活必定受到很大的打擊。

因此，今後我每月仍必須匯一筆相當於A出版社薪水的錢給理玖，實在很懷疑自己是否有足夠「體力」賺到這筆錢。

可以的話，我希望琴里暫時繼續當保育員，好維持我們最低限度的生活所需。

明知現在說這話已太遲，我還是對遞出辭呈後興高采烈回家的琴里坦承了這份心情。

「欸，是喔？」

她像一點也不理解我的心情，只是這麼嘟噥，然後一如往常地說：

「不過沒問題的，因為阿古是天才，事情絕對會順利。」

說完還拍了拍我的肩膀，給我打氣。

可是，每次這種時候我都會狐疑地想：

——世上的天才恐怕超過半數都在懷才不遇的情形下走完一生耶，這傢伙到底在想什麼？

男女關係之中，男人與女人分別有一句最能打動對方的話。

男人的當然是這句：

「當我老婆吧。」

聽到這句話而不感動的女人，應該連一個也沒有吧。

可是，女人最能打動男人的是哪句話，出乎意料的卻是很少人知道。或者應該說，很多女人肯定不知道有這句話。

這句重要的話就是：

「要是你沒用了，我會養你一輩子。」

我敢斷言，能以充滿說服力的口吻說出這句話的女人，絕對結得了婚。

相反的，琴里就是打死也說不出這句話的那種女人。

她確實把自己手上所有籌碼賭在我身上，就這層意義來說，琴里眼中沒有別的男人，對我一往情深。然而，她這麼做的大方針，充其量只是「用盡手中籌碼」。要是我把那些籌碼全丟了，她一定立刻開除這個無能的發牌員。琴里就是這種類型的女人。

遇到什麼事時，就算會說「賭上一切」，她也不可能賭上性命。

這種特徵和外表的美醜完全無關，簡單來說，就是人類性格好壞的問題。

琴里這類型的人，天生感情淡薄，心中沒有絲毫熱情可言。

她無法理解「熱血」或「熱情」等詞彙，也不曾「熱切地」試圖理解。她徹頭徹尾是個冷靜的人。這種人非常不擅長站在別人立場思考，所有能以「同情」、「憐憫」來形容的情感，在她身上完全找不到。

換句話說，琴里是個不懂體貼的人。

——怎麼可能？哪有這種事？

認識她的人聽到我這麼說，一定會做出這種反應。可是，假設把「體貼」等過度表達情感的形容詞換成「察覺」或「發現」，或許大家就懂我的意思了。

琴里這種人不善察覺對方的心情，也不懂揣摩對方身處的狀況。她這一點和本多媽媽就非常像。同時，像她這樣難以理解「別人整體來說站在什麼樣立場」的人其實很多，這也不是什麼特別的事。

應該說，世界上大多數的普通人都在無法理解「別人整體來說站在什麼樣立場」的狀況下走完一輩子。

總之簡單來說，就是每個人只思考自己的事，對別人沒有那麼深的好奇心，也不打算真誠地思考別人的人生。

就這點而言，只要選上的對象是個優秀的發牌員，她就能專情地付出所有。這樣的女人仍可說是稀有的存在。

我認為現在這個時代，只要認定一個男人，就願意將自己人生完全交給對方，從此再也不花心的女人，其實是很罕見的。

對我而言，人類充其量只是「觀察對象」。

而我自己，不過是一個「視角」。

所以就算是我，也和琴里一樣無法理解「別人整體來說站在什麼樣的立場」，很少對別人產生「同情」或「憐憫」之心。

只是，我不會像琴里那樣自始至終背對自己之外的人。不但不會，我還正好跟她完全相反，這一生都拿著自己那副望遠鏡對準「別人」。

仔細觀察別人，將對方的生態一五一十記錄在筆記上，就是我這個視角存在的價值。

年輕時，我動不動就把交往對象的言行舉止記錄下來。

女朋友做了什麼奇怪的事或說了什麼奇怪的話，當天晚上回家或女友睡著後，我一定會把過程詳細寫在行事曆手冊裡。

和前一個女友分手，交了新女友後，也一定立刻毀棄前一本行事曆手冊（用現代人的感覺來說，就像刪掉與對方的 LINE 對話紀錄與智慧型手機裡的照片）。不過，一度動筆寫下的內容已經牢牢記住，就算毀棄手冊，她們做過的事、說過的話還是烙印在我腦中。

當然，我不會直接把這些蒐集來的資訊直接寫進小說。不過，那些紀錄的確被我轉換形式運用在各個作品中。我寫得很小心，或許當事人讀到時立刻能察覺「這肯定在寫我」，但絕對不會讓她們讀了不高興。

我為什麼這麼喜歡觀察「別人」？

為什麼要將化為一個視角的自己觀察到的東西，以小說的形式記錄下來？

說起來我也只會思考自己的事，對別人沒有那麼深的好奇心，不打算真誠思考別人的人生。這一點和身邊包括琴里在內的人沒兩樣。

只是，使我和他們有決定性不同的，不是對「別人」的態度，而是「只思考自己的事」時如何只思考自己的事（也就是這麼做的方法）。

我在以前發表的作品中寫過「最熟知自己的人的死，無限等於自己的死」。

結果這句話被引用在各式各樣的地方。站在我的立場，寫這個句子時並未深思太多，只是理所當然寫下罷了，對讀者的反應頗感意外。

然而這種時候，如果再次審視作品，往往能從中發現詞彙裡隱含作者本人都沒察覺的深意。

至於我在那部作品中具體寫了什麼，雖然內容冗長了些，請容我引用如下：

〈「田宮，妳認為人死了之後會怎樣？」

面對這唐突的疑問，我再次望向城山。他的眼神出乎意料真摯。

「誰知道呢，或許什麼都不是，成為完全的無了吧。」

「完全的無嗎？」

城山重複我的話。

「完全的無是怎樣的無啊？」

他又重問了一次。

「我也不是很懂，不過那或許是什麼都不記得的狀態。所有記憶都被消除之類的。」

我從小就一直認為死亡等於「記憶消滅」。

「原來如此！」

城山不知為何發出佩服的聲音。

「簡單來說，就是記憶體歸零的狀態吧。」

「嗯。」

我點點頭，又覺得只有這樣好像少了點什麼。思考了一會兒，我又喃喃低語：

「不過……」

「不過什麼？」

先沉默了一下，城山催我繼續說。

「自己的記憶體中，已經與人分享的資料或已經寄出去的資料，這類資料當然還留存在其他人的記憶體中吧。就這層意義而言，除非與死者相關的所有人都死去，否則無法說是完全的無。」

「與死者相關的所有人都死去？

「對。比方說，就算我死了，總部長還是會記得生前的我吧？當然，記憶會隨時間經過愈來愈淡薄模糊。舉個例子，今晚我們像這樣見面的事，甚至可能不會留在記憶中。可是，我這個人以及某種程度與我相關的資訊，都將留在總部長的記憶體中，直到總部長過世為止。這麼說來，無論留下的資訊多寡，除非與我相關的人全部死去，否則，關於我的資料一定會有殘留下來的部分。也就是說，必須要等到認識我的人全部死掉，我這個人才算完全死去。換句話說，完全的死亡發生在我自己以及與我相關的所有人全部死掉那一瞬間。這才算是完全的無吧？」

「原來是這樣啊……」

（中略）

「如果按照田宮妳的說法，認識自己的人死去，不就等於自己也死了嗎？」

城山說了奇妙的話。我一時之間無法理解他的意思。

「假設如妳所說，即使自己死了，只要世上還有記得自己的人，那就不算完全死亡。那麼反過來說，就算自己還活著，只要認識自己的人死了，不就等於自己的一部分死了嗎？不是這個意思嗎？」

城山這麼補充。

「說得也是耶，我都沒這樣想過。」

「說得簡單一點，自己的死也好，和自己有關的人全部死去也好，按照田宮妳的說法都是一樣的。事實上，如果全世界只剩下自己一個人活著，那也稱不上活著了吧。」

「可是，只要那個人保有過去的回憶，就算是好好活著了不是嗎？」

我這麼說，又再補上一句：

「的確，理解自己最深的人的死，或許無限等於自己的死。」

這句話一說出口，我就發現這是過去我一直忽略的重要真相。

理解自己最深的人未必是自己。這麼說來，假設世界上有另一個能以最大限度掌握自己的人存在，一旦那個人消失了，正等於失去「自己這份資料」的中樞部分。

這或許可說是比自己的死「更致命的死」吧？

「這麼一想，或許我們不過是到處往他人內心送信（名為自己的信）的郵差。一如郵差不知道自己插進信箱的信件內容，我們也不知道自己到底是怎樣的人，只是把自己整個交給別人而已。」

城山最後這麼自言自語。〉

比方說，試著思考琴里這個人的事。

琴里最喜歡櫻花了，每到櫻花季，她一定會說：

「我愛櫻花，櫻花也愛我。」

以她的個性，實在很難得聽到她說這種浮誇的話。

可是，站在旁邊看，真的會覺得完全如她所說。每年櫻花開始綻放，她就會致力於「踩點賞櫻」。住在東京時，她會勤快地前往東京近郊每一個賞櫻勝地，按照各地預測的盛開日安排哪一天去哪裡看，花上好幾天賞遍各地櫻花。大致上我都會陪著去，不可思議的是，跟著她總能欣賞到不受風雨摧殘，正好盛開的櫻花。

她的生日在四月，以前東京櫻花季一過，我們就追著櫻花前線去東北旅遊，順便幫她慶生。這種時候，貓只好交給貓保母照顧。近年來圓之助牠們老了，沒法再這麼做。

只有我一個人知道琴里是「愛櫻花到這個地步的人」。

我不認為本多媽媽和哥哥亮輔知道琴里這麼愛櫻花，她又沒有親近的朋友，毫不誇張地說，知道琴里偏愛櫻花的人只有我。

如果我死了，這件事就沒有人知道了。

假設我死後出現另外一個和她共同生活，從中感受到「原來琴里這麼喜歡櫻花」的人，那又另當別論。可是比方說，萬一琴里比我先死，之後我也死了，那麼「這位名為琴里的女性真的非常喜歡櫻花」的「紀錄」（或類似紀錄的東西），將在那一刻完全消失。

不用說，不限於「櫻花」，所有事情都是這樣，這世界上擁有與琴里相關資訊的只有少數人，身為其中核心人物的我一死，琴里這個人的「紀錄」就不存在了。

要不了多久，一個從她出生到死亡的一切都沒有人記得的世界就會誕生。

或許狀況多少有點不同，但這個法則能夠套用在所有人身上。當人類滅亡，肯定連佛陀與耶穌都不再存在。

隨時都在變化，不知何為定止，曾經存在的東西很快就會失去形影。就算用文字或影像記錄，也無法永久保存記錄下這份紀錄的媒介。就這點來說，這世界的存在本身即是無常有限，或許正可用「世間如幻，彷彿一個漫長夢境」來形容。

只是，若像這樣將整個世界想成幻影，我自己的存在也將成為幻影。世界這個巨大的幻影製造出我這個極小的幻影，產生出幻影觀察幻影這種矛盾至極的行為。說起來就像在夢中作夢一樣，是非常難以理解的一件事。

不光是這樣，最大的問題是，我們人類無論如何都不認為世界只是個幻影。

就算我們死了，世界在我們死後仍然不斷改變型態存活，假設連現存的宇宙都消滅了，也還會誕生出新的宇宙，總而言之，世界一定會以某種牢固的型態存留——這恐怕是我們深信不疑的世界觀，也是實際上的感受。

明明整個世界是如此確實牢靠的存在，本該身為其中一小部分的我們，死後卻彷彿打從一開始就不存在似的不留任何痕跡——不如這麼說吧，我們內心某種根源性的不滿，正來自這「永恆不滅的世界」與「轉瞬即逝的自己」之間過度嚴重的落差。

我之所以把自己當作一個「視角」，為的就是要從這種根源性的不平不滿中解脫。

我的確和其他多數人一樣，只思考自己的事，但是，為了要做到真正只思考自己的事，必須先讓自己從這「存在與不存在的軛木」箝制下解脫。

如果世界是永恆，身為其中一部分的我們恐怕也是永恆。

只有世界是永恆而我們卻是幻影，我認為這種看法根本是錯的。

自己與別人，山川草木等事物都在一瞬的明滅之間不留一切痕跡，宛如夏日夜空的煙火瞬間消失——之所以有這種感覺，是因為我只是一個「視角」。

實際上，除了我以外的一切永遠存在，只有我這個「視角」不時打開或關掉開關。有時我會這樣切換。

一切都存在，不會消失在某個地方，持續存在。

永恆的意思是「時間不存在」，所以這說來也是理所當然的事。只要時間不存在，世界就能成為任何事先準備好的可能性，成為任何存在。

這個世界即一切。已經死去的人、即將出生的人，以及所有的一切，都已經存在於此。

不過是一個視角的我，拿起手中的望遠鏡湊近雙眼，將鏡片對準遠方。即使模糊不清，還是能在一定程度內看見過去到未來。一旦我放開望遠鏡（也就是因為死亡而切換了視角），視野雖然會暫時中斷，原本透過望遠鏡看到的那一切依然持續存在。

只是身為一個「視角」的我，無論如何也無法理解這件事罷了。

所謂的「我」，可以說是「名為我的體驗」。

所謂「名為我的體驗」，無非就是透過望遠鏡看見的各種事情、現象以及對別人的觀察。我有時會將這望遠鏡稱為五感、直覺或靈感，有時稱它為思考或洞察，有時也稱之為記憶。

「我」這一個確實的存在並非事先準備好的東西，只不過是透過「體驗我」的過程成為我，並得以「以我的身分存在」。

就這層意義來說，我體驗我自己這件事，也就是觀察自己的五感、直覺、靈感、思考、洞察與記憶。簡單來說，也可說是體驗望遠鏡本身。

或者說，以我這個「視角」來觀察我自己。

正因如此，我不像琴里一樣背對外界，而是不斷拿手中的望遠鏡對準周遭一切人事物。

我透過觀察自己之外的人類或事物，來持續體會自己的五感、直覺、靈感、思考、洞察與記憶。

這是對我而言最好的「只思考自己的事」的方法。

我從來不曾跟責任編輯討論作品怎麼寫。

因為我始終想對自己寫的東西負全責，也只想寫自己想寫的東西。

我的責任編輯，只會以（除了琴里之外的）「第一位讀者」身分接觸我的作品。這和我的作品多半不經過連載直接出版也有關係，從第一行到結尾，編輯讀起我的作品時，就像在讀一本從書店買來的書。

還是A出版社菜鳥編輯時，前輩們經常說：

「從作家手上拿到原稿時，千萬不能說『很有趣』。我們做編輯的，必須懂得如何用其他詞彙向作家表達『很有趣』的感想，這才是身為編輯的真本事。」

每次聽他們這麼說，我都覺得很蠢。

對有趣的東西評論有趣哪裡不對，真要說的話，站在作者的立場，要是編輯看完作品說的第一句話不是「老師，這次的作品非常有趣」，那麼不管編輯再用任何詞彙堆砌，作者也只會不安地想「編輯一定不是真的覺得有趣，否則何必轉換各種說詞表達感想」。

所以，當我自己成為資深編輯後，總是建議新人「無論如何，看完作品先拚命稱讚『很有趣！』就對了」。

寫好的原稿交給編輯後，編輯提出「希望改成這樣、改成那樣」的要求，我也幾乎不回應。我認為，在某個編輯口中「不有趣」的原稿，只要拿給其他出版社的編輯看就好。正因我無法放棄這種自由，才會以不經過連載直接出版的工作型態為中心。

作品與編輯之間顯然有調性相不相容的問題，與其為不喜歡作品內容的編輯修改內容，不如另行尋找認為作品「有趣」的編輯出版，我認為這麼做更符合邏輯。

還在當編輯時，即使拿到自己不喜歡的作品，我也不會對原稿提出太多修改要求。自己不認為有趣的作品，我會立刻還給作者，直截了當地說：

「這次的作品和我調性不合，請找其他出版社吧。」

還在當文學雜誌編輯時，我曾找上很欣賞其作品的F先生邀稿。那時他已經是受歡迎的作家，入圍過A文學獎好幾次，只是尚未得獎。A出版社是A文學獎的主辦單位，在我隸屬的文學雜誌上刊登作品當然是得獎的最短捷徑。因此，F先生二話不說答應邀稿，不久便將作品寫好交出。

收下原稿一讀之下，我不太喜歡，認為這次的作品大大不如F先生過去的作品。

我立刻去見F先生，把這想法告訴他，並且歸還原稿。

F先生這種等級作家的原稿，按照慣例必須也讓總編看過，當時我卻擅自做出判斷直接退稿，事後才向總編報告。因為我認為，這部作品沒有特地請總編過目的必要。

過了將近兩年後。

K出版社的文學雜誌刊出那部被我退稿的作品。那時，我雖然已經離開文學雜誌編輯部，在報紙廣告上看到熟悉的作品名稱，心想「唷，被刊出來了啊」。

又過了半年，那部作品不但入圍A文學獎，一路過關斬將，最後甚至得獎了。

「想挖個地洞鑽進去」，就是我聽到F先生得獎瞬間的心情。有生以來第一次，產生「想挖個地洞鑽進去」的心情。

隔天，F先生前來A出版社拜訪。

按照慣例，A文學獎與N文學獎的得獎者都會在隔天造訪A出版社，與社長及社長以下的眾高層見面、交流。

櫃台同事聯絡我：

「F先生說想和野野村先生見面。」

我抱著豁出去的心情，前往他等待的一樓沙龍。

F先生打從心底待人溫柔親切，我當面向他低頭道賀，他也只是笑嘻嘻地接受。時隔多日再次與他交談的我，滿腦子都在想「如果可以的話，真想鑽進世上最深的洞」。

由此可見，作品與編輯之間，確實存在調性是否相容的問題。我的出道作品也先被兩家出版社退了稿，直到第三家丸川出版社的編輯讀了原稿後，才決定為我出版。拜他們之賜，我也才有機會以作家身分出道文壇。

前面雖然寫到我向來不聽責任編輯忠告，但也不是完全聽不進去。

當他們熱心建議「這麼做比較好」時，我偶爾也會說「不然這樣吧……」。

「如果真的這麼不喜歡，你重寫給我看好了？」

一開始，編輯們都愣住了。等知道我是認真這麼說，有些責任編輯還真的接受了這個提案。

例如C出版社的M小姐就是其中一人。她曾說我某部中篇小說結尾「感覺不對」，我就告訴她：

「不然妳把自己想要的結尾寫來給我看啊。」

聽我這麼一說——

「欸？真的可以嗎？」

她露出躍躍欲試的表情，真的寫出了自己想要的結尾。由於寫得還真不錯，我就放棄自己寫的結尾，用她的稿子代替。

就是先有了這件事，後來才請她在文庫本出版時撰寫解說。讀了她的解說，更是佩服她的文筆，後來便強力建議她自己寫小說了。

跟老東家A出版社的Y編輯合作時更大膽。

我將寫了三百張（四百字稿紙）左右的全新創作交給Y時，他說「野野村先生，開頭這樣寫比較好吧」，擅自重寫了開頭部分。我雖然錯愕，讀了之後發現他寫得確實比我好，只稍加修飾後也直接採用了。

在某文學雜誌發表作品時的責任編輯W，收到我以「一年後的未來為舞台」的長篇後，跑來說「一年後的未來太近了，要不要把設定改成兩年或三年後？」因為這種修改很麻煩，我就拜託她「可以改成兩年後，但請妳把修改造成內容矛盾的地方全部重寫過」，她真的按照我的要求，把原稿矛盾之處修改得漂漂亮亮。一讀之下，我也認為按照她的設定果然比較有趣，直接採用了她的原稿。

我不喜歡別人對我的作品提出「這樣比較好」、「那樣比較好」的要求，但是，只要拿得出具體修改方案，事情又得另當別論。

在文學雜誌工作時，我的上司總編是文學領域的資深老手，年輕時經手過好幾部A文學獎得獎作品，是一位很有實力的編輯。

有天，一個在A出版社出過多部作品，其中不乏暢銷書的大牌作家，久違地帶來自己的作品，說希望在這本文學雜誌上連載長篇小說。總編拿到初校打樣，立刻拿起紅筆仔細確認，以迅雷不及掩耳的速度刪除贅字、調整連接詞與副詞，也前後調動了幾個句子。

他改稿的技巧已經超越職人等級，我每一期都看著總編拿紅筆在各種打樣上改稿，暗自激勵自己更加精進文筆。

幾小時後，大牌作家的文章打樣被總編改得滿江紅。

他拿起滿江紅的打樣對我說：

「差不多這樣就行了吧。」

我快速看過一遍後回答：

「應該差不多這樣就行了吧。」

這是總編和主編之間一如往常的儀式。

一般來說，這份用紅筆改過的打樣將送到作家手上，請他作為參考，重新修改文章。沒想到，事情卻出現意料之外的發展。

不知道收到誰的通知，文學局長得知總編把大牌作家的打樣改成了滿江紅，匆匆趕來編輯部。局長從總編手中拿走那份打樣。

「●●老弟啊，這也改得太過頭了吧……」

嘴上這麼叮囑。

結果，和其他編輯高層進行協議後，總編紅筆修改過的打樣被勒令冷藏，最後送到大牌作家手上的，只有校對部門「點出疑慮」的打樣稿。

從頭到尾目睹這一切的我發現，只要書賣得夠好，誰也不會再給作家建議，不由得背脊一陣發涼。在高層的判斷下，高手總編修改過的初校打樣不能送到作家手中。到最後，不只作家本人，包括他的讀者和我們出版社在內，整件事對任何人都沒有好處，只不過是典型的「消極主義」罷了。

回想起來，當時惡性官僚主義已經在A出版社內蔓延。

以前就算是編輯高層也絕對不會對編輯第一線任意下指導棋，如此自由豁達的風氣，或許就從那時開始漸漸變質了吧。

離開公司將近二十年，最近A出版社的沒落衰退，實在教人不忍卒睹。

我的出道作品是一部多達一千兩百張（四百字）稿紙的大長篇。丸川書店決定出版前，這部作品在另外兩間大型出版社碰了一鼻子灰。

第一間出版社的編輯判斷內容本身不值得出版，第二間出版社的編輯則連內容都沒看，光看原稿頁數就做出否決。

「多達一千兩百張稿紙的話，幾乎不太可能出版了。我是可以讀一讀，不介意的話就寄來吧。」一開始，對方這麼說。

我心想，就算對方這麼說，只要實際讀過之後一定會改變想法。滿懷期待寄出原稿，最後對方仍以「這樣的內容，而且又是這樣的頁數，實在沒辦法」為由，毫不留情拒絕了我。

這部作品受到琴里激賞，我自己也對內容很有信心。即使被兩間出版社的編輯拒絕，我並未就此失望，堅信一定有出版社願意出版。

話雖如此，除了拒絕我的那兩間，我也找不到方法和其他出版社搭上線，又沒有一個新人文學獎能接受多達一千兩百頁稿紙的大長篇。就在苦惱於找不到出版方法時，當時的公司同事山下進一對我伸出援手。

山下和我曾一起在《A月刊》編輯部工作，當我擔任A出版社工會會長時，身為副會長輔佐我的人也是他。

關於這本出道作出版的始末，山下本人在為文庫版撰寫的解說中有詳細描述，請容我引用其中一部分。

順帶一提，山下自己也是紀實小說作家，過去曾遠赴哥倫比亞大學新聞學院留學，回歸職場後，將畢業研究整理成冊出版。後來更以日本的通訊社及報社為舞台撰寫大型紀實小說，獲得高度評價（這兩部作品當然都不在A出版社出版）。

〈從那天起，過了四年。為家庭及工作忙得不可開交的野野村先生罹患恐慌症，徹底放棄公司的工作，單身回故鄉福岡休養。

停職將近一年後，儘管回到公司工作，他卻被分發到「資料室」。曾經呼風喚雨的「菁英編輯」彷彿昨日的一場夢。寒冷的年底，我問坐在資料室內發怔的野野村先生：「今後打算怎麼辦？」

「其實我正在寫小說，但是不太順利。帶去有認識編輯的兩間出版社都被退稿。」他如此喃喃低語，其中一間出版社甚至打電話給他說「這小說完全不行，野野村先生自己應該最清楚吧」。

我拜託他讓我讀一讀，就把裝在磁碟裡的原稿帶回家。

讀完大吃一驚。這部作品的情節，和過去所有故事發展完全不同。從開場主角走進酒吧，看到女酒保是自己白天面試過的短大女學生開始，充滿緊張感的筆鋒已引人入勝。最教人佩服的是作品中將「公司」與「出人頭地」徹底相對化的描寫，從這種完全不信任組織的地方，就能看出作者冷靜而自由地掌握了故事的走向。

我利用新年假期寫下長長的讀後感，最後寫道「我實在不相信這份原稿沒能出版成書」。

出版社的多數編輯在決定要不要出書時，看的都是作者過去的實際成績。一味認定新人作家，更何況是超過一千張稿紙的原稿無法出版成書，大概就是這部作品無法獲得出版的原因。然而，唯有能從這樣的新人中發掘優秀才華的少數編輯，才能帶領這個業界前進。只要找到這樣的編輯，向對方推薦這部作品，一定能夠順利出版。我懷著這樣的心情向出版社推薦，只是，必須隱瞞作者是A出版社編輯的事實。

就這樣，終於找到認同這部作品真正價值的出版社與編輯，那就是丸川書店的軍司智史先生。〉

無計可施，走投無路的我，把整部作品丟給後輩山下。幸而他發揮與生俱來的拚勁，將原稿推薦給丸川書店，作品終於獲得出版機會。

就這樣，好不容易確定出版的長篇小說，由丸川書店書籍編輯部的江藤達也先生擔任責任編輯。為了討論今後的出版時程與內容細節，我們立刻約定碰面。

第一次碰面，軍司先生和出版局長關戶健吉先生也陪同出席，討論順利結束。幾天後，為了更進一步正式討論，我和江藤先生兩人單獨見面，地點在丸川書店附近的咖啡廳。

江藤先生對作品的評價超越我的期待，從說話方式也看得出他是一位出色的編輯。外表看上去和我一樣年輕，但他已是在文學領域耕耘十幾年的資深編輯。

同為編輯的我們，除了作品之外也閒聊了一些業界話題。彼此對作品的理解雖然相近，談了將近兩個小時下來，我卻從他提出的感想和意見中感到一股難以形容的牴觸。

江藤先生眼前桌上放著厚厚的原稿，討論過程中不時翻閱。稿紙上貼了大量便利貼，還用螢光筆在我寫的文章上四處劃線，空白處更是寫了不少筆記。如此看來，他肯定仔細讀過這份原稿。

「江藤先生，能讓我看一下這份稿子嗎？」

我忍不住這麼說。

「這種結尾方式最能留下餘韻，我也滿喜歡的，只是，總覺得可能也有讀者無法從這樣的結局看見希望之光，這種結局未免太令人難受了。」

江藤先生在把原稿交給我前這麼說，我內心那股說不出的牴觸感也來到極點。

故事的最後，住院昏迷不醒的女主角，在主角拚命照顧下甦醒。最後一幕是主角在醫院頂樓遠眺萬里無雲的晴空，沉浸在與女主角的回憶時，護理師走過來通知女主角醒來的消息。

為什麼讀了這種結局的讀者會「看不到希望之光」，為什麼這會是「未免太令人難受的結局」呢？我怎麼也無法同意。

——江藤先生是不是讀錯某個關鍵點了？

我不由得這麼認為，才想親眼確認攤在他面前那疊原稿。

接過江藤先生一臉詫異遞上的原稿，翻開最後一頁，我大吃一驚。

原本該有的最後一頁不見了。

故事結束在主角上頂樓回憶女主角的場景，之後護理師上來通知女主角清醒的部分完全消失。消失的內容相當於一整頁原稿。

既然如此，就難怪江藤先生會說這是「令人太難受的結局」。本來應該清醒的女主角沒有清醒，站在讀者的角度，自然成為一個失去救贖的故事。

「江藤先生，這份原稿少了最後一頁。」

聽我這麼一說，這次輪到他大吃一驚了。

「可是野野村先生，這是軍司先生交給我的原稿，這一頁肯定就是最後一頁，不會有錯。」

江藤先生指著倒數第二頁，露出困惑的表情。

我花了好一段時間仔細說明原本該出現在下一頁的「真正結局」，讓他知道女主角脫離植物人狀態，在最後的最後復活……

與江藤先生道別後，我立刻打了電話給山下。

當初交給他的是保存原稿檔案的磁碟，或許磁碟出了問題，最後一頁從檔案裡消失了也說不定。不過我想恐怕不是這樣，肯定是山下把列印出的原稿拿去給軍司先生前，在裝訂時漏了最後一頁。

沒想到，我一問他這件事，山下就用若無其事的口吻說：

「喔，是這件事啊。因為我認為女主角不要清醒更好，在拿原稿給軍司先生時，故意抽掉最後一頁。即使少了那頁，結尾讀起來也不突兀。」

對作家而言，故事的結局就是終點。更何況這是多達一千兩百張稿紙的長篇小說，故事結局堪稱馬拉松終點。作家像編一張緯織壁毯一樣綿密安排的內容，為的都是迎向這個終點。

然而，山下卻在沒有任何知會的情形下，擅自把結局拿走。

面對這麼過分的事，我一時之間訝然無語，連反駁的力氣都沒有。

結果，那最後的一頁始終沒有復活。
我的出道作品完全按照山下強行闖關的提案，帶著「令人太難受的結局」出版。
因為包括江藤先生在內，丸川書店的人們也都支持山下的想法。

我最討厭編輯對我的原稿指手畫腳。
然而，當他們秉持堅若磐石的信念，**具體**提出「希望您怎麼做」的提案時，我也隨時都會拿出真心回應。

連續吃了三個多月，芽即實就算再好吃也吃膩了。
雖然好吃還是好吃，美味的程度已經沒有當初那麼強烈，想來也是無可奈何。
我和琴里兩天通一次電話，LINE則是每天有來有往。聽她的聲音和看LINE的內容，都跟過去的琴里沒什麼兩樣。
關於雪之下先生的事，接到健彥聯絡時有立刻告訴她。不過，體育節隔天直接去東京探病的事當然瞞著沒說。

即使告訴她雪之下先生正在新宿T醫大病院住院，琴里連一次也不曾說出「既然如此，我代替阿古去醫院探病吧？」

雪之下先生是我的摯友，也是個好人，這點她是再清楚也不過的。即使如此，琴里仍不會立即前往醫院探病，更別說替我拿一筆慰問金給對方。這種事她連想都不會想到，並非出於惡意或其他考量，純粹是腦中缺乏這種觀念而已。

琴里老家的改裝工程似乎陷入膠著。

當初原訂年底完成，現在似乎得等到過完年，常子和亮輔一家才能入住新居。

「總之，哥哥對小酒井先生的設計圖意見很多，不只小酒井先生，連荒井先生都很困擾。好像因為這樣，工程遲遲無法推進，要是年前無法完成，可能得等到二月了……」

琴里語帶不滿。

小酒井先生是為這次房屋改建畫設計圖的建築師，荒井先生則是奈奈子在千葉開建設公司的父親介紹的墨田區建設公司社長。

說是房屋改建，其實跟蓋一棟新房子差不多，工期延宕也是常有的事。負擔大部分改建費用的既是長男亮輔，他當然會想對自己未來的家提出各種想法，那種心情也不是無法理解。

「不管怎麼說，工程這種事急不得。」

「是這樣沒錯啦。」

「我這邊已經習慣一個人生活了，搬家的日子決定前，妳也只能先在那邊照顧媽媽囉。」

「抱歉哪，害你不能隨心所欲過日子。」

難得聽到琴里說出這麼愧疚的話。畢竟她是個不擅長把心情化為言語的人。

「我反而覺得，妳一直跟媽媽在一起一定很悶。既然工程要到明年才結束，過年前後這段時間，妳就早點回來吧。亞香里放寒假後，奈奈子就比較有空了吧？」

既然完工日要延後，至少過年這段期間可以好好放個假。

「這個喔，看來也是沒希望了。」

沒想到琴里給了出乎我意料的回應。

「為什麼？」

「過年這段期間，哥哥他們要去夏威夷。」

「夏威夷？」

改建房子正是花錢的時候，更別說家裡還有個生病的老母親，亮輔一家人竟然還要去夏威夷，這怎麼想都無法理解。在他們去夏威夷這段時間，把照顧常子的事全部丟給琴里，逼得我非過著不習慣的獨居生活不可，未免欺人太甚。

大概察覺到我這個想法，琴里急忙解釋：

「是這樣的，奈奈子姊有個阿姨住在夏威夷，聽說已經不久人世了，所以無論如何都想見見外甥女奈奈子一家人。這個阿姨自己沒有小孩，從小就把奈奈子姊當女兒疼。哥哥還偷偷跟小常說，這個阿姨已逝的丈夫是個有錢人，名下資產不少，她好像想讓奈奈子姊繼承遺產。就是為了談這件事，才要他們過年期間去一趟夏威夷。」

「所以亮輔一家去夏威夷的目的，是為了接收阿姨的遺產？」

「嗯，只能說也有這個原因啦。」

「是喔——那過年期間，妳要自己一個人留在那邊跟媽媽一起過年？」

「我不會在這邊過年啊，打算三十號左右回去，至少待到正月三日吧。」

「那這段時間媽媽誰照顧？」

「又沒幾天時間，就讓小常自己一個人住。反正敦子太太也在。」

敦子太太是常子的朋友，在「本多文具」隔壁開藥局。

「可是，再怎麼說也不好讓她一個人在那公寓裡過年吧？」

就算敦子太太住得近，現在暫居的公寓和敦子太太經營的「金子藥局」並非隔鄰。要是再發生從樓梯上摔下來的事，可無法指望她像上次那樣迅速對應。

「我絕對不要和小常兩個人一起過年。」

琴里發出為難的聲音。

然而，剛才她那句「打算三十號左右回去，至少待到正月三日」更讓我怒上心頭。

丟著丈夫半年不管，連過年這種重要時期，她都只打算回家五天，到底安的是什麼心。

連住在東京時都很少回娘家的琴里，就算有特殊理由，怎麼想也不可能一口答應亮輔全家人去夏威夷，自己留下來照顧常子。

要是平常的琴里，至少會強烈要求「不然，哥哥一個人留下來就好」。

即使只是輕度腦梗塞，才剛大病一場的常子不可能一起去夏威夷。話雖如此，要還在復健的她獨居家中過年也太不切實際。

這麼一來，只好讓亮輔的太太自己去夏威夷探望阿姨了，這難道不是最簡單的解決方法嗎？這麼簡單的道理，我不相信琴里會不懂。

「這樣的話，過年期間只好我過去了。」

為了試探琴里的本意，我提出這個建議。

「阿古要來住這裡？」

她用意外的語氣這麼說。

「可是，這裡住不下三個人啊。」

「附近找間飯店住就好啦。再怎麼說，我也不想一個人過年。可是，妳丟下媽媽自己回來也不好吧？」

「話是這麼說沒錯啦……」

琴里說得很不乾脆。

總覺得她的本意就是過年期間只回家短短幾天，算是給我個交代，其他時間都要和常子一起度過。

腦中無法不掠過在新宿看到的那個青年身影。

「算了，還有很多時間，現在先不用想這些。」

猛然察覺最好不要深入追究，我就此打住這個話題。何止「還有很多時間」，現在根本才十月中，時間多得是。

「也是啦，哥哥他們去夏威夷的事，最後會怎麼決定也還不知道。」

琴里同意我的話。

這段對話，是兩天前十月十五日的事。

雖然吃膩了芽即實的麵包，可不等於放棄吃土司。

姑且換吃別種看看好了。

多虧佐藤小姐的來信助我轉換心境，收到信那天，我就開車去不到十分鐘的百貨公司，逛了幾間地下美食街的麵包店。

不知為何特別吸引我的，是某間全國連鎖麵包店的土司，在那裡買了半條回家。

這款「長時間熟成麵包」還真是買對了。

和芽即實的麵包完全不同，但是吃下一口會忍不住驚呼「好吃！」的美味。

昨晚，我用煙燻鮭魚和酪梨試作了三明治。

半條切成六片的「長時間熟成麵包」，我用了其中兩片，一片抹上滿滿奶油，再依序放上鮭魚、切成薄片的酪梨和泡過水的洋蔥，最後毫不客氣擠上美乃滋，再蓋上起士片。夾上另外一片土司，把飽滿的三明治用保鮮膜包起來壓緊。

直接隔著保鮮膜用刀對半切。

這麼一來，就完成拿在手裡沉甸甸，吃的時候卻不會「山崩」的氣派三明治。

吃一口看看，不得不說實在好吃。我發現「長時間熟成麵包」比芽即實更適合做成三明治享用。

今天早上烤了土司，配奶油和果醬。

換吃「長時間熟成麵包」後，上次上網買的彈跳式烤土司機獲得復活的機會。這是因為，用彈跳式烤土司機烤「長時間熟成麵包」，烤出的土司滋味更勝那超高卡路里奶油土司。

晚上我打算煮義大利麵。

獨居生活漸漸有模有樣起來，最近我開始善用網路資訊，致力於自炊生活。

就在這時發生了琴里「可能外遇」的事件，更為我的自炊熱潮加溫。

萬一事態真的發展成琴里投奔其他男人身邊，現在我只當家家酒的日常家事，就真的會變成落在自己身上的重擔了。

比什麼都重要的，是一天為自己準備兩餐飯。

如果只是獨居半年，還可以靠外食或叫外送度過。事實上，這三個多月我也是這麼過來的。然而，要是這樣的狀況繼續持續一年、兩年，甚至形成常態，身體和錢包恐怕都將支撐不住。

這麼一想，確實有必要多少學會一點烹飪技術。

一旦真的確定琴里背叛，在年近六十的這把年紀與她分手，就算淪為一人獨居之後才奮發圖強握起菜刀，恐怕也絕對學不會做菜。

說來沒用，若事態真演變至此，不只精神遭受打擊，很可能連我的健康與生活都徹底粉碎。

到那時候，我就像個被丟進海裡卻沒有救生圈的小孩，被名為日常生活的大浪吞沒，最終消逝在海浪之間。

趁著還有多餘心力想像琴里外遇的現在，不如為未來有什麼萬一時先做點準備，絕對有益無害。

吃掉果醬土司，洗好餐具，再沖一杯咖啡。

時間是九點四十五分。今天早上六點一起床就把自己關在書房對著電腦工作，現在浪費一點時間也不至於遭天譴吧。

——三明治啊……

想起昨晚厚厚的三明治，我喃喃自語。

三明治不但能滿足空腹，還能一口氣攝取蔬菜和動物性蛋白質等必須營養成分，是最簡便又美味的料理。最重要的是不用開火也能做，這點非常優秀。方便攜帶也是三明治的優點。

琴里不在身邊的時間一旦拉長，三明治對今後的我來說，肯定將成為非常寶貴的「料理」。

說到三明治，又令我想起一件事。

坐在飯廳的椅子上，不經意朝陽台方向望去，滿眼皆是十月中旬的柔和日光，我陷入沉思。

過起獨居生活後，像這樣回憶過往的機會增加了。同時，也想起一些至今被我徹底遺忘的事。

我再次領悟，記憶這種東西不會消失，只是隱藏起來而已。

R先生每天中午都吃三明治。

而且不是買現成的，必定是家裡帶來的手作三明治。

裡頭夾的是火腿和雞蛋。

我和R先生有將近兩年時間隸屬同部門（處理A文學獎與N文學獎的財團法人事務局），辦公座位相鄰，除了火腿三明治和雞蛋三明治外，沒看過他吃其他東西。

每到午餐時間，他就會從平常揹的大背包裡拿出很大的密封盒。

把那盒午餐放在桌上，配的飲料是固定從公司地下室自動販賣機買的罐裝咖啡。

打開密封盒蓋，裡面裝滿三明治。

現在回想起來，才發現那三明治的份量真是非同小可。差不多用了半條土司，做成大量的火腿三明治與雞蛋三明治。

R先生總將大塊大塊的三明治小心翼翼拿出來，坐在我旁邊默默地吃。

至於我，我幾乎不吃午餐。

早餐也不吃。當時的我一天只吃一頓晚餐，就連這頓晚餐，也經常用洋芋片零食或巧克力打發。恐慌症發作前，我對吃這件事毫無興趣。

少年時代正逢阿波羅計畫全盛期，軟管狀的「太空食品」被視為未來食物大肆宣傳。看到那個，年幼的我滿心希望「太空食品」盡快普及。

我真的很討厭為了吃東西被迫中斷或減少閱讀時光。

然而，夢想中的「太空食品」終究沒有普及，無奈的我只好養成用巧克力或洋芋片零嘴代替「太空食品」的習慣。

只要吃點零食，就能攝取身體所需最低限度的養分——學生時代的我真心如此相信，總是一邊看書一邊吃零食。出社會進公司後，這個習慣依然長久無法戒除。
工作中感到飢餓，我就從抽屜裡拿出常備的巧克力，一邊看書或寫東西，一邊一點一點啃著吃。所以，當R先生在我旁邊大嚼三明治時，我則坐在位子上吃巧克力或車站零售店買來的點心麵包。我們兩人這麼吃著吃著，有時也會聊上幾句。
工作上，我和上司T部長專心處理A文學獎與N文學獎的遴選事務，R先生雖然和我們同部門，主要負責A文學獎和N文學獎之外，A出版社主辦的其他獎項（例如前面提過的紀實文學獎等等）。因此，姑且不論T部長，部門裡地位最低的我幾乎沒有機會和R先生一起工作。
我當時三十五歲左右，R先生將近五十歲，年紀和T部長相差無幾。掛的頭銜雖是僅次於部長的次長，一看就知道在公司裡已無望出人頭地。
聽說R先生也曾是前途無量的實力派雜誌記者，就在即將當上總編的四十歲前，不知為何被調離公司主力，退出編輯第一線。
我分發到這部門時他已在裡面，原本和最資深的T部長共同處理A文學獎及N文學獎相關事務。交棒給我之後，他才轉為處理其他獎項。
為什麼R先生每天中午都吃三明治，我始終百思不得其解。好幾次都想問清楚原因，但總覺得是個禁忌話題，終究未能問出口。因為那些三明治不管怎麼看都稱不上美味。
——那些歪七扭八的三明治，到底是誰做的？
這是我最大的疑惑。
從外表看起來實在不像擅長料理的人做的三明治。話雖如此，R先生也不像每天早上會自己起來做便當的人。

一起工作幾天後，我曾問過一次。

「R先生，您每天都吃三明治呢。是太太親手做的嗎？」

「我每天午餐一定都吃這個。」

他這麼說。

「講是這樣講，差不多從兩年前開始才這麼吃的啦。」

他又這麼補充。

「所以這是您太太做的？」

我重複問了一樣的問題。

「不，這不是我老婆做的……」

「是喔，那R先生每天早上自己起來準備便當嗎？」

「不，倒也不是……」

他只說到這便含混帶過，不再詳細說明。

也因為有這件事，後來很難再對他「奇妙的午餐」深入追問。

——問題是，到底是誰做了那麼醜的三明治讓R先生帶來當午餐呢？

真要說的話，就算決定「午餐一定吃這個」，連一次也不曾帶過別的便當或吃公司食堂，是不是有什麼原因？

每次都是火腿三明治和雞蛋三明治，份量還這麼多。每天這樣吃，R先生不會膩嗎？

是不是有什麼非吃三明治不可的特殊理由。

從一個月到三個月，從三個月到半年，我暗自懷抱這個疑問，始終沒能解惑。

R先生的身材在公司裡是數一數二的魁梧。

這也是理所當然的事，畢竟他大學時代可是知名的重量級柔道選手。

大二那年挺進全日本柔道大賽準決賽，還曾名列奧運候補選手。大學讀的不是天理、東海或國士館等所謂柔道名校，而是地方上的國立大學。那所大學的柔道社只出了他這麼一位傑出柔道人才。

四年級時膝蓋受傷無法痊癒，不得不放棄成為柔道家的路。

公司裡的人當然知道R先生這段經歷，我自己也對當年R先生在柔道場上的英姿留有幾分記憶。

和他隸屬同一部門半年多後——

在一個完全的巧合下，我得知了隱含在R先生「奇妙午餐」中的特殊理由。

當時，我和相熟的政府官員及年輕政客們每個月會找一天晚上開讀書會。

說是讀書會，倒也不是真的死板唸書。將近十人的成員能出席的就出席，大家輪流訂餐廳喝酒聚餐（當然是自費），針對各種時事話題私下自由發表意見（內容完全不留紀錄也不外流）。

基本上參與的只有固定成員，不過偶爾也會請特別來賓、局長等級的官員或有內閣官僚經驗的前輩參加。有時還會有人帶希望加入的同事、後輩來介紹給大家。

那天，一位郵政省（現在的總務省）官員帶了一個部下來，這位來賓和我年齡相仿，職稱是副課長。成員介紹他在就讀某國立大學時是隸屬柔道社的勇者。那間大學正是R先生的母校，又同樣是柔道社——我心想，即使年齡差距不小，這位副課長一定是R先生的直屬學弟。

於是，等到酒酣耳熱之際，我立刻去找這位副課長搭訕。

請任職郵政省那位成員讓個位子，我在副課長身邊坐下。

「聽說您以前是H大的柔道社社員，應該認識畢業生R先生吧？他現在和我同個部門，位子就坐在我隔壁喔。」

我一對副課長這麼說，他便正中下懷似的頻頻點頭。

「我當然認識他，R學長是我們H大柔道社的傳說。其實，我剛才一聽說野野村先生任職A出版社，馬上就想到和R學長同公司。原來你們還隸屬同一部門呀！」

他從口袋裡拿出先前我遞上的名片，再次端詳。

「我們部門人不多，R先生和我交情還不錯。」

「這樣啊，學長也從我學生時代就一直很照顧我。」

「是喔。」

「因為學長他現在還是H大柔道社的特別教練。」

從共同認識的人聊起，不用花太多時間就相談甚歡了。

我們兩人年齡相近，很快就感到意氣相投。

聊了各種話題之後，我忽然想起那個疑問，便試著提出來：

「對了，R先生有件事一直讓我想不透。」
「想不透？什麼事呢？」
副課長露出訝異的表情。
「是這樣的……」
我說了「奇妙午餐」的事，還加上詳細說明：
「每天都那樣吃火腿三明治和雞蛋三明治，想必有什麼特別原因吧。您和他是學長學弟關係，有沒有聽他說過什麼呢？」
我這麼問。
於是，副課長沉吟片刻，看上去像在思考什麼。不過，與其說是思考答案，不如說在思考是否該把答案說出來。
「您知道些什麼是嗎？」
我試著單刀直入，切進主題。根據長年的採訪經驗，無論用什麼方式提問，會回答的人就會回答，不回答的人還是不回答。所以，直截了當提出疑問是最快的方法。
「我猜，那三明治應該是學長女兒做的。」
副課長給了我意外的答案。
「女兒？」
我知道R先生已婚有小孩，但不知道他有幾個孩子，也不知道子女性別。
「他只有一個獨生女，那位小姐得了心理上的病，R學長總在擔心她的事。」

「這樣啊……」

沒想到事情會是這樣，我一邊答腔，一邊仍想不通那和R先生的三明治有什麼關係。

「聽說有段時間她反覆進出醫院，這一兩年才穩定下來，目前和學長夫妻住在一起。大概一年前我遇到學長時，他說『最近女兒每天早上都做便當給我喔』，一副很開心的樣子。我想，他口中的便當應該就是野野村先生您說的三明治。」

副課長接著這麼說明，我才恍然大悟。

「原來如此，還有這樣的事啊。」

「這件事，請野野村先生自己放在心裡就好。學長他不太喜歡提家裡的事。」

「當然當然，我不會告訴任何人的，包括R先生在內。」

我答應了他，談話也就此結束。

回家路上，腦中回想從副課長那裡聽到的事。

R先生每天裝在那大背包裡，看起來不太好吃的大量三明治，正是患了心病的獨生女康復的最好證明。

所以，他才會吃得一片也不剩，每天吃一樣的東西也不嫌膩。

對女兒來說，每天早起為父親做火腿三明治與雞蛋三明治，成為支撐她生活的一件大事，甚至有可能是她活下去的依據。

「今天的午餐也很好吃喔，X子做的三明治果然是日本第一。」

眼前浮現R先生每天這麼說著，在她面前從背包裡拿出空密封盒的樣子。

即將當上總編之際卻退出編輯第一線，調到現在這個可以準時上下班的部門，背後原因肯定與女兒的病有關。

一邊這麼想像，一邊想起我還在上上一個部門《A週刊》時的L主編。

L主編能力、人品都很優秀，在A出版社是無人不認同的王牌編輯。

我剛調到上一個做言論雜誌的部門時，L主編辭去了工作。辭職理由雖是「私人因素」，一位眼看將要肩負公司未來的重要人物忽然辭職，公司內當然出現不少臆測耳語。

我在週刊雜誌編輯部時特別受L主編照顧，關係也很親近，和其他幾位與他交情深厚的同事一樣，我們都知道L主編離職的真正原因。

L主編的苦惱和R先生一樣，都是子女的問題。

當時就讀中學的兒子對家人施暴的情形變本加厲，因為工作關係經常不在家的L主編無法再讓妻子及其他小孩在家面對這個兒子，只好另外在東京都內租了公寓，帶著這兒子兩個人住。儘管如此，身為週刊雜誌主編，繁忙的工作使他無法百分之百掌握兒子的行動。

就在提出辭呈的三個月前，早已不去上學的兒子趁父親在公司熬夜校稿時，獨自搭計程車回到其他親人居住的鎌倉家中，用金屬球棒打破陽台窗戶，侵入家中，再朝睡夢中的母親與妹妹揮下球棒。

不只如此，他還在屋內潑灑燈油引火。

所幸無人因此喪生，但火災仍燒毀主編家整棟房屋，左右鄰居的房子也遭波及半毀。

事件發生後，L主編為了善後，超過一個月時間無法工作。

除了照護受重傷的妻女，處理兒子被逮捕的事宜，還要向遭受火災波及的鄰居道歉及賠償。

事發三個月後，將所有事情處理到一個段落，L主編最終決定選擇家人而不是工作。

* * *

事實上，我之所以和R先生成為同事，其中很大的一個原因也和新平身體出狀況及隨之而來的精神不穩定有關。

和上一個部門的總編說明家中狀況，請他將我調離每個月為了截稿或校稿，經常必須在公司過夜的雜誌編輯部，提出轉任書籍編輯部的希望。

向來照顧我的總編立刻聯絡總務，強烈要求公司將我調到書籍出版部門。然而，當時的總務局長無論如何都不答應，最後只好調到管理公司主辦各文學獎項的財團法人事務局。

總務局長拒絕總編要求的原因有兩點，一是「無前例可循」，另一點是「就算是野野村，出於私人因素要求調動時，公司無法任由他想調去哪裡就調去哪裡」。

從總編口中聽到這件事那一刻，我醒悟了。

——遇到什麼萬一時，這間公司不會對員工伸出援手。

* * *

話題稍微扯遠些，罹患恐慌症後，和我一起在資料室工作的M先生原本也是一位非常優秀的廣告人才。口才好又有行動力的他，連文筆都高人一等（事實上他也是一位推理小說評論家），說到廣告企劃能力無人能出其右，幫公司促成好幾次聯名廣告，得過幾項廣告業界的大獎，正可說是廣告部的王牌。

這樣的M先生之所以淪落到資料室工作，原因終究還是家庭因素。他的女兒遭同學嚴重霸凌，不但無法再去上學，還反覆試圖自殺。為了照顧與治療愛女，M先生四處奔走之餘，自己也得了重度憂鬱症。

我出社會後，深深感受到想在日本社會出人頭地，不負責任與缺乏同理心絕對是不可或缺的兩大能力，只有兩者兼備的人，才能在職場上平步青雲。

我任職過的A出版社就是這樣的地方，擔任雜誌記者過程中所見所聞的組織也多半如此。想在這國家出人頭地，首先就得放棄責任感（培養不負責任的能力），再放棄對家人、部下、朋友及客戶的同情及憐憫等情感（培養缺乏同理心的能力）。

在組織中嶄露頭角的人，往往以為自己在嚴峻職場上一路過關斬將脫穎而出，是因為自己能力優於競爭對手。奉勸各位最好及早察覺這是多麼嚴重的誤解與錯覺。

那些人不是在競爭中擊敗對手獲勝，而是許多有實力的競爭對手（像R先生、L主編或M先生那樣的人）出於責任感與同理心主動脫離競爭跑道，剩下的人才勉強成為勝利者罷了（換句話說，就是撐到最後的人贏）。

我認為人在站上頂點時，至少必須具備某種程度的「謙遜」，否則想要順利營運組織就是白日夢中的白日夢。然而，「謙遜」偏偏是與責任感及同理心密不可分的資質，那些帶著「謙遜」爬到組織最上層的人多半還是會失勢。

我的文筆在A出版社是出了名的好。

一方面因為是作家的兒子，一方面自己後來確實也成了寫作者，文筆好，說來也是理所當然。

拜與生俱來的出色記憶力之賜，我還非常擅長記錄談話、對談或座談會內容。除了內容之外，記錄的速度也快得令周圍的人傻眼。

雜誌企劃的採訪或對談，不管長度是一小時還是兩小時，一定都會錄音。時間比較不充裕時，就請速記員坐在一旁記錄內容（如果是錄音，之後的謄寫還是會委託速記員進行）。

一般來說，責任編輯會用速記員提出的記錄內容為基礎構成文章，寫成採訪報導或對談報導。我在撰寫報導時，卻幾乎只仰賴自己的記憶力，速記員提出的記錄內容只拿來對照確認用。

和現在一樣，當時我的注意力一次也只能持續十五分鐘。因此，經常可看到我離開文字處理機（當時只有文字處理機，沒有電腦），在編輯部內四處閒晃，找其他正在整理報導內容的前輩後輩聊天，是個惹人嫌的傢伙。即使如此，第一個做完手邊工作離開公司的一定都是我。

埋頭閱讀書籍文件，外出查找資料或對誰進行採訪，最後再將這些內容寫成報導。總而言之，雜誌編輯的工作非常有趣，加上父親是作家的緣故，我一點都不認為和作家往來是件苦差事，作家們也常把我當成半個自己人。

因為極度怕生，體力又差，我大概無法勝任報社記者的工作。和作家及知識人站在一起面對社會種種事態的編輯，或許堪稱是我的「天職」。

正因喜歡所以做得好，進出版社幾年後，公司內外都認同我是一個「工作能力高的編輯」。

年輕時，我從未懷疑過自己不會當上「A週刊」總編輯，也堅信只要我坐上總編位置，就能再次帶領雜誌迎向黃金時代。

簡單來說，過度的自信與傲慢讓我打從心底相信「自己是A出版社工作能力最好的人」。

然而事實是，這種自信心愈深，另一種揮之不去的心虛感就愈強。

明明想當作家，到底要從事編輯工作到什麼時候——這種光明正大的心虛當然也有，不過，造成我內疚心虛的原因，其實是另一個單純的疑問。

——我真的是最優秀的嗎？

進入A出版社後的我一方面自信暴增，一方面總是無法揮去腦中這個疑惑，根本上的問題，還是在於公司的系統制度。

二十幾歲時，差不多有兩年時間，我在《A週刊》編輯部，負責攝影頁的編輯工作。

那時，和我一起任職攝影組的同事裡有一位王小姐。

看名字就知道，王小姐是中國裔日本人，從東京都內某短期大學畢業後進入A出版社。年紀比我大五、六歲，當時差不多三十出頭。短期大學只要念兩年，和四年制大學之間多了幾年差距，那時的她已經是有將近十年資歷的老鳥編輯了。

彼時，A出版社裡女性編輯的地位充其量只是「編輯助理」。時值日本施行男女僱用機會均等法前夕，A出版社也尚未錄用四年制大學畢業的女性員工。我進公司時，A出版社的女性員工都是短大畢業生。

根據公司當時的整體方針，短大畢業的女性員工大多分發到業務部門，但也有少數人會進入編輯第一線，當四年制大學畢業男員工做雜誌或書籍編輯工作時的「編輯助理」。

話雖如此，實際上和她們在同一個編輯部工作過就知道，女性員工做的不只是蒐集資料、影印、訂便當或泡茶之類的事，因為光靠男性員工無法完成所有編輯業務細節。

真要說起來，訂便當或泡茶之類的事只要交給工讀生做就好，編輯部還是會分派一定程度的編輯工作給女性員工。

舉《A週刊》的例子來說，女性員工不用參加每週不同內容的專題報導。因為這些報導需要深入危險現場採訪，或是頻繁前往外縣市甚至海外出差，對女性負擔太大。不過，除此之外的頁面，加諸女性責任編輯身上的勞動條件和男性編輯沒有兩樣——大致上來說是這樣的情形。

一本週刊雜誌中，專題組的人手佔去整個編輯部的三分之二。剩下三分之一分別劃入負責小說、專欄和漫畫的連載組，以及負責攝影頁的攝影組。

我在專題組被操了兩年多後，為跟上寫真週刊雜誌的風潮，《A週刊》決定擴充攝影頁，緊急增設了攝影組。

在那之前，雜誌攝影頁原本以偶像、女明星或人物專訪及各種活動介紹為主，這時也在總編的新方針下，加入媲美「F．F」（寫真週刊雜誌中最具代表性的《FOCUS》及《FRIDAY》）的狗仔偷拍照與獨家醜聞照（當時的總編就是後來當上社長的S先生）。

專題報導的截稿日是星期二，記者們通常從星期一寫稿寫到星期二一大早。另一方面，攝影頁（黑白頁部分）的截稿日則是提早一天的星期一，從星期天到星期一早上，攝影組成員都在撰寫放在照片旁邊或下方，稱為「圖說」的解說報導。

以專題組的狀況來說，一篇四頁或五頁的報導可以在一個晚上可以寫完。相較之下，攝影組每個人一個晚上得完成三篇圖說。字數雖然比專題少很多，圖說的文字既不能搶走照片鋒頭，又要解說得巧妙，有時必須用點小技巧才行（比方說，在一張致贈花式滑冰選手扎吉托娃秋田犬的照片下，圖說內容便以那隻秋田犬MASARU的口吻說「我明明是母狗，為什麼取名叫MASARU」為開場白……）。

由此可知，即使是短文，一口氣完成三篇圖說仍超乎想像費神。

這樣的任務，由攝影組除了主編之外的五個人進行，王小姐當然也是其中之一。每個星期，她都和我們其他四位男性員工一起熬夜寫稿。

王小姐寫的文稿，在五人之中最是出類拔萃。

她的文筆生動靈活，我這種等級的角色完全比不上。每星期閱讀她寫的圖說，是我熬夜工作時的一大期待，相信其他組員也有一樣的想法。

每次輕輕鬆鬆完成一篇圖說，她就會交給主編加上標題。主編經常發出「哎呀，寫得真好」的讚嘆，拿給我們其他人輪流傳閱。大概有暗自激勵我們「你們幾個也要趕快寫出這種程度原稿啊」

的意思。

我常偷偷地想「王小姐肯定是A出版社裡文筆最好的人」，想必其他組員也這麼認為。

不只如此……

我們男性員工可以一整個晚上抱著文字處理機專心寫稿，王小姐卻沒辦法。

除了寫自己負責的文稿，每當時針一過凌晨兩點，她就得起身離席，往茶水間走去。在狹窄的茶水間小廚房為六名組員煮宵夜，是她每星期的例行公事。

王小姐煮的宵夜很費工夫。

有時是綠咖喱，有時是明太子義大利麵，有時是牛丼或麻婆豆腐丼，偶爾還會有上海炒麵配鹽味飯糰，每次都準備了講究的主菜。除了主菜，還有蔬菜沙拉或燉菜、油炸食品等配菜，份量十足。六人份的宵夜要花上她一個多小時煮，吃完後的收拾也由她一手包辦，全部完成後，才能再次回到文字處理機前。

當然，為了方便在茶水間烹調，她還得在家事先準備食材及配菜。結束加班採訪的遲歸週六夜晚，王小姐一定都在處理這些瑣碎的事。

組裡從來沒有人要王小姐為大家煮宵夜，主編也沒下過這種命令。當初會開始做這些，完全是她的自發行為。我早就耳聞她的好廚藝，想來一定是因為她在其他部門時也為其他同事做過這些貼心事。賴著王小姐的一片好意，我們男性員工每次都嚷著「好吃、好吃」，盡情享受她做的菜。

縱使如此，在比我們更有限的時間內，最後王小姐還是寫出比誰都精彩的圖說文章，讓主編讚不絕口。

一般來說，短大畢業的女性員工在編輯部工作幾年後，就會被調到業務部門。就這點而言，進公司將近十年仍持續站在編輯第一線的王小姐，可說是例外中的例外。

當然，有這麼卓越的文采，無論如何都要讓她待在編輯部門，這說來理所當然，眾人應該也無異議。

問題是，即使發揮了如此出眾的才華，在這間公司內部難以言喻的氛圍下，她還是非為男性員工煮宵夜不可。

另一個更大的問題是，就連為她的文采咋舌，心知自己大概相比不上的我，在面對王小姐時，也從來不曾像面對其他男性員工那樣，光明正大地將她視為競爭對手。

不管怎麼說，只有短大學歷又是個女人的王小姐，無論和男人從事一樣（甚至超越男人）的工作多久，充其量也只是個「編輯助理」，只要公司不改制度方針，她的存在就絕對不會成為我們男性員工的威脅。

剛才我曾說：

〈一方面自信暴增，一方面總是無法揮去腦中這個疑慮，根本上的問題，還是在於公司的系統制度。〉

指的就是這個意思。

一如其他企業或政府機關等社會上的所有組織，當時的A出版社並未為想出人頭地的員工提供真正公平公正的競爭跑道。

無論我內心如何說著「自己工作能力最強」的大話，只要像王小姐這樣稀有的人才從過去到未來都被排擠在競爭跑道之外，我的自信就永遠無法成為真正的自信。

什麼學歷組與非學歷組，事務部門與業務部門，這種組織經營上的分類法，在我看來只有百害而無一利。

性別、人種、學歷、家世、關係、人脈……用這些未免太籠統的能力判斷標準，對每個人的才能與意願一概而論，只不過是居上位者的傲慢與保身罷了。

到最後，還是有很多出於健康狀態或家庭因素脫離競爭跑道的人，也有很多因為抗拒無聊人事制度，打從一開始就不願參加競爭的人。

就算能在這種敷衍潦草的跑道上獲勝，這種勝利又有何價值可言？

更何況，僅僅是在如此程度的競技場上連戰連勝，就自以為具備壓倒眾人力量，這種自戀的傢伙對周遭來說也是非常危險的存在。

野野村保古先生

轉眼秋意已濃。

您那邊應該差不多該做入冬的準備了吧？

野野村先生向來怕冷，我和K兩個都很擔心呢。

話說，前陣子承蒙您寄送新作，非常感謝。其實在您寄書來之前，我已經自己上Amazon買了，家裡現在有兩本，一本我專用，一本K專用！（^^）！。

拜讀之下，一方面內容非常有趣，一方面也感覺到最近野野村作品裡出現的女性，多半懷有驚天動地的祕密～

目前正在《C小說》雜誌上連載的作品也是，那位名叫春代的女主角正是如此。

給人一種危險的感覺。

不過，女人本來就是有很多祕密的生物，而且女人還比男人擅長隱瞞祕密。因此，您的新作讀起來非常貼近現實。

儘管不到春代那個地步，我自己就有重要的祕密瞞著K，私房錢也偷存了不少（笑）。

不管怎麼說，我總覺得野野村先生最近寫作的宗旨漸漸轉換爲「過去一直以爲一切都在自己掌握之中，最近才發現女人比想像中更難以捉摸，自己其實根本什麼都不懂」。

相較之下，初期野野村作品中出現的女性，多半是符合男人心目中理想女人的「紅顏禍水」，我不禁想像，是否近期您的心境起了什麼轉變……

那部連載作品中，丈夫耕平最後有沒有回三枝電機工作呢？

最後他是否原諒了妻子春代？

我一直在想，要是自己會怎麼做。

說來也不怕您誤會，我自己向來篤信「沒有誰的人生沒有祕密」，認爲「正因爲有祕密，人生滋味才豐富」。

無論多親密的對象，一定都有無法言明的「祕密」，這是一種道德，要是沒有了這樣的道德規範，文明社會將不復存在。

因此，在當今這個一億監視社會（防犯監視器、社群網路與智慧型手機）中，我很難不覺得人們正不斷遠離文明。也因爲有這樣的想法，拜讀您新作時的感受特別深刻。

或許會有人說「誰能將這麼大的祕密隱瞞到底」，但我以爲，想做一個將祕密隱瞞到底的人必須具備教養，將這種事寫進小說的人，更需要具備包容人性黑暗面的能力。

這麼一想，這次的作品可說是只有野野村先生才寫得出來的出色作品。

不愧是野野村先生！

對了對了，恕我換個話題，野野村先生明年要邁入還曆之年了呢～

比您小一輪的我也要四十八歲了，說來理所當然，但我還是很驚訝。第一次見面時，我和野野村先生都還很年輕啊。記得第二次見面那天您對我說「得爲你們這種腦袋像豆腐的讀者寫書，我還眞可憐」，現在回想起來，還像昨天才發生的事（笑）。

因此，雖然提議得遲了些，能不能讓我來舉辦一場「野野村先生還曆慶祝會」呢？

不只我跟K，更可以請歷年來各出版社的野野村責任編輯齊聚一堂，租個場地當作會場，盛大舉行一番。

當然，琴里小姐也一起！

我知道野野村先生討厭派對宴會之類場合，您或許會說「不用了啦，被一大群你們這種豆腐腦包圍，我只會覺得很累」，還是想請您考慮一下。

如果您覺得「舉辦一下也沒關係」，我希望能在明年春天之前規劃好這件事。

拜託您了，請務必考慮看看。

佐藤裕子

收到佐藤小姐這封電子郵件，是十一月還剩不到一星期的二十四日星期五。

內容是月初剛出的新書讀後感，要說一如往常也是一如往常，讀來卻有點讓我心驚肉跳。

儘管她在信內只是巧妙提及新書情節，但是比方說：

「女人本來就是有很多祕密的生物，而且女人還比男人擅長隱瞞祕密」，

或是

「無論多親密的對象，一定都有無法言明的『祕密』，這是一種道德，要是沒有了這樣的道德規範，文明社會將不復存在」，

還是

「想做一個將祕密隱瞞到底的人必須具備教養，將這種事寫進小說的人，更需要具備包容人性

黑暗面的能力」。

若是把對琴里的懷疑套用到這些句子看，總覺得佐藤小姐意有所指。

讀完她這封信（或說在讀這封信的當下），我的直覺是：

——佐藤小姐是不是掌握到什麼情報了？

當然，我對琴里「可能外遇」的懷疑，連一個字都沒對佐藤小姐提過。雖然暗自認定她是我的「最終王牌」，但也判斷事態還不到找她商量的時候。

打從十月在新宿產生「疑心」後，我還沒和琴里直接碰面過。上個月，文具店的臨時店鋪突然說要盤點，為了幫忙，琴里沒空回我這邊。不過，她說這個月底會回來一趟。

光就電話和 LINE 的對話及互動來看，我仍未從琴里身上感受到太大變化。至於亮輔一家過年期間去夏威夷的事，聽說那位阿姨的病況時好時壞，到現在連去程日期都還沒決定。

「現在是說，如果阿姨病情忽然惡化，那就讓奈奈子姊一個人去，如果沒有惡化，就等過完年搬到新家後，把小常交給亞香里照顧，哥哥和奈奈子姊兩個人去也可以。」

前幾天琴里才這麼說。

因為有這一連串的對話，現狀是我對琴里的懷疑已經減輕許多。

就在這時，我的「最終王牌」佐藤小姐卻寫來這麼一封信，信中提到女人「比男人擅長隱瞞祕密」、「無論多親密的對象，一定都有無法言明的『祕密』」等內容，不免讓我漸趨平靜的心情再度波濤洶湧起來。

——佐藤小姐是不是知道什麼事？

這麼想的瞬間，第一個浮現腦海的，是琴里找上她商量的可能性。

琴里向來最信任佐藤小姐。或者應該說，如果我出了什麼事，佐藤小姐是琴里唯一能夠依靠的對象。

如果真是這樣，琴里主動坦承自己外遇的目的是什麼？

——是豁出去了，打算和外遇對象展開新生活，希望跟我盡可能和平分手，卻又不知道該怎麼做？

所以想拜託佐藤小姐居中斡旋？

還是察覺我已經在懷疑她外遇，想哭求佐藤小姐傳授解開誤會的方法？

不管哪一種，我都認為不夠現實。

這麼一來……

我反覆重讀佐藤小姐的來信，推敲各種可能。

就算琴里再找不到可依靠的人，我還是很難相信她會主動拿自己外遇的事與佐藤小姐商量。即使只是一步和半步的差距，佐藤裕子終究是我的最終王牌，不是琴里的。這件事琴里不可能判斷錯誤。

說不定……

閃過腦中的念頭是，佐藤小姐或許和我一樣，碰巧在哪裡目睹了琴里跟年輕男人歡聚的模樣？

與臨陣脫逃的我不同，生來大膽又具備好奇心的佐藤小姐，說不定直接採取行動，上前質問琴里究竟怎麼回事？

雖然可能性不大，總覺得這個推測比「琴里主動坦承外遇」想像起來更實際。

假如內情真是如此，佐藤小姐忽然說要辦「野野村先生還曆慶祝會」的意圖也就很明顯了。明知我討厭眾人聚集的場合，還說要在明年春天前規劃好，背後肯定藏著其他目的。追根究柢，我的生日在八月，「春天前規劃好」怎麼說都太早了吧？

她真正的目的恐怕是為了說出那句「當然，琴里小姐也一起！」

確定場地，說服琴里回心轉意——最後迎來的當然是「雨過天晴」的結局，順便盛大慶祝我們成為夫妻二十年，彷彿什麼都沒發生過。這確實很像作風強勢的佐藤小姐會做的事。

想像至此，不由得回神驚覺。

——我想太多了……

冷靜觀望事態，佐藤小姐的來信單純只為了訴說新書讀後感。以一位長年擔任我責任編輯的人來說，會想出「還曆慶祝會」的點子也很正常。所謂的「明年春天前規劃好」，用虛歲來換算更是再自然不過的判斷。

只是，就算這樣，我仍從這封郵件的文字裡感到某種類似預兆或警告的訊息。

對琴里「可能外遇」一事本該毫不知情的佐藤小姐，卻寄給我這麼一封若有深意的長信。這件事本身是個巧合，但我總覺得也是某種明顯的預兆或警訊。

佐藤小姐不愧為C出版社的暢銷書推手，擁有非常出色的直覺。和她有多年交情的我最明白這一點了。正因如此，在撞見琴里「外遇現場」後立刻久違地收到佐藤小姐來信，我才會決定暫時不動聲色，靜觀事態發展。

然而，今天再次收到佐藤小姐的信（雖然這次的是電子郵件），她在信中寫著：

——你是否懊悔最近才發現女人比想像中更難以捉摸，自己其實根本什麼都不懂？

只能說完全被她給說中了。

佐藤裕子果然不容小覷。這麼說起來，關於琴里可能外遇這件事，是不是到了我該正式動起來的時機呢？

收到第一封信時決定靜觀其變，現在差不多該改變這個方針了。佐藤裕子的第二封信，一定在暗中敦促著這個。

琴里傳 LINE 來說「這個月也不能回去了」，是收到佐藤小姐電郵那天傍晚的事。

這麼重要的事竟然用 LINE 通知，但琴里確實常做這種事。對她而言，LINE 傳遞訊息的正確性比電話高，也更誠實方便。

重要的事就該當面說，如果碰面有困難，至少該打電話直接聽到對方的聲音，自己也親口傳達——這似乎只是從我這個世代到下一個世代的社會常識，對與我相差十五歲的琴里來說完全不適用。

「為什麼？」

我也用 LINE 反問（通知事情時不把原因一併寫上，也是我這世代的人不可能做的事）。

「老實說，三天前小常又小發作了一次。」

琴里的回答讓我大吃一驚。
立刻撥了電話給她。
她說的「發作」，指的一定是腦梗塞發作。這種重要的事卻悶不吭聲了三天，到底打的是什麼主意？
琴里立刻接了電話。
「發作是說腦梗塞發作嗎？」
為求謹慎，我再確認一次。
「可能是。」
沒想到，她的聲音聽起來不怎麼緊張。
腦梗塞這種病，二度發作很可能陷入重症。
「醫院醫生怎麼說？」
「三天前的傍晚，我們一起顧店的時候，小常和平常一樣在做筆耕的工作……」
琴里這裡說的筆耕，是收錢幫人在邀請函之類信函上寫收件人等的工作。因為從小學書法的常子寫得一手好字。
「然後呢？」
「然後她忽然說拿筆的手麻了，好像怪怪的。」
到這階段還不聯絡我，到底是為什麼？
「我就急急忙忙叫計程車，帶她去醫院。」

「後來呢？」

「醫生說CT和MR都沒照出東西，應該不要緊，可能只是暫時性的缺血。」

「手的麻痺症狀呢？」

「從醫院回來休息一下就好了。」

「那就不是腦梗塞發作囉？」

「大概不是吧。不過，醫生也說可能有照不出來的小梗塞，這段時間還是要注意一下，要是有什麼症狀馬上得去醫院。所以，我想說這個月底回家的事先延期好了。雖然很可惜。」

「我這邊當然是無所謂。」

「阿古，抱歉喔。」

琴里語帶愧疚地說。

後來又聊了一會兒才掛上電話，我回頭衡量剛才琴里說的話和語氣。

和之前一樣，沒什麼可疑的感覺。本多媽媽身體出現異狀卻瞞了三天這件事，說奇怪是有點奇怪，但站在琴里的角度想，那不算什麼大事，反而怕馬上跟我講的話，我會主動要求她月底別回來吧。

她可能想先觀察幾天狀況，確定怎麼做之後，再把事態和結論一起跟我說。這個推測應該沒錯。

要是沒有佐藤小姐的信，我對琴里這次的聯絡恐怕一點也不會在意。

然而，只有九月初回來幾天，那之後的十月和十一月，我和琴里都沒見到面，仔細想想，還真的是異常事態。

為了照顧圓之助牠們，我無法輕易上東京，這點琴里最清楚。我們想見面，只能等她回來了。

最重要的是，她那麼疼愛那些貓咪，以前自己不在家時總是那麼擔心，這次整整兩個月摸不到貓咪們，卻像一點也不在意似的。這在過去絕對是無法想像的事。

——是不是在東京找到什麼比我和貓咪們（貓咪們和我）更佔據她心思的事了？

再怎麼說也不會吧。內心半是推翻這個念頭，半是想起佐藤小姐來信的內容，疑慮不斷湧上。浮現腦海的，當然是在凱悅飯店撞見的那酷似男明星的高個青年。

如果決定不再靜觀其變，最好的辦法就是按照當初的方針（也沒到方針這麼正式），找佐藤小姐商量，請她探探琴里的口風。

包括探口風的方式在內，最好和她見個面，縝密地討論一番。

看來，只能當天來回一趟東京了。

佐藤小姐育有一子一女，孩子都是正需要照顧的時候，不能為了我的私事勞煩她過來。再說，我是拜託人家的一方，由我動身過去才是道理。

這種事，也不好只用電子郵件委託。

光想到要在電郵裡交代琴里外遇的細節就令我生厭。那已不只是不悅，根本就是不祥了吧。

總之，我決定明天打個電話給佐藤小姐，請她立刻跟我碰面。

敬啟者

秋意漸深，東京的紅葉也愈來愈濃。想來您平安健康地生活著，疏於問候許久，眞是不好意思。

野野村先生曾說，讀您的作品時「等連載集結成冊再讀」，但是這次在《C小說》連載的〈獨自去買麵包的那些日子〉，讓人忍不住打破了這個原則。

之前連城石氣功師父都出現在作品裡了呢，讓我懷念地想起一起請城石師父治療，還有震災時一起去仙台的事。

透過將這些不同經驗寫成書中有趣的插曲，野野村先生本身的視角與境界在我們讀者心中引起強烈的迴響。

「人一死，曾經看得見的東西就像搭上光速飛機般倏忽遠離，曾經聽得見的事物則大概是搭上音速飛機，以比較慢的速度離開」……

前幾天，音樂人安藤庄司先生過世了。去年他宣布罹患癌症的事，與病魔奮戰的結果，還是在七十歲時撒手人寰。

這雖是我的私事，我在十幾歲時私淑於他，學生時代又以工作人員身分跟著他工作，就職後依然與他保持私人往來。說得老套一點，現在的我感覺心破了一個大洞。

十幾歲時，眞的從他初期那些充滿虛無感的樂曲中獲得共鳴，受到激勵。出社會工作不久，隸屬藝能雜誌《B》時他對我說：

「《大菩薩嶺》的作者中里介山過去也一直在寫醜聞報導，你不用引以爲恥。」

這句話，讓我產生在這份工作上再堅持一下的心情，就這層意義來說，安庄先生（我們都這麼稱呼他）眞是我的恩人。

難以接受他的死，那些樂曲與他說過的話至今仍在腦中鮮明迴盪。拜讀了剛才提到的野野村先生那段文字，讓我想起這件事。

還有另一段。

「東京這個大都市，大概是爲『積極向前的人』存在的城市吧」

「然而，對於已經看見眼前道路終點的人，或是在不知不覺中迷失方向的人而言，這個城市的魅力就沒那麼大了。」

在這個競爭激烈，過度擁擠的城市，日日被迫投身這座城市裡的生存競爭，活在這樣一再重複的日常中，自己都懷疑到底想朝何方前進的現在，您那番話在心中引起強烈的迴響。

至今一直害怕停下腳步，也不敢回頭看，直到安庄先生的死，讓我停下腳步回頭。那一瞬間，才發現自己站在多麼荒涼的原野上。這就是我現在的心境。

還要向您報告另外一件私事，我最近離婚了。

沒有明確稱得上原因的原因，只是和妻子已經好幾年處於心靈不相通的狀態，會離婚也是無可奈何的事。

事實上，我也早就隱約感到妻子另有男人。
之前她身體狀況不好時，承蒙野野村先生介紹中醫，那時眞的非常感謝您。
就結果來說，或許無法與她共度一生，但能借助中藥的力量使她重拾健康，沒有比這更好的事。
眞的非常感謝您。

總之，今後爲了擁有無悔的人生，也爲了給自己一個交代，我將在工作上全力以赴。
一直懸宕未有進展的野野村先生作品，我會比過去更盡力完成，請您多多指教了。

盡是在提自己的事，非常抱歉。
您在《C小說》的連載，似乎讓我思考了各種自己的事。
請您務必珍重身體，拜託了。

附註：前幾天，在某位作家的作品出版紀念會上久違地遇見佐藤裕子小姐。聽她說起琴里小姐的母親身體微恙，眞教人掛心。

平成二十九年十一月二十二日
中央日報新聞出版社

書籍編輯部　槙原俊哉　敬上

隔天一醒來，我立刻打電話到佐藤小姐手機，但沒接通。

我沒留言，打算等中午再打一次。給自己沖了咖啡，再次回書房工作。

斷斷續續寫了兩小時原稿，吃草莓果醬土司填飽肚子後，下到公寓一樓的信箱旁拿報紙。這時，郵差正好把一封信投入信箱。

打開信箱想拿報紙的瞬間，一封信刷地一聲掉在報紙上。

和報紙一起拿出來，翻過信封一看，寄件人寫著「槙原俊哉」。

他擔任我責任編輯多年，和佐藤小姐一樣，都是和我關係最親近的編輯。

回到房間，丟下還沒整理的餐具，打開他的來信。

和槙原失聯了好一段時間。

差不多一年前，我在中央日報新聞出版社的《週刊中央》雜誌結束連載。不過那部長篇小說尚未完成，嘴上說要寫完結篇，至今一直還沒動筆。也因為這樣，不好意思主動聯絡他。

另一方面，身為編輯的槙原向來秉持不催促作家的原則，他一定是打算等收到完結篇後，隔一段時間再自己跟我聯絡。

因此，算算我們已經將近一年沒聯絡了。

話雖如此，搬家後，我新家的地址也只通知佐藤小姐和他。

昨天收到佐藤小姐的信，正打算趕緊回電給她，約定碰面時間時，今天又接到另一個與我關係最親近的編輯槇原睽違一年的聯絡。

和收到佐藤小姐的信時一樣，我認為這不只是巧合，從中感受到某種特別意義。

匆匆看完他的來信後，只能說這種感受更加強烈。

傍晚，我打了電話給槇原。

利用工作空檔，把他的信重讀了三次後，撥電話到他的手機。

「好久不見，謝謝你的來信。」

我一開口便這麼說。

「不好意思，一直沒問候您。」

槇原果然用愧疚的聲音這麼說。

他不是那種引人注目的男人，作風也不強勢，但是與此同時，他又是個非常頑固的人。乍聽之下似乎有所矛盾，這人有時也沒什麼耐性。我花了好長一段時間才搞清楚他的個性。不知是工作性質使然，還是天生具備這種能力，我向來很快就能掌握別人的個性，速度大概是普通人的兩到三倍。然而，即使是這樣的我，也花了好幾年才理解槇原的為人與個性。

「那封信寫得非常好，我才不好意思，一直沒主動聯繫你。」

雖然槙原的年紀和佐藤小姐差不多，或許因為同為男人的緣故，我跟他講話時口氣比較隨興。

「不、請別這麼說。」

「對了，你要不要過來我這一趟？累積了很多話想說。」

電話裡，聽見他瞬間倒抽一口氣的聲音。

「可以嗎？」

「當然。你可以當天來回，不過最好是在這邊過夜啦。要是能住下來，我就請你晚餐吃好料。」

「這怎麼好意思。」

「如何？要不要來？我是隨時都歡迎。」

說著，我朝書房牆上的壁掛月曆看了一眼。

今天是十一月二十五日星期六。

從事書籍編輯的槙原，週末應該不用值班。明天星期天，說不定就能來了。

「那就恭敬不如從命，明天去拜訪您好嗎？」

不出所料，他果然說了明天。

「當然好。這樣的話，家附近有間好吃的餐廳，我先預約起來。不過琴里現在不在這喔。她母親病倒了，為了照顧母親，暫時回東京住。」

「這個我知道，信裡也寫到，前幾天聽佐藤小姐說了。」

「這樣啊。那麼，明天你到了打電話給我。可以傍晚先來我家，在家裡喝個茶再出門。餐廳我會預約晚上七點。」

「感謝您。」

「那就這樣。」

說完，我掛上電話。

像槇原這樣的男人會寫那種內容的信，就表示他正陷入非常疲憊的精神狀態。

我得先見到他本人，當面好好聽他說才行。

必須照顧貓的我無法輕易上東京，既然如此，只能叫他過來了。

槇原肯定也暗自期待我問他「要不要見個面？」

〈事實上，我也早就隱約感到妻子另有男人。〉

我一直在想他信裡這句話。

槇原和太太感情不好，這是以前就知道的事。但是，我從沒聽他說過太太另有對象。

「物以類聚」是句老掉牙的話，但是，恐怕幾乎沒有人能否認這句格言。

相似的人們總是能夠相互理解。這話說來理所當然，在交友方面，這種傾向更是明顯。面對異性關係時，人們有時會大膽嘗試冒險，但在選擇培育友情的對象時則非常保守，傾向選擇與自己擁有相似特質的人。這也是為什麼友情的耐久年數多半比戀情還要長。

我和槇原年紀差了超過一輪，又是作家與編輯的關係。不過，我剛成為作家時，他以S出版社編輯身分（後來槇原辭去S出版社的工作，換工作到現在的中央日報新聞出版社）來拜訪，從那時起槇原就一直是我的責任編輯，也是重要的朋友之一。

所謂物以類聚，有時指的不只是類似的特質。

隨著年齡增長，我愈來愈肯定一件事——自己身上發生的狀況，往往同樣會發生在朋友身上。反過來也說得通。因為是類似的人，擁有類似的經驗，獲得相同的成果或經歷相同的失敗，就某種程度來說，這種現象確實符合邏輯。

然而，某種超越上述現象的共時性（具有意義的巧合），偶爾也會發生在朋友之間。

比方說，西城秀樹過世後，他的摯友野口五郎在葬禮上發表了如下弔詞（野口大我兩歲，我們幾乎屬於同一世代）：

〈我倆單身的時間都很長，成爲無話不談的好朋友，也會一起去打高爾夫。你負責開車來接我，我負責準備飯糰和味噌湯，還會互相開玩笑說「又不是夫妻」。永遠忘不了我說「秀樹，我要結婚了」時，你那驚訝的表情。二月我舉行婚禮，你上前握手說「恭喜」的瞬間，我馬上就明白了。啊、這傢伙也要結婚了。後來果然不出我所料，五個月後你和美紀夫人成婚。

某個深秋的日子，內人說「我可能懷孕了」，驚訝的我要她隔天馬上去醫院檢查。就在這時，你忽然打電話來說：「五郎，這件事還沒告訴任何人，不過，我就要有小孩了」。彼此都生了女兒，你家的六月三日生，我家的六月五日。世上竟眞有這種事。女兒們第一次的女兒節，兩家也一起慶祝了呢。〉

野口在此述說的這種巧合，往往發生在好友之間。

正因如此，我決定暫且延後聯絡佐藤裕子，先和槇原碰面談談。

從我家走路五分鐘可到的地方，有間叫「五十嵐」的小料理店。

店裡只有老闆和老闆娘兩人打理，端上桌的卻道道都是費事又美味的菜餚。我和琴里每個月總會光顧個一、兩次。

只能選套餐，最便宜的是五千日圓。光是點五千日圓的套餐，菜就已經多得吃不完。

今天為了招待槙原，大手筆點了八千日圓的套餐。和琴里來的時候，頂多只吃五千圓套餐。

點了兩種地方特產酒，每種各點一合，打算喝來比較有什麼不同。

並肩坐在吧台邊的座位，先端起小酒杯向彼此敬酒。

「真美味。」

啜飲一口，槙原這麼說。

不愧是蒐集了好幾種全國知名特產酒的店，不管是口味偏甜還是偏辣的酒，喝起來都不令人失望。

「你信上提到離婚的事，申請書已經提交了嗎？」

我立刻切入正題。以我和槙原的交情，廢話不用多說。

「是，上禮拜已經送出去了。」

「那麼，阿槙你從家裡搬出來嗎？」

我都叫槇原「阿槇」。

「其實我們早就分居一年多，那時我就從吉祥寺的公寓搬出來了。」

「什麼嘛，原來是這樣啊。」

槇原在吉祥寺出生長大，結婚時買的也是那裡的公寓。

「那現在阿槇住哪裡？」

「我現在在清澄白河租一間小套房。」

住在清澄白河的話，只要搭大江戶線，就能前往中央日報新聞出版社所在的築地，途中不用換車。那一帶離琴里娘家很近，我也熟門熟路。

「吉祥寺的房子怎麼辦？」

槇原老家在吉祥寺經營一間歷史悠久的西餐廳，當年買房時，聽說家人也有資助。

「應該會賣掉吧，這方面的事就交給渚處理。」

渚是他前妻的名字。我見過幾次，之前她身體出了狀況，還是我帶她去給熟識中醫看的。

「這樣啊。」

渚小姐在銀行工作，要賣房子的話，交給她處理似乎也理所當然。

接下來，我們一邊品嚐陸續送上桌的菜餚，一邊聊小說、聊這個城市和琴里娘家的事，時間就這麼不斷流逝。

想問渚小姐「另有男人」的事，終究還是得等酒過幾巡之後比較好。

喝完兩瓶一合裝的酒研，再加點一瓶口味偏辣的那種。

我酒量不是很好，槇原也差強人意。
「你說渚小姐另有男人，是什麼時候發生的事？」
終於把最重要的問題問出口。
槇原身體反射性地後仰，像是有所警戒。不過，他並不是真的對我有心防，那只是他緊張時的習慣動作。
「差不多三年前察覺的。那時一個人去西班牙旅行了一趟……」
「一個人去旅行，誰？」
「我老婆。」
在旅途中遇見了第三者嗎……
「可是，總覺得她不是自己一個人去的。」
然而，他接下來卻說了出乎預料的話。
「好像是跟公司前輩一起去的。」
「前輩？」
「對，她好像一直都跟那個人在交往……」
「一直是指？」
抓不到槇原說話的要領，不過，他講話原本就是這樣。
他總是會謹慎思考過每個詞彙才說出口，在這業界是相當罕見的類型。
「大概是從跟我結婚前，他們兩人就分分合合了。」

「搞什麼啊？」

「我也不懂……」

他歪了歪頭。

「阿槇是在那次西班牙旅行之後才察覺的嗎？」

「對。」

「怎麼察覺的？」

「碰巧看了那個前輩的Facebook，看到他放了西班牙旅行的照片。我老婆那趟旅行的行程比較特別，所以我才發現的。那個前輩走的是和我老婆一樣的路線。」

「可是，你怎麼會去看太太前輩的Facebook？」

「我懷疑很久了，他和我老婆的事。」

「為什麼？」

「第一次見到那個人是在婚禮上，那時就感到他看我老婆的眼神怪怪的。只是，當時心想頂多是前男友吧。直到我老婆從西班牙回來後表現得不太對勁，覺得『該不會……』，就去偷看了他的Facebook。」

「表現得怎樣不太對勁？」

「就對我莫名溫柔體貼。」

渚小姐是情緒起伏很大的人，有點歇斯底里。會去看中醫也是想治療這個。

「你說那比較特別的西班牙行程又是如何？」

聽到「西班牙旅行」一詞時，我心裡已經多少有個底了。

「您知道聖地亞哥德孔波斯特拉嗎？」

「當然。」

我點點頭，槙原露出「不愧是野野村老師」的表情。

「我完全沒聽過，但那個前輩和我老婆都去了聖地亞哥德孔波斯特拉，說是朝聖之旅。」

「是喔！」

我發出類似讚嘆的驚呼，感覺自己背上竄過一股寒氣。

先開口說要離婚的是槙原。

「我知道她也一直在等機會。不過，要是讓她先開口提離婚，一定會坦承跟那個前輩的事。她雖然是很情緒化的人，但也因為這樣，個性上不太會說謊。站在我的立場，我是一點也不想從她口中聽到關於那個男人的事，既然如此，只好自己先提離婚了。這麼一來，她就必須扮演問『為什麼』的角色。」

槙原的語氣淡然，表情卻透露出幾分痛苦。

像他這種不太會把內心痛苦表露出來的人，周遭朋友必須盡可能仔細聽他傾訴。

如果是情緒化的人，其實很少需要靠對誰深入傾吐來發洩壓力。因為他們不管對誰都能說出內心的不平不滿，根本不需要深入傾吐什麼。只要傾聽者聽他們說完表面話，他們的壓力也差不多發洩完了。

然而，聽槇原這種深思熟慮型的人說話時，最好能各方面深入詢問傾聽，同時幫助他按照順序整理思路。這麼一來，他只要吐露一次情感就能獲得療癒。

心理諮商對這類型的人往往更有效。

「這麼說來，你太太從朝聖之旅回來後，就一直和那個前輩保持關係？」

我這麼問。

「不知道，我不確定。畢竟對方也有妻兒。不過，我並不想知道那方面的詳情。在那之前我也裝作不知情地過了三年啊。只是，這次總覺得時機成熟，就決定正式離婚了。」

「時機成熟？」

「對。因為她也散發出差不多是時候了的氣氛。」

「原來如此。」

槇原和渚小姐跟我和琴里一樣，都過了將近二十年的夫妻生活。

和一起生活這麼長久的伴侶分手，產生的卻是「時機成熟」的感覺。總覺得這點真不愧是槇原。只因被誰外遇誰背叛之類的表層現象迷惑，就衝動地斬斷長達二十年夫妻關係，這實在不是成熟大人該做的事。

「不過，實際上恢復單身後，感覺好像從一場漫長無聊又非常空虛的夢中醒來。」

槇原悄然這麼說。

「大概因為我們夫妻沒生小孩，和一般夫妻還是有點不一樣吧。」

他又附帶說明了這麼一句。

和槙原見面後，他說的話一直離不開腦海。

他說自己離婚之後——

感覺像從一場漫長無聊又非常空虛的夢中醒來。

對槙原而言，婚姻生活就是一場「漫長無聊又非常空虛的夢」嗎……

我反過來想。

要是自己跟琴里分手，會怎麼回頭看跟她共度的二十年生活呢。

我也會和槙原一樣，一和琴里分手，立刻就覺得那是一場漫長無聊又非常空虛的夢嗎。

會怎麼樣呢？

年輕時的我，就算不至於否定人生，但也賭著「絕對不願肯定」的一口氣去寫小說，藉此得以勉強肯定自己的人生。

好不容易當上作家，為了脫離這樣的自相矛盾，我自認也盡可能秉持積極向前的態度看待人生，努力重建自己的思考模式。

然而，這樣的努力其實不太成功。

借用槇原說的話，對我而言，不只是與琴里共度的二十年，我這六十年的人生本身就是一場「漫長無聊又非常空虛的夢」。

我從來不曾脫離這種茫然空泛的虛無。

現實中真的會有「漫長無聊又非常空虛的夢」以外的人生嗎？我很懷疑。

如果有的話，那究竟在哪裡？

怎樣的人才體驗得到那種人生？

不是「漫長無聊又非常空虛的夢」的人生，說起來到底是什麼樣的人生呢？

比方說，試著用一個相反詞取代「漫長地」。

也用一個相反詞換掉「無聊的」看看。

再試著換掉「非常空虛的夢」。

這麼一來，我們可以得到以下這句話。

——短暫且充滿驚濤駭浪，非常充實的現實生活。

如果能過上「短暫且充滿驚濤駭浪，非常充實的現實生活」，人們就能從「漫長無聊又非常空虛的夢」一般的人生中獲得解放嗎？

我想應該是吧。

可是，人往往難以過上那樣的人生。

那恐怕不是有沒有能力這麼做的問題。

因為大多數人根本打從心底不希望過那種人生。

「短暫且充滿驚濤駭浪，非常充實的現實生活」，聽到這句話，首先浮現我腦海的是像坂本龍馬、切．格瓦拉或約翰藍儂那種人生。作家的話，就是芥川龍之介等人了吧。就我看來，若問想不想過龍馬、格瓦拉或芥川那種人生，我一定搖頭。

簡單來說，一般人都自願選擇了「漫長無聊又非常空虛的夢」一般的人生。

其中應該尤其執著於「漫長」這部分。

無論充滿多少驚濤駭浪或是多麼愉快的人生，一旦它「短」，我們就無論如何難以接受。就算無聊又空虛，是不是也寧可選擇「漫長」持續的人生？

那些忽然被宣告罹患不治之症的人，他們的人生之所以開始閃耀光輝，正因「漫長」這個條件被二話不說拿掉了的緣故。這麼一來，既然不用勉強忍受「無聊又空虛」的人生，必然非朝「充滿驚濤駭浪」的充實人生邁進不可。

為什麼不管過多久，我都無法脫離這種無可救藥的虛無心境呢？

長年思考原因，現在我忽然有了個想法。

——該不會因為這樣，才害我無法脫離那種虛無的心境吧？

簡單來說，就是因為我始終找不到「理想的人生」。

再形容得更正確一點，或許應該說，隨著年齡的增長，我愈來愈搞不清楚何謂「理想的人生」。

前面曾經寫到，高中時的我熱衷於追求夢想。

曾描繪出「新聞工作者」→「作家」→「政治家」的職涯發展路線，對我而言，「理想的人生」或許是像石原慎太郎那樣的人生。

遺憾的是，後來我進入A出版社，擔任石原慎太郎的責任編輯，獲得與他近距離接觸的機會。那時，我發現像自己這樣的男人，和石原慎太郎根本沒有絲毫類似之處，甚至可以說是完全相異的人種。

我恐怕無法成為自己心目中視為模範的那種人。

想想也是，我們生長在不同世代，成長過程不同，走過的路沒有任何交集。唯一產生共鳴的，說到底，只有他創作的那些作品。除此之外，我們就像兩個不同世界的人。

這雖是理所當然的現實，如果我不曾見過他本人，恐怕還會一直籠統地「以石原慎太郎為目標」。

這類經驗帶給我的教訓是，若要設定「理想的人生」，與其實際認識已實踐理想人生的對象，不如反覆閱讀各種談論那種人的「媒體資料」還比較好。

從我的「石原經驗」中也可得知，一旦認識了視為模範的那個人，眼睛只會忍不住去看「自己和對方的相異處」，遲早察覺所謂「理想的人生」只不過是無法實現的「理想」罷了。

——對你而言，理想的人生是誰的人生？

面對此一問題，很多人經常給出「我的父親」或「我的母親」這種堪稱平凡的答案。直到最近我才終於理解，那其實是非常正確的答案。

若想在能夠持續確認對方與自己共通之處的情況下，從某人身上找到人生的模範，最適合的對象不是父母就是學校老師。

就這點來說，我才剛當上作家就失去父親宗一郎，實在是一件遺憾至極的事。

同樣站在專業作家的立場，若是能在這個階段與父親暢談創作與作家這行業的事，對我而言一定非常有幫助。

不能做到這點太可惜了，也是我太晚成為作家的最大缺點。

難得生為作家之子，我卻沒能享受其中最豐饒的優勢。

無論是新聞工作者、作家或政治家，都沒有令我「想成為對方」的理想人物。起初腦中也想像過各種人物，但是很快地，就會發現自己和對方實在相差太遠（就算沒有直接認識也一樣），我也就此遠離對方。這種荒蕪的事反覆了幾次後，我對那些職業本身漸漸失去了興趣。

現在，儘管我自稱「作家」。

——舉例來說，你是否曾以哪位作家為目標？

——你認為自己現在成為和哪位作家一樣的作家？

即使這麼問我，我腦中也不會浮現特定人物。

「要是能成為那樣的作家就好了」、「無法成為那樣的作家真令人遺憾」或「想做出跟那位作家一樣的工作」……我完全沒有這類想法。

同時，若問「那麼，你真正想成為的，是像自己這樣的作家嗎」，倒也沒這回事。

內心的想法是——

然而，若問我是否就此滿足，我只會出現「嗯，和那又有點不一樣」的想法。

心中有的，只是這種淡淡的感慨。話是這麼說，能實現年輕時的夢想仍值得感恩。

至少做了曾經想做的三種職業其中一種，只能說還不錯了。

總覺得，我的人生打從根本就走錯路。

我想擁有一個成功的人生，也想在人生中獲得勝利。希望如此一來就能過得充實滿足。然而事到如今我才發現，一開始立定目標的方式，或說對人生目標秉持的看法及觀看的角度都錯了。

結果，我明明只是想過得幸福，眼中卻老是注意著成功或勝利與否的事。這話一點也不誇張，直到最近我都還抱持著「為成功犧牲幸福也沒關係」的觀念。

追根究柢，婚姻失敗與再也見不到獨生子新平，都是出於這緣故。現在回想起來，結婚與育兒的失敗都是無可挽回的嚴重挫敗。

不只如此，我還因為這嚴重的挫敗，更加執著於追求成功。到現在仍認定成功就能帶來幸福的替代品，或是別種「類似幸福」的東西。

這也是我與琴里之間沒生小孩的原因之一。

每個人對幸福的想法和接受方式當然都不一樣。

沒有誰能替自己認定什麼是幸福，只要自己認定幸福，就能成就自己的幸福。

所謂的幸福，或許可說是維持長時間幸福感的狀態。

在這段期間中，幸福感的質量或種類就算改變也不是問題。只要自己能持續感受到幸福就好。

有句話最能簡單說明我們的幸福。

「每天笑著過日子」。

就是這句話。

原來如此，無論身處何種境遇，只能每天笑著過日子，就沒有什麼比這更能證明自己處於「維持長時間幸福感的狀態」。

道理就在這裡。

我這個人這輩子最唾棄的，就是這種標榜「每天笑著過日子」，將此視為人生最大價值的生存之道，認為這再無聊也不過。

——每天笑著過日子，說什麼蠢話！

這就是我過去的想法。

現在回想起來，我始終堅持著那些愚蠢的想法。

——自己和其他人不一樣。

我被困在如此淺薄的自尊裡團團轉。

絲毫不理解「每天笑著過日子」是多麼困難，又是需要多麼純熟的技巧才能完成的事業。我自以為是地認為，要是人生這麼隨便過過就好，我就算一邊挖鼻孔也能輕鬆應付。這實在是天大的誤會。

最近聽到令我大受衝擊的一句話，那是差不多一年前，我形同兄長的摯友也是紀實作家橫水康明說的話。

我們偶爾會打電話給對方報告自己的工作進度，持續這習慣已有將近二十年。這幾年多半在電話裡感嘆出版業界的慘淡現狀，或是互吐苦水。

去年年底，我已經搬到現在這裡住，按慣例打了電話給他，抱怨「提不起幹勁」、「覺得沒什麼好寫了」。

「阿保，既然如此，你只剩下一個方法了。」

橫水兄忽然這麼說。

「剩下的方法？」

「就是讓阿保你重拾幹勁的方法。」

「有這種東西嗎？」

「有有有。只有一個，但這個方法可厲害了。」

「什麼方法，多厲害？」

我聽得一頭霧水。

「生個小孩就好。請琴里小姐幫你生個小孩就好。」

「小孩？」

「對啊。這麼一來，不管想不想，你都得引擎全開認命工作了。阿保，男人一旦提不起勁工作，最後就只能靠這招。」

橫水兄的話，聽得我目瞪口呆。

然而，最令我錯愕的是，聽到「生個小孩就好」這句話的瞬間。

──原來如此，這或許真的是恢復工作動力的最後手段……

我竟然半認真地這麼想。

掛上電話後，我對自己聽了橫水兄的話後竟然恍然大悟的事反覆思考了半晌。

想著想著，「琴里早就年過四十，還能生小孩嗎？」、「生了小孩之後，我們兩人能好好扶養孩子長大嗎？」或「要是長得像琴里，一定會是個很可愛的小孩吧」……種種心思紛至沓來，一時之間難以平復。

意思就是說，我真的「萌生那個意思」了。

當然，這種幻想不可能持續太久。

只是在橫水兄奇特的建議下，不管原本的我怎麼想，事到如今才發現，人類若試圖擁有「長時間持續的幸福感」，像這樣生個小孩，看著心愛的孩子一天一天成長，以此為動力努力工作，似乎會是最有效率的方法。

琴里最早想要小孩，是同居幾年後，她剛過三十歲不久那時。
我做出安靜的反抗。
因為不是正式夫妻，無法接受不孕治療，此時反倒成了值得慶幸的事。
住在博多那段時間，我們在公園裡撿到還是小貓的圓之助。沒隔多久，又陸續撿回其他隻貓，拜貓兒們之賜，漸漸化解了琴里想要小孩的心情。
我之所以對生子有所躊躇，最大原因除了不擅長應付「家人」外，也出於對琴里身體的擔心。
琴里並未生過大病，只有偏頭痛這個老毛病。不過，她的身體向來孱弱（偏頭痛發作時狀況更是嚴重）。
剛開始交往時我就想過：
——這個人的身體，承受得了懷孕生產嗎？
還因為這樣特別小心避孕。
後來逐漸習慣住在一起的生活後，那種感覺慢慢淡去。只是，當她實際上開始想要小孩時，那份不安再次具體浮現。
要是琴里留下小孩，自己死掉了怎麼辦——光是這麼想像，我就覺得懷孕生產真是一件非同小可的事。
自己帶著幼兒，我到底要怎麼在沒有琴里的世界上活下去？

這種想像固然太過誇大，當時的我卻是相當認真。如今回頭想想，那份直覺倒也不能說有錯。說穿了，我的不安大概來自擔心失去琴里的恐懼。

認識琴里，抱著不屈不撓的決心追求她，是因為我確信今後自己若想以作家身分持續寫作，人生就不能沒有她。她對我而言是這麼重要的存在，就算是親生骨肉也不能從我身邊奪走她。

女人擁有得天獨厚的人生。

打個比方，那就像是她們人人都能當上社長。

成為母親這件事，看在身為男人的我眼中，至少也有這種程度的意義和價值。

母親與父親的差別，就像奧運金牌與銀牌之差。

乍看之下要說相差不遠也可以，但老實說，我認為金牌和銀牌有天壤之別。

以結果來說，琴里終究沒有生小孩。

該怎麼說好呢，總覺得我非常對不起她。因為我的關係，害她眼睜睜錯過當上社長的機會。

我們人類會隨著年紀的增長，把自己的生命能量移植給自己的小孩。不只肉體，恐怕連精神亦是如此。

「年輕」與「生命能量」乃同義語。這六、七十年來，人類通常用「DNA」這個詞彙來形容上述生命能量。

一直以來我都認為，女性之所以比男性更強悍，原因在於她們是從男性身上奪取DNA的一方。

女人吃掉我們男人的生命能量，再孕育出新生命。

面臨死亡的時候，就算男人認為自己已在現世留下子嗣，事實卻是男人留下來的不過是對門風家世或社會地位的執著，完全不是屬於生理上的東西。

尊崇父系，子子孫孫都記載於父系族譜等作為，出發點都是為了彌補男人的這種不堪一擊。

說得更簡單一點，就算改姓或固有名詞消失，女人也不太介意。因為她們能從男人身上採取DNA，承受肉體的疼痛生下繼承自己血緣的骨肉，將活生生的生命能量直接留在這世上。

很久以前有一次，佐藤裕子小姐忽然這麼說：

「男人真可憐，只負責射出來而已。」

我在D出版社文學雜誌連載小說時，擔任責任編輯的W小姐休完產假後，第一次碰面時也說：

「親手抱著自己生下的小孩時，深深感覺到完成了自己來到這世上的使命，心想，這樣就夠了。」

雖然形式多少有點不同，在其他許多場合也有許多機會聽到類似佐藤小姐與W小姐這樣的抒懷。女人總帶著幾許自豪，下意識脫口而出同類型的話語。

然而，她們並不真正理解那些話聽在我們男人耳中是什麼感覺。

我每次聽到她們說那些話，都覺得像是女人在對男人說：

——有一種生命源流，是你們男人絕對無法抵達的地方。能靠近那個地方的，只有我們女人。

每次被這麼一說，我都心想：

——我也得抵達個哪裡才行。一個女人絕對到不了，只有男人才能靠近的地方。

男性與女性實在不同。

從誕生那一刻起，身體的一部分（而且是非常重要的一部分）就不一樣了，會有不同也是理所當然的事。

誕生時那重要部分的差異，將隨時間的經過，擴大兩者之間的隔閡。

男性與女性有著無可救藥的不同。因為實在太不相同，所以才會互相吸引，這種想法既無可厚非，說「男人和女人一樣都是人」時，意思就和「天空與海洋同為地球一部分」一樣正確。

誕生時重要部分相異的男女，隨歲月的流逝逐漸成為「不一樣的人」。

到了迎接死亡那一刻，大概就是兩者差異達到最高點的時候吧？

我這麼想。

換句話說，男人的死法與女人的死法，肯定全然不同。

到底有什麼不同？

男人與女人，死亡時最大的差異是什麼？

最近，我老是在思考這件事。

舉例來說，和男人的死比起來，女人的死好像比較難看見。

當我試著想像人死的場景，畫面中，躺在病床上的人一律是男人。放不下對塵世的眷戀，在痛苦中顫抖著死去的男人。

想像死亡場景時浮現腦海的總是男人，是因為自己也是男人的緣故嗎？

女人想像同樣的事情時，畫面中躺在病床上的也是女人嗎？

女人的死比較難看見的另一個原因，是否和世上氾濫的屍體照片或影像（包括虛構作品在內）中出現的多半是男人屍體有關？

最大的原因，大概是戰爭或殺戮（包括虛構作品在內）的存在。上陣殺敵，屍體堆積如山的大抵是男人。我們從小便看著這類照片或影像長大。

透過媒體擴散的「死亡」形象中，男人的數量壓倒性居多。

只要看看報紙的訃聞欄就能一目了然。

像這樣日常生活中經常接觸到的「人類之死」，多半只是「男性之死」，因而當我們試著想像死亡的畫面，自然而然浮現的就是男人死去時的形象。

現實中，每天都有與男性幾乎相同數量的女性離世。

然而，不知為何，我總覺得男人的死帶有更多痛苦與悲慘。

……男人之死似乎比女人之死更痛苦。

到底為什麼會這樣呢？

明明不認為死亡的痛苦有男女之差，為何看在我的眼中，男人死的時候就是比女人更痛苦？

是因為我也是男人？還是因為想像悲慘的死亡時，至今看過的無數男人悽慘死狀浮現腦海的緣故？如果只看報紙或電視新聞，簡直會產生世上只有男人大量死亡的錯覺。

我想並不只是因為如此。

男人之死看起來比女人痛苦，或許是因為事實上，男人死的時候通常抱著比女人更痛苦的心情。簡單來說就是男人死的時候真的很痛苦吧？

痛苦和幸福一樣，充其量只是每個人的主觀。

男人之死之所以真的很痛苦，大概是因為和女人比起來，男人對自己的死有感覺特別痛苦的傾向。

我想事實應該就是這樣。

男人大概比女人還怕死。

其中一個原因，正如剛才提到的，死亡的負面形象往往透過男性之死來塑造。

然而，即使排除這個原因，那些積極投入戰爭，彼此殺戮不斷的男人，一旦面臨死亡，總是表現得比女人更慌亂失措。

最大的原因，恐怕還是在於男人與女人與生俱來的差異在死前達到最高點的緣故。我認為正因如此，男女面對死亡的態度才有那麼巨大的不同。

男人之所以比女人害怕死亡，或許是因為比起女人，男人對生命更加無知。

——有一種生命源流，是你們男人絕對無法抵達的地方。能靠近那個地方的，只有我們女人。

透過生小孩的行為，女人不停對男人發出這個訊息。導致最後在「認知（理解）生命（生與死）」這點上，男人比女人更沒自信。若以距離來比喻，橫亙於男人與死亡之間的距離，遠比女人與死亡之間的距離來得遠。

自己與死亡之間的距離之遠，或許正是造成男人對死亡產生恐懼的最大因素。

十二月十一日星期一。

正在寫稿，琴里來了電話。她很少上午打電話來，我不禁有些緊張。

難道常子身體又出了什麼狀況嗎？

「怎麼了？」

瞄一眼桌上的電子時鐘，我這麼問。剛好十點。

「就是啊，哥哥他們一家人好像還是決定年底去夏威夷了。」

看來，不是常子的腦梗塞再度發作。

「是喔……」

三天前她也跟我說過類似的話。

進入十二月後，奈奈子的阿姨身體狀況已經好轉，現在平安出院，回到檀香山家中了。之前間質性肺炎雖然嚴重惡化，詳細檢查結果發現，狀況還沒有嚴重到演變為肺癌的程度。

只是以她將近九十的高齡，接下來會發生什麼事也很難說。阿姨本人更是頻頻表示很想趁自己身體還硬朗時，趕快與疼愛的外甥女（奈奈子）及她的先生家人（亮輔及亞香里）見面。

「這麼說來，過年期間媽媽還是得交給妳照顧囉？」

我事先已經決定，絕對不要表現出兩個月前第一次提起這件事時那種幼稚的反對態度。

「關於這個啊……」

琴里用有點吊人胃口的語氣說。

「一問才知道，他們打算叫亞香里學校請假，一家人從聖誕節前就出發去夏威夷。聽說旅費什麼的全都由阿姨一手包辦。那我聽了就想，總不能我在這邊跟小常一起過年，放阿古你一個人在那邊，話雖如此，要你特地過來這邊過年也很大費周章吧。再說，就算拜託志木野小姐，你頂多也只能離家三天。」

志木野小姐是我們在這邊找到的貓保母。出門旅行時，會請她一天來家裡一次或兩次，幫忙餵貓和打掃貓砂盆。是說，最近幾乎沒有拜託她幫忙了。

「這樣說也對啦。」

我隨口答腔，等琴里繼續往下說。

「所以，我想還是去跟哥哥講，要他一個人提早回國好了。既然聖誕節前就出發，就算提早回來，他也能在那裡待上一星期左右。再說，阿姨真正想一起過年的是奈奈子姊和亞香里吧，哥哥早點回來一點問題都沒有。我們家也有生病的媽媽，以狀況來說是一樣的啊。」

「有道理。」

「到時候，等哥哥年底回來跟我交棒，我就可以回去你那邊，過完年遲點再回東京就好，比方說再等個十天半月的。這段時間讓哥哥來這間公寓和小常住就好了啊。亞香里開學後，奈奈子姊就有空幫忙文具店生意了。」
她上次說的是過年期間只打算回來五天，現在至少能在一起半個月，對我而言，當然沒有什麼好反對的。
「嗯……」
然而，我卻沒有馬上贊成琴里的提案。
「這樣對亮輔太過意不去啦。難得一家人去夏威夷旅遊，要他自己一個人先回來也太說不過去了吧。仔細想想，這可是亮輔一家人最後一次不受打擾地一起過年，從明年起，他們就要和媽媽一起過年了。反觀我們家，只要撐過今年，之後就可以全部推給他們。既然如此，不如這次妳跟媽媽一起過年好了。」
琴里沉默了半晌。
「那阿古的意思是，你要在除夕夜那天來東京？」
「東京都內的飯店現在已經預約不到那天的房間了吧。更何況，過年期間的飯店錢也不便宜。」
「那怎麼辦？」
「今年各過各的吧？既然妳不能回來，我就自己去附近溫泉旅館住個一兩天，順便蒐集資料。」
「可是古保你從來沒這樣過。」
「但我怎麼也不想在沒有妳的家裡一個人迎接新年啊……」
「不是還有小圓牠們在。」
「話是這樣說沒錯，可是……」

我故意露出不滿的聲音。

琴里似乎在想什麼，沒做任何回應。要是平常的她，一定早就問我「阿古，你是不是在鬧脾氣」了。

我有點意外。

「總之，叫亮輔先回國的事，妳再考慮一下吧。雖然我很希望妳回來，衡量媽媽的身體狀況，丟下她一個人的風險還是太高。過年期間醫院也沒開啊。話雖如此，叫已經決定去夏威夷的亮輔一個人去去就回，也教人太不忍心。今年我們家忍耐一下，等過完年亮輔一家子回國，妳再回來久一點就好。」

我愈說愈多，簡直就像在說服心不甘情不願的琴里。

「果然只能這樣了嗎……」

過了一會兒，琴里才這麼低聲嘟噥。

之後，我們一如往常簡單報告近況。

「雖然沒什麼時間了，剛才的事妳還是再考慮一下吧。也要問問媽媽的意思才行。」

最後我這麼說完，主動掛掉電話。

放下手機，對著電腦螢幕裡寫到一半的原稿發呆，我嘆了一口氣。

——今天一整天，等看看琴里有沒有再度聯絡吧。

我這麼想。

只是，我現在的心象與其說是灰色，不如說是深灰。

要是之前的琴里，聽我說了那樣的話，一定馬上回應「這事我已經決定了」，二話不說反駁我的意見。

更別說聽到我打算年底一個人去住溫泉旅館的事，至少也會吵到我保證放棄溫泉，答應一個人在這屋裡和圓之助牠們一起過年，她才肯掛掉電話。

「果然只能這樣了嗎……」

說著這種話讓步，根本不是平常的她會做的事。

像琴里這樣長得漂亮的女人，多半都很善妒。

根據我長年的觀察，美女的特性中，第一個會被舉出的就是善妒。

善妒跟是否容易放棄是兩回事。

甩男人的速度也和外表沒太大關係。有長得很美卻偏偏執著一個男人的女人，反正永遠不缺下一個男人，於是毫不猶豫背叛、拋棄對方的女人更多得是。

我有個插畫家朋友，和一個漂亮得可比女明星，甚至比女明星更美的女人結了婚。還住在東京時，我們兩對夫妻經常一起吃飯。

有一次，那位美女人妻說：

「在我家是一次出局，比賽結束。」

簡單來說，她的意思是，只要丈夫外遇一次就離婚。

「真的嗎？」

我向身邊的友人確認。

「我們家就是這樣喔。」

他一臉嚴肅地點頭。

我還記得琴里多麼激動地對那句「一次出局，比賽結束」表露贊同。

剛和琴里交往時。

「我的醋勁應該可以排進全日本前三名內。」

她一直這麼強調。

這個醋勁排得進全日本前三名的女人，不但長期放任丈夫獨自生活，就連過年也持續分居狀態，聽到丈夫說要自己去溫泉旅館時，還竟然那麼輕易就答應了。這不管怎麼想都很奇怪。

收到佐藤小姐和槙原的信，我感覺到事態非以某種形式開始動起來不可了。

上次和槙原見面談過，從他口中聽到了關於離婚的驚人事實。

我目睹琴里「可能外遇」那天，是為了探望雪之下先生才前往東京的。記得去新宿醫院看他的前一天，做了一個不吉利的夢。

那時，雪之下先生說他去了一趟聖地亞哥德孔波斯特拉，在那裡受到白色的鳥指引，終於完成朝聖之旅的心願，之後更戰勝末期肺癌。

另一方面，槙原離婚的原因，則是從 Facebook 上察覺妻子渚小姐和外遇對象去了聖地亞哥德孔波斯特拉旅行。

這到底是怎麼回事？

我從這兩件事中感受到不可思議的「共時性」，不由得陷入思索。

雪之下先生戰勝了末期癌症，槇原卻與結髮多年的妻子離婚。
那麼，接下來我又會被帶往何方。
指引我的，真是那隻白色的鳥嗎？
還是夢中雪之下先生提到的「全黑的鳥」？
槇原回去後，我想了好幾天，想出了一個方法。
琴里和那個酷似年輕演員的青年究竟是什麼關係，我打算先自己試探看看。最有效的方法，就是試探她會不會懷疑我，以及懷疑到什麼程度。
對於琴里不在身邊這件事，原本多多少少總會抱怨的我，一旦忽然變得不當一回事，表現出和琴里各過各的反而比較稱心如意的態度，自認善妒的她應該要立刻對我報以懷疑目光，內心警鈴大作才對。
至少過去的她一定會這樣。
然而，要是她那邊出現某種特殊原因，她就會收起過去那種反應了。
剛才她在電話裡的反應正是如此。
「果然只能這樣了嗎……」
聽到我說除夕夜要一個人去住溫泉旅館，她不僅表現得不太在意，甚至說出這種話。這一點也不像琴里會有的態度。
——如果今天等了一天，還是沒有接到她「決定請哥哥提早回國」的聯絡，明天我就打電話給佐藤小姐，跟她約個時間見面。

我如此打定主意。

佐藤裕子小姐打電話來，是十二月二十日星期三早上的事。

「野野村先生，早安。」

佐藤小姐的聲音開朗，接著補充說道：

「抱歉這麼晚才聯絡。」

結果，十一日星期一那天，琴里沒有再跟我聯絡，隔天我就打了電話給佐藤小姐，和她約好會合的時間。隔天十三號星期三去了一趟東京，在C出版社的會客室和她見面討論。

「昨天傍晚，我和琴里見過面也談過了。先說結論，完全不是野野村先生你想的那回事。因為要講詳細情形，今天或明天可以趕緊跟你見個面嗎？這次換我過去拜訪。」

佐藤小姐一上來就講了重點。

她說自己是昨天和琴里見的面，距離上週我提出委託正好經過一星期。我心想，以佐藤小姐平日的作風，這次動作算是慢了點。

像佐藤小姐這種工作能力強的人，最大的特徵就是「快速回應」。

舉個例子，假設在閒聊時不經意提到「我有個朋友很熟這方面的事，不如我來介紹你們認識吧？」

一般人很難做出「我等一下就給你對方聯絡方式」的回應。

頂多是「等我回公司立刻打電話給他（她），看是請對方聯絡野野村先生，還是請對方等野野村先生聯絡都可以。包括這通電話的結果在內，之後再把對方的聯絡方式用電子郵件傳給您。」

應該說，這才是一般人的做法。

然而，像佐藤小姐這樣的人，一聽到我說「請務必幫忙介紹」的瞬間，會立刻拿起行動電話撥給對方。簡短說明事由後，再告訴對方「請你直接跟野野村先生談吧，他人就在我前面」，把從耳邊拿開的手機遞給我。

我還在A出版社工作時，擔任過作家S的責任編輯，參與了好幾本他的暢銷書製作。S先生對我深深信賴，最大的原因即是——

「野野村老弟的反應就是快。」

他這麼說。

「一點也不像民間人士。」

之所以這麼說，是因為S先生原職警察廳公務員，還是一位曾在多起重大事件第一線擔任過指揮官的警官。歷經防衛廳外局長與內閣治安相關高官等職務，後來才轉換跑道成為作家。不過，他的文筆的確出眾，當上作家後推出不少暢銷書。

在工作上，速度比謹慎或細緻來得重要許多。

原因很簡單，因為世上唯一無可挽回的東西就是「時間」。

從一個人的回應快不快，看得出這個人有多重視時間。我向來認為，最好不要和無法充分理解時間重要性的人工作。

上週三，我委託佐藤小姐調查琴里可能外遇的事，佐藤小姐直到這週二（昨天）才和琴里見面。十三號我跟佐藤小姐商量這件事時，她說：

「別人我不敢說，這種事一定不可能發生在琴里身上。」

如此笑著推翻我的懷疑。

「男人和女人之間會發生什麼都不奇怪啊。」

我提出反駁。

「這樣說也沒錯，可是……」

她這麼說著，似乎很相信自己與生俱來的直覺，直到最後都堅持「一定有什麼原因，她才會和那個年輕男人一起去飯店。絕對是野野村先生誤會了。」出於這樣的判斷，也難怪道別時她會對我說：

「雖說野野村先生請我去調查，但我總不能跟蹤琴里吧。還是由我直接找她開門見山問清楚最好。」

關於調查方式，我決定全權交給佐藤小姐決定。既然她說要找琴里當面問，我也沒有其他意見。想把事情問個清楚，這的確是最快的方式。真要說的話，我會來拜託佐藤小姐查明真相，從這個舉動裡幾乎已可看出我是如何想把這次的問題全部丟給她，希望由她來解決。

老實說，我還以為佐藤小姐上週就會結束調查，與我聯絡了。

更何況照她的說法，如果要找琴里當面對質，星期四或五就能著手進行，應該週末就知會我結果才對。

所以，相隔了一星期的事雖然不到啟人疑竇的地步，以佐藤小姐平時的反應來說，實在很難抹去「慢了點」的印象。

「這樣的話，我現在就過去。」

電腦顯示目前時間是早上九點二十分。

馬上趕往車站，或許來得及搭十一點前的新幹線。這麼一來，下午三點左右就能抵達C出版社了。

「今天由我過去拜訪吧。我打算搭中午的新幹線，差不多三點多到那邊的車站。剛才我查過，車站前有一間全日空飯店，就跟你約三點十五分在一樓咖啡廳碰面如何？」

「這怎麼好意思，為了我私人的事情還勞煩妳跑一趟。」

「野野村先生，你跟我見外什麼呢。琴里聽到你懷疑她的事很吃驚，也不知怎麼辦才好。我昨天就答應她說會馬上跟你見面，好把誤會解開呀。所以今天就讓我跑這一趟吧。近期內也請野野村先生過來東京，和琴里好好談談喔。」

一如往常，佐藤小姐的語氣由不得人反駁。

掛上電話後，我腦中思緒紛亂了好一會兒。

「先說結論，完全不是野野村先生你想的那回事。」

在剛才的對話中，佐藤小姐一開始就講了這句話。

也就是說，那天琴里和長相酷似年輕演員的青年出現在西新宿的凱悅飯店，並非如我想像與男女情事有關，而是出於其他原因。

——那麼，到底為什麼琴里那天會跟那名青年一起去飯店呢？

為了回答我這理所當然的問題，佐藤小姐將搭中午的新幹線專程到這個城市來。

「因為要講詳細情形。」

她是這麼說的。

首先，這「詳細情形」到底是指什麼？

接著，這「詳細情形」真的就是事實嗎？

對我來說，這兩點就是我現在的疑問。

佐藤小姐昨天和琴里見面，質問了她在飯店與青年「幽會」的事。琴里一定壓根沒想到那天自己的行動會被我撞見，就算忽然接到佐藤小姐說想跟她見面的聯絡，肯定也預料不到是為了這檔事。

佐藤小姐約她時，用的自然是其他說詞，例如——

「之前就聽野野村先生說琴里現在回東京照顧媽媽，可一直抽不出時間跟妳碰面，真抱歉。如果方便的話，明天或後天要不要一起吃個中飯？好久沒聊天，好多話想說呢。」

佐藤小姐大概用這類藉口約了她吧。她們本來就像朋友一樣，琴里一定樂意赴約。只是沒想到，實際見了面之後，卻從佐藤小姐口中聽到出乎意料的事。

「琴里聽到你懷疑她的事很吃驚，也不知怎麼辦才好。」

佐藤小姐是這麼說的。
這也難怪，對琴里而言，這件事就像晴天霹靂。
問題是接下來。
「詳細情形」的內容，還沒聽到佐藤小姐說明之前無法下任何定論。只是，和佐藤小姐見面後，她口中的「真相」是否真實，現在多少還是能做點推測。
不管怎麼說，最讓我在意的終究還是佐藤小姐直到昨天才跟琴里見面的「事實」。
這「真的是事實」嗎？
佐藤小姐和琴里見過面，這點應該是事實無誤。推測琴里也真的告訴了佐藤小姐事情的真相。畢竟是辦事能力那麼強的佐藤小姐親自出馬質問當事人（琴里），琴里要是說了任何一點藉口，恐怕都逃不過佐藤小姐的法眼，瞬間就被戳破。我也堅信，在沒有從琴里口中問出真相之前，佐藤小姐一步都不會退讓。
問題出在，佐藤小姐真的是昨天才和琴里見面的嗎？
上星期三，我為了跟佐藤小姐碰面特地去了一趟東京。光是這樣，聰穎的她一定就能看出我當下走投無路的心理狀態。
面對任何問題，盡可能迅速找出解決之道才是佐藤小姐的作風。
琴里好像跟年輕男人外遇了，想請妳幫忙調查事實真相——忽然接到相識多年的作家電話說「明天想碰面」，一見面就被塞了這個燙手山芋，就算經歷過大風大浪的佐藤小姐，一開始也不免錯愕。
然而，聽到我說親眼目睹琴里和年輕男人幽會，佐藤小姐並未提出質疑。我把那天在飯店大廳用手機拍的照片拿給她看，她也說「這女生是琴里沒錯」。

這麼說來，就算不至於當著我的面立刻打電話給琴里證實，至少送我離開C出版社大門後，回到自己位置上的她也該立刻聯絡琴里才對。

佐藤小姐當然有琴里的手機號碼，她們兩人偶爾也會互傳電子郵件。

另一方面，琴里現在雖然和本多媽媽住在一起，基本上行動自由。白天媽媽在臨時店鋪顧店，有時也會要她去幫忙，不過大多數時間，她都留在母女倆租住的公寓裡，勤奮做她擅長的家事。

要是佐藤小姐約她吃午餐，她可說處於隨時能赴約的狀態。

這麼一來，假設佐藤小姐在和我見面的十三日當天稍晚或十四日星期四聯絡琴里，想裝成心血來潮相約吃飯的樣子，就不能特地約在週末，能約的日子倒是比想像中受限。

假設她在和我道別後立刻聯絡琴里。

「明天（週四）或後天（週五）要不要一起吃中飯？」

應該會這樣約。假設隔天才聯絡琴里。

「今天（週四）或明天（週五）中午，琴里有空嗎？」

她可能會這樣約。

另一邊的琴里聽到佐藤小姐這麼邀約，則是會盡可能配合。

假設佐藤小姐十四日星期四打的電話，就算當天真的沒辦法，琴里大概也會回答星期五可以，若是星期五已經安排了什麼事，則可能會反過來提議改成隔週一（十八日）。

對佐藤小姐來說，從接受我委託時起，肯定會以和琴里見面為最優先，絕不可能拖到比琴里指定更晚的日期。

我是和她合作多年的作家，彼此的關係更是超越工作往來的摯友，找她商量的又是這麼棘手的事。我相信，不管做任何事都能準確判斷行動優先順序的佐藤小姐，無論如何都會做出優先快速解決這次任務的決斷。

像這樣按部就班仔細推理下來，對於佐藤小姐電話裡說她昨天（十九日星期二）才跟琴里見面的事，我實在無法照單全收。

——其實這一星期內，佐藤小姐已經先和琴里見過一次面，討論過一次了吧？

這種感覺揮之不去。

大概是在送走我後立刻聯絡琴里，兩人上星期就先碰過一次面了。見面時，佐藤小姐也直接向琴里提出我懷疑的事，質問真相。

雖不知道琴里如何回答，如果佐藤小姐最初所說的「別人我不敢說，這種事一定不可能發生在琴里身上」是事實，她們見面當天晚上，佐藤小姐就應該已向我報告了結果才對。

愈早讓我知道，我愈能放下一顆心。事情辦得好，佐藤小姐自己也有面子。她沒有任何延遲報告的好理由。

更重要的是，假設事情根本不像我懷疑的那樣，琴里本人早就打電話來了。

「阿古，今天佐藤小姐忽然找我出去，問了我很誇張的事。噯、那到底是怎麼一回事？我怎麼可能瞞著阿古外遇？」

琴里肯定當天就會打這通電話來，除了全面否認自己遭受的懷疑外，還會反過來嚴厲質問我為何不相信她吧。

琴里乍看之下個性溫吞，其實非常好勝，一旦惹火了她，她絕對會反擊到底。明明沒有出軌卻被懷疑外遇，這種事點燃她熊熊怒火的可能性非常高。

然而，眼前的現實卻不是這麼發展的。

上星期已經和琴里見過面的佐藤小姐，直到一週後的星期三都沒有與我聯絡。和佐藤小姐見過面，得知丈夫懷疑自己出軌的琴里自己，也直到今天都沒有任何表示。

不但沒有，佐藤小姐還說：

「琴里聽到你懷疑她的事很吃驚，也不知怎麼辦才好。我昨天就答應她說會馬上跟你見面，好把誤會解開呀。」

問題是，前面也提過，從琴里的個性來看，這是相當不合情理的事。要是真的蒙受不白之冤，聽了佐藤小姐的話固然會「吃驚」，之後的反應卻不該是「不知怎麼辦才好」。從平時琴里的反應來看，這時她應該要「生氣」才對。

經過我審慎的思考，愈來愈覺得自己弄清楚佐藤小姐（和琴里）打的是什麼主意了。

在毫無心理準備的狀況下受到佐藤小姐追問，琴里大概對她承認了外遇的事實吧？

當然，一開始一定先笑著否認。不過，臨時編的謊話瞞不過佐藤小姐那雙千錘百鍊的慧眼。在犀利的逼問下，琴里不得不承認出軌。

說不定……

「說什麼阿古碰巧看到我們，這種話聽起來實在很難相信，但是，既然已經被他看見了，那我也只好豁出去囉。」

天生的好勝心發作，琴里或許決定乾脆對佐藤小姐坦承。

收回過去賭在我身上的所有籌碼，改將這些籌碼全部賭在那個青年身上——琴里這個女人的個性中，確實有像這樣衝動又不拖泥帶水的地方。

「琴里，妳別衝動。」

她的反應，反而很有可能令作風犀利的佐藤小姐不知所措。

以前佐藤小姐曾對我說：

「琴里這人啊，乍看之下好像溫柔得連小蟲都不敢殺死，一旦下定決心做什麼事，卻是頑固得雷打不動呢。」

這次，如果佐藤小姐的直覺失靈，得知琴里真的背叛我，有了別的男人，身為二哥孩子的母親的她，大概會為眼前的事實大受衝擊，驚訝得話都說不出來吧。

聽了琴里的坦承，身為追究事實一方的佐藤小姐，或許會更驚慌失措。

無論如何，今天佐藤小姐來我住的城市，為的是和平解決這次的事。

從上星期到這星期，這段期間佐藤小姐和琴里應該見了好幾次面。佐藤小姐要琴里好好想想今後的打算，讓她在昨天之前做出結論。過程中或許也給了一些她自己的建議，努力說服琴里朝不與我分手的方向考慮。

以佐藤小姐的個性，或許不只琴里，甚至直接找上那名青年談判也說不定。她過去在C出版社挖過好幾條獨家新聞，累積了許多獨家新聞記者（編輯）把手伸到幕後的幕後挖掘的經驗。

——真的要做到那個地步嗎……

然而，想要挖到重大獨家，有時必須不顧一切，跨過別人躊躇不前的危橋。我自己在當編輯時也遇過無數次這種狀況，大概想像得到佐藤小姐會怎麼做。

如果我是佐藤小姐，應該會去找琴里的情人，確認對方今後想和她成為哪種關係。

既然如此，判斷有必要的話，佐藤小姐可能也會這麼做。

儘管只是那麼一次，十月九日我親眼目睹的「琴里的情人」，不管怎麼看都不到二十五歲。相較之下，琴里已經四十四歲了，說兩人是母子也不奇怪的年齡差距。

不會有男人想和大自己超過二十歲的女人共度將來。

對他來說，琴里只是玩玩的對象，另一方面，對琴里來說，青年一開始也只是趁丈夫不在時尋求刺激的對象吧。

只是，有過一次肉體關係後，尤其是女人的心境，往往會產生明顯的變化。

琴里完全迷上對方，青年遇上不多見的姊姊型美女，就算起初一頭栽進這段關係，漸漸也會開始不勝負荷吧？

這個看法固然平庸，事實上，男女戀情隨時間演變的過程，通常還真的老套得教人吃驚。

戀愛的結局，只有以下三種。

①結婚。

②分手。

③殉情。

說來理所當然，因為終點只有三個，抵達終點的途徑自然也就那麼幾條。

我試著回想剛才佐藤小姐的口吻。

「琴里聽到你懷疑她的事很吃驚，也不知怎麼辦才好。我昨天就答應她說會馬上跟你見面，好把誤會解開呀。」

和琴里見面討論幾次後，佐藤小姐大概想讓琴里自行決定如何解決這件事吧。這是我從剛才那番話中讀取到的第一個訊息。

後半段的「昨天就答應她說會馬上跟你見面，好把誤會解開」，則看得出她不想把這次的事當作琴里的過錯。換句話說——

「我會想辦法安撫野野村先生，這事交給我處理。但是琴里得跟現在那男人斷乾淨，回到野野村先生身邊。」

這大概就是她們兩人（琴里和佐藤小姐）得出的共識。

要不要毫無異議接受琴里和佐藤小姐得出的共識——端看我如何決定。
原諒（可能）出軌的琴里，裝作沒看見這件事，繼續回去過原本的兩人生活？
還是逼問佐藤小姐，把她話裡的矛盾與動過手腳的不自然處一一指出來，無論如何都要追究出真相？
要是追究出的真相顯示琴里真的背叛了我，我會選擇和她分開嗎？
還是與無異議接受她們兩人的共識一樣，假裝沒看到琴里的出軌，今後繼續和她一起活下去？
說到底，這個問題最重要的關鍵早已歸納為一點，那就是「我有沒有辦法和她分手」。
以這層意義來說，琴里是否真的背叛，根本一點也不重要。
無論原因是什麼，和琴里分開的我真能活得下去嗎？
事情發展到這個地步，可說只剩下這個問題了。
說老實話，至今我連一次也沒想過要與琴里分手。
萬一我們走到分手那一步，原因也只可能是我另外有了喜歡的女人。即使真的發生了這種事，我仍難以想像自己與琴里分手，投入新女友懷抱的模樣。
比方說暫時和琴里分開，又因為這短暫的別離造成後來一直分開生活，到最後我便完全忘了她的存在。這種事我怎麼想都不可能。
別說這種事了，就算我為了一己之利提出分手，只要想到琴里孤單一人的樣子，大概會不顧一切飛奔回她身邊吧。
然而說到底，這些都只是我自以為是的自戀想像，作夢也沒想過琴里會像這次這樣愛上別人，導致我倆關係瀕臨破裂。

——要是決定與琴里分手，之後我們會用什麼方式分開？

試著想像得稍微具體一點。

目前在佐藤小姐的斡旋下，琴里姑且選擇回到我身邊。所以今天佐藤小姐才會來找我，為的是宣稱我的懷疑毫無根據，再提出一個看似合理的原因，說明那天他們兩人為何出現在飯店。

若我推翻佐藤小姐的說明，對琴里的懷疑深化為確信，認定已經無法和她繼續生活下去，琴里當然只能留在本多媽媽家，再也不會回到我身邊。

簡單來說，就是「背叛我的女人再也別想踏進這個家一步」。

那麼一來，她能走的路就有限了。一是和我分手，接受娘家資助。不然就是和一度決定分開的外遇對象復合，踏上新的人生之路。大概就是這兩種吧。

二月菊川老家改建完，亮輔一家人和常子就會搬進去。若說到時琴里能不能趁機一起搬回去，我想應該很難。就算娘家願意資助，琴里恐怕還是得另外租屋，開始獨居生活。

常子和亮輔可能會幫她準備一筆錢，話雖如此，我不認為他們有持續照顧琴里生活的經濟能力和意願。

琴里擁有與生俱來的美貌和健康的身體，就算一個人生活，應該也能找到養活自己的方法。

然而，這二十年來她過的都是家庭主婦的生活，幾乎沒有工作經歷也沒有特殊技能，想在社會上保有穩定收入可不是一件容易的事。

不得已之下，明知不適合也只能拿出手中那張保育員執照，找一份幼兒園的工作。不過，幾乎沒有相關資歷，四十四歲才要開始當保育員，大概無法一開始就當正職。暫時可能得先以領時薪打工的方式任職。保育員的薪資原本就微薄，打工的收入更不可能高到哪裡去。

即使常子持續金援，琴里想一個人在東京活下去也很吃力。

最大的問題是，家裡那些貓兒們怎麼辦。

我可以把琴里的私人物品打包寄給她，但我們兩人要怎麼分配圓之助、小雛、和白及小虎四隻貓呢。首先必須面對的，就是這個非常棘手的問題。

一年到頭搬家的我們，長年以來都是租屋而居。租屋最辛苦的一點，就是可養貓的房子實在太少。更何況一養就是四隻，能接受這種條件的房子可不好找。現在住的公寓雖然可養複數寵物，是否能夠飼養四隻之多，其實我們也沒確認過。

可養貓的房子多半會限制飼養數量，大部分只接受兩隻。東京都內幾乎找不到可養超過三隻貓的房子，無可奈何之下，不是接受房租高得嚇人的房子，就是從專門租給外國人的高級租賃物件中找尋。

琴里如果想找一個人住的房子，即使找到可以養貓的地方，肯定只能養一隻或兩隻。

這麼一來，她就不可能將視為子女的四隻貓全部帶走。當然，對我來說，跟貓分開也得承受斷腸之苦，希望至少能將和白留在身邊。圓之助和小雛平時感情就像夫妻，不能拆散牠們，四隻貓中最後來到我家的小虎，則是琴里最溺愛的一隻貓。

從租屋條件來看，琴里最多只能帶走小虎，圓之助、小雛與和白都留給我，應該是最符合現實的選擇了。

若是能跟喜歡的男人在一起，即使只有小虎陪伴，琴里或許也能原諒自己。假如她和那男人分開，在東京一人獨居，必須與共同生活了十幾年的圓之助、小雛及和白分離，對她而言必然痛苦得難以承受。

真要說起來，她之所以選擇持續與我同居，最大原因說不定是不願與貓兒們分開——要是被我拋棄，她最先面臨的悲劇會是與圓之助牠們分離的莫大痛苦。

我在三十八歲那年，拋下還是中學生的新平離家出走。出門時，身上只帶了平常上班提的公事包和幾片磁碟，裡面存有之前撰寫的幾部小說檔案。

和理玖激烈大吵一架的那天深夜，衝動離家出走的我，到最近的車站搭最後一班電車回市區。因為沒處可去，當天晚上只能睡在公司假寐室。

隔天住進神田的便宜旅館，在那裡住了差不多兩星期，再搬到池袋的短租公寓。短租公寓大概住了半個月，手邊的錢開始見底。就如前面寫到的，當時的薪水都匯進理玖管理的戶頭，一毛也不會進我口袋。離家一個月後，不得不對日後的生活做出嚴肅的決斷。

只有兩條路可走。一是回到理玖和新平身邊，二是一個人活下去。

但我很清楚，就算回去，遲早還是會發生一樣的事，甚至可能更嚴重。我決定一個人活下去，便散盡手頭存款，在離池袋一站的地方租了小套房。

房間只有三坪左右，內有一個小壁櫥和附帶單口電爐的小廚房，以及浴廁合一的簡易浴室。在附近散步時發現二手商店，在那裡添購了小冰箱、寢具和桌子。唯一新買的東西只有窗簾。同事S還送我一套烹飪用具。

我在這間小房間裡花了一年寫下後來成為出道作品的一千兩百張稿紙長篇小說。搬進去不久就陷入失眠，要是不寫小說轉移注意力，每天晚上都擔心新平擔心得睡不著，無法安然度過夜晚。

那種日子過不長久，我內心非常清楚。難以預料接下來會發生什麼事，人生早晚面臨破滅。在事情演變成那樣之前，至少該好好寫一部小說留下來。

果然不出所料，寫完初稿不久，我的恐慌症就在那房間裡發作了。

回頭看看，我再也無法過那樣的生活。三十八歲的年紀絕對不算年輕，只是和現在相比，終究年輕多了。

絕對不願強迫任何人經歷一樣的事。

更何況是共度二十年歲月，給她添了許多麻煩的琴里，當然不希望讓她嚐到跟我當年一樣的滋味。無論有什麼理由，只有這點絕對做不到。

和我分手，和年輕情人也分手的話，琴里就像當年的我，沒有任何人能依靠了。怎麼想也不可能投靠和她關係向來不親密的常子與亮輔，話雖如此，琴里完全沒有得以仰賴的朋友或熟人。

和琴里分手，名符其實等於把她一個人丟進社會的驚濤駭浪中。

我不認為自己做得出這麼無情的事。

反觀現在說著這種大話的我又是如何？

腦中第一個浮現的擔憂，是我的睡眠問題。
獨居池袋邊緣時罹患的失眠症並沒有完全痊癒。
二十年後的現在，只要琴里不在身邊我就睡不好。
這半年左右的分居生活是勉強熬過來的，晚上得把整個房間的燈光開到最亮才能睡。叫我夜晚熄燈入睡是不可能的事，這麼一來當然淺眠，無法好好熟睡。
只能告訴自己就這麼一次，而且只要忍受半年。然而，一想到今後這種事將變成常態，光是這樣就覺得我的睡眠狀態會變得支離破碎。
那麼，和無依無靠的琴里不一樣，我身邊有足以支撐自己的夥伴嗎？
第一個浮現腦海的，果然還是佐藤小姐與槇原的臉。只是，他們住在那麼遠的地方，也沒辦法守護我。別的不說，萬一深夜恐慌症發作，就算拚了命向他們求助，兩人趕到我住處最快也是幾小時之後的事了。
在他們抵達前，我很有可能因為承受不了恐懼，自行了斷性命。
這麼一想，真虧失去真理子女士的日南田先生能夠活到現在。儘管可以想像他承受了多巨大的痛苦，日南田先生最後仍沒有罹患憂鬱症與恐慌症，除了死去的真理子女士一定給他很多幫助外，他自己也發揮了與生俱來的生命力，才能夠阻止人生走上破滅一途。
但是，要是我與琴里在這種情況下活著別離，我當然無法期待她再給我任何幫助，自己過去又有罹患恐慌症的病歷，光是這點就能證明我並未具備日南田先生一般的生命力。
想來想去，只覺得要是我和琴里分手，不只琴里面對的狀況沉重，我面臨的危機更是在她之上。

沒有琴里，我幾乎不可能活得下去吧？

想起我插畫家朋友的美女妻子大剌剌宣稱只要丈夫外遇一次就離婚的事，她還用「一次出局，比賽結束」形容。借用這個比喻，失去琴里對我而言就是「一次出局」，我的人生也將因此名符其實「比賽結束」……

二十年前，我無論如何非和年齡相差十五歲的琴里在一起不可，為的是繼續寫小說。

患有恐慌症的我，身邊若是無人陪伴就沒辦法安心寫作，連稍微勉強自己都有所躊躇。

不只如此，選擇對象時比什麼都重要的，是伴侶絕對不能比我先死這一點。

我的心絕對承受不了失去妻子的悲傷。

這個想法至今不曾改變，萬一今天、現在，因為生病或意外失去琴里，我一定會重回恐慌症反覆發作的苦悶時期。

就算不是死別，像這次這樣必須活著分開，以結果來說可能還是差不多。

至少，那個風險確實存在。

——什麼嘛。

不得不這麼想。

不枉佐藤小姐辛苦奔走，琴里似乎決定回到我身邊。萬一事情不是這麼發展，琴里聽不進佐藤小姐的勸說，執意選擇和新男人一起生活的話，走投無路的人可會是我。

這也是為什麼，我十月就目睹了幽會現場，卻超過兩個月時間不去向當事人琴里確認，也不敢委託佐藤小姐調查真相。簡單來說，要是不小心把事情弄擰，將可能招來琴里從我身邊離去的最糟下場，而我無論如何都想避免這個。

直到佐藤小姐正朝這裡來的現在這一刻，我才鮮明地認清了這個事實。

拜託佐藤小姐調查真相，這件事本身就清楚說明了這個事實。我之所以計畫將整件事丟給她解決，內心暗自也強烈希望的，正是佐藤小姐順利將事態導向「琴里不離開我」的結果。

沒什麼好隱瞞，上星期，我委託佐藤小姐解決此事時，早已預見這一天的到來。

——我實在也是老了。

無法不痛切承認這一點。

老婆可能委身其他男人，我卻還想繼續維持與她的生活，這在我年輕時，是絕對不可能做出的判斷。

但是現在，我卻懷疑是否應該只因一次的出軌，毀棄二十年的夫妻生活。

現在還不能確定琴里真的背叛了我。

嫌疑雖然很重，但佐藤小姐現在過來，正是為了「證明」我的猜疑只是誤會。

她會做該做的說明，試著消除我的誤解。

而我不會對她說的話提出質疑，也不會唱反調。

「什麼嘛，原來是這麼回事。」

只要能說服我，這次的問題將完全雲消霧散。

事情的發展會是琴里沒有出軌，也會按照原訂計畫，在明年二月回到我們的家。過年期間先回來一次，做好新年該做的準備，一如往常地，兩個人一起迎接新年。

一切的一切圓滿落幕，今後我也會持續寫著不怎麼暢銷的小說。

就這樣年歲增長，最後在琴里的看護下離開人世。

我只剩下這種活法了——結果就是這麼回事吧？

「這也心動？」

「不是『這也心動』，是『戰野行動』。」

「那是什麼意思？」

我這麼問，佐藤小姐就從包包裡拿出自己的手機，對著螢幕一陣操作後，朝我展示畫面。

畫面中是維基百科的頁面，上面顯示的項目是「戰野行動 電腦遊戲」。

「戰野行動是一種線上遊戲，現在好像在全世界都很受歡迎。」

我抽出自己口袋裡的手機，打上「戰野行動」搜尋，馬上找到一樣的維基百科頁面。

〈「戰野行動」是中國企業 NetRyujuGame 開發營運的 TPS 戰鬥遊戲。在這種線上遊戲中，一次大約一百名玩家降落在無人島，展開反覆戰鬥直到剩下最後一人。遊玩基本上免費，遊戲內另有課

金道具。二〇一七年三月發行以來，全世界註冊人數已突破三億人。〉

頁面上如此說明。

另外還有關於遊戲內容的其他詳細說明項目。

〈大約一百名玩家集結於線上，當畫面中直升機通過時，便使用降落傘降落在無人島。若為兩人以上組隊遊玩，領隊可以在團隊降落時選擇一齊進行模式。降落後，玩家可撿拾救援物資或掉在建築內的武器、防具、復原藥和手榴彈等善加運用，戰鬥直到剩下最後一人或最後一隊。〉

我沒玩過線上遊戲，這段說明看得一頭霧水。

「戰野行動」這遊戲名稱也連聽都沒聽過。

——話說回來，怎麼會取「戰野行動」這種名字，到底是什麼品味。

我這麼想。

取了這種名稱的遊戲，竟然在世界上擁有三億個愛好者。

「所以，琴里的意思是說，她因為迷上這款線上遊戲，那天去參加了這款遊戲的網聚？」

就算是我也知道什麼是「網聚」。沒見過面，只在網路上聊過天的網友或遊戲夥伴，跨越網路的連結，在現實世界中相約聚會、交流。我在電視上看過好幾次介紹這類網聚的節目。

「好像是。十月九日舉辦了一個『戰野行動』線上遊戲愛好者齊聚一堂的大型網聚。會場就在新宿凱悅飯店宴會廳。

琴里也受到隊友邀約，一起出席了這次網聚。野野村先生看到的那個青年叫安西，聽說是她參加那一隊的領隊。她說那天他們約在新宿車站西口，然後一起走去會場。當然，那是他們第一次見面。」

「可是，當天凱悅飯店真的有這樣的集會嗎？」

我這麼問。

「雖然對琴里很抱歉，不過我當場確認過了。我打電話到凱悅的宴會課，對方證實十月九日，飯店最大的宴會廳中央廳，確實舉行過遊戲公司主辦的『戰野行動 澀谷決戰發行記念活動』。說是說網聚，既然是官方主辦的性質，選在凱悅這麼大的飯店舉辦也不奇怪了。」

「澀谷決戰？」

「聽琴里說，是將戰鬥舞台設定為東京澀谷及新宿的新版『戰野行動』。各隊伍從東京鐵塔上方降落，在中央街及歌舞伎町等戰場上進行槍擊戰。當天的活動以抽籤方式抽出五百位玩家參加，還另外邀請 YouTuber 與知名線上遊戲玩家到場，體驗東京新地圖的玩法，並找來 Coser 扮演『戰野活動』裡的角色，舉行攝影大會。」

「是喔……」

我看著上半身往前傾，急切說明的佐藤小姐。

不是很確定她說的是否為真，但是那天，凱悅飯店肯定確實舉辦了這麼一場紀念活動。因為她就算說謊，也不可能說一個馬上就能揭穿的謊言。

「妳的意思是，琴里報名抽籤被抽中了，那個和她一起去的安西青年也是？」

「好像是這樣。應該是說，琴里參加的那個隊伍在日本所有玩『戰野行動』的團隊中，似乎是排名前十的強隊。領隊安西是以嘉賓身分獲主辦單位邀請參加的。報名一般抽籤的隊員裡則有好幾個人被抽中，琴里就是其中之一。」
「這樣啊。」
「琴里讓我看了當時和隊員們一起在會場拍的紀念照，我想她應該沒說謊。野野村先生或許也該看看那些照片。昨天她有說想拿給野野村先生看，是我說不用了。我跟她說，就算不拿出那些證據照片，只要我好好說明，一定能解開你的誤會。」
沒必要做到那個地步——佐藤小姐想對我強調的是這一點吧。
的確，即使佐藤小姐劈頭就提起十月九日那件事，琴里卻能當場做出上述說明，也確認過當天真的有這個活動的話，相信琴里沒有出軌也是理所當然的事。
琴里和那個叫安西的青年只不過是一起參加了一場活動，這當然很有可能，儘管沒有任何證據能證明他們當天是第一次見面。
不過，一跟琴里見面就開門見山拋出我目睹的事，再仔細觀察她難掩驚訝，但仍清楚說明原因的模樣後，佐藤小姐相信了琴里說的是事實。既然佐藤小姐相信，幾乎就可說她是清白的吧。
問題是，佐藤小姐現在對我說明的「真相」，如果只是她和琴里兩人編造的謊言，那一切又得另當別論了。
「話說回來，琴里為什麼會迷上那個遊戲呢？」
「她說在東京和媽媽一起生活壓力很大，為了發洩壓力，心想只要玩一下就好，沒想到和以前一樣沉迷其中難以自拔。」
「原來如此。」

這倒是很有可能的事。

之所以這麼說，是因為琴里有過類似的前科。那句「和以前一樣沉迷其中」指的就是那個前科。琴里曾有過一段苦澀的經驗。高中時沉迷電腦遊戲，荒廢學業，書都讀不進腦子，結果所有報考的四年制大學全部落榜。不得已之下，只好從高中直升短期大學。

這件事交往不久我就聽她提過，也從哥哥亮輔口中聽過更詳細的版本。

「考大學失敗之後，琴里打從心底發誓再也不碰遊戲。取而代之的是拚命打工存錢，短大二年級的春天就離開老家，自己在外租屋了。」

琴里曾告訴我，遊戲成癮最大的原因，正出在與同住一個屋簷下的母親感情不睦，因此才會逃進遊戲的世界。

事實上，和我住在一起這二十年，琴里完全沒碰過任何電玩遊戲。有次我獲得某文學獎，出版社送我任天堂Wii當賀禮。我本來想玩玩看，琴里卻堅決反對，後來甚至連包裝都沒拆開，直接就把遊戲機送給了姪女亞香里。

如果這個說明是琴里和佐藤小姐編造的謊言，只能說編得非常用心。

——不愧是佐藤小姐，多了這個幫手果然不一樣。

車站前飯店裡的寬敞咖啡廳一隅，看著坐在我面前喝咖啡的佐藤小姐一臉若無其事的樣子，不由得滿心佩服。

若問我佐藤小姐的言行舉止有什麼不自然嗎？其實我也說不上來。

跟上次久違地前往C出版社和她碰面時的印象相比，今天看上去似乎有點緊張。但是，畢竟今天來為的是這樣的目的，要說理所當然也是理所當然。
比起這個，我從佐藤小姐散發的氣息中感受到的，說的老套一點，是她身為一個人的誠意。
——秉持著一顆毫無雜質的純粹公益心，拚了命地想辦法避免讓我這個作家陷入苦境。
從剛才我就察覺到了。
——無論琴里和那個叫安西的青年有沒有男女關係，我對未來無法不做出眼前的佐藤裕子希望我做的選擇。因為到最後，那對我來說或許會是不安最少，好處最多的未來。
我同時強烈地感覺到這個。

前面也引用過，我在某部作品中寫道「最熟知自己的人的死，無限等於自己的死」。
〈理解自己最深的人未必是自己。這麼說來，假設世界上有另一個能以最大限度掌握自己的人存在，一旦那個人消失了，正等於失去「自己這份資料」的中樞部分。這或許可說是比自己的死「更致命的死」吧？〉
我在書中這麼寫著，並安排其中一個角色說了以下的話：
「這麼一想，或許我們不過是到處往他人內心送信（名為自己的信）的郵差。一如郵差不知道自己插進信箱的信件內容，我們也不知道自己到底是怎樣的人，只是把自己整個交給別人而已。」
此外，在這本《C小說》連載第一回的內容中，我曾提到參加了A出版社工作時的上司，也是後來爬上社長地位的S先生的「告別式」。還在那間公司時，我們的交情稱不上特別深，我卻一直把S先生牢牢看在眼中，S先生看我的視線也一樣。為什麼會發生這樣的事，我在那段文章中寫著〈S先生和我看著彼此時，手上都拿著焦距對得剛剛好的望遠鏡〉。

接著，我還這麼寫：

〈我們生來就在脖子上掛著一副望遠鏡，用這個窺看周遭人們的內心。但是，這副望遠鏡很難用，看到的多半是對不準焦距的模糊畫面。只有遇到特定對象時，不知為何焦距瞬間準確，連對方內心深處都能看得一清二楚。S先生對我而言，我對S先生而言，或許正是這種特定的對象？〉

簡單來說，佐藤小姐和槇原之於我，就是拿著焦距準確望遠鏡看見的對象，而我之於他們也是這樣的對象。若容許我再說得誇張一點，他們正是〈以最大限度掌握自己的另一個人〉，換句話說，也可以把他們想成是我〈「自己這份資料」的中樞部分〉。

照這個道理說來，我這份資料今後該如何繼續發展，交給「另一個人」來決定或許比較安全。

佐藤小姐與我性別雖然不同，從第一次見面起，她就給我「和自己資質非常相似」的印象。想當然耳，這樣的她一定擁有足以理解與掌握我這個人的能力。

長年的交情早已讓我們彼此證實了這一點，即使沒有頻繁往來，她在想什麼我大概都知道。同樣的，她也能以相當程度的準確率讀取我的心思。

面對這樣的佐藤小姐，關於這次琴里的事，只要她說服我乖乖接受剛才說出的「真相」，對我來說，沿著她鋪好的軌道往前走，應該會是最正確的決定。

現在回想起來，那時在凱悅飯店附近路旁看見那兩人時，他們看上去明明就像一對情侶。在飯店大廳裡，迎上從廁所回來的琴里時，青年臉上的笑容也不像面對才剛在新宿車站西口第一次見面的對象。

佐藤小姐為什麼等了一星期才和琴里見面，這點在我心中仍是個疑問。也曾想繼續追問這點，後來還是算了。就算問了，佐藤小姐也不一定會說真話。要是她說延遲聯絡琴里是出於不得已的原因（例如親人過世或小孩臨時生病），那我也無法繼續追問下去。

換句話說，只能把種種懷疑從記憶中刪除，對佐藤小姐說的信以為真，從今天開始，把對琴里的不信任感趕出大腦。

「曾經那麼堅決說不再碰的遊戲，再次沉迷也就算了，竟然玩到連回來都不想回來了嗎？」

「好像多少有點這個念頭喔。她說怕一回野野村先生身邊就不能繼續玩『戰野行動』了，才會忍不住想方設法留在東京。」

「可是，不是因為和媽媽住在一起的壓力才導致遊戲成癮嗎？離開壓力來源才是最該做的事吧？琴里這樣簡直本末倒置。」

「她自己也這麼說了喃。問題是啊，好像無論如何都放不開手機的樣子。她還說很怕只要一回家，野野村先生就會把她的手機沒收。」

「話是這麼說，只要她一回來，身邊少了造成壓力的媽媽，自然就不會沈迷遊戲了吧。」

「道理我們都很清楚，只是現在這個瞬間要她和遊戲訣別太痛苦了啦。」

「什麼跟什麼啊。」

我露出苦笑，佐藤小姐也嘴角上揚。

「佐藤小姐能理解那種事嗎？」

「老實說，我也不玩遊戲，無法理解。不過，這種遊戲迷還滿多的，這是事實。」

「或許吧。只是沒想到琴里也會這樣。」

「不過她說，聽到十月活動那天在飯店被野野村先生撞見的事之後，自己就清醒了，要金盆洗手完全戒掉遊戲。」

「是說，和我在一起時她都可以做到對遊戲看也不看一眼，只要回來這邊，自然就能戒掉了吧。」

說著，輪到我往前探身。

「能幫我帶個話給琴里嗎？」

「好的，要說什麼？」

心知我已接受剛才她的解釋，佐藤小姐的表情也輕鬆了起來。

「不用勉強自己戒也沒關係，只要回來這裡，我想她的遊戲狂熱自然就會冷卻，所以不必太擔心，剛回來那陣子我也不會故意找碴。反而是我也想玩玩看『戰野行動』，年底回來時，請她務必教教我怎麼玩。」

佐藤小姐用力點頭。

「知道了，今天一回東京就打電話跟琴里說。」

她這麼回答。

在新幹線剪票口前與佐藤小姐道別。

時間剛過下午四點。

只聊了不到一小時，她就急忙趕回東京了。

雖是平日，或許因為聖誕節即將來臨，車站內的人還是很多。百貨公司和電影院等娛樂設施圍繞的站前廣場充滿穿著厚重衣物抵禦冷風的人群、人群、人群。

置身人群是我最討厭的事，匆匆朝車站後方的停車場走去。

鑽進車內，終於可以鬆口氣。

放眼望去，佔地廣大的停車場幾乎停滿了車。

坐上駕駛座，從上衣口袋拿出手機，打開 LINE 確認。琴里沒有聯絡。

直到前天仍一如往常，不是上午就是傍晚收到她的 LINE 訊息，但從昨天開始斷了音訊。

連要跟佐藤小姐碰面吃飯的事，她都沒有事前告知我。

按照佐藤小姐先前的講法，她是在前天星期一約琴里碰面，兩人星期二一起吃了午餐。既然如此，約定碰面後，琴里應該會 LINE 我才對。

「接到佐藤小姐聯絡，我們約了明天一起吃午餐喔。」

正常來說，前天應該會收到這樣的 LINE 訊息。如果是平時的琴里，一定會這麼聯絡我。

從這點看來，佐藤小姐聲稱昨天才終於跟琴里見面說話的事，就我看來還是少了一點可信度。

和佐藤小姐見面後沒有傳 LINE 來就很正常。得知我懷疑她出軌，琴里也只能捏著掌心靜觀事態發展。在答應會來找我說明事由的佐藤小姐回報結果前，她不可能先傳 LINE 過來。

收起手機，發動汽車。

不知怎地，完全提不起勁回家。

睽違二十幾年再次與常子共同生活，讓琴里感受到強烈壓力，為了宣洩這股壓力，才會像高中那樣沉迷遊戲——佐藤小姐的這個解釋，真的是事實嗎？

琴里那天去凱悅飯店是為了參加線上遊戲的宣傳活動，她身旁的青年只是同隊的夥伴——這說法真的可信嗎？

我無法確信。

既無法確信那是事實，也無法確信那是謊言。

只是，今天聽了佐藤小姐的話，我的感覺是：

——如果是這個解釋，我可以相信琴里。

光是得到這種心境就是一大收穫。

——就算被騙，那也是值得被騙的高明謊言。

這就是我現在的心情。

從車站出發，才沿幹線道路行駛個五分鐘，周圍的風景已與熱鬧的站前大不相同。不時映入眼簾的有全國連鎖家庭餐廳、速食店、小鋼珠店或大型折扣商店，中間穿插低矮民宅，典型的郊區風貌。往前再開一小時或兩小時也不會再遇到車站前那種繁華鬧市。不只如此，只要再過三十分鐘，天就要完全黑了，街燈數量也會銳減，周圍開始陷入黑夜與靜寂的支配。很快地，只能開在田園地帶當中的直線道，四下幾乎不見民宅燈光的黑暗時刻就要來臨。

這是住在東京絕對無法體驗的生活。

剛搬來這個城市不久時，每次看到田園或農地，琴里就會興奮地說：

「阿古，這裡好像蓋了別墅的度假勝地喔。」

今年初，本地下了睽違十幾年的大雪。

公寓周圍道路積上幾十公分的雪，來不及清除，車子困在停車場好幾天開不出來。此時，年底為防萬一買的除雪刷派上了一點用場。每天早上，我們穿上雨鞋走去停車場，輪流用除雪刷刷掉車頂和引擎蓋上的厚厚積雪。

「好驚人喔、好驚人喔，沒想到雪能積得這麼厚！」

每掃下一次雪，琴里就會雀躍地露出罕見的笑容，發出歡呼。

看到這樣的她，我打從心底感到欣慰。

受任性的我拖累，在東京出生長大的她跟著來到這種鄉下地方，即使如此，還是細心經營每天的生活。像這樣一路與我共同生活過來的琴里，更令我愛憐不已。

儘管經過了二十年的歲月，對我來說，她依然是新鮮的觀察對象。

太陽漸漸下山，開了二十分鐘後，隔著擋風玻璃看出去的景色已經籠罩在微暗天色中。開到大的十字路口前先左轉了一次，因為要回我住的公寓得右轉，故意朝反方向開。

現在這個方向，是好一陣子沒去的「芽即實麵包店」所在地野方原市的方向。

單側雙線道上，因為還不到下班尖峰時間，行經的車子也少。

悠閒行駛在筆直延伸的郊外道路上，沿路沒什麼號誌燈，打開自動駕駛，感覺就像開在外環道或高速公路。

——放琴里自己孤單一人是個錯誤。

忽然冒出這個念頭。

讓她去和原本感情就不好的常子住，就算限定半年也是不可能順利的事。我明明深知這一點，卻仍同意了她去東京的事。

我死之後，沒有朋友熟人的琴里能依靠的只有血親。這麼一想，就覺得改善她與常子的關係是非做不可的事——我這麼說服自己，送她去了東京，結果卻與預期大不相同。

早知如此，還不如帶著貓咪們和她一起搬回東京。

那麼一來，或許得把常子接來我們家住，至少不用讓琴里和常子獨處。

我真的做了很對不起琴里的事。

總擔心著我不在人世之後她該怎麼辦，在這沒什麼成就的人生裡，明知自己唯一得到的收穫就是與琴里共度的漫長歲月，就算事態特殊，我也不該大意犯下放開寶貝琴里的錯誤。即使是焦距再準確的對象，一旦放棄去看對方，就連對方的望遠鏡對準哪裡都不知道了。

——雖然琴里不在身邊，只有半年的話，應該還是寫得出來吧。

這廉價的大意換來的報應，就是這次的事。

簡單來說，我在不知不覺中看輕了寫小說的工作。

搬到這裡來住，起因是我使盡渾身解數創作的上一部作品，在沒有得到任何迴響的情形下葬送書海。

這出乎意料的結果令我愕然、怨歎、憤怒、深深絕望。

就在那個瞬間，我用了一種不可思議的輕蔑角度看待這件事。

——乾脆不要提升作品的程度，只要寫迎合讀者喜好的東西就好。這樣的話，就算一邊挖鼻子一邊寫也能寫上幾千張稿紙。不如躲到不花錢的鄉下地方，和最愛的琴里悠哉度日，毫不費力地輕鬆寫作就好……

跟年輕時以為「每天笑著過日子這種事輕鬆得可以一邊挖鼻孔一邊應付」一樣傲慢，我完全小覷了自己與自己的人生。

結果就是，確保我能繼續寫下去的最重要的東西，差點被人拿走。

我深深領悟。

——不可看輕寫小說這件事。

回頭想想，我真的不斷重複著這類看似微小實則巨大的失敗。

同時，我內心明明很清楚，卻仍持續故意不去看那些致命的失敗。

那天，在告別式會場的飯店，我是否該收下S先生的遺作俳句集？

雖然S先生說：「不用讀這種東西也沒關係啦，野野村老弟。」或許那只是S先生特有的謙遜表現，其實他根本很想知道身為作家的我讀完有什麼感想吧。

律師M先生的太太彩花小姐，現在不知道怎麼樣了。

他們的獨生女夏目今年幾歲了呢？

M先生會和年齡足以當他女兒的彩花小姐走到結婚這一步，和他們兩人都是我的忠實讀者有關。就這層意義來說，我對他們的結婚得負上很大責任。然而，M先生過世一年後，我卻連一次都沒聯絡過彩花母女。

偶爾見面確認她們生活安好，本是我理所當然該做的事，彩花小姐大概也會很歡迎我這麼做，我卻一味裝作沒這回事。

正式以作家身分出道前最辛苦的那兩年，始終支持著我的同屆同事A和其他人，現在也都疏遠了。我連賀年片都沒有寄給A，他在公司做什麼，背負多少艱辛困難，我一無所知。

和日南田先生也超過一年沒有聯絡了。

聽說日南田先生正沉迷於地下偶像。我們年輕時很流行女大學生偶像，日南田先生就曾相當著迷過女大學生偶像團體（可以想成比現在 AKB 或乃木坂年紀大一點的偶像）。看來，真理子女士過世後，原本的興趣嗜好又恢復了。

「他現在追著全國各地的地下偶像跑，一個月有超過一半的時間都在參加地下偶像的演唱會或活動喔。」

前幾天，山下打電話來時這麼說。

我非常感謝那些地下偶像。但是當初離開東京時，卻連要搬到哪裡都沒告訴當時憔悴到了極點的日南田先生。自私任性到這種地步，我對自己真的很失望。

把永尾先生的原稿還給他後，為什麼不再次主動聯絡，強烈建議他嘗試創作長篇小說呢？剛出社會時永尾先生那麼照顧我，不藏私地將編輯技巧全都教給我，可以說是我在職場上的恩人。

然而我卻以忙碌為藉口，一離開業界就迅速對他失去興趣。他那位長得像達秋的遺孀開的店，我到最後都沒去造訪，恐怕也是因為害怕從她口中得知永尾先生對不誠懇的我有什麼看法。

同樣的，健彥告知雪之下先生住院消息時，我起初根本沒打算去探病。

之所以到西新宿的T醫大病院探望，是因為前一天早上做了個詭異的夢，夢中出現雪之下先生的緣故。

夢中他對我說：

「我夢見自己被好幾千隻鳥襲擊。是全黑的鳥。」

探完病，朝新宿車站走去時，我碰巧目睹了琴里和那年輕男人一起走進飯店的一幕。

那一瞬間，我清楚理解了「全黑的鳥」究竟意味什麼。

無庸置疑的，聽到「鳥」時第一個閃過腦海的，肯定是喜歡小鳥的父親為她取的「琴里」這個名字。

——雪之下先生不惜出現夢中也要將我叫去新宿，為的一定就是要讓我看見琴里。

我這麼想。

——這表示，就算察覺琴里哪裡不對勁，我應該能預防更一步的事發生……

這是在回程新幹線中想了又想得出的結論。

因為和雪之下先生見面交談時，確實接受到「黑鳥」（黑=不清白的琴里）沒有那麼不吉利的訊息。

那之後我能以比較冷靜的態度面對問題，正可說是拜當時的感受所賜。

沒什麼好不承認的，我這個人，這次又被債台高築的雪之下先生拉了一把。

剛開到野方原市，雪就下了起來。

進入十二月不久時，下過一次接近雨的雪。現在下的，可說是今年冬天第一場正式的雪。

隨時間經過，雪愈下愈大。向晚景色中紛飛的雪片很快遍布整面擋風玻璃。

我打開雨刷，把雪撥開。

打開雨刷時，天已經完全黑了。

四下轉眼變暗，看不到雪景。即使如此，就著車頭燈和街燈光線下浮現的積雪量，仍可得知雪真的下大了起來。

看來，今天將迎來今年第一次的積雪。

琴里期待已久的雪。

熱愛櫻花的琴里，每逢花季就會到處賞櫻拍照，來到這裡之後，她也非常期待積雪，只要一開始積雪，就會帶著相機外出拍下雪景。

——雪一積起來，就得馬上叫她回來才行啊……

對本多媽媽很抱歉，但我差不多想把琴里要回來了。

菊川老家的改建工程據說將在二月竣工。但是狀況變成現在這樣，實在無法讓她繼續留到那時候。

原本打算等她年底回來再提這件事，不如乾脆現在用積雪當藉口把她叫回來，別再回東京。

只能請哥哥亮輔一過完年就回來接手照顧常子了。

約莫一週前才為車子換了雪胎，行駛在雪道上也不用擔心。只是，突如其來的雪，仍令眼睛與精神緊繃疲勞。

漫無目的來到野方原，看來是時候回頭了。確認一下時間，不知不覺竟已超過五點半。算起來開了將近一小時的車。

環顧四周，想找個停車場迴轉。

經過一間大型超市，看見左前方有間小店還亮著燈。

心想，咦？

那不是「芽即實麵包店」嗎？

以距離和方向來說，就算是也不奇怪。

令我訝異的是，為什麼麵包店的燈還亮著。

「芽即實麵包店」平常只開到下午三點，從未營業到這個時間過。非買到不可的話，一定得提早兩天預約，營業時間又很短，只從上午十點半開到下午三點，我後來漸漸不來這間店，這也是很大的原因之一。

然而，現在已經超過五點，店鋪卻還開著。

難道是延長營業時間了嗎？

還是說，今天是什麼特別日子？

放慢速度，開進麵包店停車場。

地面上已積了薄薄一層雪，雪勢一點也不見衰減。照這情形看來，明天早上就有一定深度的積雪了。

——果然得快點把琴里叫回來才行……

我再次這麼想。

停好車，走到外面一看，可容納幾十輛車的停車場裡沒有其他車。
大顆大顆的雪從天而降，我猶豫著是否該從後車廂拿出雨傘，最後還是決定直接走進店內。
玻璃門後，只有一個穿白衣服的男人。
他站在收銀台後方，背後的架上擺著麵包，看起來確實還在營業。
打開門，一腳踏入店內，原本面朝麵包架的他，隔著收銀台朝我轉身。
是個看上去不到二十五歲的年輕男人，個子又高又瘦。
他以前就是這間店的員工嗎？總覺得很陌生，但又不像是第一次看到的長相。
「你好。」
我打聲招呼。
「歡迎光臨。」
聲音略顯低沉，和有著俊俏五官的長相不太搭調。
「還在營業中嗎？」
「是的，開到七點半。」
「延長營業時間了啊？」
「倒也不是，因為今天最後一天，所以特別延長。」
他露出有點抱歉的表情這麼說。
「最後一天？」
「是的，今天這間店就要收起來了。」

「這樣啊?」

我驚訝反問。剛才店門前與門上都沒看到結束營業的告示。

年輕店員表情更加歉疚,輕輕點頭。

「為什麼?」

一段時間沒來,難道生意變差了嗎?

從之前生意興隆的盛況看來,實在不認為會是如此。

「原本就是預計只開到年底的快閃店。」

「這樣啊。」

「是的。」

「那會遷到其他地方再開嗎?」

「沒有。」

這時,他也露出遺憾的表情。總覺得我一定在哪裡看過這名青年,到底是什麼時候,在哪裡見過他呢?

「總公司判斷暫時不正式在這附近展店。我們公司短期內開了太多店,目前改變方針,先從這附近的店面開始結束營業。」

「原來如此。」

「真的非常抱歉。」

說完,他輕輕低頭致意。

我看了一眼後方架子上的麵包。
「那些都是人家預訂的嗎？」
通常已有人預訂的麵包會裝在紙袋裡，我在想，說不定架子上那十幾條麵包是可以買的。
「不是，這些不是預訂商品。」
他一邊望向麵包一邊回答。
「那我可以買嗎？」
「當然可以。」
雖然一條土司要價八百圓，一想到這是最後一次，就覺得只買一條不夠。
「給我兩條好嗎？」
「兩條是嗎？好的，請稍等。」
他朝麵包架背轉過身，取下兩條土司放上大托盤，再拿到旁邊的作業桌上開始包裝。
看著那清瘦的背影，我終於發現他是誰。是那天和琴里一起走進西新宿凱悅飯店的安西青年。
當然不可能真的是他，只是，實在太像了。
「讓您久等了。」
安西笑著將裝好兩條土司的紙袋放在收銀台上，我付完錢，接過大紙袋。
「店員先生，您是工讀生嗎？」
我裝出若無其事的語氣問。
「不，我是總公司的員工。因為這間店要收了，我一星期前從大阪過來協助最後的販售工作。」

「這樣啊。那您又要再回大阪去囉？」

「是的，預計後天回去。」

「我原本也是從東京來的，預計明年回東京。請問貴公司在東京有開分店嗎？」

「我們公司只在關西地區和中部地區展店，目前東京還沒有分店。不過，應該很快就會過去展店了。一直有這樣的計畫。」

「這樣啊，等東京開了分店，我一定會去光顧。」

「謝謝您，今後也請繼續多多關照。」

隔著收銀台近看他的臉，當然不是那個叫安西的年輕人。

轉身離開前，忽然想到一件事，最後試著這麼問：

「對了，這間麵包店為什麼叫芽即實呢？」

既然是總公司員工，應該知道店名的由來。

「芽即實是諧音字，意思就是女神。其實我們老闆是西班牙人，在天主教徒有名的朝聖地，一個叫聖地亞哥德孔波斯特拉的地方出生。」

「沒記錯的話，聖雅各的遺骸就安葬在那裡對吧？」

「沒錯，您學識真淵博。」

青年一臉佩服的樣子。

「可是，聖雅各不是女神啊。」

「是啊，不過，聽說是靠著女神在星空中的指引，人們才在聖地亞哥德孔波斯特拉發現聖雅各的遺體，這也是我們老闆把店名取為芽即實的緣故。」
「哇喔，是這樣啊。」
我感到背脊爬過一陣涼意。
「那我告辭了。」
和那位酷似安西的年輕人道別，我走出店外。
雪依然下個不停。
停車場裡，也仍然只有我的車。
走到車門邊，抬頭仰望天空。
無數大片雪花落在臉上。
從口袋裡拿出手機，點開通訊錄，找到琴里的號碼。在佐藤小姐聯絡她前，還是我自己把想說的話告訴她比較好。按下通話鍵，把電話舉到耳邊。
傳來接通中的聲音。聽著這聲音，我再次抬頭望向天空。
凝神細看，想在昏暗的雪空中找到那隻帶領雪之下先生前往遙遠西班牙聖地的白鳥身影。

後記／

一個人去買麵包的那些日子

寫在台灣版出版前

《沒有你，我無法成為小說家》二〇一七年八月到二〇一九年二月於新潮社發行的小說雜誌《小說新潮》上連載，原本連載時的書名是《一個人去買麵包的那些日子》。

小說出版時，應責任編輯要求，將書名改成了《沒有你，我無法成為小說家》。現在回想起來，《一個人去買麵包的那些日子》好像比較好。

這部小說可以視為一種思辨小說，雖然設定了主角，實際上的思辨者卻是身為作者的我自己。

因為想盡可能誠實地描述，便將主角的職業設定為和自己一樣的小說家，他在作品中追溯的各種回憶，也幾乎與我自身的回憶有所重疊。

當然，為了不對記述中提及的人物及其親朋好友造成困擾或帶來不愉快，角色皆經過某種程度的重新塑造。不過，描述的情節幾乎都有事實依據。

我今年六十四歲，明年就是前期高齡者（日本將滿六十五歲的人稱為前期高齡者，七十五歲後稱為後期高齡者），名符其實即將邁入老年。

回顧這六十多年人生，誠實地說，現在的心境就是「一切真的都不算什麼」。既不需要上戰場打仗，也沒生過大病、沒受過重傷，就這樣平安來到六十歲，這已經比什麼都值得感恩。但是，人生其他的部分卻和大多數人一樣，過著事到如今仍嘆氣自問「問題是，我到底為何而生，又為何像這樣活著」的日子。

若說生命中有什麼堪稱人生勝利組的喜悅，那或許可比擬為夏日煙火般的東西。即使多少令人留下一點鮮明熾烈的印象，也不過就是瞬間綻放的明滅。

說到底，煙火只是煙火。

即使如此——

「你這一生，放過幾次煙火？」

面對這個問題，我認為，能比別人答出更多次數的人，就是人生的成功者。就這點來看，我完全不是個「成功者」。回首人生，我仰望的夜空頂多只放過一、兩次小型煙火。

——我這片天空還真冷清哪……

經常這麼感嘆。

話雖如此，倒也不是每個人都想成為那種成功者。

我自己就不曾祈求掌握那種成功，在自己的天空中綻放無數次大朵煙火也不是我的願望。所以，這片天空之所以如此冷清，自己要負起責任。

那麼，我這個人在這個「一切真的都不算什麼」的人生中活到現在，想做的究竟是什麼？

或許說明方式有點迂迴，這部《一個人去買麵包的那些日子》（原題）就是我一邊回首過往，一邊以自己的方式，嘗試寫下關於這一點的省思。

我的天空固然冷清，天晴的日子裡仔細看，還是可以在上面找到幾顆小星星。而我想做的事，就是將這散布在昏暗天空中的小星星連起來。說得誇張一點，就是找出星星運行的法則，再去釐清仰望天空的自己和星星運行法則之間的關聯性。

這裡的星星，指的當然是此生相遇的人們、遭遇的種種事件、幾十年來累積的知識，以及留存我心的回憶等等。

故事裡出現了許多角色，其中佔據最大篇幅的，是一位名為雪之下的友人。他甚至不是天主教徒，某天卻忽然前往西班牙西北部的城市聖地亞哥德孔波斯特拉，展開嚴苛的朝聖之旅。

書中關於雪之下先生這趟朝聖之旅的一連串描寫，幾乎都奠基於事實。

我為什麼要花費大量篇幅與頁數描寫他這趟不可思議的旅程，使其成為作品的根幹——只要仔細讀完本書，相信讀者就能充分理解箇中原因。

很久以前，記得我曾寫過「老是追尋眼睛看得見的東西，人就會失去自我」。經過年年歲歲，到現在我更加如此確信。

我們的目光動輒被天上燦爛光明、稍縱即逝的大朵煙火吸引，總忍不住把自己在這世界上的經歷和那美麗又虛幻的煙火聯想在一起。

然而，當我們像這樣深深受到煙火吸引時，往往忽略了更奇妙、更不可思議，並且以更強大的力量與更深遠的形式支配著我們人生的存在，那就是夜空。

悠久的歷史中，我們擁有的只是瞬間的生命，想與巨大無垠的宇宙平起平坐，唯有將宇宙吞進自己的意識之中，在那裡孕育「永恆」。

不「追尋眼睛看得見的東西」，簡單來說——就是凝聚心眼，去看深潛於自己內在的永恆。

只有接受永恆，從時間的限制中獲得解脫，我們才終於能接近燦爛煙火背後那遼闊夜空的真相。

看見真正的夜空，這代表什麼意思呢？

各位讀者，希望各位在閱讀本書時，能同時思考這件事。

本書與先前已在台灣出版的《一億元的分手費》同時執筆書寫。換句話說，這本書創作於我住在北陸金澤的二〇一六年十月到二〇一八年十一月之間。

書中描繪了金澤實際存在的風土景物，住在金澤的兩年多，我充分享受了北陸的豐富美食，在不同於大都會的這個地方度過悠閒慢活的時光，身心獲得療癒。

受到新型冠狀病毒影響，現在台灣的人們難以造訪日本。不過，待疫情告一段落，除了東京、京都、大阪、札幌及博多之外，推薦大家也可走訪一趟金澤。

尤其是想以便宜實惠價格品嚐新鮮海產（各位最熟悉的應該是壽司了吧）的人，金澤絕對是該第一個造訪的城市。這裡的食材之豐富與新鮮，肯定會令你大吃一驚。

一如書中所述，我與內人及家中貓咪們每隔一到兩年就會搬家，至今已輾轉住過各式不同場所。

現在貓咪們年事已高，無法像以前那樣頻頻轉移居所，要不然，我一直希望哪天能搬到台灣生活。

雖然語言學習與文化研究都還有待進行，這些姑且不提，要是有機會前往尚未親眼見識的國度，我希望能在那裡住上幾年，寫一本以貴國為背景舞台的小說。到時候，還請多多指教了。

另外，繼《一億元的分手費》、《踏上他走過的不可思議路程》、《愛是謊言》及《無光之海》，本次作品再度有勞邱香凝小姐翻譯，在此由衷表達對邱小姐的感謝。

白石 一文

二〇二二年一月二十七日

PL00094

沒有你，我無法成為小說家

作　者—白石一文
譯　者—邱香凝
編　輯—黃煜智
校　對—魏秋綢
封面設計—朱　疋
內頁排版—陳姿伃
總編輯—龔橞甄
董事長—趙政岷
出版者—時報文化出版企業股份有限公司
一〇八〇一九台北市和平西路三段二四〇號七樓
發行專線—（〇二）二三〇六—六八四二
讀者服務專線—〇八〇〇—二三一—七〇五
（〇二）二三〇四—七一〇三
讀者服務傳真—（〇二）二三〇四—六八五八
郵撥—一九三四四七二四時報文化出版公司
信箱—10899 臺北華江橋郵局第 99 信箱
時報悅讀網—http://www.readingtimes.com.tw
時報出版愛讀者—http://www.facebook.com/readingtimes.fans
法律顧問—理律法律事務所　陳長文律師、李念祖律師
印　刷—勁達印刷有限公司
初版一刷—二〇二二年四月二十九日
初版二刷—二〇二二年六月二十一日
定　價—新台幣五二〇元
（缺頁或破損的書，請寄回更換）

時報文化出版公司成立於一九七五年，
並於一九九九年股票上櫃公開發行，於二〇〇八年脫離中時集團非屬旺中，
以「尊重智慧與創意的文化事業」爲信念。

沒有你，我無法成爲小說家 / 白石一文著；邱香凝譯 . --
初版 . -- 臺北市：時報文化出版企業股份有限公司，2022.04
436 面；14.8x21 公分 .

譯自：君がいないと小説は書けない
ISBN 978-626-335-070-0(平裝)

861.57　　111001802

ISBN 978-626-335-070-0
Printed in Taiwan